ro
ro
ro

ro ro ro

Anna McPartlin wurde 1972 in Dublin geboren und verbrachte dort ihre frühe Kindheit. Wegen einer Krankheit in ihrer engsten Familie zog sie als Teenager nach Kerry, wo Onkel und Tante sie als Pflegekind aufnahmen. Nach der Schule studierte Anna ziemlich unwillig Marketing. Nebenbei stand sie auch als Comedienne auf der Bühne, doch ihre wahre Liebe galt dem Schreiben, das sie bald zum Beruf machte. Bei der künstlerischen Arbeit lernte sie ihren späteren Ehemann Donal kennen. Die beiden leben heute zusammen mit ihren drei Hunden und zwei Katzen in Dublin.

Bereits ihr Debüt «Weil du bei mir bist» war international ein Bestseller. Mit dem Roman «Die letzten Tage von Rabbit Hayes», in dem Anna McPartlin viel von ihrer eigenen Vergangenheit verarbeitet hat, rührte und begeisterte sie unzählige Leserinnen und Leser und landete einen Riesenerfolg.

ANNA
McPARTLIN

Was aus Liebe geschieht

Roman

Aus dem Englischen von Karolina Fell

Rowohlt Taschenbuch Verlag

Die Originalausgabe erschien 2009
unter dem Titel «So What If I'm Broken»
bei Poolbeg Press Ltd., Dublin.

Neuausgabe September 2015
Deutsche Erstausgabe veröffentlicht im Rowohlt Taschenbuch Verlag,
Reinbek bei Hamburg, Juni 2010

Redaktion Elisabeth Raether
Umschlaggestaltung und Illustration Felicitas Horstschäfer
www.felicitas-horstschaefer.de, Agentur Susanne Koppe,
www.auserlesen-ausgezeichnet.de
Satz Apollo MT (InDesign) bei
Pinkuin Satz und Datentechnik, Berlin
Druck und Bindung CPI books GmbH, Leck, Germany
ISBN 978 3 499 27181 6

MIX
Papier aus verantwortungsvollen Quellen
FSC® C083411
FSC
www.fsc.org

Das für dieses Buch verwendete FSC®-zertifizierte Papier
Holmen Book Cream liefert Holmen, Schweden.

Für Donal und alle Fans von Jack

1
Universe

Oh nothing lasts forever,
you can cry a million rivers,
you can rage it ain't no sin
but it won't change a thing,
'cos nothing lasts forever.
Jack L., *Universe*

Alexandra
21. Juni 2007

Tom,
wenn du einkaufen gehst, kannst du bitte mitbringen:

Brot

Milch 2 ×

Wasser 4 ×

Spaghetti

Hackfleisch (mager! Pass auf, dass es wirklich mager ist und nicht das Zeug, auf das sie mager schreiben und es zum halben Preis verkaufen, weil es nämlich überhaupt nicht mager ist. Ich will mageres Hackfleisch, das vor deinen Augen durch den Wolf gedreht wurde, ganz egal, was es kostet)

Dosentomaten

Basilikum

Wein, falls du nicht noch ein oder zwei Kisten im Büro hast. Und achte darauf, dass es kein Shiraz ist. Ich kann echt keinen Shiraz mehr sehen.

Falls du Nachtisch willst, bring irgendwas mit.
Ich treffe mich um fünf kurz mit Sherri in Dalkey. Sie hat die Karten für das Jack-Lukeman-Konzert. Ich bezahle sie mit Geld aus der Haushaltskasse. Ich bringe dir auch eine Karte mit, wenn du nicht mitwillst, schreib mir eine SMS. Ich bin ungefähr um halb acht wieder zu Hause.
Übrigens hat deine Tante angerufen, sie denkt darüber nach, nächstes Wochenende nach Dublin zu kommen. Versuch ihr das auszureden, ja? Ich bin völlig fertig und schaffe es nicht, 48 Stunden pausenlos mit ihr durch die Gegend zu rennen. Deine Tante ist auf Kokain. Das ist kein Witz. Die muss zum Entzug.
Oh, und Spülmittel. Wir brauchen unbedingt Spülmittel, und könntest du bitte jemanden bestellen, der die Spülmaschine repariert?
O.k., bis später,
ich liebe dich

Alexandra

PS: Wenn dein Nebenmann stirbt: einen Platz aufrücken. Echt, dieser Jimmy Carr ist unübertroffen.

Alexandra lachte in sich hinein und klemmte den Zettel am Kühlschrank fest, mit ihrem Lieblingsmagneten, einem fetten, grinsenden Schwein, das sich den Wanst rieb. Sie schwitzte noch von ihrem Fünf-Meilen-Lauf. Das war Rekord, und Alexandra war extrem zufrieden. Sie zog den Clip mit ihrem iPod vom Bund der Trainingshose, legte ihn auf die Küchentheke und ging nach oben unter die Dusche. Dort sang sie Rihannas «Umbrella» und tanzte ein bisschen in der Duschkabine herum, bevor sie sich das Shampoo aus dem Haar spülte. Eine Dreiviertelstunde später ging sie wieder die Treppe hinunter, das schulterlange, glänzende, kastanienbraune Haar perfekt frisiert. Sie trug ihre schwarze Lieblingshose und eine passende schwarze Bluse mit einer großen Kragenschleife. Vor dem Flurspiegel blieb sie stehen, zog sich die Lippen nach, kramte in ihrer Handtasche nach dem Lipgloss und trug ihn über dem Lippenstift auf. Ein paar Augenblicke betrachtete sie sich im Spiegel, seufzte und murmelte so etwas wie dass sich Angelina Jolie besser warm anziehen sollte. Sie lächelte über ihren eigenen Witz, während sie in die Jacke schlüpfte. Dann nahm sie ihre Handtasche und verließ das Haus.

Alexandra ging die Straße entlang und winkte Mrs. Murphy von Nr. 14 zu. Mrs. Murphy kehrte gerade die Treppe, aber sie winkte trotzdem zurück und rief: «Schönes Wetter heute, oder?» Alexandra gab ihr recht. An der DART-Station wartete sie auf die Vorortbahn, während sie sich anhörte, was ein Anrufer dem Moderator Joe Duffy in der Radiosendung *Liveline* über Tierquälerei zu sagen hatte. Es war dermaßen schrecklich, dass sie vom Radio auf ihre gespeicherte Musik umschaltete und erst damit aufhörte, bei James Morrisons ‹The Last Goodbye› mitzusummen, als sie mitbekam, dass sie von drei pickligen Teenagern ausgelacht wurde. Sie streckte ihnen die Zunge heraus und grinste sie dann an, und sie lachten wieder. In der Bahn setzte sie sich neben einen Mann Mitte fünfzig. Er bat sie darum, ihn an der Tara Street Station zu wecken, falls er einschliefe, und erklärte, dass er in fahrenden Zügen aus irgendeinem Grund immer einschlief. Alexandra versicherte ihm, dass sie ihn rechtzeitig wecken würde, und tatsächlich war der Mann in weniger als fünf Minuten weggeschnarcht. Kurz vor der Tara Station klopfte sie ihm sanft auf den Arm, und er fuhr erschreckt aus dem Schlaf hoch. Er dankte ihr und stieg hastig aus. Dabei vergaß er seine Tasche, weshalb Alexandra hinter ihm her eilte. Er wollte ihr überschwänglich danken, doch sie hatte es eilig, wieder in den Zug zu kommen, und rannte winkend los.

Die Frau ihr gegenüber nickte und sagte grinsend: «Mein eigener Dad würde glatt seinen Kopf vergessen.»

Alexandra lächelte sie an. «Er war sehr nett.»

Die Frau nickte erneut. In Dalkey stieg Alexandra aus der Bahn. Die Frau stieg ebenfalls dort aus.

Alexandra durchquerte das Stationsgebäude und trat in den Sonnenschein hinaus. Sie ging die Hauptstraße weiter bis zum Ende, wo sie nach links abbog. Dann nahm sie eine Querstraße links, dann wieder eine rechts, und dann war Alexandra verschwunden.

Elle
Sonntag, 31. Dezember 1989

Liebes Universum,
bitte schick uns kein höllisches Feuerkugel-Kometending, das uns alle tötet. Ich bin erst acht, und wenn ich jetzt sterbe, kann ich überhaupt nichts von dem machen, was ich eigentlich vorhabe. Miss Sullivan glaubt, ich könnte Künstlerin werden. Wenn ich tot bin, kann ich aber nicht malen, und ich male und lebe unheimlich gerne. Margaret Nolan behauptet, auch wenn alle sagen, wir werden erst 1999 atomisiert, wird in Wahrheit heute Schlag Mitter-

nacht die Flammenkugel des Todes auf der Erde einschlagen. Sie sitzt in der Schule neben mir und müffelt manchmal ziemlich. Ihr Dad ist Wissenschaftler, und der hat es ihr erzählt, also kann es gut sein, dass sie recht hat. Sie hat schon ihr ganzes Taschengeld den Armen gespendet und meint, ich sollte das auch tun, denn wenn unsere letzte Stunde geschlagen hat und wir Gott begegnen, wird er denken, dass wir in Ordnung sind, und uns in den Himmel reinlassen. Ich habe vergessen, in die Kirche zu gehen und Geld in die Spendenkasse zu werfen, weil ich alles um mich herum vergessen habe, während ich ein Bild von meiner Familie gezeichnet habe, wie sie in den lodernden Flammen umkommt. Jane sagt, ich wäre eine deprimierende kleine Ziege. Sie hat in letzter Zeit ständig schlechte Laune. Mum sagt, das liegt daran, dass sie in der Pubertät ist, dass sie sich mit ihrem Freund rumstreitet und dass sie fett geworden ist. Sie denkt, wenn man acht Jahre alt ist, wäre man automatisch auch beschränkt, aber ich weiß, dass Jane schwanger ist, weil Mum und sie sich nämlich die ganze Zeit deswegen anschreien. Ich bin nicht beschränkt, und taub bin ich auch nicht. Das Baby tut mir leid, weil wenn wir alle heute Nacht sterben, wird es das Leben nie gekannt haben, andererseits ist das ja vielleicht das Beste.

Also gut. Hier kommen meine Versprechen an dich, wenn wir nach Mitternacht noch leben.

1. Ich werde brav sein.

2. Ich werde tun, was meine Mum mir sagt.

3. Ich werde nicht fluchen.

4. Ich werde nicht lügen, es sei denn, meine Mum verlangt es von mir (siehe Versprechen Nr. 2).

5. Ich werde netter zu Jane sein.

6. Ich werde jeden Tag malen.
7. Ich werde Jane mehr mit Mum helfen. (Ich kann aber nicht ständig helfen – siehe Versprechen Nr. 6)
8. Ich werde morgen früh mein Taschengeld an die Armen spenden.
9. Ich werde nett zu Janes Baby sein, weil ich so ein Gefühl habe, als wäre ich da die Einzige.
10. Ab jetzt höre ich weg, wenn Margaret Nolan irgendwas behauptet.

Und, Universum, falls wir heute Nacht alle im Feuer sterben: Danke für gar nichts.
Deine
Elle Moore

Das war der erste Brief, den Elle Moore ans Universum schrieb, und nachdem sie fertig war, faltete sie ihn zusammen und legte ihn in eine alte Keksdose. Nach dem Abendessen steckte sie sich ihr langes braunes Haar zusammen und zog ihren nagelneuen Weihnachtsmantel, die Mütze, Handschuhe und den Lieblings-Batikfransenschal ihrer Schwester Jane an. Dann ging sie auf der rechten Seite des langgestreckten Gartens bis zu den Rosen ihrer Mutter. Zwischen den Rosen und den Gräbern vierer Rennmäuse – Jimmy, Jessica, Judy und Jeffrey – grub sie ein Loch, legte die Keksdose hinein, häufte die Erde wieder darüber und klopfte sie fest. Als sie damit fertig war, versprach sie sich selbst, dass sie, wenn sie nach Mitternacht an diesem 31. Dezember 1989 noch lebte, ihren Brief in einem Jahr wieder ausgraben und durch einen neuen ersetzen würde. Damals konnte sie es nicht ahnen, aber Elle Moore würde die nächsten achtzehn Jahre lang an jedem Silvestertag einen Brief ans Universum schreiben.

Jane
5. Mai 1990

Liebe Mrs. Moore,
ich schreibe Ihnen heute wegen der Sorgen, die ich mir um Ihre Tochter Jane mache. Ich habe Jane in letzter Zeit einige Gesprächsangebote gemacht, doch sie hat nicht reagiert. Wie Sie wissen, habe ich auch versucht, mit Ihnen Kontakt aufzunehmen, doch das hat sich als schwierig beziehungsweise unmöglich erwiesen. Deshalb bleibt mir jetzt keine andere Möglichkeit mehr, als diesen Brief zu schreiben.
Es ist dem Lehrerkollegium ebenso wie den Schülern klar, dass Jane ein Kind erwartet, und eben deshalb ist es dringend nötig, dass wir miteinander sprechen. Janes Leistungen haben in den vergangenen Monaten schwer gelitten, und als Schülerin des Abschlussjahrgangs muss sie nun ihre Probeklausuren unvorbereitet und im Gedanken an ihre unmittelbar bevorstehende Mutterschaft schreiben. Jane scheint von ihrer Situation überfordert zu sein, und auch wenn Sie es offenbar können – wir im St. Peter können nicht einfach untätig zusehen, wenn ein siebzehnjähriges Mädchen in dieser Lage ist.
Ich bitte Sie dringend, Mrs. Moore, mich anzurufen oder zu jeder Zeit, die Ihnen passt, zu einem Gespräch in die Schule zu kommen. Ich kann dieses Totschweigen nicht länger zulassen, und sofern wir innerhalb der kommenden Woche nichts von Ihnen hören, sehen wir uns leider

gezwungen, Ihre Tochter so lange um die Unterbrechung des Schulbesuchs zu bitten, bis wir mit Ihnen gesprochen haben.
In all den Jahren haben Jane und ich unsere Meinungsverschiedenheiten gehabt. Ihre offene Missachtung der Schulordnung, was beispielsweise das Rauchen auf dem Schulgelände angeht, oder der Irish-Stew-Vorfall, der zu einem Brand im Hauswirtschaftsraum geführt hat – das sind nur zwei der Beispiele, die ich nennen könnte. Wie Sie wissen, sind wir auch bei sehr vielen anderen Gelegenheiten aneinandergeraten, als Jane mit lila gefärbtem Haar in die Schule kam oder während ihrer dankenswert kurzen von The Cure inspirierten Gothic-Phase. An dieser Schule herrscht eine Null-Toleranz-Politik, wenn es um die Aufmachung der Schüler geht, aber obwohl mich Janes Trotz und die sinnlosen Debatten mit ihr zur Verzweiflung getrieben haben, so muss ich doch einräumen, dass sie ihre Argumente klug und mit großem Engagement vertreten hat. Das erwähne ich, weil ich – auch wenn unser Verhältnis als Direktorin und Schülerin reichlich durchwachsen ist – betonen will, was für ein ungewöhnlich intelligentes und redegewandtes Mädchen Jane ist. Ich habe oft gedacht, dass dieses Mädchen alles erreichen kann, was es sich vornimmt, und so etwas habe ich in meiner zwanzigjährigen Berufslaufbahn erst vier- oder fünfmal gedacht. Ich mache mir Sorgen um Jane, Mrs. Moore. Sie hat ihre Lebhaftigkeit und ihren Kampfgeist verloren. Das Mädchen, das ich kannte und das ich, trotz aller Differenzen, sehr mochte, scheint nicht mehr zu existieren.
Teenagerschwangerschaften sind schrecklich und dürfen auf keinen Fall verharmlost werden, doch das Problem zu

verharmlosen bedeutet nicht, es zu lösen. Wenn wir ihr helfen, könnte Jane ihre Ausbildung fortsetzen und ihre Ziele erreichen. Diese Situation darf doch für ein Mädchen wie Jane nicht zur Endstation werden, oder?
Bitte kommen Sie um Janes willen zu einem Gespräch mit mir. Zwingen Sie mich nicht dazu, ein so talentiertes junges Mädchen aus unserer Schule auszuschließen.

Mit den besten Grüßen
Amanda Reynolds
Direktorin Amanda Reynolds

Jane hatte den Brief laut vorgelesen und blies sich nun ihr blondes Pony aus den Augen, während sie auf die Reaktion ihrer besten Freundin wartete. Alexandra drehte eine kastanienbraune Haarsträhne um den Finger und starrte sie schweigend an.

Nach ein paar Sekunden zuckte sie mit den Schultern. «Wer hätte gedacht, dass die Reynolds ein Herz hat, was?»

Jane hätte am liebsten geweint, weil die Direktorin ihrer Schule mit viel mehr Anteilnahme und Verständnis auf diese katastrophale Schwangerschaft reagierte als ihre eigene Mutter, die bloß einen Wutanfall nach dem anderen bekam, seit sie vor Monaten mitbekommen hatte, dass Jane schwanger war. Während ihres jüngsten Anfalls hatte sie gebrüllt, wie viel Geld sie zum Fenster hinausgeworfen hatte, indem sie Jane auf eine Privatschule schickte, und unmissverständlich klargestellt, dass ihre Ausbildung vorbei war, und nur eine dumme, kinderlose alte Jungfer wie Amanda Reynolds glauben konnte, dass man sich den Traum von der Uni nicht an den Hut stecken konnte, wenn man mit siebzehn ein Baby bekam. Darauf verließ sie türenknallend das Zimmer.

An diesem Nachmittag erkannte Jane zum ersten Mal, dass sie so richtig in der Klemme steckte und in ihrem Leben einiges schiefgelaufen war. Ihr wurde klar, dass sie die Direktorin vermissen würde und dass sie nicht aufs College gehen würde. Sie würde ihre Freunde vermissen, die sich mit Ausnahme von Alexandra alle während der Schwangerschaft von ihr distanziert hatten, und sie würde Dominic vermissen, auch wenn er ihr aus dem Weg ging und einfach so tat, als würde sie nicht gerade ein Kind von ihm bekommen. Sie durchschaute seine Schulhof-Angeberei und sah seinen gequälten und gehetzten Blick, und sie liebte ihn.

Nach einem Streit mit Dominics Eltern, die es gewagt hatten, Jane eine kleine Hure zu nennen, hatte ihre Mutter klargestellt, dass sie Dominic eins mit dem Spaten überziehen würde, falls er sich irgendwo auf dem Grundstück blicken ließe. Nachdem Jane mehrfach mitbekommen hatte, wie ihre Mutter mit Handelsvertretern an der Haustür umgesprungen war, wusste sie, dass dies nicht nur so dahingesagt war.

Nachdem Alexandra den Brief noch einmal gelesen und übereinstimmend mit Jane zu dem Schluss gekommen war, dass ihre Mutter ein schlimmeres Biest war als Alexis in *Denver Clan*, öffnete sie die erste Bierdose aus einem Sixpack. Später, als Jane nach einer Dose betrunken war und Alexandra gerade ihre dritte leerte, verglich Jane ihre und Dominics Misere mit der von Romeo und Julia. Doch Alexandra machte diese schöne Theorie augenblicklich zunichte.

«Aber es ist doch so, Janey», sagte sie. «Romeo hat

Julia nicht erst einen Braten in die Röhre geschoben, um dann in der Disco mit ihr Schluss zu machen.»

«Ich weiß, aber es waren seine Eltern, die ihn dazu gebracht haben, sich von mir zu trennen und …»

«Und außerdem», sagte Alexandra mit der Autorität Betrunkener, «so schlimm deine Situation mit Dominic auch ist, du willst garantiert nicht, dass es so wie bei Romeo und Julia wird, weil Romeo und Julia eine Scheiß-Liebesgeschichte ist. Romeo war ein oberflächlicher Mistkerl, Julia eine unselbständige Heulsuse, ihre Familien haben sich gegenseitig umgebracht, und ihre Liebe hat genau einen Tag gehalten, bevor sie verheiratet waren und dann gleich gestorben sind. Die Liebe von Romeo und Julia hat nicht unter einem schlechten Stern gestanden, die waren einfach nur bescheuert.»

«So kann man es auch sehen», sagte Jane niedergeschlagen.

«Kannst du dir vorstellen, dass mir Miss Hobbs in Englisch nur ein C gegeben hat? Vielleicht kann ich ja nicht Apotheker richtig schreiben, aber ich habe Sprachverständnis. Diese Frau kann ja nicht mal ihren Hintern von ihrem Ellbogen unterscheiden.»

Und dann übergab sich Alexandra in Janes Papierkorb.

Danach redeten sie darüber, wie es Jane schaffen könnte, Dominic zurückzugewinnen, aber alle Ideen erwiesen sich bei näherem Hinsehen als nicht praktikabel, also beschlossen sie, dass Jane erst einmal abwarten sollte.

«Wenn du mich fragst, ist er nichts weiter als ein schwanzgesteuerter Mistkerl, aber ich weiß, dass du ihn liebst, also wird es schon noch gut ausgehen», sagte Alexandra.

«Er ist mehr als ein schwanzgesteuerter Mistkerl», sagte Jane.

«Finde ich nicht», sagte Alexandra und rülpste.

«Er ist der Mann meines Lebens», sagte Jane.

Alexandra trommelte mit den Fingern an ihre Bierdose. «Er kommt zu dir zurück, Janey. Er sieht dich jeden Tag in der Schule, und du fehlst ihm, lass ihm einfach ein bisschen Zeit.» Sie unterbrach sich rechtzeitig, bevor sie sich erneut übergeben musste, wischte sich den Mund ab und seufzte. «Geht schon wieder. Wo war ich gerade?»

«Lass ihm einfach ein bisschen Zeit», sagte Jane.

«Genau. Und abgesehen davon hast du immer noch mich.»

«Ich weiß.»

«Ich werde immer deine Freundin bleiben.»

«Ich weiß.»

«Sogar wenn ich nach Cork aufs College gehe, weil – machen wir uns nichts vor – meine Noten reichen nicht für die Uni in Dublin, bleibe ich trotzdem deine Freundin.»

«Ich werde dich vermissen», sagte Jane.

«Das brauchst du nicht», versprach Alexandra. «Ich komme jedes zweite Wochenende nach Hause, und du kannst mich auch besuchen.»

«Dann habe ich ein Baby.»

«Das kannst du doch bei deiner Mum lassen.»

«Sie hat gesagt, dass sie keine Babysitterin ist.»

«Sie ist echt gemein.»

«Ja, das ist sie.»

«Du bist die Allerbeste, Jane.»

«Du auch, Alex.»

Dann wurden sie von Janes Mutter unterbrochen, die sogar noch betrunkener als Alexandra und noch dazu auf Streit aus war.

«Geh nach Hause, Alexandra.»

«Ich gehe ja nach Hause.»

«Dann geh!»

«Bin ja schon dabei.»

«Raus jetzt!»

«Meine Güte, was ist denn mit Ihnen los? Sehen Sie nicht, dass ich gerade versuche hochzukommen?»

Jane half ihrer Freundin auf.

«Sehen Sie», sagte Alexandra und streckte die Arme aus, um das Gleichgewicht zu halten, «bin schon weg!» Sie schwankte durch den Korridor und trat aus der Haustür. Dann drehte sie sich um, weil sie sich verabschieden wollte, doch Janes Mutter schlug ihr die Tür vor der Nase zu.

«Ich will sie hier nicht mehr sehen», knurrte Janes Mutter.

«Aber sie ist meine beste Freundin.»

«Tja, diese Freundschaft ist jetzt vorbei.»

Das war das letzte Mal, dass Alexandra bei Jane zu Hause war. Zwei Wochen später brachte Jane einen Jungen zur Welt, und obwohl sie noch ein paar Monate Freundinnen waren, verloren sie bald den Kontakt, da ihre Leben, Jane als Mutter und Alexandra als Studentin in Cork, so unterschiedlich waren. Während der folgenden siebzehn Jahre dachte Jane oft an ihre Freundin, und sie fehlte ihr.

Leslie
5. Juni 1996

Lieber Jim,
es wird Zeit, einmal über Leslie zu reden. Wir wissen beide, dass sie stur und ruppig ist, und wir wissen beide, weshalb. Wenn ich gestorben bin, wirst du der einzige Mensch sein, den sie auf dieser Welt noch hat. Ich weiß, dass das jetzt eine sehr große Bitte ist, aber bitte, kümmere dich ein bisschen um sie.
Wir haben darüber gesprochen, dass du vielleicht eines Tages wieder heiratest, und ich möchte so gern, dass du einen Menschen findest, den du lieben kannst und der dich liebt. Ich wünsche dir ein wunderschönes neues Leben ohne überfüllte Krankenhäuser, respektlose Ärzte, überarbeitete Krankenschwestern und ohne Krebs. Ich wünsche dir eine starke und gesunde Partnerin, eine, mit der du Pferde stehlen kannst, eine, mit der du schlafen kannst, eine, die keine Ängste und kein Leiden in dein Leben bringt. Es tut mir jedes Mal weh, wenn ich dich ansehe, denn jetzt erst sehe ich, dass es egoistisch von mir war, dich zu lieben, und ich verstehe, warum Leslie so ist, wie sie ist.
Leslie ist ein besserer Mensch als ich. Wahrscheinlich lachst du schallend, wenn du das liest, aber es stimmt. Sie hat ihre ganze Familie an Krebs sterben sehen, und als nach Noras Tod bei uns beiden das verdächtige Gen gefunden wurde, hat sie beschlossen, anderen kein solches Leid zuzufügen, wie es Nora John und Sarah zugefügt hat und wie ich es dir zufüge. Vor dem Krebs war sie so lebhaft und fröhlich und mitfühlend und fürsorglich, und mir gegenüber ist sie das immer noch. Ohne ihre Zuwen-

dung hätte ich das nicht bewältigt. Ich weiß, dass sie dich manchmal ziemlich wüst beschimpft, aber glaub mir, sie meint es nicht so.
Ich habe sie für eine Schwarzmalerin gehalten. Ich habe geglaubt, dass unsere Familie genug gelitten hat und dass wir beide überleben würden. Also habe ich Pläne gemacht und mich verliebt, und eine Zeitlang hatten wir ein sehr schönes Leben, aber dann ist dieses Gen aktiv geworden. Und jetzt siehst du beinahe genauso krank aus, wie ich mich fühle, und mir wird klar, dass meine Schwester Leslie genau wusste, was sie tat, als sie sich von Simon getrennt hat und sich praktisch von allen Menschen abschottete. Ich habe mitangesehen, wie sie sich aus ihrem eigenen Leben davongemacht hat. Damals habe ich sie für irre gehalten, aber jetzt wirkt das alles sehr vernünftig. Sie hat das Leiden der anderen über ihr eigenes gestellt. Sie hat John und Sarah nach dem Tod Noras leiden sehen, und sie wird dich leiden sehen, und obwohl sie so tut, als könnte sie dich nicht ausstehen, mag sie dich doch, und es wird sie schmerzen, dich so zu sehen, und abgesehen davon wird es sie darin bestärken, dass es richtig ist, allein zu bleiben und auf eine Diagnose zu warten, die vielleicht nie kommt.
Ich bin ihr letztes Familienmitglied und ihre letzte Vertraute. Sie hat sich sogar geweigert, ihre Nichte kennenzulernen, und deshalb wird sie niemanden haben, wenn ich gestorben bin, das quält mich. Ich möchte, dass du dein Leben lebst, ich bitte dich nur darum, ab und zu bei ihr anzurufen, ganz gleich, wie grob oder abweisend sie ist, und mit ihr zu reden. Ihr ein Freund zu sein, auch wenn sie dir keine Freundin ist, weil sie für mich da war, für Mum, für Dad und für Nora, und ich kann die Vorstellung

nicht ertragen, dass sie, nach allem, was sie durchgemacht hat, allein leben oder allein sterben muss.
Ich weiß, dass ich es oft sage und es dir in meinen sämtlichen Briefe an dich schreibe, aber die Zeit wird knapp, und ich will unbedingt, dass du weißt, wie wundervoll es war, deine Frau zu sein, und auch wenn ich Schuldgefühle habe wegen all des Kummers, den ich dir mache, weiß ich, dass ich dich auch glücklich gemacht habe, also denke an diese Zeiten und verzeih mir, denn auch heute würde ich mich wieder in dich verlieben und dich wieder heiraten.
Ich vermute, Leslie würde mich ein selbstsüchtiges Trüffelschwein nennen, aber damit kann ich sterben.
Deine
Imelda

Imelda Sheehan starb am zwölften Juli 1996 um acht Uhr morgens. Sie war fünfundzwanzig Jahre alt. Ihr Ehemann Jim hielt ihre rechte Hand, und auf der anderen Seite des Bettes saß ihre Schwester Leslie und hielt ihre linke Hand. Sie spürten beide genau in demselben Augenblick, dass Imelda verschwand. Leslie hatte damit Erfahrung: Das Meer der Trauer in ihr hob sich zu einer Woge und verschluckte sie, wie eine Welle auf den Strand herunterbricht, doch sie wusste genau, wie sie sich verhalten musste, und so blieb sie reglos sitzen und ließ zu, dass der Schmerz sich in ihr ausbreitete. Jim war außer sich: Gerade noch hatte seine Frau gelebt und um jeden Atemzug gerungen, und in der nächsten Sekunde war sie still und tot. Er ließ Imeldas Hand los und stand so abrupt auf, dass er beinahe hinfiel. Er schlang die Arme um sich. So stand er in der Ecke des Krankenzimmers, als der Arzt und die Krankenschwestern hereinkamen, um den Todeszeitpunkt aufzunehmen. Leslie saß bei ihrer toten Schwester Imelda, um ihre Hand zu halten, solange es irgend ging. Jim weinte, und seine Eltern, seine Brüder und seine Freunde flatterten aufgeregt um ihn herum. Leslie saß einsam und wie erstarrt auf ihrem Stuhl. Sie wusste, dass der körperliche Schmerz, der ihr Herz beinahe zur Explosion brachte, nachlassen würde, dass der unerträgliche schrille Ton in ihren Ohren leiser würde. Die Flut würde sich wieder zurückziehen und Imelda forttragen, bis eines Tages nur noch eine blasse Erinnerung übrig wäre. Und weil sie das wusste, war ihre Trauer nur noch größer. Sie war gerade siebenundzwanzig geworden.

Jim bat Leslie, beim Beerdigungsgottesdienst die Lesung vorzutragen, doch sie wollte nicht. Und er bat sie, sich neben ihn in die erste Bank zu setzen, als er mitbekam, dass sie sich irgendwo hinten in der Kirche einen Platz suchen wollte. Sie erklärte ihm, dass sie sich nicht schon wieder von all den Leuten kondolieren lassen wollte, die ihr schon so oft kondoliert hatten, aber das akzeptierte Jim nicht, und so setzte sich Leslie schweren Herzens in die Bank neben ihren Schwager, nachdem sie all die Beileidsbekundungen ein weiteres Mal ertragen hatte.

Als der Pfarrer fragte, ob irgendjemand ein paar Worte sagen wollte, stand Leslie auf. Das überraschte sie selbst genauso wie die anderen Trauergäste und ganz besonders Jim. Mit einem Mal stand sie einfach auf. Der Pfarrer bat sie nach vorne, doch ihre Beine wollten sich nicht bewegen, und so wartete er ab, und die Gemeinde wartete ab, und Jim berührte sie an der Hand und fragte, ob alles in Ordnung sei. *Was mache ich hier bloß?*, schoss es ihr durch den Kopf, als sie sich schließlich auf den Altar zubewegte, doch als sie dann am Lesepult vor dem Mikrophon stand, sagten sich die Worte wie von selbst.

«Ich bin die letzte der fünf Sheehans», sagte sie. «Vor vier Tagen waren wir noch zwei, ich war das mittlere Kind und Imelda das Nesthäkchen der Familie. Ich hätte als Nächste an die Reihe kommen sollen, und nicht nur, weil ich älter war, sondern weil Imelda die Stärkere von uns war, die ohne Vorbehalte und Ängste auf das Leben zuging. Sie ist in den letzten Jahren bei fünf Benefiz-Marathons für die Krebshilfe mitgelaufen. So etwas hätte ich nie gemacht. Ich denke nicht mal an Krebs – wenn ich es schaffe.» Sie unterbrach sich und holte tief Luft. «Sie hat sich in Jim verliebt und ihn geheiratet, und sie wollte immer Kinder haben. Imelda hat Pläne gemacht, und das habe ich am meisten an ihr bewundert. Sogar als der Krebs bei ihr diagnostiziert worden war, an dem unsere Großmutter, unsere Mutter, unser Vater und unsere Schwester gestorben sind, hat sie immer noch Pläne gemacht. Sie hat Eizellen einfrieren lassen, und sie haben ein Haus gekauft, und wenn sie nicht in die Chemotherapie musste, ist sie gereist. Auch als sie wusste, dass es zu Ende geht, hat sie immer weiter Pläne gemacht. Kleine Pläne, die den meisten Menschen nicht viel bedeuten würden, zum Beispiel ‹Heute reden wir mal über den Sommer, den wir in Kerry verbracht haben› oder ‹Wenn morgen die Sonne scheint, setzen wir uns in den Krankenhauspark, beobachten die Leute und denken uns aus, wie sie wohl leben›. Sie hat sogar ihre eigene Beerdigung geplant. Sie wusste genau, was sie wollte, welchen Sarg, welche Blumen, welchen Pfarrer, welche Gebetstexte. Sie hat mich einmal gefragt, ob ich bei ihrer

Beerdigung sprechen würde, und ich habe nein gesagt. Es tut mir leid, Imelda, natürlich spreche ich für dich. Ich hatte einfach Angst, dass mir nichts einfällt, was ich sagen könnte, und ich wollte dich nicht enttäuschen. Also schließe ich jetzt einfach, indem ich sage: Ich vermisse meinen Dad, meine Mum, meine Schwester Nora, und jetzt vermisse ich meine Imelda, und es tut mir so leid, weil ich an der Reihe gewesen wäre, aber auch so werde ich euch alle bald wiedersehen.»

Leslies Stimme brach, Tränen strömten über ihre Wangen, und ihre Nase triefte. Sie ging zu ihrem Platz zurück, ließ sich von Jim ein Papiertaschentuch in die Hand drücken und setzte sich wieder. Den Kopf in die Hände vergraben, bemühte sie sich, ihre Fassung wiederzugewinnen, doch das schien nahezu unmöglich. Damals war ihr Haar noch lackschwarz, sie war schlank und wenn auch keine umwerfende Schönheit, so fiel sie doch überall auf. Die Leute in den Bänken hinter ihr zerflossen beinahe vor Mitleid mit dieser jungen Frau, die nur noch darauf wartete, bis es mit dem Sterben an sie kam. Später, am Grab, sah sie Jim in all seinem Kummer, und wenn sie etwas hätte sagen können, um ihn zu trösten, dann hätte sie es ihm gesagt. Aber es gab keinen Trost. Also stand sie nur da und wartete darauf, dass dieser Tag zu Ende ging, sodass sie sich in ihre Wohnung verkriechen konnte, um das Unausweichliche zu erwarten. Es kam ihr nicht ein einziges Mal in den Sinn, dass sie elf Jahre später immer noch mit dem Warten auf dieses Unausweichliche beschäftigt sein könnte.

Tom
25. September 2007

Abschrift der Radiosendung *Liveline* mit Joe Duffy
«Ich habe Tom Kavanagh in der Leitung. Tom, sind Sie da?»

«Ich bin da, Joe.»

«Tom, Sie suchen nach Ihrer geliebten Frau Alexandra.»

«Ja, Joe.»

«Sie wird seit dem einundzwanzigsten Juni dieses Jahres vermisst, nicht wahr?»

«Ja, seit Donnerstag, dem einundzwanzigsten Juni.»

«Erzählen Sie uns von ihr, Tom.»

«Ich weiß nicht, womit ich anfangen soll. Zum letzten Mal wurde sie in Dalkey gesehen, und seitdem ist sie verschwunden.»

«Gut, in Ordnung. Und wie ist Alexandra so?»

«Sie ist humorvoll, sie ist fröhlich, sie ist nett, sie ist herzlich, sie ist lebhaft, sie ist einfach wundervoll, Joe.»
Anrufer ist aufgewühlt.

«Die Polizei konnte ihre Spuren bis nach Dalkey zurückverfolgen. Können Sie uns darüber etwas erzählen?»

«Sie ist so gegen zwei Uhr nachmittags daheim in Clontarf aus dem Haus gegangen. Eine Nachbarin, die sie im Vorbeigehen gegrüßt hat, hat das bestätigt. Sie ging zur Bahnstation, und es haben sich drei Teenager gemeldet, die bezeugen können, dass sie in die Bahn eingestiegen ist. Außerdem war sie um halb vier auf den Bildern der Überwachungskamera auf dem Bahnsteig von Tara zu sehen, aber sie ist gleich wieder in den Zug eingestiegen. Bei Befragungen auf den Bahnstationen hat eine Frau gesagt, sie habe Alexandra in Dalkey aussteigen sehen. Dort ist sie auch nochmal auf den Bildern einer Überwachungskamera zu sehen. Aber danach …» *Anrufer ist aufgewühlt.*

«Aber danach?»

«Danach war sie verschwunden. Wie vom Erdboden verschluckt.»

«Das ist wirklich schrecklich. Um welche Uhrzeit war das?»

«Ungefähr um vier Uhr nachmittags.»

«Und wo waren Sie?»

«Bei der Arbeit. Wir beenden gerade einen Bau-Auftrag in Blackrock.»

«Daraus schließe ich, dass Sie Bauunternehmer sind.»

«Ja.»

«Und wann haben Sie festgestellt, dass Ihre Frau verschwunden war?»

«Ich wollte um vier Uhr zu Hause sein. Ich hatte versprochen, mich ums Abendessen zu kümmern, weil sich Alexandra mit ihrer Freundin Sherri verabredet hatte, um ein paar Konzertkarten abzuholen. Sie hat mir einen Zettel geschrieben, auf dem stand, dass sie um halb acht wieder da sein würde. Aber ich wurde auf der Baustelle aufgehalten. Ich bin erst um neun Uhr heimgekommen.»

«Und wann haben Sie die Polizei alarmiert, Tom?»

«Am nächsten Morgen.» *Anrufer ist aufgewühlt.* «Ich dachte, sie wäre mit Sherri versackt oder sie wäre vielleicht sauer, weil ich nicht zu Hause war und das Abendessen gemacht habe, und sei deshalb noch einmal weggegangen. Ich war völlig erledigt an diesem Abend und bin irgendwann eingeschlafen.»

«Das ist verständlich. Wie alt ist Alexandra?»

«Sie ist sechsunddreißig. Sie hat schulterlanges, kastanienbraunes Haar. Sie trug schwarze Hosen und eine schwarze Bluse mit einer Kragenschleife und dazu ein schwarzes tailliertes Jackett. Sie ist sehr attraktiv, sie gehört zu den Menschen, an die man sich erinnert, wenn man sie gesehen hat.» *Anrufer ist aufgewühlt.*

«Und vermisst wird sie seit …»

«Donnerstag, dem einundzwanzigsten Juni dieses Jahres.»

«Hatte sie vielleicht Probleme, Tom?»

«Nein, Joe. Sie war eine sehr glückliche, ausgeglichene Frau.»

«Okay.» Joe seufzt. «Ich stelle jetzt eine naheliegende Frage, Tom, entschuldigen Sie. Könnte es sein, dass sie sich das Leben genommen hat? Dass sie sich ertränkt hat?»

«Nein. Auf keinen Fall. Sie war nicht selbstmordgefährdet. Trotzdem haben die Küstenwache und Polizeitaucher nach ihr gesucht, und davon abgesehen waren an diesem Tag sehr viele Leute am Strand, und niemand hat sie gesehen.»

«Tut mir leid, Tom, aber das musste ich fragen. Ich hoffe, dass einem unserer Zuhörer etwas einfällt, was Ihnen weiterhilft.»

«Noch eins, Joe.»

«Ja?»

«Ich stelle mich später mit Flyern an die Bahnstation von Dalkey und verteile auch welche bei dem Jack-Lukeman-Konzert am nächsten Freitag.»

«Warum dort, Tom?»

«Sie ist ein Riesenfan von ihm. Sie hat noch keinen Auftritt von ihm verpasst.» *Anrufer ist aufgewühlt.*

«Und er ist ja auch sehr bekannt. Es werden Leute von weit her zu dem Konzert kommen.»

«Also lohnt es sich umso mehr, dort ihr Foto zu verteilen.»

«Ich wünsche Ihnen viel Glück, Tom. Diese Situation muss schrecklich für Sie sein. Wir stellen die Informationen über Alexandra auf unsere Webseite, vielleicht könnten Sie uns noch ein Foto von ihr schicken?»

«Das mache ich. Danke, dass Sie den Anruf in die Sendung genommen haben.»

«Und, liebe Zuhörer, falls irgendjemand etwas über Alexandra Kavanagh weiß, die seit dem einundzwanzigsten Juni 2007 vermisst wird, dann melden Sie sich bitte bei der Polizeiwache von Clontarf. Der ermittelnde Beamte heißt Des Martin. So, nach der Werbung melden wir uns zurück.»

Ende der Abschrift.

Tom legte den Hörer auf und wandte sich zu seiner Schwiegermutter Breda um. Sie saß am Küchentisch und wirkte sehr zart und sehr zerbrechlich. Unter Tränen lächelte sie ihn an.

«Das hast du sehr gut gemacht, mein Lieber», sagte sie.

«Du hättest unsere Telefonnummer hier angeben sollen», sagte Eamonn, der unruhig auf und ab ging. Eamonn war Alexandras älterer Bruder. Tom und er hatten sich nie besonders gut verstanden, und Alexandras Verschwinden hatte die Kluft zwischen ihnen noch vertieft. «Und du hättest sagen sollen, dass es ihr nicht gutging, weil sie nicht schwanger geworden ist, obwohl sie sich unheimlich nach einem Kind gesehnt hat.»

«Das hat überhaupt nichts damit zu tun», sagte Tom. «Es ging ihr gut, sie war glücklich.»

«Du willst es einfach nicht wahrhaben!», rief Eamonn. «Sie hat darunter gelitten, und du hast es nicht mal bemerkt!»

«Nimm das zurück, Eamonn», sagte Tom und ging auf Eamonn zu.

Eamonn wünschte sich geradezu, dass Tom zuschlug. *Los, mach schon, trau dich!*

Breda rief die beiden zur Ordnung. «Hört auf, alle beide!»

Alexandras Vater stand von dem Stuhl auf, in dem er draußen auf der Veranda gesessen hatte. Er drückte seine Zigarette aus und kam ins Haus.

«Geht jetzt nach Hause», sagte er zu Eamonn und Tom. «Geht nach Hause, bevor ihr alle beide Dinge sagt und tut, die ihr hinterher bereut.»

Eamonn und Tom nickten und murmelten Entschuldigungen. Breda weinte wieder. Sie sah Tom an, der in drei Monaten um zehn Jahre gealtert war. Sein schwarzes Haar war beinahe vollständig ergraut; seine früher so funkelnden Augen blickten müde, die Haut ringsum war dunkel verschattet. Er war immer so pedantisch gewesen, was sein Aussehen betraf. Alexandras Familie und vor allem Eamonn hatte immer darüber gewitzelt, dass Alexandra einen Metrosexuellen geheiratet hatte. Tom trug nur die allerbesten passgenauen Anzüge, und die wurden sofort in die Reinigung gebracht, nachdem er sie einmal getragen hatte. Sein Haar war perfekt geschnitten und sein Gesicht perfekt gepflegt. Tom sah überhaupt nicht wie ein Bauunternehmer, sondern wie ein Banker aus. Er war wohlhabend, und wenn er sich auch keine Extravaganzen leistete, so ließ er seine Umgebung doch nicht im Zweifel über seinen Status. Breda registrierte, dass ihm sein Anzug jetzt zu groß war, sein Haar eine ungekämmte Mähne, und rasiert hatte er sich vermutlich seit Tagen nicht. Er war nur noch ein Schatten seiner selbst, ebenso wie sie selbst nur noch ein Schatten der Frau und Mutter war, die sie früher gewesen war. Sie respektierte sein Leid, weil sie darin auch ihr eigenes Leid sah, und sie wollte, dass ihr Sohn, dessen Zorn größer war als sein Schmerz, aufhörte, ihren verzweifelten Schwiegersohn noch weiter zu belasten. Sie nahm sich vor, mit Eamonn zu reden, wenn sie wieder die Kraft hätte, mit seiner streitsüchtigen Art umzugehen.

Als Tom ging, umarmte sie ihn, und er spürte jeden Knochen in ihrem Rücken. Sie flüsterte ihm ins Ohr: «Sie ist immer noch bei uns – ich spüre es. Gott wird sie behüten – sie ist nicht allein, Gott ist bei ihr.»

Tom nickte. «Versuch, ein bisschen mehr zu essen, Breda.»

Er stieg in sein Auto und blieb ein paar Minuten sitzen, ohne loszufahren. Als Eamonn aus dem Haus kam, war er immer noch da. Eamonn ging zu Toms Auto und klopfte an die Scheibe der Fahrertür. Tom ließ die Scheibe herunter.

«Es ist mir egal, was die Polizei sagt», sagte Eamonn. «Es ist mir egal, was meine Mutter sagt. Es ist deine Schuld. Du bist schuld daran.» Dann drehte er sich um, ging zu seinem Auto und fuhr weg, während Tom blieb, wo er war, und in der Einfahrt seiner Schwiegereltern begann, wie ein Kind zu heulen.

O Gott, bitte, bitte, wo ist sie? Bring sie mir nach Hause, bitte, bitte, bringe sie nach Hause! Ich bereue die Fehler, die ich je gemacht habe. Vergib mir und bring sie nach Hause.

Zu diesem Zeitpunkt wurde Alexandra seit dreizehn Wochen und fünf Tagen vermisst.

2
Fear is the Key

All the shapes in the dark are playing with your heart,
fear is always near.
It'll never set you free, it'll never let you be,
once you let it in all the fun begins,
'cos fear is all you'll breathe.
Jack L. & The Black Romantics, *Wax*

Oktober 2007

Es war ein feuchtkalter Abend. Jane hatte sich zweimal überlegt, ob sie wirklich aus dem Haus gehen wollte. Sie hatte einen langen und anstrengenden Tag hinter sich, aber sie hatte es ihrer jüngeren Schwester Elle versprochen, und Elle konnte ziemlich ungenießbar werden, wenn man sie enttäuschte. Das Konzert sollte um neun Uhr anfangen. Jetzt war es kurz nach zehn. Also hatten sie die Vorgruppe verpasst, und wahrscheinlich stand Jack Lukeman schon auf der Bühne. Am Veranstaltungsort gab es keinen Parkplatz, und weil sie sich in der Innenstadt nicht so gut auskannte und außerdem von der krankhaften Angst besessen war, falsch herum in eine der vielen Einbahnstraßen zu fahren, hatte Jane das Auto meilenweit entfernt geparkt. Da sie also ohnehin schon zu spät dran waren, mussten sie vom Auto zu dem Konzertclub rennen, und gerade als sie um die erste Straßenecke bogen, begann es wie aus Kübeln zu regnen. Die Schwestern hatten keinen Schirm dabei. Elle zog sich ihre Kapuze über den Kopf, doch die rutschte ihr beim Laufen immer wieder vom Kopf. Sie versuchte, die Kapuze unter dem Kinn festzuhalten, während Jane ihr Bestes tat, um auf ihren hohen Absätzen mit Elle Schritt zu halten, und gleichzeitig darum betete, dass sie sich nicht gleich den Knöchel brechen würde.

Beim Einlass kramten sie nach ihren Karten, und nachdem ein Türsteher mit dem Körperbau eines Silberrücken-Gorillas und dem Charme eines Holzklotzes die Tickets beäugt hatte, wurden sie durchgewinkt.

«Bewegung!», sagte er.

«Wie nett», sagte Elle, worauf Jane die Augen aufriss und die Lippen zusammenpresste, um Elle zu verstehen zu geben, dass sie hier besser den Schnabel hielt.

Sie kamen an einem schlampig gekleideten Typen vorbei, der kurz hinter dem Eingang zwischen dem Aufzug und den Treppen stand. Er drückte ihnen je einen Flyer mit dem Foto einer Frau in die Hand.

«Falls ihr sie seht, ruft mich bitte unter der Nummer an, die hier draufsteht», sagte er.

Weder Jane noch Elle hatten sich den Flyer richtig angesehen, denn sie hörten inzwischen schon Jack Lukeman «Don't fall in love» singen. Elle entdeckte den Aufzug. «Unsere Plätze sind oben auf der Galerie», sagte sie, «lass uns den Aufzug nehmen.»

«Ich hasse Aufzüge.»

«Und wir verpassen das Konzert», sagte Elle genervt.

Jane seufzte, und damit wusste Elle, dass sie sich durchgesetzt hatte. Sie drückte in demselben Moment auf die Taste, um den Aufzug zu rufen, in dem der Silberrücken-Charmebolzen nach einem Blick auf die Uhr begann, die Einlasstüren zu schließen. Eine Frau in einem langen, durchsichtigen Plastikregenmantel, dessen Kapuze mit einem Durchzugband eng um den Kopf zusammengezogen war, streckte ihre Hand mit der Konzertkarte durch den Türspalt. Der Türsteher überlegte kurz, ob er ihr den Arm abquetschen sollte, bevor er die Tür wieder aufzog, ihr Ticket kontrollierte und sie durchgehen ließ.

Elle lächelte, als das laufende Kondom auf sie zukam. *Tja, so bleibt man wenigstens trocken.* Das Kondom ignorierte den Flyer in der ausgestreckten Hand des Mannes neben der Treppe und stellte sich hinter Jane, die sich gerade innerlich darauf vorbereitete, dass sie gleich in einer winzigen Zelle eingeschlossen werden würde. *Ganz ruhig. Es ist in ein paar Sekunden vorbei.* Der Silberrücken verriegelte die Haupttür. Der Typ mit den Flyern steckte die restlichen Zettel in eine Tasche und wartete hinter Elle auf den Aufzug. Das rote Lämpchen über den Aufzugtüren leuchtete auf, und es ertönte ein einzelner Glockenton. Elle stieg zuerst ein, gefolgt von dem Kondom und dem Typ mit den Flyern. Eine Sekunde lang konnte sich Jane nicht vom Fleck rühren. Als sie bemerkte, dass ihre Schwester und zwei merkwürdige Fremde sie anstarrten, zwang sie sich, ebenfalls einzusteigen. Die Türen glitten hinter ihr zu, und Jane atmete langsam und sehr bewusst ein und aus. *Zehn Sekunden, und es ist vorbei. Zähl langsam rückwärts. Zehn … neun …*

Elle hörte Jack singen: «Don't fall in love with the girls around here, you give them your heart they soon disappear.» Ganz leise sang sie mit: «They come from country towns and live on Crescent Street and all that they share are the secrets they keep.»

Jane zählte in Gedanken: … *fünf* … *vier* …

Mit den letzten Takten des Songs wurde Elle lauter: *«La, la, la, la, la, la, la!»*

Das Kondom und der Flyer-Typ starrten vor sich hin, ohne die unmusikalische Frau zu beachten, die ihnen den Spaß an Jack Lukemans Song verdarb, indem sie ihn mit ihrem Gejaule übertönte. Jane achtete nur darauf, ruhig zu atmen und zu zählen: … *drei* … *zwei* …

Das Licht ging zuerst aus. Dann hielt der Aufzug mit einem so heftigen Ruck, dass alle vier Passagiere unwillkürlich nach Luft schnappten. Jane hörte mit dem Zählen auf, Elle hörte mit dem Gejaule auf, und draußen hörte die Musik auf. Nur Jack L. sang noch. Er beendete sein Lied ohne Mikrophon und Band. Das Publikum klatschte und jubelte, und Elle wurde bewusst, dass sie von ihrer Schwester angestarrt wurde, deren Beine unter ihr nachgegeben hatten und die nun auf dem Boden saß, während sich das Kondom an den Handlauf des Aufzugs und der Flyer-Typ an seine Tasche klammerte, als ginge es ums nackte Überleben. Draußen klatschte die Menge immer noch Beifall, und die Situation war total merkwürdig, und das gefiel ihr.

«Was ist los?», fragte sie mit einem Grinsen. «Glaubt ihr, es brennt irgendwo im Gebäude?»

Janes Atem wurde flacher und schneller, sodass sie nichts darauf sagen konnte. Der Flyer-Typ schüttelte den Kopf, bevor er sagte, wenn es ein Feuer gäbe, würde man bestimmt eine Alarmsirene hören. Das Kondom zog die Schleife des Kapuzenbandes auf und schob die Plastikkapuze zurück. Darunter kam kurzes schwarzes Haar mit ein paar grauen Strähnen zum Vorschein.

«Garantiert ein Stromausfall», sagte sie, «liegt vermutlich an diesem Mistwetter. Ich habe ja schon geahnt, dass ich heute Abend nicht hierherkommen sollte, aber ich habe nicht auf meine innere Stimme gehört.» Sie zog ihren Mantel aus, rollte ihn zusammen und steckte ihn in ihre riesige Handtasche. «Ist mit ihr alles in Ordnung?», fragte der Flyer-Typ Elle und deutete auf Jane.

«Sie hat ein Problem mit Aufzügen», sagte Elle. «Halt durch, Janey.» Sie hockte sich neben ihre Schwester auf die Fersen und strich ihr die feuchten blonden Strähnen aus dem Gesicht. «Es dauert bestimmt nicht lange.»

Aus irgendeinem Grund fand das Kondom, dass man Elle korrigieren müsse. «Wir könnten leicht ein paar Stunden lang hier drin festsitzen.»

Jane packte Elles Hand und drückte sie beinahe schmerzhaft.

Elle sah das Kondom an und schüttelte den Kopf. «Das war echt nicht cool, Kondom. Echt nicht.»

Das Kondom und der Flyer-Typ starrten sie verwirrt an und fragten sich offenbar, ob sie eben richtig gehört hatten, doch dann wurden ihre Überlegungen von der Stimme eines Mannes unterbrochen, der sich über ein Megaphon ans Konzertpublikum wandte.

Jane sah sich mit schreckgeweiteten Augen in dem Aufzug um. «Was ist da draußen los?», fragte sie keuchend.

«Schsch», sagte das Kondom und legte den Finger über die Lippen.

Auf der Bühne startete der Manager des Veranstaltungsorts den zweiten Versuch, sich dem Publikum verständlich zu machen. Die Zuschauer aber interessierten sich nicht für ihn, sie wollten, dass er von der Bühne verschwand. Hinter dem Manager begann Jack L. herumzualbern, und die Leute lachten. Der Manager brauchte ewig, um das Megaphon richtig einzustellen, und Jack war in Bühnenlaune. Er sprang umher und umarmte den Manager, dessen Gesicht inzwischen tiefrot war. Der Mann hatte Angst. Er hatte Angst, weil Jack für seine Unberechenbarkeit und seine überbordende Energie und seine Übermütigkeit und seine mitreißende Art bekannt war. Der Manager betete, dass er nicht zur Zielscheibe von Jacks Späßen würde, und seufzte erleichtert, als das Megaphon endlich richtig funktionierte.

Dann erklärte er, dass in der gesamten Straße der Strom ausgefallen war. Er wusste nicht, wie lange der Stromausfall dauern würde, und entschuldigte sich, weil aus irgendeinem Grund auch der Generator, der normalerweise bei solchen Notfällen eingeschaltet wurde, nicht lief.

Im Aufzug hatte das Kondom das Ohr an den Spalt zwischen den Türen gelegt und lauschte angestrengt.

«Was sagt er?», fragte Elle.

«Ich hab's ja gewusst, es ist ein Stromausfall.»

«Und was passiert jetzt?», fragte Elle.

«Schsch», sagte das Kondom, «sonst höre ich doch nichts.»

Auf der Bühne erklärte der Manager, dass sich schon jemand den Generator ansah, und falls der Generator trotzdem nicht innerhalb der nächsten zehn Minuten ansprang, würden alle ihr Eintrittsgeld zurückbekommen. Er wurde ausgebuht, und Jack nahm ihm das Megaphon aus der Hand. Er brannte darauf zu spielen. Bei ihm schien der Strom ganz und gar nicht ausgefallen zu sein. Er lief auf der Bühne hin und her wie ein Panther im Käfig. Dann hob er das Megaphon.

«Ich bin nicht bereit, das Konzert abzubrechen», sagte er, und das Publikum klatschte laut Beifall.

Jack war von sexy bis abschreckend schon mit allen möglichen Beschreibungen belegt worden, irgendwann hatte sogar mal jemand geschrieben, er sei das Ergebnis einer Kreuzung zwischen einem Vampir und einem Werwolf. An diesem Abend war er eher eine Mischung aus Jack Nicholsons böswilligem Joker und Johnny Depps ausgelassenem Piraten.

Jack sprang an die Seite der Bühne. In einem Augenblick war er auf den oberen Rang geklettert und wandte sich von dort aus ans Publikum.

«Und? Sollen wir weitermachen?», rief er. Die Zuschauer brüllten begeistert. Jacks dunkle Augenbrauen hoben sich, er grinste breit, und dann sprang er trotz der beträchtlichen Höhe des oberen Rangs wieder auf die Bühne hinunter. «Also los!», rief er, und Jubel brandete auf. Er gab dem Manager das Megaphon zurück. Der arme Mann stand immer noch auf der Bühne und starrte mit offenem Mund die Wand an, die der Sänger anscheinend einfach so hinaufgelaufen war. Jack klopfte ihm auf den Rücken. Der fassungslose Mann verließ die Bühne und überlegte dabei, ob er in der Künstlergarderobe ein Schild anbringen sollte, das verbot, die Wände hinaufzulaufen.

Jack fuhr sich mit der Hand durch seine kurzen schwarzen Haare, dann drehte er sich zu seinem Gitarristen um und zog das Verstärkerkabel aus seiner Gitarre. Das Publikum klatschte. Der Roadie brachte eine Akustik-Gitarre. Jack sah den Schlagzeuger an, und der gab ihm mit seinem Schlagbesen das Zeichen, dass er bereit war.

Wieder johlte und klatschte das Publikum.

Unterdessen fragten sich die vier im Aufzug, was da draußen vor sich ging.

«Er spielt doch nicht, oder?», sagte Jane zwischen tiefen, konzentrierten Atemzügen.

«Ich glaube doch», sagte Elle.

Auf der Bühne nickte Jack, beugte sich zu seinem Gitarristen vor und sagte etwas zu ihm. Der Gitarrist schlug die bekannten Akkorde von «Move On» an, Jack öffnete den Mund, und seine eindringliche, phantastische Stimme erklang so klar, als wäre sie immer noch elektrisch verstärkt. Innerhalb einer Sekunde war es vollkommen still im Saal.

Und sobald er sang, hallte seine Stimme in dem Aufzug wider, als säße er selbst darin.

«Oh, dieser Song ist ja so toll!», sagte das Kondom und schlug mit dem Handballen an die Aufzugtür. Dann ließ es sich in die Hocke hinab, sodass der Flyer-Typ der Einzige war, der noch stand.

Makes no difference who you are, love will find you, yeah,
Opera or music star, love will find your path.
All the money in the world save you from that.
All the beauty in the world you can't just cover your tracks …

Das Publikum sang den Refrain mit.

And if you move on it will keep up
And if you jump down you know you'll be found.

«Sollen wir rufen oder so, um uns bemerkbar zu machen?», fragte Elle, nachdem sie eine Minute oder zwei schweigend Janes keuchendem Atem und Jacks Gesang gelauscht hatten.

«Der Türsteher denkt bestimmt gleich daran, dass wir im Aufzug sind», sagte der Flyer-Typ und hoffte inständig, dass sich der Türsteher doch noch als verantwortungsbewusster erweisen würde, als die kurze Begegnung mit ihm zuvor nahegelegt hatte.

«Der Silberrücken?», schnaubte Elle. «Wie's bei dem ums Denken bestellt ist, will ich lieber gar nicht wissen.»

«Sie hat recht», sagte das Kondom. «Er war wahrscheinlich zu beschäftigt damit, sich zu lausen, um uns beim Reinkommen überhaupt wahrzunehmen.»

Elle lachte. Es gefiel ihr, dass das Kondom ihr Primatenthema aufgegriffen hatte. Der Flyer-Typ starrte die Aufzugtüren an und beschloss, dass er einmal versuchen könnte, sie mit den Händen aufzuschieben. Doch es gelang ihm nicht einmal, die Finger in den Türspalt zu zwängen, und nachdem er sich hatte bestätigen lassen, dass zufällig keine der Frauen eine Brechstange in der Handtasche hatte und auch nichts, das man als Brechstange hätte einsetzen können, begann er mit den Fäusten an die Türen zu hämmern, was den Aufzug zum Schwanken brachte, sodass Jane noch heftiger keuchte, zitterte und weinte.

«Atmen, Janey», sagte Elle. «Dir geht's gut, alles ist in Ordnung.»

Aber Jane ging es gar nicht gut. Sie hatte Schmerzen in der Brust und musste sich gegen den Drang wehren, einfach gegen die Wände zu laufen.

«Wenn du nicht aufhörst, diesen Aufzug zum Schwanken zu bringen, bekommt diese Frau hier eine ausgewachsene Panikattacke, falls sie nicht schon eine hat», sagte das Kondom zu dem Flyer-Typen.

Er drehte sich um und sah auf Janes totenblasses

Gesicht hinab. Er hörte mit seinem Gehämmer auf und setzte sich ebenfalls auf den Boden.

«Tut mir leid», sagte er.

Jane versuchte ein Lächeln, aber sie brachte keins zustande, da sie ja schließlich um Atem ringen musste.

«Hat jemand eine Papiertüte?», fragte Elle.

Das Kondom sagte gleich nein, aber der Flyer-Typ sah in seiner Tasche nach.

«Nein», sagte er schließlich, «aber vielleicht geht das auch.» Er zog ein Poster aus der Tasche, faltete es zu einer Tüte und gab sie Elle. Sie setzte Jane die Öffnung der Tüte über Mund und Nase und befahl ihr, ruhig zu atmen. Es funktionierte nicht. Jane schob die Postertüte weg und drückte sie mit verkrallten Fingern an ihren schmerzenden Brustkorb, dann legte sie sich auf den Boden.

O nein, jetzt hole ich mir noch irgendwelche fleischfressende Viren von diesem Boden. Bitte lieber Gott, lass mein Gesicht das letzte sein, über das sie sich hermachen. Mein armer Sohn. Auf Wiedersehen Kurt, Mum liebt dich. Auf Wiedersehen Dominic, du bist ein egoistischer Mistkerl, eine Niete und ein Dummkopf, und ich liebe dich. Warum liebst du mich nicht? Auf Wiedersehen Mutter, du bist zwar eine böse Hexe, aber immerhin hasse ich dich nicht. Auf Wiedersehen Elle, wenn du dich um deine Karriere kümmerst und damit aufhörst, Dummheiten zu machen, kommst du gut ohne mich klar.

Elle sah ihre Schwester auf dem Boden liegen, sah, wie sie sich mit schweißglänzendem Gesicht über die Brust rieb und so schnell und hechelnd atmete, dass es wirklich nicht mehr gesund sein konnte. Jane hatte schon oft gesagt, dass so etwas passieren könnte, wenn sie von

Elle wieder einmal dazu gedrängt worden war, in einen Aufzug zu steigen, aber Elle hatte noch nie selbst einen solchen Anfall miterlebt, und abgesehen von der Idee mit der Papiertüte hatte Elle keine Ahnung, was sie noch tun könnte.

«Was soll ich machen?», fragte sie Jane, der es inzwischen so erschien, als würde sie Richtung Decke schweben. *Wenigstens bin ich jetzt von dem ekligen Boden weg.*

Das Kondom sagte so etwas wie *Hah,* stand auf und ging an Janes Seite wieder in die Hocke, wobei es dem Flyer-Typen bedeutete, sich an Janes andere Seite zu setzen. Das Kondom entzog Elle Janes Hand, weil Jane mit der anderen Hand krampfhaft das Poster an die Brust drückte.

«Du hast eine Panikattacke. Daran stirbst du nicht. Niemand stirbt an einer Panikattacke», sagte das Kondom.

Jane hörte auf zu schweben und kehrte in ihren auf dem Boden liegenden Körper zurück.

«Du schaffst das schon. Lass es einfach passieren, dann geht es von selbst vorbei», sagte das Kondom, und Jane hörte ihr zu. «Es ist in Ordnung, dass du Angst hast. Bald geht es dir wieder gut.»

Janes Atem verlangsamte sich, und während der folgenden zehn Minuten wiederholte das Kondom immer wieder die Mantras, und langsam begann Jane, sich wieder normal zu fühlen. Dann konnte sie sich aufsetzen, und als sie ihren Atem so weit unter Kontrolle hatte, dass sie sprechen konnte, dankte sie dem Kondom.

«Ich heiße Jane.»

«Leslie», sagte das Kondom.

«Elle», sagte Elle. «Das war echt beeindruckend gerade. Bist du Ärztin?»

«Nein.»

«Hast du selbst Panikattacken?», fragte Elle.

«Nein.»

«Woher hast du dann gewusst, was du sagen musst?», fragte Elle, die sich von Leslies einsilbigen Antworten nicht abschrecken ließ.

«Meine Schwester hatte welche.»

«Hatte?», sagte Elle. «Hat sie jetzt keine mehr?» Sie ließ ihren Blick von Leslie zu Jane wandern und war drauf und dran, den Daumen triumphierend in die Höhe zu recken.

«Sie ist gestorben», sagte Leslie, und Jane wurde wieder blass, «aber nicht an einer Panikattacke.» Sie lächelte Jane an.

Elle betrachtete den Flyer-Typen, der schweigend in einer Ecke saß. «Und wie heißt du?»

«Tom.» Er wandte sich an Jane. «Tut mir leid wegen vorhin. Dass ich gegen die Tür gehämmert habe.»

Jane lächelte ihn an. «Schon gut. Ich benehme mich einfach unmöglich.»

Auf der Bühne hatte Jack gerade etwas gesagt, und ein Lachen ging durchs Publikum. Dann begann er *Bedsprings* a capella zu singen.

Take me back to your old ma's place
where the bedspring squeaks and your body shakes
and I lose myself before the morning takes me home,
Love me in the doorway I'll love you on the stairs …

Elle begann den Takt mitzuschnippen. «Ich liebe diesen Song.»

Leslie liebte den Song auch. *Bitte, bitte mach ihn nicht kaputt, bitte sing nicht mit.*

Jane setzte sich auf ihre Handtasche.

«Es ist wohl ein bisschen zu spät, jetzt noch darauf zu achten, dass du dir die Kleider nicht verdreckst, Jane», sagte Elle, die immer noch mitschnippte.

«Ich weiß.» Seufzend betrachtete Jane den Boden. «Wenn ich hier rauskomme, brauche ich eine Tetanusspritze.»

Elle bemerkte, dass sich Leslie zu der Musik bewegte, und sie wusste, dass gleich der Refrain kommen würde. «Sing mit mir, Leslie!», sagte sie.

«Nein», sagte Leslie.

«Ist ‹Nein› dein Lieblingswort?», fragte Elle.

«Nein.»

Elle lachte. *Ich mag dich.* «Los, mach mit, ich weiß, dass du Lust dazu hast.»

Und Leslie hatte wirklich Lust dazu, und wenn sie keine gehabt hätte, dann hätte sie zuhören müssen, wie Elle den Song verhunzte. Und so sang sie mit einer vollkommen Fremden in einem Aufzug den Refrain mit. Das passt überhaupt nicht zu mir, aber es macht Spaß.

«Oh come on down while we're in full bloom
it's bright night, let's howl at the moon.»

Tom lachte, und Jane vergaß ihre Angst einen Moment lang, um sich darüber zu freuen, wie ihre Schwester und Leslie gemeinsam den Mond anheulten.

«Whoa come on down we're in full bloom,
howl at the, howl at the, howl at the moon.»

Sie heulten und jaulten, und irgendwie waren sie gar nicht so schlecht.

«Hallo, ist da drin jemand?»

Tom stand auf und sagte in den Spalt zwischen den Aufzugtüren: «Hallo.»

«Wie viele Personen sind Sie da drin?», fragte die Stimme.

«Vier», sagte Tom.

«Okay, wir hoffen, dass der Generator bald läuft.»

«Danke», sagte Tom.

«Sind Sie alle in Ordnung?», fragte die Stimme.

«Wir sind in Ordnung», sagte Tom mit einem Blick auf Jane, die nickte.

Bevor der Mann noch eine weitere Frage stellen konnte, begann Jack *«Georgie Boy»* zu singen, und das gesamte Publikum sang mit und übertönte ihn.

Tom setzte sich wieder auf den Boden.

Jane löste endlich ihren Griff von dem Poster, an das sie sich die ganze Zeit noch gekrallt hatte. Sie faltete es auseinander und hatte das Bild einer Frau vor sich, die sie kannte. Sie war älter geworden, aber es war eindeutig sie. «Alex? Alexandra Walsh?»

Tom starrte Jane an. «Du kennst sie?»

«Früher kannte ich sie.»

«Sie war ihre beste Freundin», sagte Elle. «Aber dann ist meine Schwester mit siebzehn schwanger geworden, und Alexandra ist aus ihrem Leben verschwunden. Also war sie vielleicht doch keine so gute beste Freundin.»

«Elle», sagte Jane, aber ihr Ton machte klar, dass sie ebenso gut «Halt die Klappe» hätte sagen können. «Sie wird vermisst?», fragte sie Tom.

«Seit Juni.»

«Das ist ja furchtbar!» Ihre Hand zitterte, als sie sich über den Mund strich. «Das tut mir unheimlich leid.»

Elle nahm den Flyer aus ihrer Tasche und betrachtete ihn. «Sorry, ich hätte nicht sagen sollen, dass sie aus Janes Leben verschwunden ist. Manchmal bin ich wirklich ein Schwachkopf. Das ist bei mir genetisch bedingt – ihr solltet mal meine Mutter kennenlernen, dann würdet ihr das sofort verstehen.»

Tom lächelte sie zögerlich an, um ihr zu zeigen, dass er ihr nicht böse war.

«Was ist passiert?», fragte Jane.

«Sie ist nach Dalkey gefahren und verschwunden.»

«Einfach so?»

«Einfach so.»

«Kann es sein, dass sie sich … etwas angetan hat?», fragte Leslie.

«Nein», widersprach Tom fest. «Das kann nicht sein.»

«Ich weiß, es ist schon lange her, aber ich glaube, Tom hat recht. Das klingt überhaupt nicht nach der Alexandra, die ich kannte.» Jane schüttelte seufzend den Kopf. Ihre Augen glitzerten verdächtig, aber sie begann nicht zu weinen.

«Und was sagt die Polizei?», fragte Leslie.

«Sie sagen, sie tun alles, was sie können. Sie haben sich wirklich sehr um uns gekümmert.»

«Wie geht's Breda?», fragte Jane, die an Alexandras Mutter denken musste.

«Sie ist am Boden zerstört, sie ist komplett am Boden zerstört.»

«Das ist alles so schrecklich», sagte Jane. «Breda war immer so nett zu mir. Als ich meinen Sohn bekam, hat sie eine blaue Decke für ihn gestrickt. Er ist jahrelang nirgends hingegangen, wenn diese blaue Decke nicht dabei war.»

«Das weiß ich noch, das Ding hat gestarrt vor Dreck», sagte Elle.

«Wir versuchen schon lange, ein Baby zu bekommen», sagte Tom. «Alexandra hat nach Weihnachten aufgehört zu arbeiten, weil sie gehofft hat, das würde etwas nützen …» Er unterbrach sich, als habe er schon zu viel gesagt. Alexandra würde ihn umbringen, wenn sie wüsste, dass er mit Fremden über ihr Privatleben sprach, auch wenn sie früher einmal mit einer von diesen Fremden befreundet gewesen war. Viel zu viel von ihrem Privatleben war schon in der Öffentlichkeit breitgetreten worden.

«Das ist ein Albtraum», sagte Leslie. «Ein absoluter Albtraum.»

«Sie trug schwarze Hosen und eine schwarze Bluse und schwarze Stiefel», sagte Tom und wiederholte, was er in den letzten Monaten schon so oft gesagt hatte. «Sie hatte ihre Handtasche dabei. Sie nahm nie viel Bargeld mit, aber ihre Kreditkarte wurde nicht benutzt. An dem Morgen ging es ihr gut, sie hatte gute Laune … sie wollte sich um fünf Uhr nachmittags mit ihrer Freundin Sherri in Dalkey treffen. Es ging ihr gut.»

Auf einmal hätte Elle am liebsten angefangen zu weinen, aber das ging nicht, das wäre unpassend gewesen, und trotzdem fiel es ihr immer schwerer, die Tränen zurückzuhalten. Also schwieg sie und konzentrierte sich darauf, ruhig zu atmen – beinahe so wie ihre Schwester zuvor. Diese traurige Geschichte – dass Alexandra verschwunden war und Tom schier verzweifelte – bereitete ihr geradezu körperliche Schmerzen.

«Ich würde dir gerne irgendwie helfen», sagte Jane zu Tom. «Ich weiß, dass wir uns nicht kennen, aber gibt es etwas, das ich tun kann?»

Tom schüttelte den Kopf. «Das ist sehr nett, aber ich wüsste nicht, wie du mir helfen könntest.»

«Wir lassen uns etwas einfallen», sagte Elle und sah Leslie an, die ihren Blick ausdruckslos erwiderte.

«Was ist?», sagte Leslie, nachdem sie Elles Blick eine gefühlte Ewigkeit lang ertragen hatte.

«Willst du ihm nicht auch helfen?», fragte Elle.

«Es wäre schön, wenn wir das könnten», sagte Leslie, «aber wenn die Polizei nichts ausrichten kann, dann kann ich es erst recht nicht, und ihr beide leider auch nicht.»

«Das sehe ich nicht so», sagte Jane. «Ich will es wenigstens versuchen, statt einfach gar nichts zu tun.»

«Dann wünsche ich dir viel Glück», sagte Leslie und sie meinte es so, wie sie es gesagt hatte.

«Leslie hat recht», sagte Tom, gerührt von der Hilfsbereitschaft der beiden Frauen, «aber vielen Dank jedenfalls.»

«Wir helfen dir, ob es dir gefällt oder nicht», sagte Elle. «Übrigens sieht es aus, als könntest du ein paar Tipps brauchen. Flyer bei einem Konzert verteilen. Was soll das bringen?»

«Wenn dir etwas Besseres einfällt, probiere ich es gerne aus.»

«Da muss ich erst mal nachdenken», sagte Elle. «Ich nehme an, in Dalkey hängen die Suchplakate schon, oder?»

«Ja.»

«Gut. Aber das musste ich sicherheitshalber fragen.»

Danach erzählte Jane davon, wie Alexandra früher andere zum Lachen gebracht hatte. Einmal beispielsweise hatte sie bei Alexandra übernachtet, und Alexandra hatte sie dazu überredet, sich nachts aus dem Haus zu schleichen. Sie mussten aus einem Fenster im zweiten Stock klettern, auf das Dach des Anbaus springen und am Abflussrohr herunterrutschen, und als sie das alles endlich geschafft hatten, ohne sich den Hals zu brechen, waren sie so übermütig, dass sie Alexandras Vater übersahen, der auf der Veranda stand und die ganze Aktion beobachtet hatte. Er machte sich bemerkbar, und Alexandra kam auf die geniale Idee, die Arme auszustrecken und wie ein Zombie auf ihren Vater zuzugehen, damit er glaubte, sie würde schlafwandeln.

«Und was hast du gemacht?», fragte Tom.

«Ich habe mir beinahe in die Hose gemacht vor Angst», gab Jane zu. «Aber Alexandra hat so lange Theater gespielt, bis ihr Vater lachen musste, und da waren wir aus dem Schneider. Sie konnte sich immer aus allem herausreden.»

«Aber nicht, als ihr bei uns wart und Mum euch dabei erwischt hat, wie ihr ihren Weinvorrat geleert habt», sagte Elle.

«Rose hat gedroht, die Polizei zu rufen», sagte Jane.

«Rose ist unsere Mutter», erklärte Elle den anderen.

«Aber Alexandra hat ihr erklärt, dass sie die Polizei selbst ruft, weil unser Wohnzimmerteppich ein krimineller Angriff gegen den guten Geschmack wäre.»

«Mum ist ausgerastet», sagte Elle. «Ich habe sie bis in mein Zimmer herumschreien hören, aber das hat Alexandra nichts ausgemacht.»

«Dafür war Alexandra viel zu betrunken», sagte Jane. «Dann hat sie Rose eine alte Säuferin genannt und gefragt, ob sie nicht mal ausprobieren wollten, wer von ihnen beiden die andere unter den Tisch trinken kann.» Jane lachte. «Rose ist richtig lila angelaufen.» Jane wurde wieder ernst. «Anschließend ist Rose einfach aus dem Zimmer gegangen. Ich habe es natürlich die nächsten paar Wochen ausbaden müssen, aber das hat mich nicht gestört, weil Alexandra Rose so richtig zur Weißglut gebracht hat. Damit habe ich mich noch jahrelang getröstet.»

«Um das zu verstehen, müsstet ihr unsere Mutter kennen», sagte Elle.

«Sie hat über dich gesprochen», sagte Tom zu Jane. Er erinnerte sich daran, dass in ein paar von Alexandras Geschichten eine Freundin vorgekommen war, die sehr jung ein Baby bekommen hatte. Alexandra hatte Schuldgefühle gehabt, weil sie sich nicht mehr um die Freundschaft bemüht hatte. Ein paarmal hatte sie davon gesprochen, den Kontakt wieder aufzunehmen, aber dann hatte sie doch nie die Energie gehabt oder die Zeit gefunden.

Leslie lächelte. «Sie ist ein außergewöhnlicher Mensch.»

«Das ist sie», sagte Tom. «Sie ist unglaublich.» Dann verfiel er in Schweigen, und seine Gedanken verfinsterten sich, und die drückende Last seiner Sorgen schien die Aufzugkabine in die Tiefe zu ziehen.

Seine Traurigkeit war überwältigend, und Elle versuchte, die Atmosphäre auflockern. «Was ist mit dir, Leslie, kannst du uns nicht auch eine Geschichte erzählen?»

«Nein», sagte Leslie und lächelte, denn trotz ihrer kurzen Bekanntschaft wusste sie genau, dass Elle nicht zu den Menschen gehörte, die sich mit einem Nein zufriedengeben.

«Schwindlerin», sagte Elle. «Jeder hat eine Geschichte.»

Erneut schwiegen sie gedankenverloren. Tom irrte

immer noch durch die Hölle der grässlichen Angstvorstellungen in seinem Kopf. Jane dachte an ihre Vergangenheit, bevor Kurt auf der Welt gewesen war, als sie mit Alexandra Pläne für weite Reisen in alle Welt geschmiedet hatte. Und Elle überlegte, was sie tun konnte, damit sie sich alle besser fühlten.

«Ich könnte eine Webseite einrichten», sagte Leslie. «Wir müssen die ganzen sozialen Netzwerke nutzen.»

«Endlich sagst du was!», sagte Elle und klatschte.

«Soziale Netzwerke, keine Ahnung, was du damit meinst», sagte Jane, «aber es hört sich gut an.»

«Jane?», sagte Elle. «Wann ist die Eröffnung meiner nächsten Ausstellung?»

«In der ersten Februarwoche.»

«Und wie bald könnten wir die nächste machen?»

«An was denkst du?», fragte Jane.

«An Gesichter.» Elle grinste. «Wie wäre es, wenn ich die Gesichter vermisster Personen male, sagen wir, eine Reihe von zwölf, zu der auch Alexandra gehören würde. Ich könnte damit anfangen, sobald ich dieses letzte Bild für die Februarausstellung fertig habe.»

«Dafür könnte ich garantiert die Medien interessieren», sagte Jane.

«Gut», sagte Elle. «So machen wir's.»

Nach siebzehn Wochen und zwei Tagen Hoffnungslosigkeit, gegenseitigen Schuldzuweisungen, Chaos, Enttäuschung, Angst und Verzweiflung begegnete Tom plötzlich drei Fremden mit ungebrochener Offenheit, und sie waren taktvoll genug, so zu tun, als bemerkten sie nicht, dass er weinte.

3
You can't get bitter

It's so easy to be cynical, you just turn on your TV screen
and everyone tells you who you should be.
When I feel stupid, disenchanted,
those pretty flowers that he planted,
the pollen comes floating down the breeze.
Jack L., *Broken Songs*

Dezember 2007

Es war kurz nach elf Uhr morgens am Silvestertag, und Elle stand hinten im Garten und steckte ihre langen braunen Haare hoch, bevor sie den Spaten aufhob. Sie hatte ihr Ritual schon vor vielen Jahren vom späten Abend auf den späten Vormittag verlegt, damit es nicht ihren Verabredungen in die Quere kam.

Jane kam aus dem Haupthaus, ging die Verandatreppe hinunter und auf ihre Schwester zu, die sie nicht wahrnahm, sondern ihren Blick in eine unbestimmte Ferne gerichtet hatte. Jane bemerkte oft, dass Elle etwas anstarrte, das für alle anderen unsichtbar war, doch sie war sicher, dass es, was immer es auch sein mochte, für Elle ganz real und höchst bemerkenswert war. *Spinnerin.*

«Bereit zum Morgenappell», sagte sie liebevoll und klopfte ihrer Schwester auf die Schulter, bevor sie die Arme eng um sich schlang und den Beginn der Zeremonie erwartete.

Elle grüßte Jane mit dem Spaten in der einen Hand und einer Zigarette zwischen den Lippen. Sie ließ sich Zeit.

«Auf was wartest du?»

Elle ließ den Spaten fallen und ging rückwärts in Richtung der Rosenbüsche ihrer Mutter. «Ich muss es nochmal überprüfen. Die Stelle muss fünf Fußlängen von Mutters Rosen und acht Fuß von Jeffreys Grab entfernt sein, aber Mums Rosenbüsche sind nur sechs Fuß von dem blöden Grab entfernt.»

Sie begann einen Fuß vor den anderen zu setzen und zählte dabei mit.

«Aber das sind keine richtigen Fußlängen», sagte Jane, «ich meine, wie bei dem Längenmaß, wo ein Fuß zwölf Zoll lang ist.»

«Ich rede nicht von einem ‹richtigen› Fuß – ich rede von *meinen* Füßen», sagte Elle.

Sie kam wieder auf das gleiche Ergebnis, und langsam wurde sie ungeduldig.

«Ist das denn so wichtig? Du kannst doch einfach ein größeres Loch graben.»

«Kann ich nicht», sagte Elle und umkreiste die Stelle, an der ihrer Meinung nach die Keksdose vergraben war. «Letztes Jahr hätte ich mit dem Spaten beinahe Jeffreys Kopf abgehackt.»

Jane lachte. «Jeffrey ist gestorben, als du sechs Jahre alt warst.»

«Und?»

«Und das bedeutet, dass er seit zwanzig Jahren tot ist.»

Elle tat, als verstünde sie nicht. «Was willst du damit sagen?»

Also sagte Jane es: «Jeffreys Kopf ist schon längst verwest.»

«Ich weiß genau, dass es Jeffrey war.»

«Nicht Jessica, Judy oder Jimmy?», fragte Jane und lachte wieder.

«Eindeutig Jeffrey», sagte Elle und begann noch einmal einen Fuß vor den anderen zu setzen und zu zählen. Nach der dritten Zählung war sie ratlos. «Die Stelle sollte fünf Fuß von Mums Rosen und acht Fuß von Jeffreys Kopf entfernt sein, wie kann dieser Garten plötzlich um zwei Fußlängen geschrumpft sein?»

«Vielleicht liegt es an den Schuhen, die du da trägst.»

Elle dachte darüber nach und zog dann ihre Schuhe aus. Auf Strümpfen zählte sie erneut und kam erstaunlicherweise auf eine Fußlänge mehr. *Meine Güte, kein Wunder, bei meinen verkrüppelten Zehen.*

«Geh lieber mal zum Orthopäden», sagte Jane, die Elles Hammerzehen durch die dünnen Seidenstrümpfe sah.

«Wird gemacht», sagte Elle und versuchte ihre Zehen gerade zu strecken.

«Und du solltest nicht so oft hohe Schuhe tragen.»

«Wird nicht gemacht», sagte Elle, bevor sie sich wieder auf den Boden konzentrierte.

Nachdem sie noch ein oder zwei Minuten herumgestanden und über die verlorene Fußlänge gemault hatte, begann sie vorsichtig zu graben, förderte schließlich die alte Keksdose zutage und ging damit und mit Jane im Schlepptau bis zu ihrem kleinen Cottage ganz am Ende des langgestreckten Gartens. Sie betraten die Küche. Jane machte Kaffee, während sich Elle damit abmühte, die verrostete alte Dose aufzubekommen.

«Du brauchst eine neue Dose.»

«Auf keinen Fall. Entweder die oder keine. So was nennt man Tradition, Jane», widersprach Elle und schrie auf, weil sie sich beinahe den Mittelfinger an einer scharfen Kante ihrer rostigen Traditionsdose abgeschnitten hätte.

Ein paar Minuten vergingen, bis der Kaffee fertig und die Dose geöffnet war und die Schwestern einander am Küchentisch gegenübersaßen. Elle las schweigend. Elle las den Brief immer schweigend durch und nippte dazu an ihrem Kaffee, bevor sie die Passagen vorlas, die sie Jane hören lassen wollte. Elle lachte, und Jane lächelte, obwohl sie nicht wusste, über was Elle lachte, und es war immer an diesem Punkt der Zeremonie, an dem sie sich daran erinnerte, dass ihr nicht alles gefiel, was sie zu hören bekam. Dann legte Elle den Brief auf den Tisch und nickte mit einem verlegenen Lächeln.

«Also?», fragte Jane leicht nervös.

Elle begann vorzulesen.

«Sonntag, 31. Dezember 2006

Liebes Universum,

tickst du nicht mehr richtig, oder was, verdammt nochmal?»

«Starker Anfang.» Jane lachte.

Elle las weiter. *«Die Polkappen schmelzen, das Ozonloch wird immer größer, alle möglichen Tierarten sterben aus, die Goldkröte: ausgestorben, das afrikanische Spitzmaulnashorn: praktisch ausgestorben, der chinesische Flussdelphin: ausgestorben …»* Sie holte lange genug Luft, dass Jane einwerfen konnte: «Das ist ja furchtbar!» Sie meinte das Verschwinden des chinesischen Flussdelphins. Die Kröte oder das Nashorn waren ihr gleich. «Erinnerst du dich, dass ich einmal mit Kurt in Kerry war und wir mit einem Delphin geschwommen sind? Kurt war erst neun, aber es kommt mir vor, als wäre es erst gestern gewesen.»

«Seid ihr mit einem chinesischen Flussdelphin geschwommen, Jane?»

«Nein, mit einem normalen.»

«Dann gehört das eigentlich nicht zum Thema, oder?» Elle suchte die Stelle, an der sie aufgehört hatte zu lesen. *«Der Pyrenäen-Steinbock: ausgestorben.»*

«Was unterscheidet einen Pyrenäen-Steinbock von einem gewöhnlichen Steinbock?»

Elle dachte einen Moment nach und schüttelte dann den Kopf. «Keine Ahnung.»

«Hast du ausgestorbene Tiere gegoogelt, bevor du den Brief geschrieben hast?», fragte Jane mit leichter Herablassung.

«Natürlich habe ich das. Ich bin schließlich keine verdammte Zoologin.»

«Ich verstehe einfach nicht, dass du ständig deprimierende Themen googeln musst.»

«Weil sie wichtig sind. Vielleicht wissen wir nicht, was einen Pyrenäen-Steinbock ausmacht, aber ich kann dir versichern, dass seine Ausrottung erhebliche Auswirkungen auf das labile Gleichgewicht seines Ökosystems und umgekehrt hat.»

«Weißt du überhaupt, wovon du da redest?», fragte Jane.

«Nicht genau», räumte Elle ein, «aber das heißt nicht, dass ich etwas Falsches sage.»

«Tja, aber wir wissen auch nicht, ob du recht hast.»

«Soll ich jetzt diesen Brief vorlesen oder nicht?», fragte Elle.

Jane nickte.

«Warum kämpfst du nichts dagegen? Ich tue schließlich auch, was ich kann. Ich trenne den Müll, ich lasse kein unnötiges Licht brennen, ich habe nicht mal einen Fernseher, aber dir scheint es vollkommen egal zu sein, dass diese Welt, die ein ziemlich großer Teil von dir ist, vor die Hunde geht. Ich weiß, dass es nicht deine Schuld ist. Ich weiß, dass wir schuld sind, aber wir strengen uns an und werden uns noch mehr anstrengen, also sei kein so verdammter Arsch, sondern tu was oder versuche es wenigstens.» Elle sah Jane an. «Da war ich echt sauer auf das Universum.» Jane nickte und stand auf, um noch einen Kaffee zu kochen. *«Und was diesen sogenannten Keltischen Tiger angeht: Der kann von mir aus gern aussterben.»*

Jane stellte die Kaffeekanne mit einem Knall auf der Küchentheke ab. «Denk vor dem Reden lieber mal nach», sagte sie. «Der sogenannte Keltische Tiger ist einer der Gründe, aus denen du 45 000 für ein Gemälde verlangen kannst.»

«Ja, schon gut. Letztes Silvester war ich einfach am Ende, und dieses Jahr ist es genauso», sagte Elle. Sie las eine Passage schweigend, während ihre Schwester die Kaffeetassen ausspülte.

«Okay. Meine Vorsätze für 2007.» Sie sah Jane an. «Bitte spar dir deine Kommentare, bis ich fertig bin.»

Jane grinste, wappnete sich für das, was jetzt kommen würde, und nickte. Sie stellte eine Tasse mit frischem schwarzen Kaffee vor Elle und setzte sich wieder ihr gegenüber an den Tisch.

«1. Ich werde Klavierspielen lernen. 2. Ich werde den Erlös aus dem Verkauf meines nächsten Gemäldes an eine Stiftung für Kindersoldaten spenden. 3. Ich werde bei

Kerzenlicht malen. 4. Ich werde versuchen, Jane mehr mit Mum zu helfen. 5. Ich werde schwanger werden.»

Jane schnappte nach Luft. Elle schüttelte seufzend den Kopf. «Bin ich 2007 schwanger geworden?», fragte sie.

«Nicht, wenn du mir nichts verschwiegen hast.»

«Nein, hab ich nicht», sagte Elle, um dann zu erklären, dass dies nur ein vorübergehender Wunsch gewesen war und sie keine Absicht hatte, im Jahr 2008 schwanger zu werden. Sie las weiter: *«6. Ich werde netter zu Jane sein.»*

«Du bist doch immer nett zu Jane», sagte Jane lächelnd.

«Ich sagte, keine Kommentare, bis ich fertig bin», sagte Elle streng.

Jane nickte und fuhr sich mit dem Daumen und dem Zeigefinger über die Lippen, als zöge sie einen Reißverschluss zu.

«7. Ich werde mit Vincent nach China fahren.»

Elle hielt einen Moment inne, und beide dachten darüber nach, was im vorangegangenen Juni während Elles Chinareise passiert war, die sie mit ihrem Freund Vincent unternommen hatte. Doch es war viel zu unerfreulich, als dass eine von ihnen die Geschichte jetzt ansprechen wollte.

«8. Ich werde mein eigenes Gemüse anbauen.»

Sie hielt inne und lächelte Jane an, die immer noch mit den Gedanken in China war, doch als sie Elles Blick begegnete, grinste sie.

«Das hast du komplett versiebt», sagte Jane und dachte an all das Geld, die Zeit und die Energie, die Elle dafür aufgewendet hatte, ihr eigenes Gemüse anzubauen. Und was war dabei herausgekommen? Ein Korb ziemlich geschmacksfreier Tomaten und ein paar Karotten, die aussahen, als wären sie Importware aus Tschernobyl, ganz abgesehen davon, dass Elle den Gartenstreifen übel zugerichtet hatte, der direkt neben den Gardenien ihrer Mutter lag.

Elle lachte. «Kannst du dich noch an Mums Gesicht erinnern?»

«Was um alles in der Welt ist mit meinem Garten passiert?», sagte Jane und imitierte die Pseudo-Upper-Class-Aussprache ihrer Mutter. Es war eine lustige Erinnerung, und die an China war für einen Augenblick vergessen.

«9. Ich werde eine private Rentenversicherung abschließen.»

«Du hast schon eine private Rentenversicherung», sagte Jane. «Die habe ich schon vor zehn Jahren für dich abgeschlossen.»

«O Gott, ich kümmere mich wirklich viel zu wenig um solche Sachen. Also – *10*», sagte Elle und biss sich auf die Unterlippe.

«Was ist?»

«Mit diesem Punkt könntest du vielleicht ein Problem haben.»

«Was ist es denn?», fragte Jane und wurde wieder nervös. «Was hast du gemacht?»

Elle räusperte sich. *«10. Ich werde Kurt einen Fallschirmabsprung schenken.»*

Jane sprang auf und richtete ihren Zeigefinger auf Elle. «O nein, das hast du nicht getan!» Tränen standen in ihren Augen. «Du hast mein Kind nicht aus einem Flugzeug geschubst!»

«Natürlich nicht», sagte Elle beruhigend. «Ein hochqualifizierter Ausbilder hat Kurt rausgeschubst.»

Janes Mund stand offen, doch es kam kein Ton heraus.

«Er fand es toll, es geht ihm gut, und es ist vorbei.» Elle wünschte, sie hätte Nummer 10 für sich behalten.

«Wann?», brachte Jane heraus.

«Im Mai. Zu seinem Geburtstag.»

«Siebzehnjährige brauchen für so etwas das Einverständnis von den Eltern.»

«Jaja, das habe ich übernommen», sagte Elle und hob die Hand.

«Wie konntest du ihm denn eine elterliche Zustimmung geben, wo du gar nicht seine Mutter bist und euer Altersunterschied davon abgesehen nur neun Jahre beträgt?», fragte Jane zwischen zusammengebissenen Zähnen hindurch.

«Ich sehe wohl älter aus, als ich bin.»

Jane ging zur Tür.

Elle rief ihr nach: «Bitte, sei nicht sauer!» Doch Jane war sauer, und jetzt tat Elle die ganze Aktion leid.

«Du kannst nicht immer tun, was dir gerade einfällt, Elle.»

«Ich weiß. Es tut mir leid. Er hat schon seit Jahren darum gebettelt, und ich habe immerhin gewartet, bis er siebzehn war.»

Jane schüttelte den Kopf. «Ich bin echt böse auf dich.»

«Ich weiß. Sorry.»

Jane öffnete die Schiebetür nach draußen.

Elle rief: «Gehst du wirklich mit Tom zu dieser Party?»

Jane wandte sich zu ihrer jüngeren Schwester um. «Ja», sagte sie und seufzte. «Kommst du auch mit?», fragte sie hoffnungsvoll.

«Da erschieß ich mich lieber. Abgesehen davon wollte ich etwas mit Vincent unternehmen.»

«Du könntest ihn doch mitbringen», sagte Jane.

«Heute ist Silvester, und du verbringst den Abend mit der Familie einer Freundin, die als vermisst gemeldet ist und von deren Leben du nichts mehr mitbekommen hast, seit ihr siebzehn wart.» Elle schüttelte den Kopf. «Irgendwann musst du mal lernen, nein zu sagen.»

«Das ging wirklich nicht. Breda hat Tom gefragt, ob ich mitkomme und …»

«Und sie hat schließlich diese blöde Decke gestrickt. Ehrlich, Jane!»

«Stimmt. Ich gehe trotzdem hin.» Jane drehte sich zum Gehen um.

«Schönes neues Jahr!»

«Schönes neues Jahr», gab Jane zurück, «und Elle, glaub nicht, bloß weil ich dich gerne bei dieser Party dabeihätte, dass ich nicht stinksauer auf dich bin.»

In demselben Moment, in dem Jane die Tür schloss, ertönte der Klingelton von Elles Gegensprechanlage. Sie nahm den Hörer ab, und jemand vom Blumenlieferdienst teilte ihr mit, dass er mit einem Blumenstrauß vor dem Grundstückstor stehe. Sie erklärte ihm den Weg zu ihrem Cottage und drückte auf den Öffner. Dann machte sie die Tür ihres Cottages auf und winkte ihm zu, als er durch den Garten kam.

«Elle Moore?»

«Das bin ich.»

Sie quittierte die Blumenlieferung und drückte die Tür ins Schloss. Lächelnd roch sie an den Blüten. Dann klappte sie die Karte auf, die an dem Strauß hing, und ihr Lächeln erlosch.

Elle,
wie es in diesem Song heißt – I want you, I need you –
aber lass uns ehrlich sein, lieben werde ich dich niemals.
Wir hatten vier gute Jahre zusammen, also lass uns das
Jahr 2008 mit einem sauberen Schnitt beginnen.
Gruß
Vincent

Elles Beine wurden weich wie Pudding, in ihren Ohren rauschte es, und ihr Magen zog sich so heftig zusammen, dass kein Platz mehr für ihr Frühstück war. Sie rannte ins Bad, erbrach sich, und dann saß sie auf dem Fliesenboden und starrte ungläubig Vincents Zeilen an.

Seit sechs Jahren begleitete Jane ihre Schwester nach hinten in den Garten, wenn Elle den Brief ans Universum ausgrub, und seit sechs Jahren erfuhr sie dabei etwas, was sie lieber nicht wissen wollte. Und trotzdem, obwohl Elle ihren Sohn zum Fallschirmspringen mitgenommen hatte – und noch dazu, nachdem Jane es ausdrücklich verboten hatte – und obwohl sie vor Wut hätte explodieren können, wusste sie, dass sie sich auch nächstes Jahr wieder den Brief ans Universum vorlesen lassen würde. Fünf Jahre zuvor hatte Jane aus Elles Brief ans Universum erfahren, dass ihre Schwester eine Liebesnacht mit einer Prostituierten geplant hatte, und es war ihr in den Sinn gekommen, dass es vielleicht besser wäre, Elles Brief gleich im Januar auszugraben – dann wäre sie wenigstens für das laufende Jahr vorgewarnt. Aber Jane war noch nie besonders gut im Hinterherspionieren oder Geheimhalten gewesen, wie beispielsweise die Situation vor siebzehn Jahren bewiesen hatte, in der sie ihrer Mutter die Schwangerschaft gerade mal zwei Stunden lang hatte verheimlich können.

«Was ist mit dir los?»

«Ach nichts.»

«O mein Gott, du bist schwanger!»

Wenn sie den Brief ausgrub, würde Elle es herausfinden und Jane niemals mehr vertrauen, also konnte sie es nicht riskieren, auch wenn sie oft genug in schwerer Versuchung an der Stelle stand, die fünf Fußlängen von den Rosenbüschen ihrer Mutter und acht von Jeffreys Grab entfernt war.

Da hatte es beispielsweise das Jahr gegeben, in dem Elle dem Universum versprochen hatte, Geld an die Wohltätigkeitsorganisation Comic Relief zu spenden. Sie hatte sich die Spendengala im Fernsehen angesehen, sich betrunken und hunderttausend Pfund gegeben. Jane hatte gesagt, auch wenn auf der ganzen Welt Menschen in Not waren, könnte Elle nicht wissen, ob sie dieses Jahr noch ein Gemälde verkaufen würde, und auch wenn Ricky Gervais – der Comedian, der sich für die Sendung zur Verfügung gestellt hatte – lustig war, *sooo* lustig war er auch wieder nicht. Elle hatte gelacht und sie als gemein bezeichnet, aber es war nun mal Jane, die Elles Rechnungen bezahlte, wenn sie mal wieder ihr sämtliches Geld rausgeworfen hatte, obwohl klar war, dass der nächste dicke Scheck erst in drei Monaten kommen würde. Und dann war da dieses Jahr gewesen, in dem sie versprochen hatte, einen Hund zu retten, und dieser Plan hatte damit geendet, dass sie sich zehn Hunde aus diversen Tierheimen in Dublin nach Hause geholt hatte. Zwei Wochen und zwei Tonnen Hundekacke später war allen außer Elle klar, dass sie unfähig war, für die Tiere zu sorgen.

Jane hatte sich schließlich darum kümmern müssen, die Hunde wieder loszuwerden, während sich Elle zwei Wochen ins Bett gelegt hatte, wo sie um die Hunde trauerte, um die sie sich nicht geschert hatte. Dann hatte es das Jahr gegeben, als Elle beschloss, an einem Marathon teilzunehmen. Leider vergaß sie, vorher zu trainieren. Sie schaffte zwanzig Meilen, bis sie vor Erschöpfung und den Auswirkungen einer ziemlich hohen Dosis Speed zusammenbrach. Elle hatte den Einfall gehabt, sich mit Speed für einen Marathon fit zu machen. Deshalb hatte Jane schon oft gedacht, sie müsse Elles Zorn riskieren und die Dose einfach ausgraben, doch dann musste sie sich eingestehen, dass sie – selbst wenn sie Elles Pläne im Voraus kannte – Elle nicht daran hindern würde, sie umzusetzen. Ihre Mutter sagte, Elle neige wegen ihrer Künstlernatur zu extremem Verhalten, und dass weder sie noch Jane jemals hoffen konnten, wirklich zu verstehen, was sie antrieb. Jane und ihre Mutter waren selten einer Meinung, doch in dieser Hinsicht schon. Elle war ein Genie, und jeder wusste, dass Genialität und Wahnsinn nahe beieinanderliegen, und solange Elle diese unglaublich schönen und tiefgründigen Gemälde malte, würde man ihr beinahe alles nachsehen.

Jane öffnete die Hintertür des Haupthauses, und bevor sie noch eintreten und die Tür hinter sich schließen konnte, hörte sie schon, wie ihre Mutter über die Gegensprechanlage nach ihr rief, die Janes Küche mit der Küche ihrer Mutter im Parterre verband.

«Jane? Jane? Jane? Jane, hier ist deine Mutter! Jane! Jane! Jane! Jane, bist du taub geworden? Ich weiß, dass du da bist. Ich habe dich aus Elles Cottage kommen sehen. Jane! Jane, jetzt antworte endlich, zum Teufel nochmal!»

Jane fragte sich, wie oft ihre Mutter wohl über die Gegensprechanlage in einen vollkommen leeren Raum hineinrief. Sie drückte auf die Taste. «Ich bin ja schon da.»

«Hast du vor, mich verhungern zu lassen?»

«Ehrlich gesagt, Rose, habe ich gehört, dass ertränken schneller geht und nicht so grausam ist.»

«Ich möchte Rühreier, schön locker geschlagen. Nicht pappig und schleimig. Wenn sie schleimig sind, übergebe ich mich.»

«Ich bin in fünf Minuten unten.»

«Ich habe aber jetzt Hunger.»

«Ach so. Soll ich mir vielleicht einen Teller schön locker geschlagener Rühreier aus der Nase ziehen, oder was?»

«Es gibt keinen Grund, sich so vulgär auszudrücken, Jane. Wir kommen schließlich nicht aus der Gosse.»

Kurt betrat in genau dem Moment die Küche, in dem Jane der Gegensprechanlage den Finger zeigte. «Egal was sie will, ich mach's nicht», sagte er.

«O doch», sagte Jane in einem Ton, der ihm unmissverständlich klarmachte, dass sie es ernst meinte. Und ein Blick in ihr Gesicht machte ihm außerdem klar, dass er ein Problem hatte.

«Was ist?», fragte er, während er überlegte, was er falsch gemacht hatte.

«Du bist also unter die Fallschirmspringer gegangen, Kurt.»

«Oh, ich bringe Elle um!» Er ließ sich auf einen Stuhl fallen, zog sich die Kapuze seines Sweatshirts über die blonden Locken und hielt sich die Ohren zu.

«Fallschirmspringen. Du weißt, was ich davon halte. Ich hatte nein gesagt. Jedes Mal, wenn du mich gefragt hast, habe ich nein gesagt. Nein bedeutet ‹nein›, es bedeutet nicht ‹vielleicht›, es bedeutet nicht ‹Ich denke nochmal darüber nach›, und es bedeutet garantiert nicht, dass du ohne mein Wissen aus einem Flugzeug springen darfst!»

«O Mum, so schlimm war es doch auch wieder nicht.»

«Du kommst nicht einfach so davon, wenn du meine Regeln nicht einhältst.»

«Jetzt reg dich doch nicht so auf. Es ist doch schon eine Ewigkeit her. Es war im Mai. Das sind Monate, da hätte außerdem überhaupt nichts passieren können.»

«Tja, deine Pläne für heute Abend kannst du vergessen.»

«Du kannst mich nicht daran hindern, an Silvester auszugehen!», sagte er streitlustig.

«Nein, vermutlich nicht, aber ich kann dir das Geld dafür streichen.»

Kurt schob seine Kapuze wieder vom Kopf. «Das kannst du nicht machen. Ich habe es Irene versprochen.»

«Pech gehabt.»

«Ich glaub einfach nicht, dass du ausgerechnet an Silvester so eine Nummer mit mir abziehst!», schrie er und stürmte aus der Küche.

«Du solltest es aber lieber glauben. Und noch eins: In zehn Minuten bist du wieder hier in der Küche, um Rose das Essen hinunterzubringen. Wenn nicht, streiche ich dir das Taschengeld für den gesamten Januar!», rief Jane ihm nach.

«Ich hasse dich», brüllte Kurt.

«Ich hasse dich auch», brüllte Jane zurück, während sie zwei Eier aufschlug.

Zehn Minuten später rauschte Kurt herein, nahm das Tablett und rauschte wortlos wieder hinaus.

Obwohl Janes Autorität kurzfristig untergraben worden war, hatte sie ihre Machtposition zurückerobert, war um fünfzig Pfund reicher und hatte es geschafft, nicht zu Rose gehen zu müssen, also hob sich ihre Laune deutlich.

Kurt ging die Treppen zur Parterrewohnung seiner Großmutter hinunter. Das Tablett trug er in der einen Hand, mit der anderen fischte er in der Hosentasche nach dem Schlüssel. Er öffnete die Tür und betrat die Wohnung. Es roch nach Raumspray, Zigaretten und Wein, sodass seine Augen leicht tränten. Im Flur stolperte er beinahe über die Postwurfsendungen und Werbeflyer, die Rose immer an einer Wand aufstapelte. Der Stapel war so hoch, dass er ständig umkippte. Kurt hatte Rose einmal gefragt, warum sie all diese Werbung aufhob, und sie hatte ihm erklärt, dass sie auf den Tag wartete, an dem jemand von den Grünen an ihrer Tür klingelte, dann würde sie das Papier um ihn aufhäufen, ihn mit Alkohol übergießen und anschließend anzünden. Sie war betrunken, als sie das gesagt hatte, und deshalb hoffte Kurt, dass sie einen Witz gemacht hatte. Er öffnete die Wohnzimmertür. Seine Großmutter setzte sich in ihrem Sessel auf.

Als sie ihn sah, breitete sich ein Lächeln auf ihrem Gesicht aus. Kurt hatte ein ganz anderes Verhältnis zu Rose als Jane. Rose betete ihren Enkel an und wendete anscheinend alles, was sie an Freundlichkeit besaß, ausschließlich für ihn auf. Er stellte das Tablett auf den

Tisch neben dem großen Sessel, der fast den gesamten Raum einzunehmen schien. Der Sessel wurde von Roses Töchtern auch ‹der Thron› genannt, und Rose verbrachte einen Großteil ihrer Zeit darin. Niemand anderer wagte es, sich auf Roses Sessel zu setzen, nicht ihre Töchter, nicht ihre Freunde, nicht irgendein Ehrengast und nicht einmal ihr Enkelsohn, der zu den wenigen Menschen gehörte, die Rose wirklich mochte. Während sie in ihrem Rührei herumstocherte, fragte sie nach Jane, und er log und behauptete, sie fühle sich irgendwie erkältet.

«Tja, dann soll sie nur wegbleiben – es ist mir sowieso lieber, wenn du kommst», sagte Rose und zwinkerte ihm zu. Sie probierte die Eier und zog ein Gesicht, um ihr Missfallen zu bekunden. Sie zog ständig ein Gesicht. Gewöhnlich galt es Jane, doch es war ihr so sehr zur Gewohnheit geworden, dass sie es auch tat, wenn Jane gar nicht dabei war. Sie roch an dem Essen.

«Iss einfach die Eier», sagte Kurt.

Rose nahm noch einen Happen, rieb sich über den Bauch und sagte: «Mmmmh.» Kurt lachte.

«Wie geht es Irene?», fragte sie.

«Gut», sagte er und setzte sich. «Und bald wird es ihr noch viel besser gehen.»

Seine Großmutter nickte. «Ganz bestimmt. Ihr Vater ist also ein Idiot. Aber sie hat ja dich, oder? Und will deine Mutter heute Abend immer noch mit Alexandras Mann zu den Walshs gehen?»

«Sie fürchtet sich beinahe davor.»

«Natürlich fürchtet sie sich davor. Die Walshs waren schon immer komplett verrückt. Alexandra war das vorlauteste Mädchen, das mir je begegnet ist. Die Mutter ist eine von diesen grässlich selbstgerechten Frauen, der

Vater hat seit den siebziger Jahren keinen Schlag anständige Arbeit mehr getan, und ihr Bruder Eamonn, dieser kleine Rotzbengel, hat versucht, deiner Mutter an die Wäsche zu gehen, als sie dreizehn war!» Sie unterbrach sich, um Luft zu holen. «Und abgesehen davon hat sie dort überhaupt nichts verloren – die Familie betrauert den Verlust eines Kindes.»

«Sie ist vermisst, nicht tot», erinnerte Kurt seine Großmutter.

«Natürlich ist sie tot», sagte Rose. «Sie ist so tot wie das Tal des Todes.»

«Das kannst du nicht wissen.»

«Willst du wissen, was ich weiß? – Wenn heutzutage jemand in diesem Alter spurlos verschwindet, dann ist er schon längst irgendwo begraben, und gewöhnlich hat jemand aus dem engsten Umfeld die Schaufel geschwungen. Und so wie es aussieht, ist deine Mutter als Nächste dran.»

Kurt lachte. «Jetzt weiß ich wenigstens, woher Elle ihre Phantasie hat.»

«Denk an meine Worte. Deine Mutter lässt sich da in etwas verdammt Unheimliches hineinziehen.» Sie schob den Rest des Essens an den Rand des Tellers und legte die Gabel hin. «Ich bin satt.»

Danach erzählte Kurt seiner Großmutter von der Auseinandersetzung mit seiner Mutter und betonte, wie nervig er es fand, für etwas bestraft zu werden, was schon ein halbes Jahr zurücklag. Ausnahmsweise einmal stellte sich seine Großmutter auf die Seite seiner Mutter, weil sie fand, dass jeder, der aus einem vollkommen funktionstüchtigen Flugzeug sprang, es verdiente, sein Leben als Krüppel zuzubringen. Nachdem sie das losgeworden war, tat sie jedoch kund, dass sie Janes Streichung des Taschengeldes für eine Überreaktion hielt, vor allem, wenn man bedachte, dass Silvester war.

«Wie viel brauchst du?», fragte sie.

«Siebzig?», sagte Kurt.

«Du bekommst fünfzig», gab sie zurück, weil sie genau wusste, dass er nur sein Glück versuchte.

Rose nahm fünfzig Pfund aus ihrer Handtasche und gab sie ihm.

«Danke, Gran!»

Sie winkte ihn mit einer Handbewegung hinaus. Er verließ die Parterrewohnung, und sie sah ihm durchs Fenster dabei zu, wie er seinen iPod anschaltete, sich die Ohrhörer einsetzte, nach irgendwelchem Krach suchte, auf *play* drückte und die Straße hinunterging, während er sich diesen Krawall in die Ohren blasen ließ, von dem man garantiert taub wurde. *Kinder sind eben immer unvernünftig,* dachte sie. Dann nahm sie die offene Rotweinflasche hoch, die neben ihrem Sessel stand. Sie leerte ihre Teetasse und füllte sie mit Wein wieder auf. Sie trank ein Schlückchen und lächelte vor sich hin. *Schönes neues Jahr, Rose.*

4
So Far Gone

I'm so far gone that it seems like home to me.
I'm so far gone, have I lost my way or am I free?
Jack L., *Universe*

Es war kurz nach halb neun am Silvestermorgen, als Leslie aus dem Zug stieg, der sie von ihrem Wochenendhaus zurück in die Stadt brachte. Ihre Wohnung lag in bequemer Nähe zum Bahnhof, sodass sie mit ihrem Rollkoffer einfach an all den Leuten vorbeiging, die für ein Taxi anstanden, um die Ecke bog, am Tor des Apartment-Gebäudes, in dem sie wohnte, ihre Nummer in das Tastenfeld eingab, und schon war sie zu Hause.

Im Lift hörte sie ein Krachen und Hämmern, das immer lauter wurde, je weiter sie zu ihrer Etage hinaufglitt. Als sie ausstieg, sah sie eine Gruppe von fünf Leuten herumstehen, die sie als ihre Nachbarn erkannte. Sie standen ihr an der Biegung des Korridors im Weg. Leslie murmelte: «Entschuldigung.» Doch die Leute bekamen es nicht mit, sie schienen wie gebannt von dem, was um die Ecke geschah. In diesem Moment bemerkte Leslie einen Feuerwehrmann. Er stand vor der Gruppe, als ob er die Zuschauer zurückhalten müsste. Leslie nahm keinerlei Brandgeruch wahr. Erneut sagte sie «Entschuldigung».

Eine junge Frau, eine Nachbarin, die Leslie aber nicht näher kannte, drehte sich um und sah sie von oben bis unten an. «Oh, Scheiße», sagte sie, «sie ist hier!»

Leslie war zwar keine Höflichkeitsfanatikerin, aber diese Reaktion der jungen Frau fand sie trotzdem unmöglich. Nun drehten sich die anderen Leute ebenfalls nach ihr um und gafften sie an. Der Feuerwehrmann rief seinen Kollegen zu: «Jungs, falscher Alarm!»

Die gaffenden Nachbarn machten Leslie Platz, und sie ging mit ihrem Rollkoffer zwischen ihnen hindurch. Als sie um die Ecke bog, sah sie zwei Feuerwehrleute an der Stelle stehen, an der früher ihre Wohnungstür gewesen war.

«Was ist hier los, verdammt?», fragte sie.

«Es ist meine Schuld.» Die junge Frau, die mit dem Wort «Scheiße» auf ihre Ankunft reagiert hatte, sagte: «Ich hatte seit ein paar Tagen keine Musik aus Ihrer Wohnung gehört, und dann kam noch dieser Geruch dazu.»

Ein Feuerwehrmann ging durch die Türöffnung. «Also, die gute Nachricht ist: Wir haben es nicht mit einer Leiche zu tun, allerdings hat die Katze die ganze Wohnung vollgeschissen.»

«Ich war auf dem Land», sagte Leslie erschrocken.

«Es tut mir wirklich leid», entschuldigte sich die junge Frau bei dem Feuerwehrmann statt bei Leslie. «Sie geht selten aus der Wohnung.» Ihr Ton wechselte von entschuldigend zu anklagend. «Und die letzten paar Tage war keine Musik zu hören, und dazu kam noch dieser grässliche Geruch.»

«Sie haben Katzenpisse gerochen und dachten, ich wäre tot?», sagte Leslie verächtlich und ungläubig zugleich.

Die junge Frau drehte sich mit erhobenen Händen zu ihr um. «Hören Sie, ich wollte einfach bloß eine gute

Nachbarin sein – man hört doch ständig von diesen Leuten, die unbemerkt in ihrer Wohnung verwesen, und ehrlich gesagt, weiß ich nicht wie Tote riechen.»

«Jedenfalls nicht nach Katzenscheiße – und was meinen Sie überhaupt mit ‹diesen Leuten›?»

«Na ja», der Nachbarin wurde etwas unbehaglich, «Einzelgänger eben.»

Leslie war wie vor den Kopf geschlagen.

«Sie hat gedacht, Sie hätten sich umgebracht», kam es von einem anderen Nachbarn. Die Frau versetzte ihm einen Schubs und zischte ihm zu: «Halt den Mund.»

«Jeder weiß doch», sagte der Mann, inzwischen an die Feuerwehrleute gerichtet, «dass die Leute sich gern an Silvester umbringen.»

«Muss ich diesen Einsatz bezahlen, weil ich Sie gerufen habe?», fragte die Nachbarin.

«Sag ihnen einfach deinen Namen nicht, Deborah!», sagte der Mann.

«Brillant, Damian», erwiderte sie und ging kopfschüttelnd weg. «Vielen, vielen Dank auch.»

Die Feuerwehrleute sammelten ihre Ausrüstung ein, und die Gaffer verschwanden. Leslie betrat ihre türlose Wohnung, setzte sich auf ihr Sofa, und ihre Katze, die sich offenkundig von ihrer Magen-Darm-Verstimmung erholt hatte, sprang auf ihren Schoß. Gemeinsam betrachteten sie die Kackehaufen auf dem Teppich. Dann traf Leslie die Erkenntnis wie eine Tonne Ziegelsteine. *Ich bin die irre, eigenbrötlerische Katzenfrau, die tot umfällt und in ihrer Wohnung verfault*. Tatsächlich hatte sie ja erst vor kurzem wieder soziale Kontakte aufgenommen, denen sie so lange systematisch aus dem Weg gegangen war.

Kaum zwei Monate zuvor hatte Leslie vor ihrem Onkologen gesessen. Es war der Tumorspezialist, der sich auch um ihre Mutter und ihre beiden Schwestern gekümmert hatte, als bei ihnen der Krebs ausgebrochen war. Er führte mit Leslie seit über zwanzig Jahren alle sechs Monate einen Krebstest durch. Er hatte sie angelächelt.

«Gute Neuigkeiten», sagte er. «Es gibt nicht den geringsten Befund.»

«Aha», sagte Leslie. «Na gut. Danke.» Sie stand auf, um zu gehen.

«Was haben Sie denn?», fragte er.

«Nichts. Anscheinend gibt es ja keinen Befund.»

«Sie klingen ja beinahe enttäuscht.»

Sie setzte sich wieder hin. «Tja, es wäre vermutlich zu seltsam von mir zu sagen, dass ich enttäuscht bin.»

«Allerdings.»

«Ich habe das Warten satt», sagte sie. «Ich habe es satt, darauf zu warten, dass diese verflixte Zeitbombe hochgeht.»

«Oh», sagte er nickend. «Ich verstehe.»

«Die Wahrheit ist doch», erklärte Leslie, «dass ich an dem Tag aufgehört habe zu leben, an dem Imelda gestorben ist.» Sie zog die Schultern hoch. «Und plötzlich bin ich eine Frau Ende dreißig, deren einzige Gesellschaft eine Katze ist. Ich habe geglaubt, dass ich inzwischen längst tot bin, aber hier sitze ich, einsam und lebendig.» Sie lächelte den Arzt an, damit er wusste, dass sie nicht anfangen würde zu weinen. Er stand vermutlich unter Schock, denn so viel hatte sie noch nie am Stück mit ihm geredet.

«Sie wissen, dass Sie vielleicht niemals Krebs bekommen werden», sagte er, «trotzdem hat sich in den letzten

Jahren viel getan, und auch wenn ich kein großer Befürworter von Präventiv-Operationen bin, könnte ich Ihnen ein paar Informationsbroschüren dazu geben.»

Sie sah ihn an. «Darüber haben wir vor ein paar Jahren schon einmal gesprochen. Damals waren Sie felsenfest davon überzeugt, dass das reine Selbstverstümmelung ist.»

«Es hat sich viel getan», wiederholte er. «Abgesehen davon wäre ich damals vielleicht zu einer anderen Beurteilung gekommen, wenn ich besser über Ihre Gefühle Bescheid gewusst hätte oder darüber, wie sehr das alles Ihr Leben beeinträchtigt.»

«Wie könnte es denn anders sein?» Sie starrte ihn an. «Haben Sie eben eine beidseitige Mastektomie gemeint?»

«Ja. Und in Ihrem Fall würde ich auch noch eine komplette Hysterektomie empfehlen, damit Sie wirklich in Frieden weiterleben können.»

«Uff», sagte sie. «Das war ja verflucht direkt.» Dann nickte sie. «Geben Sie mir die Broschüren.»

Diese neue Chance war zugleich sehr erschreckend, doch schon während Leslie von dem Krankenhausparkplatz wegfuhr, hatte sie ihre Entscheidung getroffen. *Ich mach's.*

Außerdem hatte Leslie beschlossen, dass sie lange genug einsam gewesen war. Sie wollte sich langsam wieder in die Welt hinauswagen. Sie war Webdesignerin und arbeitete von zu Hause aus, doch nun wollte sie ein Büro im Stadtzentrum mieten. Dieses Vorhaben musste sie noch umsetzen, doch der Plan war immerhin schon gefasst. Weil sie keine Freunde hatte, nahm sie sich vor, in Museen und Galerien zu gehen, sodass sie, auch wenn sie allein war, wenigstens aus der Wohnung ging und am Leben teilnahm.

Es würde ein langer, schwieriger Weg werden, aber längst nicht so schwierig wie gedacht. Das wusste sie, seit sie an jenem Abend im Aufzug stecken geblieben war. Elle war in den letzten beiden Monaten zum Dauergast in ihrem Alltag geworden, und auch mit Tom und Jane hatte sie viel zu tun. Sie hatte eine Webseite für Alexandra erstellt und war mit Tom wegen der Aktualisierungen und mit Jane wegen der Ausstellungsidee in Kontakt, für die sie einen Blog eingerichtet hatte.

Elle aber wollte mehr als ihre Hilfe. Elle wollte ihre Freundschaft, und Leslie hatte Elle, obwohl sie es ungewöhnlich fand, sich mit einer Frau anzufreunden, die so viel jünger war als sie selbst, von Anfang an gemocht.

Und gerade weil sie eben erst wieder ins Leben zurückgekehrt war und so schnell schon Freunde gefunden hatte, ärgerten sie die Kommentare ihrer idiotischen Nachbarin noch mehr.

«Ich bin keine verbitterte, gestörte Einzelgängerin, Deborah!», schrie sie in Richtung der Wand. «Ich habe Freunde. Ich gehe aus. Ich habe ein Leben!»

Jemand räusperte sich. Es war der Hausmeister. «Entschuldigen Sie die Störung», sagte er.

«Schon gut», sagte sie. «Ich habe nur mit der Wand gesprochen.»

«Ich wollte die Tür reparieren», sagte er.

«Gut.» Sie nickte. «Bitte achten Sie nicht auf den Gestank. Ich fange gleich an zu putzen.»

«Kein Problem», sagte er und machte sich an die Arbeit.

Viel später, und nachdem der Hausmeister eilig eine

neue Tür eingepasst hatte, schenkte sich Leslie ein Glas Wein ein, nahm den Telefonhörer in die Hand und wählte eine Nummer, die sie seit über zehn Jahren nicht mehr gewählt hatte.

«Hallo?»

«Jim?»

«Ja, hier ist Jim.»

«Hallo, ich bin's, Leslie Sheehan.»

«Leslie. Meine Güte. Das gibt's doch nicht.»

«Ich weiß. Es ist komisch. Ich hoffe, ich störe dich nicht.»

«Nein, ich mache gerade nichts Besonderes.»

«Ich auch nicht.»

«Ein schönes neues Jahr übrigens.»

«Dir auch.»

«Also, was hat dich dazu gebracht, mich nach all dieser Zeit anzurufen?», fragte er.

«Ich weiß nicht – na ja, das klingt wirklich dämlich.»

«Bist du krank?»

«Nein, nein, ich bin nicht krank», sagte sie. «Ehrlich gesagt, denke ich über eine Präventiv-Operation nach.»

«Ich glaube, du solltest es machen», kam es wie aus der Pistole geschossen.

«Tja, eindeutiger geht's nicht.»

«Wenn Imelda diese Möglichkeit gehabt hätte, dann hätte sie es getan, das weiß ich genau.»

«Das habe ich auch gedacht.»

«Fürchtest du dich?»

«Nein.»

«Hast du jemanden in deinem Leben?»

«Nein.»

«Soll ich mich um dich kümmern?»

Leslie traute ihren Ohren nicht. Sie hatte seit Jahren nicht mit Jim gesprochen, und davor war sie meistens grob und abweisend zu ihm gewesen.

«Das ist wirklich sehr lieb von dir», sagte sie, «aber nein.»

«Warum hast du dann angerufen?»

«Ich wollte einfach mal deine Stimme hören», sagte sie und lachte ein bisschen. «Die Leute sind schon verrückt, oder?»

Auch Jim lachte. «Ja, Leslie, die Leute sind verrückt.»

Danach erkundigte sie sich, wie es ihm ging, wie die Arbeit lief und ob er wieder geheiratet hatte. Es ging ihm gut, die Arbeit lief gut, und nein, er hatte nicht wieder geheiratet. Er hatte sich ein Jahr lang ab und zu mit einer Russin getroffen, aber sie war ein halbes Jahr zuvor nach Russland zurückgegangen, weil ihr Vater gestorben war.

Sie telefonierten ungefähr eine Viertelstunde, und bevor Leslie auflegte, versprach sie, ihn noch einmal anzurufen, damit sie sich auf ein Glas verabreden konnten.

«Da siehst du's, Deborah! Ich gehe etwas trinken, mit einem Mann, und zwar schon sehr bald!», rief sie wieder in Richtung der Wand. «Ich bin nicht die irre, tote Katzenfrau! Und zwar weder heute noch morgen!»

Die Katze starrte Leslie vom frisch bezogenen und mit Parfüm besprühten Bett aus an. Leslie warf einen Blick auf die Uhr, und da es erst neun war, klappte sie ihren Computer auf und sah sich drei Folgen *Desperate Housewives* an, bevor sie ungefähr um halb zwölf schlafen ging.

«Schönes neues Jahr, Deborah, du kannst mich mal!»

Tom hupte, und innerhalb von Sekunden war Jane aufgetaucht. Sie winkte, zog die Haustür hinter sich zu und beachtete ihre Mutter nicht, die sich die Nase an ihrem Wohnzimmerfenster platt drückte. Tom war ausgestiegen, um ihr die Beifahrertür aufzuhalten. Sie bedankte sich und schnallte sich an, während er um das Auto zur Fahrerseite ging. Er stieg ein und erklärte ihr noch einmal, wie froh er war, dass sie ihn begleitete, weil er sich seit Alexandras Verschwinden bei den Walshes meistens sehr unbehaglich fühlte. Jane fragte ihn, warum er sich diese Besuche dann überhaupt zumutete, und er sagte ihr, dass er eine Schwäche für Alexandras Mutter Breda habe.

Sie kamen um kurz nach neun Uhr an, und Alexandras jüngere Schwester Kate öffnete die Tür. Sie umarmte Tom und sagte Jane höflich guten Abend. Kate erinnerte sich schwach an Jane. Sie war vermutlich nicht älter als neun Jahre gewesen, als sie Jane das letzte Mal gesehen hatte. Sie betraten den Flur, und es erschien Jane, als wäre sie mit der Zeitmaschine gereist. Der Teppich war braun mit einem roten Rautenmuster, unter dem Telefontischchen lagen immer noch zwei gelbe Telefonbücher, und an den Wänden hingen immer noch Urlaubsfotos aus den siebziger und achtziger Jahren, und auf mindestens dreien davon war sie selbst zu sehen. Schnell wurde sie ins Wohnzimmer geschoben.

Dort, auf einem grünen Samtsessel neben dem Fenster, saß Breda. Der Sessel wirkte ebenfalls unverändert, doch Breda sah alt aus. Nachdem sie sehr jung geheiratet hatte, konnte sie kaum älter als fünfundsechzig sein, aber sie sah wie eine neunzigjährige Greisin aus. Ihr Gesicht war eingefallen, und ihr hochgewachsener Körper schien geschrumpft. Ihr Haar war weiß und kurz geschnitten.

Ihre Hände, in denen sie einen Rosenkranz hielt, waren knochig, und die Haut war so durchscheinend, dass bläuliche und lilafarbene Venen und die weißen Knöchel sichtbar waren.

Als sie Jane sah, lächelte sie und streckte eine Hand aus. Jane nahm sie, und es wurde ihr leicht flau zumute.

«Jane Moore», sagte Breda kopfschüttelnd, «was für eine schöne Frau aus dir geworden ist.»

«Danke, Breda. Ich freue mich sehr, Sie wiederzusehen.»

«Und Tom hat mir erzählt, dass du ihm bei der Suche nach meiner Alexandra hilfst.»

«Ich stelle nur meine Galerie zur Verfügung, um mehr Menschen auf ihren Fall und den anderer Vermisster in Irland aufmerksam zu machen.» Jane war verlegen, und sie wünschte sich, sie könnte mehr tun.

«Du warst immer so ein liebes Mädchen. Alexandra wird sich sehr darüber freuen, dass du wieder in ihrem Leben aufgetaucht bist.» Tränen liefen über ihre Wangen.

Aus dem Augenwinkel sah Jane Eamonn ins Zimmer kommen, doch Breda hielt noch immer ihre Hand fest, und Jane wandte den Blick nicht von ihr ab.

«Immer noch so blond», sagte Breda und berührte eine Strähne von Janes schulterlangem Haar.

«Ich helfe inzwischen ein bisschen nach», sagte Jane.

«Erinnerst du dich noch an Alexandras Haar?»

Jane nickte.

«Sie hat so wundervolles kastanienbraunes Haar, dick und glänzend», sagte Breda. «Es war etwas mehr als schulterlang, als wir sie das letzte Mal gesehen haben, aber die Polizei sagt, dass sie jetzt vielleicht eine andere Frisur hat. Ich hoffe nicht. Ihr Haar ist so schön.»

«Mam», sagte Eamonn, «das will Jane bestimmt nicht hören.»

Jane wandte sich zu Eamonn um und nickte ihm zur Begrüßung zu. «Ich verstehe das», sagte sie.

Breda ließ Janes Hand los. «Willst du nichts trinken?» Sie sah Tom an, der immer noch an der Tür stand. «Tom, du solltest Jane etwas zu trinken holen.»

Tom ging mit Jane in die Küche, in der Kate, ihr Mann Owen, Eamonns Frau Frankie und Alexandras Vater Ben um den Küchentresen standen. Frankie begrüßte Tom mit einer Umarmung, und Ben nickte ihm zu. Kate bot ihm etwas zu trinken an, doch Tom sagte, er würde sich selbst darum kümmern.

Ben gab Jane die Hand und dankte ihr dafür, dass sie gekommen war. «Es ist schön, dich zu sehen. Wie geht's deinem Jungen?»

«Gut. Er ist jetzt schon siebzehn.»

«Mein Gott, wie schnell die Zeit vergeht. Es kommt mir vor, als wäre es erst gestern gewesen, dass ihr zwei Mädchen uns auf der Nase herumgetanzt seid.»

Jane grinste. Obwohl er älter als seine Frau war, sah Ben zehn Jahre jünger aus als Breda. Er hatte einen dichten grauen Schopf und Bartstoppeln am Kinn. Im Vergleich zu früher war er massiger geworden. Jane erinnerte sich daran, dass er fit und sportlich gewesen war, doch das war lange vorbei. Seine Hemdenknöpfe spannten über seinem Bauch, und als er auf sie zukam, bemerkte sie ein leichtes Hinken.

Dann kamen ein paar Nachbarn und setzten sich zu Breda ins Wohnzimmer. Das Haus wirkte zugleich voll und leer. Tom reichte Jane ein Glas Rotwein. Niemand sprach darüber, dass Alexandra verschwunden war.

Trotzdem wurde sie oft erwähnt. Zum Beispiel in den alten Geschichten aus der Vergangenheit, in die sich Alexandras Eltern offenbar zurückgezogen hatten. Tom unterhielt sich mit den Nachbarn, Frankie und Owen, doch die Kühle, die zwischen ihm und Alexandras Bruder und ihrem Vater herrschte, war nicht zu übersehen. Dann sprach Tom ein bisschen mit Breda, die ihn herzlich umarmte und ihm etwas ins Ohr flüsterte.

Um halb zwölf traf er im Flur auf Jane, wo sie eines der Fotos betrachtete, die an der Wand hingen.

«Das war 1983 bei einem Ausflug in Bray», sagte sie. «Es war unheimlich heiß und der Strand total überfüllt, also sind wir auf den Rummel gegangen und Boxauto gefahren, um uns im Fahrtwind abzukühlen. Alexandra hat so viel Zuckerwatte gegessen, dass sie sich auf dem gesamten Nachhauseweg übergeben hat.»

Tom betrachtete das Foto und erkannte Jane. Ihr Haar war zu hüftlangen Zöpfen geflochten und so blond, dass es beinahe weiß wirkte. Sie hatte einen Arm um Alexandra gelegt, deren gewelltes kastanienbraunes Haar in der Sonne schimmerte. Beide Mädchen sahen in die Kamera und grinsten so breit, dass sich Grübchen auf ihren Wangen gebildet hatten.

Mitternacht kam und war wieder vorbei, man stieß auf das neue Jahr an, und sobald es eins schlug, verabschiedeten sich Tom und Jane.

Im Auto fragte Jane Tom nach seiner Beziehung zu Alexandras Familie.

«Ben und Eamonn brauchen einen Sündenbock», sagte er.

«Und warum sollst du das sein?»

«Warum nicht ich? Sie ist schließlich meine Frau.»

«Und was ist mit Breda?»

«Breda gibt sich selbst die Schuld.»

«Und du?»

«Das hängt von meiner Tagesform ab.»

Als sie bei Janes Haus angekommen waren, bedankte er sich ein weiteres Mal dafür, dass sie ihn begleitet hatte. «Es hat Breda wirklich viel bedeutet.»

Sie nickte und sagte, dass sie sich in der kommenden Woche wegen der Ausstellung melden würde. Er nickte, und sie stieg aus. Sie schloss das Gartentor hinter sich und winkte ihm nach. Jane ging die Treppen zur Eingangstür hinauf. Aus der Wohnung ihrer Mutter hörte sie, begleitet von Gelächter und Plaudern, Bing Crosbys Stimme: ‹You are my sunshine›. Sie entschloss sich, direkt in ihre Wohnung zu gehen, zog die schönen, aber unbequemen Schuhe aus, schenkte sich einen Whiskey ein und nahm ihn mit ins Bett.

Als es Mitternacht wurde, hob Elle ihre Flasche und prostete dem Himmel zu. Sie wirbelte mit einer Flasche Wodka barfüßig auf dem Strand herum. Als sie stehen bleiben wollte, war ihr leicht schwindlig, und sie fiel auf den Hintern. Es war ihr gelungen, die Flasche dabei festzuhalten, ohne etwas zu verschütten. Sie stand so schnell wieder auf, wie es ein betrunkener Mensch eben kann, und spritzte ein bisschen Alkohol ins Feuer, sodass die Flammen noch höher aufloderten. Der Motor war schon explodiert, und jetzt sah sie gemeinsam mit einem Obdachlosen, der sich Buns nannte, dabei zu, wie die Karosserie ausbrannte. Sie setzte sich neben den Alten, und sie stießen mit den Flaschen an.

«Schönes neues Jahr, Buns!»

«Schönes neues Jahr, meine Liebe!»

Schweigend hörten sie den knisternden Flammen und dem Schwappen der niedrigen Wellen am Strand zu. Elle zündete eine Zigarette an und bot sie Buns an. Er lehnte mit erhobener Hand ab. «Die Dinger bringen dich um.»

Sie lachte leise. «Im Dezember auf dem Trottoir zu schlafen, ist auch nicht gerade gesund.»

«Ja, aber seit eben ist Januar, also kommt schon beinahe der Frühling!» Er trank einen Schluck Wodka aus der Flasche, die ihm dieses seltsame Mädchen gekauft hatte. «Dieser Vincent muss ein echter Hundesohn sein», sagte er.

«Kommt drauf an, wen man fragt», sagte Elle, stand auf und begann wieder herumzutanzen.

«Wie viel, würdest du sagen, kostet dieses Auto?», fragte er.

«Ungefähr vierzigtausend.» Sie hätte es ihm auch ganz genau sagen können, schließlich hatte sie Vincent das Auto geschenkt.

«Mannomann. Wird ihm noch leidtun, dass er sich's mit dir verdorben hat.»

Sie lächelte. «Genau darum geht es.»

Dann hörten sie die Polizeisirene. Buns leerte schnell die Flasche, bevor die Bullen ihm den Alk abnehmen konnten. Elle tanzte weiter zu der Musik, die sie offenbar in ihrem Kopf hörte. Die Polizisten näherten sich den beiden vorsichtig, doch Elle lächelte und winkte sie herüber, als wäre sie auf einer Party und wollte die Beamten dazu einladen. Nachdem sie festgestellt hatten, dass Elle das Auto ihre Ex-Freundes gestohlen und verbrannt hatte, mussten sie und Buns, der sich überaus gern als Zeuge zur Verfügung stellte, hinten in das Polizeiauto einsteigen. Buns war bester Laune bei der Aussicht, mindestens eine oder sogar zwei Nächte drinnen zu verbringen, nachdem er in einem der ausgestellten Fernseher im Schaufenster von Dixon's Electrical Shop den Wetterbericht gesehen hatte. Elle konzentrierte sich auf das, was sie um sich herum sehen, hören und riechen konnte. Alles schien mit einem Mal so lebhaft und strahlend, sie kicherte, sie war high von ihrer Rache und dem Gefühl, ein Abenteuer zu erleben. Die Stadt glitt schnell an den Fensterscheiben vorbei, die Sirene heulte, nicht, weil das ein Notfall war, sondern einfach, damit der Wagen zwischen all den Betrunkenen auf der Straße hindurchkam. In dem Auto roch es nach Desinfektionsmittel, und sie atmete tief ein. Buns roch ganz anders, ein bisschen nach Schweiß, ein bisschen nach Öl, irgendwie nach Feuchtigkeit und nach Erbrochenem, und immer noch atmete sie tief ein und lächelte, als wäre diese Mischung das köstlichste aller Parfüms der Welt.

«Ich war noch nie in einer Gefängniszelle», sagte sie, und es klang, als ob sie die neue Erfahrung, die vor ihr lag, sehr reizvoll und aufregend fand, «ich habe mich immer gefragt, wie das wohl ist.»

Die Polizistin auf dem Beifahrersitz drehte sich zu ihr um. «Tja, das werden Sie gleich herausfinden», sagte sie trocken.

«Genau.» Elle lächelte vor sich hin.

Jane wachte mit einem Ruck auf. Kurt stand über sie gebeugt und rüttelte an ihrer Schulter. «Mum, Mum, Mum!»

Sie setzte sich auf. «Kurt?» Sie warf einen Blick auf den Wecker – 4:10. «Was ist los?»

«Es geht um Elle. Sie ist verhaftet worden.»

Jane starrte ihren Sohn verständnislos an; sie glaubte, nicht richtig gehört zu haben. «Wie bitte?»

«Steh auf», befahl er ihr, und sie bemerkte, dass er ein bisschen lallte, aber ein betrunkener Teenager-Sohn war wohl im Moment das geringere Problem.

«Hast du gesagt ‹verhaftet›?», fragte sie und betete, dass sie ihn falsch verstanden hatte.

Er nickte.

Sie schwang die Beine aus dem Bett, setzte sich auf die Kante und legte den Kopf in die Hände. «Oh, verdammt», sagte sie und seufzte aus tiefstem Herzen. «Wo ist sie?»

«In Clontarf.»

«Clontarf», wiederholte sie und stand auf. «Warum auch nicht. Man kann sich in Clontarf genauso gut verhaften lassen wie irgendwo sonst.»

Kurt betrachtete seine vor sich hin murmelnde Mutter, die schlaftrunken an die Möbel stieß, während sie ein paar Kleidungsstücke zusammensuchte. Als er sicher war, dass sie richtig wach war, ging er hinaus, damit sie sich anziehen konnte.

Kurz darauf kam Jane auf der Suche nach ihrer Handtasche ins Wohnzimmer. Kurt und seine Freundin Irene lagen auf dem Sofa und hörten Musik.

«Hallo, Jane», sagte Irene mit einem Grinsen, an dem zu erkennen war, dass sie einen Alkopop zu viel intus hatte.

«Hallo, Irene», sagte Jane zu dem grinsenden Teenager. «Weiß deine Mutter, wo du bist?»

«Sie ist in Venedig.» Auch Irene lallte ein bisschen.

«Wie schön für sie.»

«Eigentlich nicht», sagte Irene. «Sie hat herausgefunden, dass Dad mit einer Internetbekanntschaft geschlafen hat, also ist sie nach Venedig gefahren, um so viel von seinem Geld wie möglich auszugeben, bevor sie ihn rauswirft.»

«Das ist ja schrecklich», sagte Jane entsetzt und vergaß für einen Moment, dass ihre Schwester in einer Gefängniszelle saß. «Ist mit dir alles in Ordnung?»

«Mir geht's gut.» Irene machte eine wegwerfende Handbewegung.

«Also, wenn es bei dir zu Hause zu schlimm wird, kannst du immer hier übernachten – im Gästezimmer, nicht bei Kurt.»

«O Jane, das ist wirklich unheimlich nett von Ihnen. Danke.» Sie rülpste. «He! Dafür muss man sich entschuldigen!», sagte sie und zeigte auf Jane, bevor sie in Gelächter ausbrach. Kurt grinste.

Jane verdrehte die Augen, schnappte sich ihre Tasche, doch bevor sie ging, stellte sie sich mit erhobenem Zeigefinger vor die beiden angetrunkenen Teenager. «Kein Sex hier in diesem Zimmer, kein Sex in Kurts Zimmer, kein Sex im gesamten Haus. Und glaubt nicht, dass ich es nicht merken würde, denn ich würde es sehr wohl merken.» Sie verließ das Zimmer. Irene sah Kurt an und hob den Zeigefinger. «Trotzdem hat sie nicht mitbekommen, dass wir es gerade auf diesem Sofa gemacht haben.»

Jane hörte Kurt und Irene lachen, als sie aus dem Haus ging. *Natürlich lachen sie. Es ist vier Uhr morgens, sie sind siebzehn, betrunken und aufgedreht, und sie haben vermutlich in den letzten fünf Stunden mehr Sex gehabt als ich in den letzten beiden Jahren.*

In der Polizeiwache wartete Jane über zwei Stunden, bevor sie endlich mit einem zuständigen Beamten sprechen konnte. Er informierte sie darüber, dass ihre Schwester vermutlich wegen Diebstahls und Brandstiftung verklagt würde. Jane schloss die Augen und sagte gar nichts. Nach einer Ewigkeit fragte der Polizist, ob mit ihr alles in Ordnung sei.

«Ich hasse mein Leben», sagte sie.

«Das Gefühl kenne ich.»

Danach saß sie eine weitere Stunde im Wartebereich herum. Sie fror und war müde und so genervt, dass sie am liebsten geheult hätte. Der Mann neben ihr roch nach Schweißfüßen, und die Frau gegenüber starrte sie mit einem Blick an, als wollte sie ihr gleich etwas antun. Jane wäre unheimlich gerne dreist genug gewesen, um die Frau zur Rede zu stellen und sie zu fragen, was sie eigentlich von ihr wollte. Doch sie traute sich nicht. *Mal wieder typisch für mich,* dachte sie, während sie den Kopf hängen ließ, um dem aggressiven Blick auszuweichen.

Elle tauchte kurz nach acht Uhr auf. Sie gähnte und streckte sich. Als sie Jane entdeckte, grinste sie, doch Jane stand nur auf, packte ihre Schwester am Arm und zerrte sie aus der Polizeiwache.

«Grins nicht, sprich nicht und fang bloß nicht an, dich zu beschweren!», befahl sie Elle, die nicht wusste, ob sie diese Reaktion erschreckend oder belustigend finden sollte. «Ich friere, ich bin müde, und mir steht es bis ganz oben. Also halt einfach die Klappe.»

«Okay», sagte Elle.

Sie setzten sich ins Auto, und Jane ließ den Motor an.

«Darf ich rauchen?», fragte Elle.

«Sei still.»

«Das nehme ich als ja», sagte Elle und zündete sich eine Zigarette an.

Jane fuhr, ohne ein Wort zu sagen. Elle rauchte und starrte aus dem Fenster. Als sie beinahe zu Hause waren, fuhr Jane an den Straßenrand und hielt an. Sie drehte sich zu ihrer Schwester um und begann mit der wütenden Tirade, die sie sich während der langen Wartezeit auf der Wache zurechtgelegt hatte.

«Du hast wirklich schon genügend unglaubliche Sachen gemacht – dumme, dumme Sachen, bei denen ich bloß noch fassungslos dagestanden habe –, aber dieses Mal hast du wirklich alles übertroffen. Du hast Vincents Auto angezündet! Nein, warte, zuerst hast du es *gestohlen,* und dann hast du es angezündet! Was ist los mit dir? Bist du vollkommen irre geworden?» Sie bemerkte, dass Elle begonnen hatte zu weinen, und hielt inne.

Elle zog die Karte von dem Blumenstrauß aus ihrer Tasche und gab sie Jane. Sie las laut: *«Elle, wie es in diesem Song heißt – I want you, I need you –, aber lass uns ehrlich sein, lieben werde ich dich niemals.»* Sie blickte von der Karte auf und sah ihre weinende Schwester an. «Wie in dem Song?» Sie warf wieder einen Blick auf die Karte. «Lass uns ehrlich sein?» Sie schüttelte den Kopf. «O Elle!» Ihre Schwester tat ihr unendlich leid, denn obwohl Vincent ein Schwein war, liebte ihn Elle grenzenlos. «Lass uns ehrlich sein», wiederholte Jane. «Nimmt er wieder Drogen?»

Elle reagierte nicht.

Jane gab Elle die Karte zurück, zog ein Papiertaschentuch heraus, wischte Elle die Tränen weg und umarmte sie. «Schon gut, Elle, wir finden bestimmt eine Lösung.»

Aber in Wahrheit wusste sie, dass sie nicht das Geringste tun konnte.

Elle schüttelte den Kopf. «Dieses Mal ist er wirklich weg, Janey.» Und dann schluchzte sie an der Schulter ihrer Schwester, bis sie keine Tränen mehr hatte.

5
Authentic Fake

Pillows bursting at the seams,
feathers floating like dreams,
naked on the wooden floor,
night porters banging on the door,
and we just turn the music up.
Jack L., *Broken Songs*

Januar 2008

Es war zwar kalt, doch der Himmel war strahlend blau. Jane mochte dieses kalte, trockene Wetter und hätte gerne öfter solche schönen, klaren Tage gehabt. Heizungsluft dagegen konnte sie nicht besonders gut leiden, denn davon wurde ihre Haut trocken und juckte. Frische Luft war ihr da viel lieber, und sie hatte kein Verständnis, wenn ihr Sohn sich darüber beschwerte, dass er fror. Schließlich hatte sie einen Haufen Geld für seine Kleidung ausgegeben. Aber er stellte sich in T-Shirt und Boxershorts vor sie und erkundigte sich frech, was passieren musste, damit sie die Heizung aufdrehte. In der Küche war es warm, weil sie den ganzen Vormittag über gebacken hatte. Kurt kam herein, rieb die Hände aneinander und blies um des dramatischen Effekts willen auch noch hinein.

«Zieh Jeans und Pulli an», sagte sie mit dem Rücken zu ihm.

«Wer kommt denn zu Besuch?», fragte er, ohne auf sie einzugehen, und setzte den Wasserkessel auf.

«Tom und Leslie.»

«Ach die.» Er zog ein Gesicht.

«Ach die», äffte sie ihn belustigt nach. «Was stimmt denn nicht mit ihnen?»

«Er wird von Schuldgefühlen geplagt, und sie ist ziemlich komisch drauf», sagte er und löffelte Löskaffee in einen Becher. «Oh, und Gran hält ihn für einen Mörder.»

«Also wirklich. Am besten hörst du gar nicht mehr hin, wenn sie ihre verdrehten Ansichten zum Besten gibt!»

«Wieso, du willst ja wohl nicht behaupten, dass du nicht selbst daran gedacht hast, oder?»

«Das will ich doch», gab sie zurück. «Alexandra ist verschwunden, als Tom bei der Arbeit war, und dafür hat er Zeugen.»

«Also hast du sehr wohl daran gedacht, aber sein Alibi hat dich überzeugt», sagte Kurt und deutete mit dem Kaffeelöffel auf seine Mutter.

«Gut.» Sie hob die Hände. «Sein Alibi hat mich überzeugt.»

«Viele Leute haben gute Alibis, die sich aber irgendwann als total ausgedacht erweisen.»

«Kurt», sagte Jane, «bitte hör auf, Mamis neuen Bekannten einen Mörder zu nennen.»

Kurt lachte. «Okay. Aber man kann trotzdem nie vorsichtig genug sein.» Er goss heißes Wasser in den Becher und schloss die Hände darum. «Echt, Mum, es ist eiskalt hier drin.»

Bald zog er sich wieder in sein Zimmer zurück, setzte sich in seine Daunendecke gehüllt vor den Computer und ließ nur die Hände hervorschauen, um die Tastatur zu bedienen. Jane blieb in der Küche und wischte Kaffeekrümel weg, während sie darauf wartete, dass der letzte Kuchen fertig wurde.

Es war das dritte Mal, dass Leslie und Tom zu ihr kamen, um über das Ausstellungsprojekt zu reden. Elle war die anderen beiden Male ebenfalls da gewesen, doch nun hatte sie die Trennung von Vincent schwer getroffen, und als Jane morgens das *Bin angeln*-Schild an Elles Haustür gesehen hatte, war ihr klar, dass Elle für eine Woche oder sogar einen Monat abgetaucht war. Sie wusste nicht recht, wie sie Tom diese Neuigkeit beibringen sollte.

Tom war bei ihrem letzten Treffen unwahrscheinlich begeistert gewesen, als ihm Elle ihr Gemälde von Alexandra gezeigt hatte. Er hatte Elle ein paar Fotos von seiner Frau gegeben, und sie war Janes sämtliche Jugendfotos mit Alexandra durchgegangen, und nachdem sie eine Woche lang das Gesicht studiert hatte, verbrachte sie eine weitere Woche damit, es zu malen. Alle waren sich einig, dass das Bild sehr gelungen war.

«Auf meinem Bild hat sie einen traurigen Blick», hatte Elle gesagt. «Ich hoffe, das stört dich nicht. Ich weiß, dass sie eher der fröhliche Typ ist, aber ich fand, auf diesem Bild sollte sie ein bisschen traurig aussehen.»

«Es stört mich nicht, es ist wunderschön», hatte Tom gesagt und wie gebannt das Gemälde angesehen, das an Janes Küchenwand lehnte. «Wie hast du das gemacht? Wie hast du es geschafft, dass sie so verloren aussieht?»

Elle hatte das Gesicht angestarrt, das ihr inzwischen so vertraut geworden war, und mit den Schultern gezuckt. «Ich weiß nicht.»

Tom biss die Zähne so fest zusammen, dass sein Kiefergelenk hervortrat. Er nickte Elle zu. «Du bist unglaublich.»

Elle liebte Komplimente. Sie wurde rot und behauptete, sie hasse Schmeicheleien, aber in Wahrheit beschleunigten sich ihr Herzschlag und ihr Puls, und kurzfristig fühlte sich beinahe high.

Leslie hatte eine großartige Webseite erstellt. Auf www.findingAlexandra.com waren die jüngsten Fotos von Alexandra und eine Straßenkarte zu sehen, auf der ihre Fahrt nach Dalkey nachzuvollziehen war. Leslie hatte es sogar geschafft, Bilder der Überwachungskameras von den Bahnstationen Tara und Dalkey zu bekommen. Zudem hatte sie für Tom einen Blog eingerichtet, wo er aktuelle Informationen weitergeben konnte, wenn es welche geben sollte, und ein Forum für diejenigen, die einen Kommentar schreiben wollten, und natürlich eine E-Mail-Adresse, unter der man Tom erreichen konnte. Tom war überwältigt gewesen, besonders als Leslie ihm den Link zu Jack Lukemans Webseite gezeigt hatte. Sie hatte daraufgeklickt, und auf Jacks Webseite wiederum verwies ein Link auf www.findingAlexandra.com. Tom war sprachlos. Jack erwähnte auf seiner Webseite Alexandra eigens, und die Besucher der Seite wurden gebeten, sich ihr Foto anzusehen, um festzustellen, ob sie die Vermisste vielleicht irgendwo gesehen hatten.

«Wie hast du das geschafft?», fragte Tom.

«Ich habe Jacks Webseite gestaltet.»

«Das ist einfach super. Absolut super.»

«Und du hast gesagt, du könntest nicht helfen!», kam es aufreizend von Elle.

«Na ja, freut mich, wenn ihr die Seite gut findet», sagte Leslie zufrieden.

«Wie hast du Jack dazu gebracht mitzumachen?», fragte Jane.

«Alexandra ist ein Fan von ihm, und ich habe Myra aus seinem Büro von der Sache überzeugt, und damit war es eigentlich schon entschieden. Übrigens haben sie gesagt, wir sollen uns melden, falls sie noch etwas tun können.»

«Machst du Witze?», fragte Elle.

«Nein», gab Leslie zurück.

«Natürlich könnten sie noch etwas tun», sagte Jane.

«Ja», stimmte Elle zu und kam Jane zuvor. «Jack könnte bei der Eröffnung der ‹Vermisst›-Ausstellung singen.»

«Dann wäre die PR ein Klacks», sagte Jane.

«Ich rede mit Myra», sagte Leslie.

Tom wusste nicht, was er sagen sollte. Es hatte ihm die Sprache verschlagen. In den wenigen Wochen, die er diese drei Frauen kannte, hatte er so viel neuen Mut geschöpft, und er war so dankbar, dass er keine Worte dafür fand.

Jane lächelte ihn an, als er sie und die beiden anderen stumm und mit verdächtig glitzernden Augen ansah. «Wir finden sie», versprach sie ihm.

Doch jetzt, weniger als einen Monat später, meinte sie, dass sie dieses Versprechen reichlich übereilt gegeben hatte. Was für eine vermessene Idee. Elle hatte sich abgesetzt, und das bedeutete, dass sie nicht malte, und wenn sie nicht malte, stand der Apriltermin für die Eröffnung der «Vermisst»-Ausstellung in Frage, auf den sie sich geeinigt hatten, und wenn die Eröffnung nicht im April stattfand, würde Jack vor der Beendigung seiner Europatournee im September keine Zeit mehr haben – dabei war er doch derjenige, der ihnen die meiste Publicity bringen würde. Jane hatte versucht, Elle anzurufen, sie aber nicht erreicht. *Bin angeln* bedeutete: Kein Kontakt.

Jane war gar nicht wohl dabei, Tom und Leslie nach all der Arbeit, die sie in die Vorbereitung der Ausstellung und die Webseite gesteckt hatten, enttäuschen zu müssen, und sie war nicht einmal sicher, ob sie ihnen überhaupt erzählen sollte, dass Elle nicht da war. *Vielleicht sollte ich eine Woche abwarten,* dachte sie. *Ich warte eine Woche ab, was passiert, und dann, wenn ich es ihnen erzählen und Tom das Herz brechen muss, dann mache ich es eben. Verdammt, Elle, das ist jetzt wirklich nicht der passende Moment für einen von deinen Egotrips, komm nach Hause!*

Dann klingelte es, und Leslie stand vor der Tür. «Tom kommt wohl etwas später», sagte sie.

«Was ist passiert?»

«Er sitzt unten bei deiner Mutter.»

«O nein! Der Kaffee steht auf dem Tisch. Ich bin in einer Minute zurück.» Jane rannte die Treppe hinunter, bevor Leslie noch etwas sagen konnte.

Als Jane ins Zimmer platzte wie ein Überfallkommando, saß Tom ihrer Mutter gegenüber in einem Sessel.

Rose ließ eine Flüssigkeit in ihrer Tasse kreisen, und Jane betete, dass es Tee war. Toms Hände lagen mit verschränkten Fingern auf seinen Knien. Er schwieg.

«Was hat sie gesagt?», fragte Jane.

«Ich habe ihn gefragt, ob er seine Frau umgebracht hat», sagte Rose. «Und ich habe mich danach erkundigt, ob er eventuell vorhat, dich umzubringen.»

«O Gott.» Jane seufzte und schloss einen Moment die Augen, um sich zu sammeln.

«Ich habe in beiden Fällen mit Nein geantwortet», sagte Tom, und Jane war froh, dass er die Situation eher lustig als ärgerlich fand.

«Hör mal, Jane», sagte Rose, «das hier ist nichts weiter als eine kleine Unterhaltung in aller Freundschaft. Es besteht kein Grund, sich so aufzuführen, als hätte sich ein Stamm Feuerameisen unter deinem Pullover eingenistet.»

Tom lachte leise.

«Tom», sagte Jane. «Ich glaube, wir gehen jetzt nach oben.»

Tom stand auf.

«Und mit dir rede ich später noch», sagte Jane zu Rose.

Tom verabschiedete sich von Rose, folgte Jane durch Roses engen Flur und stieß dabei an den Stapel Werbepost, der prompt umkippte. Er ging in die Hocke, um die Werbungen wieder aufzustapeln, und bevor Jane sagen konnte, dass er sich nicht darum kümmern solle, erklang die Stimme ihrer Mutter aus dem Wohnzimmer.

«Und Tom, mein Lieber!»

«Ja?» Er ging zurück zur Wohnzimmertür.

«Falls meine Tochter zufällig demnächst vermisst werden sollte, dann röste ich Sie bei lebendigem Leib und werfe Sie anschließend den Ratten vor, das können Sie mir glauben», sagte sie in einem so freundlichen und lässigen Ton, als spräche sie eine Einladung zum Essen aus.

«Ich verstehe.»

«Es tut mir leid», sagte Jane, während sie ihn zur Tür zog und sie hinter sich zuknallte. «Es tut mir wirklich unheimlich leid.»

«Schon gut», sagte Tom.

«Du gehörst eingesperrt!», schrie sie in Richtung ihrer Mutter hinter der geschlossenen Wohnzimmertür. Dann öffnete sie Roses Wohnungstür, und Tom folgte ihr nach draußen in die kühle Luft. Er war gleichzeitig ein bisschen beleidigt und amüsiert.

Jane aber war ernsthaft böse. «Tut mir leid, dass du sie so erlebt hast.»

«Das macht nichts», sagte Tom. «Der Einsatz lohnt sich. Schließlich würde ich ohne dich und Elle jetzt immer noch bei Konzerten rumstehen und Flyer verteilen.»

O Gott, Elle! Komm nach Hause, verdammt, komm nach Hause!

Jane lächelte Tom an und tat so, als wäre alles in Ordnung. Er folgte ihr die Treppen hinauf, ins Haus und in die Küche, wo Leslie vor einem Becher Kaffee saß, um den sie ihre Hände gelegt hatte.

«Ist die Heizung kaputt?», fragte sie.

«Ich mache sie an.» Jane ging in den Flur und drehte die Heizung auf.

Kurt hörte das vertraute Klicken und kam in seine Bettdecke gehüllt aus seinem Zimmer. «Aah, für Besuch machst du die Heizung an, aber nicht für deinen einzigen Sohn. Toll.»

Jane ignorierte ihn, und nach einem kurzen Umweg in ihr Schlafzimmer, in dem sie sich das Gesicht mit einer Salbe für extrem trockene Haut eincremte, ging sie in die Küche. Gerade erzählte Leslie, dass die Aufrufe der Webseite um siebzig Prozent gestiegen waren, seit sie mit der Seite von Jack Lukeman verlinkt war.

Jane bot ihnen Karottenkuchen, Schokoschnitten und

Rosinenküchlein an und kochte frischen Kaffee. Sie futterten den Kuchen, und Jane wurde für ihre Backkünste mit Komplimenten überhäuft. Dann eröffnete Leslie den anderen, dass sie, kurz bevor sie aus dem Haus gegangen war, eine E-Mail von jemandem bekommen hatte, der glaubte, Alexandra in der Woche zuvor bei einem Konzert von Jack Lukeman in London gesehen zu haben.

«Ich glaube, wir sollten das nicht überbewerten», warnte Leslie, während sie einen Ausdruck der Mail aus ihrer Tasche zog. «Es könnte auch jemand ganz anderes gewesen sein.»

«Aber es könnte auch Alexandra gewesen sein», sagte Tom. «Bitte, lies vor.»

Sie faltete das Blatt auseinander.

Tom richtete seinen Blick auf den Fußboden.

‹Hallo, ich bin Michelle Radley. Ich arbeite im Pigalle Club in London. Vergangenen Monat hat Jack Lukeman hier gespielt. Es war ziemlich viel los an diesem Abend, zwei Kolleginnen waren krank, und die Toilettenfrau ist auch nicht gekommen. Eine Jugendliche hatte zu viel getrunken, und ihr ist in der Toilette ziemlich schlecht geworden. Ich wurde gerufen, um mich um sie zu kümmern, aber es war so voll im Club, dass ich nicht bei ihr bleiben konnte. Also hat eine Frau, die genauso aussah wie die auf Ihrem Bild, gesagt, sie würde sich um sie kümmern. Wir haben uns kurz unterhalten. Sie sagte, ihr Name sei Alex. Sie hat wirklich so ausgesehen, wie die Frau von Ihrem Bild, aber sie war dünner und trug ihr Haar kürzer. Als ich wieder in die Toilette zurückkam, waren sie und das Mädchen, dem es schlecht geworden war, nicht mehr da.

Meine Telefonnummer ist 20 77 32 65 31, falls Sie mich kontaktieren wollen. Jack Lukeman spielt am Samstag, dem 1. März, wieder im Club. An dem Abend arbeite ich auch, und ich werde mich nach dieser Alex umsehen. Wenn Sie mir eine Telefonnummer geben, kann ich Sie anrufen, falls sie wiederkommt. Grüße, Michelle.›

Leslie sah Tom an, der immer noch auf den Boden starrte. Dann ließ sie ihren Blick zu Jane wandern, die sich die Hände ein bisschen länger als notwendig an einem Geschirrtuch abwischte.

«Das könnte sie sein», sagte sie dann und warf das Geschirrtuch auf den Küchentresen.

«Sie ist es», sagte Tom.

«Wartet mal», sagte Leslie. «Wartet mal eine Sekunde. Hier geht es um eine schlankere, kurzhaarige Frau, die Alexandra einfach nur ähnlich sieht.»

«Sie hat gesagt, sie heißt Alex», sagte Jane.

«Aber Tom hat uns erzählt, dass sie sich seit ihrer Teenagerzeit nicht mehr Alex nennt», sagte Leslie.

«Aber einem betrunkenen Mädchen zu helfen passt zu ihr», sagte Tom.

«Das würden viele Leute tun», gab Leslie zurück. «Ich glaube wirklich, wir sollten keine voreiligen Schlüsse ziehen. Wir sollten diese Information der Polizei weitergeben und sie dort auswerten lassen.»

Tom sah vom Boden auf. «Ich fahre zu dem Konzert nach London.»

«Ich komme mit», sagte Jane.

«Wirklich?»

«Auf jeden Fall.» *Das ist das Mindeste, was ich tun kann, nachdem meine Schwester sich abgesetzt hat.*

«Das gibt's doch nicht», sagte Leslie. «Ihr beiden habt mir überhaupt nicht zugehört.»

«Doch, haben wir», sagte Tom. «Ich werde die E-Mail an die Polizei weitergeben, aber dabei kann ich es nicht lassen. Wir sind so nah dran!»

«Oder nicht», sagte Leslie.

«Oder doch», sagte Jane.

«Ich geb's auf!» Leslie stand auf und schnitt sich noch ein Stück Karottenkuchen ab, auch wenn sie mehr darauf achtete, was sie aß, seit Elle ihr in der Woche vor Weihnachten erklärt hatte, dass sie nicht nur ihr Haar färben und sich eine neue Garderobe zulegen, sondern auch mindestens sechs Pfund abnehmen musste. Als Leslie dagegengehalten hatte, dass sie sich sehr wohl fühlte, so wie sie war, hatte Elle ihr nur eine simple Frage gestellt: «Willst du in diesem Leben nochmal Sex haben?»

Leslie hatte über diese Frage ernsthaft nachgedacht, denn eigentlich war sie sich da gar nicht so sicher. Es war ewig her, dass sie Sex mit irgendetwas gehabt hatte, das nicht batteriebetrieben war, und möglicherweise lohnte sich der Aufwand nicht. Nachdem sie das Problem gründlich erwogen hatte, sodass Elle in aller Ruhe ihren Cappuccino austrinken, einen weiteren bestellen, zur Toilette gehen und zwei SMS verschicken konnte, hatte sie eingeräumt, dass sie in diesem Leben vermutlich doch nochmal Sex haben wollte.

«Na dann», sagte Elle und beschrieb mit dem Zeigefinger einen Bogen von Leslies Kopf bis zu ihren Füßen, «tu was dafür.»

«So hässlich bin ich auch wieder nicht!», hatte Leslie eingewandt.

Elle fand auch, dass sie nicht hässlich war, und ging sogar so weit zu sagen, dass sie für eine Frau Anfang vierzig ziemlich gut aussah.

«Tausend Dank», sagte Leslie und fragte sich erneut, weshalb sie sich mit einem Twen angefreundet hatte.

Elle lächelte sie an und förderte, nachdem sie geraume Zeit in ihrer Handtasche herumgewühlt hatte, eine zerknickte und angeschmutzte Visitenkarte zutage. Sie glättete die Karte und reichte sie Leslie. «Das ist meine Friseuse. Sie wird sich um dich kümmern.»

Nachdem sie eine Woche darüber nachgedacht hatte, beschloss Leslie, sich die Haare färben zu lassen, damit aber bis nach Weihnachten zu warten, wenn nicht mehr so viel Betrieb in den Friseursalons war. Ihr Termin war später an diesem Nachmittag. Sie halbierte das Kuchenstück und aß dann nur die Hälfte von der Hälfte, denn seit Elle ihre mollige Taille erwähnt hatte, musste sie ständig daran denken.

«Wo ist Elle?», fragte sie, nachdem sie noch ein paar letzte Krümel in den Mund gesteckt hatte.

«Sie arbeitet», log Jane.

«Ich freue mich schon unheimlich auf die Ausstellung in zwei Wochen», sagte Leslie. «Elle hat mir letztes Mal, als wir hier waren, ein paar von den Bildern gezeigt, und sie sind phantastisch und auch ein bisschen unheimlich. Sie gefallen mir sehr.»

«Ja», sagte Jane, «sie ist ein Genie.»

«Meinst du, es ist in Ordnung, wenn ich kurz bei ihr vorbeischaue, bevor wir gehen?», fragte Leslie.

«Nein», sagte Jane. «Tut mir wirklich leid», fügte sie dann hinzu, «aber sie ist total mit den Sachen für die aktuelle Ausstellung beschäftigt.»

«Aber ich dachte, sie hätte diese Gemälde schon fertig», sagte Tom. «Oder arbeitet sie schon an der ‹Vermisst›-Ausstellung? Ich dachte, ihr müsst noch auf die Einwilligung der Familien warten.»

«Nein, sie hat noch ein bisschen was für die bevorstehende Ausstellung zu tun – sie ist eben eine Perfektionistin. Und auf die Einwilligungen von den Familien warten wir noch, allerdings hat die Familie des vermissten Mannes aus Clare, Joe irgendwie, schon gesagt, dass Elle ihn malen darf.» *O Gott, ich hoffe, sie ist rechtzeitig zu der Ausstellungseröffnung in zwei Wochen zurück.*

«Okay», sagte Leslie. «Dann rufe ich sie später mal an.»

«Ja, tu das», sagte Jane, «aber wundere dich nicht, wenn sie nicht ans Telefon geht. Wenn sie in dieser Phase ist, könnte glatt die Welt untergehen, ohne dass sie etwas davon mitbekommt.»

«Na gut», sagte Leslie. Sie spürte Janes Nervosität. «Vielleicht ist es besser, sie in Ruhe zu lassen.»

Jane nickte heftig.

Bald darauf ging Tom. Er hatte versprochen, die Karten für das Konzert in London und die Hotelzimmer online zu bestellen, und bestand darauf, alles zu bezahlen.

Zum Abschied umarmte Tom die beiden Frauen. «Danke», sagte er, «danke, danke, danke.» Er seufzte, lächelte ein bisschen, wandte sich zum Gehen und stieg die Treppe hinunter, während ihm Jane und Leslie von der Tür aus nachsahen. Sie warteten noch, bis er in sein Auto gestiegen war, und winkten ihm nach.

Als er außer Sicht war, drehte sich Leslie zu Jane um. «Also, was ist wirklich mit Elle los?»

Für jemanden, der kaum unter Menschen kam, hatte sie eine unglaubliche Intuition.

«Komm lieber wieder mit rein», sagte Jane.

Jane kochte noch einmal Kaffee und berichtete von Elles Silvestertag.

«Meine Güte», sagte Leslie. «Kann man für so etwas ins Gefängnis kommen?»

«Ich muss mich nächste Woche mit diesem wehleidigen Schleimer Vincent treffen, um über die Entschädigung zu reden. Vermutlich läuft es darauf hinaus, dass er auf eine Anzeige verzichtet, wenn wir ihm ein neues Auto kaufen, und wenn er auf eine Anzeige verzichtet, wird die Staatsanwaltschaft vermutlich auch Ruhe geben.»

«I want you, I need you – aber lass uns ehrlich sein, lieben werde ich dich niemals», sagte Leslie und schüttelte ungläubig den Kopf. «Und gerade hatte ich mir überlegt, mal wieder etwas mit einem Mann anzufangen.»

Jane versuchte, Elles unerklärliche Zuneigung zu diesem Mistkerl zu erklären, der sie vom ersten Tag an schlecht behandelt hatte, und fügte hinzu, dass sie selbst, weil sie eine genauso unerklärliche Zuneigung zu dem Vater ihres Sohnes hatte, die verkorksten Liebesgefühle ihre Schwester sehr gut nachvollziehen konnte.

«Man kann sich eben nicht heraussuchen, wen man liebt», sagte sie.

Leslie dachte darüber nach und hatte wieder Appetit auf Kuchen. Danach erklärte Jane, dass Elle jedes Mal, wenn es ihr zu viel wurde, das *Bin angeln*-Schild an ihre Tür hängte. Dieses Zeichen bedeutete, dass sie Ruhe und Frieden brauchte, eine Auszeit von allem und jedem, und bis sie wieder so weit war, sich der Realität zu stellen, blieb sie verschwunden. Leslie war fassungslos, dass Elle einfach untertauchte und verstand nicht, weshalb Jane das mitmachte.

«Das ist total egoistisch», sagte sie. «Was ist, wenn du sie brauchst?»

«Dann hinterlasse ich ihr eine Nachricht auf dem Handy und hoffe, dass sie darauf reagiert», räumte sie ein, aber sie versuchte augenblicklich, Leslies Einwände zu zerstreuen. Jane erklärte, sie sei froh darüber, dass Elle ihr so klar mitteilte, was los war, sodass sie sich keine Sorgen zu machen brauchte. Natürlich machte sie sich trotzdem Sorgen, aber wenn Elle ohne Vorwarnung verschwände, wäre es noch schlimmer.

Es dauerte ein paar Minuten, bevor Leslie verstand, was es bedeutete, dass Elle sich gerade jetzt mal wieder zu einem Angelausflug aufgemacht hatte, und so richtig wurde ihr das auch erst klar, als Jane erzählte, dass Elle ein paar Jahre zuvor einmal zwei volle Monate verschwunden geblieben war.

«Malt sie denn, während sie weg ist?», fragte Leslie.

«Bis jetzt hat sie das noch nie getan», sagte Jane.

«Aber die ‹Vermisst›-Ausstellung ist für April angesetzt!»

«Sie wird zurückkommen, es ist wichtig, also wird sie sich darum kümmern», sagte Jane, doch Leslie hörte ihr an, dass sie nicht vollkommen davon überzeugt war.

«Und wenn nicht?»

«Na ja, wir müssen Alexandra ja nur im März von diesem Club abholen», sagte Jane und wusste selbst, wie unwahrscheinlich das war.

«Das war sie nicht», sagte Leslie, «und sogar, wenn sie es war, bedeutet das nicht, dass sie wieder dort auftaucht.»

«Sei doch keine solche Schwarzseherin.»

«Dagegen kann ich nichts machen – ist bei mir die Werkseinstellung», sagte Leslie und lächelte.

«Elle wird nach Hause kommen», sagte Jane. «Und zwar hoffentlich rechtzeitig, um zwölf umwerfende Gemälde fertigzustellen. Und wenn nicht, finden wir eine andere Lösung. Ich finde eine andere Lösung.»

«Ich sollte bei Jack Bescheid sagen.»

«Nein, bitte sag nichts, bitte warte noch eine Woche ab! Lass uns erst die jetzt bevorstehende Ausstellung hinter uns bringen, dann ist es immer noch früh genug, um sich über die Eröffnung im April Sorgen zu machen.»

Leslie nickte und überlegte, wie Jane die Lage meistern würde, falls Elle nicht zu ihrer eigenen Ausstellungseröffnung erschien.

«Es ist nicht immer so kompliziert», sagte Jane. «Aber falls du es noch nicht bemerkt hast, meine Schwester kann manchmal ein bisschen schwierig sein.»

Das hatte Leslie allerdings schon bemerkt. Inzwischen war sie zu spät dran, um noch zum Friseur zu gehen, also rief sie an, um einen neuen Termin auszumachen, und unternahm anschließend einen flotten Spaziergang im Park, um wenigstens ein paar der Kuchenkalorien zu verbrennen.

Toms Firma lief nicht besonders gut, und das lag nicht allein daran, dass er das Interesse daran verloren hatte. Sein Unternehmen hatte Mitte 2007 ein großes Bauprojekt im Süden Dublins beendet, und anschließend hatte er sich nach neuen Grundstücken umgesehen, doch die langfristigen Planungen wurden schwieriger, und die Häuser des gerade fertiggestellten Bauprojektes hatten sich nicht so schnell verkauft wie erwartet. Er hätte sich gedulden müssen, bis sich wieder ein lohnendes Vorhaben auftat, aber dann war Alexandra verschwunden, und er hatte sich um nichts anderes mehr gekümmert, als sie zu suchen. Er hatte schon in der zweiten Jahreshälfte 2007 viele Arbeiter aus seinem Team an andere Auftraggeber verloren, und nur noch ein paar Männer waren geblieben, die sich um die Beseitigung von Baumängeln kümmerten. Und an dem Tag, an dem er im Aufzug stecken blieb, war sein Unternehmen auf zwei Personen geschrumpft – ihn selbst und eine Bürokraft, Jeanette. Es war offensichtlich, dass die Firma am Ende war, und eine Woche darauf erhielt Jeanette ihre Abfindungszahlung. Tom hatte die Risikobereitschaft und das Durchsetzungsvermögen, das zur Führung eines solchen Betriebes notwendig war, zusammen mit Alexandra verloren, und es fehlte ihm – in einer Zeit sinkender Wachstumsraten und drohender Rezession – die Energie zum Kämpfen. Nach zehn Jahren Anstrengung drehte sich Tom nicht ein einziges Mal um, als sich die Türen seines Unternehmens in der Woche vor Weihnachten für immer schlossen. Toms einziges Interesse war es, seine Frau zu finden. Er verbrachte Stunden im Internet, auf der neuen Webseite, er postete Beiträge in seinem Blog, und er hatte sich von Leslie zeigen lassen, wie neue Bilder auf die Webseite eingefügt wurden. Jeden Tag sah er sich Vermissten-Webseiten an, rief in allen möglichen Heimen und Anlaufstellen in ganz Irland und England an und schickte E-Mails mit einem Foto von Alexandra an diese Institutionen. Er überprüfte, ob bei Interpol auch wirklich alle Informationen über seine Frau angekommen waren, und beharrte darauf, bei der Polizei jeden Tag nach dem winzigsten Fortschritt zu fragen, sodass ihn die zuständige Kontaktbeamtin, Patricia Lowe, irgendwann bitten musste, sich etwas mehr zurückzuhalten. Und immer noch verteilte er Flyer oder hängte sie an Bäume und Lampenpfosten.

Dazwischen besuchte er Breda und erzählte ihr von den Dingen, die getan wurden, damit Alexandra wiedergefunden wurde.

«Du bist ein guter Mann», sagte sie, «und wir werden sie wiederbekommen.»

Breda war sicher, dass Alexandra noch lebte und dass es ihr gutging. Dieses Wissen bezog sie aus ihren Gebeten, in denen sie Gott bat, Alexandra zu beschützen, und Gott hatte Breda in mehr als sechzig Jahren noch niemals ernsthaft enttäuscht. Tom glaubte nicht an Gott, doch als seine Frau verschwunden war, fand er das Vertrauen und die Hoffnung, die seine Schwiegermutter auf Gott setzte, irgendwie tröstlich.

«Sie ist nicht allein, Tom», sagte Breda immer wieder. «Sie ist nie allein.»

Alexandras Vater sprach nicht über Gott und auch sonst über nichts. Stattdessen saß er im Garten und rauchte eine Marlboro nach der anderen. Abends traf er sich mit seinen Freunden im Pub, und sie redeten über Fußball und Politik und darüber, wohin es mit der Welt gekommen war, aber niemals über seine verschwundene Tochter, denn jedes Mal, wenn er an sie dachte, verkrampfte sich sein Magen, Schmerzen zuckten durch seinen Kopf, und sein Herz drohte ihm den Dienst zu versagen.

Tom achtete darauf, bei jedem Besuch in den Garten hinauszugehen und ein paar Worte zu Alexandras Vater zu sagen, der höflich, aber sehr kühl reagierte.

«Wie geht's dir?», fragte Tom zum Beispiel.

«Gut.»

«Es ist eisig hier draußen. Willst du nicht lieber reinkommen?»

«Ich fühle mich wohl hier.»

«Breda scheint heute einen guten Tag zu haben.»

«Ihr geht's gut.»

«Kann ich irgendetwas für euch tun?»

«Du tust schon alles, was du kannst.»

«Es tut mir leid.»

Jedes dieser kurzen Gespräche mit seinem Schwiegervater endete damit, dass Tom sagte: «Es tut mir leid.» Und jedes Mal nickte Alexandras Vater und sagte keinen Ton mehr.

Als er von Jane nach Hause fuhr, überlegte Tom, ob er seinen Schwiegereltern von der guten Nachricht erzählen sollte, doch dann entschied er sich dagegen. Er würde abwarten, und vielleicht würde er im März ja wirklich seine Frau nach Hause bringen. Im Grunde wusste er, dass Leslie mit ihrer Zurückhaltung recht hatte, und er wusste, dass die Chancen, Alexandra in einem Londoner Club zu finden, ungefähr eins zu einer Million standen. Aber das war ihm gleichgültig, denn eins zu einer Million war immer noch besser als null zu einer Million.

Tom hatte nie viel getrunken, doch seit seine Frau verschwunden war, trank er jeden Abend, denn er konnte nur noch einschlafen, wenn er betrunken war, und selbst dann wälzte er sich unruhig hin und her und schrie in seinen Albträumen laut auf. Falls er nicht getrunken hatte, wagte er im Bett kaum die Augen zu schließen, denn dann wanderten seine Gedanken sofort an einen dieser höllischen Schreckensorte. Die Szenen, die er vor sich sah, waren immer unterschiedlich, und doch waren sie gleich: Immer wurde seiner Frau etwas angetan, sie brauchte ihn, und er war nicht bei ihr. In einer dieser Visionen lag Alexandra gefesselt bäuchlings auf dem Boden, und ihre Arme waren hinter ihrem Rücken verschränkt. Sie hatte den Kopf seitlich gedreht, und auf ihrer Wange klebten Schmutz, Blut und Tränen. In ihrem Kopf war ein blutverkrustetes Loch, und sie schrie, sie schrie seinen Namen, und über ihr türmte sich ein Schatten auf, ein Monster, das mit einem Messer herumspielte, und Alexandra flehte Tom an, sie zu finden, bevor das Monster sie wieder mit dem Messer stach. In einer anderen Vision sah er sie in einem winzigen fensterlosen Raum; sie war von Betonwänden umschlossen, nur eine schwarzgestrichene Stahltür mit einer niedrig eingesetzten Klappe gab es. Sie kauerte in einer Ecke, und es herrschte tödliche Stille. Neben ihr stand ein Tablett mit irgendeiner Art Suppe, doch Alexandra konnte nichts essen, und sie war so dünn geworden, dass ihre Knochen hervorstanden, und sie rief nach ihm und sagte, er müsse sie bald finden, sonst wäre sie tot. Und dann gab es diese Vision, in der sie unter Drogen gesetzt und an ein Bett gefesselt worden war, und ständig kamen andere Männer herein, um sie zu vergewaltigen, und sie rollte den Kopf hin und her, und ihre rotgeschwollenen Augen bettelten ihn an, sie zu retten, aber er konnte nichts tun, weil er nicht wusste, wo sie war, und dann hämmerte er sich mit der Faust an den Kopf, brüllte und schrie, bis er nicht mehr konnte, und danach blieb ihm nichts weiter, als das Foto mit ihrem lächelnden Gesicht anzustarren, das vor ihm an der Wand hing. Und jede Nacht quälte ihn ein neuer, noch grauenvollerer Albtraum.

Seit ihrer Kündigung hatte Toms Sekretärin Jeanette mehrfach bei ihm vorbeigeschaut, angeblich nur, weil sie sicher sein wollte, dass es ihm gutging. Beim ersten Mal war er betrunken gewesen und hatte eine viel zu enge Jogginghose getragen.

«Ich hätte nicht gedacht, dass du überhaupt einen Jogginganzug hast.»

«Hab ich auch nicht. Der gehört Alexandra.»

«Warum machst du das?»

«Ich wollte sogar schon in ihren Schuhen joggen gehen, aber die sind mir viel zu klein.»

«Wie betrunken bist du?»

«Ziemlich.»

Ohne weiter zu fragen, ließ sie ihm ein Bad ein, und weil sie seine Einwände nicht gelten ließ, saß er zehn Minuten später in einem Schaumbad, während sie in der Küche und im Wohnzimmer leere Flaschen und Pizzakartons zusammenräumte. Er schlief in der Wanne ein, und sie musste ihn wecken, und er wurde sehr verlegen, als ihm klar wurde, dass er nackt vor ihr in der Wanne saß, doch sie ging darüber hinweg und reichte ihm ein Handtuch.

«Ich habe schon Schlimmeres gesehen», sagte sie und ging hinaus, damit sich Tom anziehen konnte. Er fragte sich, wie er sie daran hindern konnte, noch einmal vorbeizukommen.

Jeanette hatte vier Jahre für Tom gearbeitet, und schon seit der ersten Woche war sie in ihn verliebt gewesen, und das wusste Tom auch. Vor Alexandras Verschwinden war Tom freundlich und humorvoll gewesen. Er war der Typ Mann und Vorgesetzter, der es nicht nötig hatte, seinen Angestellten zu demonstrieren, dass er höher stand als sie. Wenn er ins Büro kam, stellte er Jeanette oft im Vorbeigehen einen Kaffee auf den Schreibtisch, wusste immer, dass sie ihn ohne Milch und mit einem Löffel Zucker trank, und manchmal brachte er ihr auch etwas Süßes mit. Das tat er für die anderen auch. Man hätte sogar denken können, dass er für einen Mann, der ein profitables Unternehmen leitete, ziemlich viel Zeit mit Kaffeekochen verbrachte. Er hörte ihr zu, wenn sie ihm etwas erzählen wollte, und sagte ihr oft, wie gut sie ihre Arbeit machte. Damals war er nicht zu haben gewesen, nicht einmal Sex hatte ihn interessiert, dabei wäre Jeanette zu beinahe allem bereit gewesen.

Das jedenfalls hatte sie ihren Freunden Lily und Davey an dem Abend im Pub erzählt, an dem sie beschlossen hatte, bei Tom zu Hause vorbeizugehen.

«Sei froh, dass nichts gelaufen ist», sagte Davey, «der Typ hat doch garantiert seine Frau kaltgemacht.»

Jeanette hielt das für unmöglich. «Auf keinen Fall hat er das.»

«Na klar, hat er. Kein Mensch verschwindet so einfach.»

«Es verschwinden ständig Leute, du Idiot», sagte Lily.

Jeanette schüttelte den Kopf. «Ich kann mir einfach nicht vorstellen, dass er ihr etwas angetan hat.»

«Mein Rat lautet: Halt dich von ihm fern, bis wir das hundertprozentig genau wissen», sagte Davey.

Lily nickte. «Da ist was dran. Nicht dass du bald ohne Kopf in einem Koffer den Dodder runterschwimmst.»

Jeanette aber hatte nicht vor, sich von Tom fernzuhalten, und sie war jetzt – obwohl sich ein trüber Schleier über Toms früher blitzende Augen gelegt zu haben schien – noch viel heftiger in ihn verliebt.

Sie wartete, bis Tom aus dem Bad kam, und als es so weit war, hatte sie die Wohnung auf Vordermann gebracht, und im Herd stand richtiges Essen. Sie erzählte ihm von dem Bewerbungsgespräch, das sie gerade gehabt hatte, und Tom fühlte sich einen Moment lang beinahe wie an einem ganz normalen, ruhigen Abend. Sie schenkte ihm ein Glas Wein ein, und dann aßen sie gemeinsam. Als sie die Flasche geleert und die nächste schon halb ausgetrunken hatten und der Nachtisch, auf den sie beide keinen Appetit hatten, unangerührt auf dem Tisch stand, sah sie ihm in die Augen und nahm zögernd seine Hand in ihre.

«Was kann ich noch für dich tun?», fragte sie. Ohne seine Hand loszulassen stand sie auf, ging um den Tisch und setzte sich auf den Stuhl neben ihm. Er sah sie an. Seine Hand lag immer noch in ihrer. Jeanette ließ ihre andere Hand an seiner Hüfte emporgleiten. Sein Puls raste, ihr Herz hämmerte, und dann fragte sie wieder: «Was kann ich für dich tun?», und er sah ihr in die Augen, und die Küche versank um ihn, während er ihr die Hand in den Nacken legte und ihr Gesicht zum Kuss an seines zog.

Am nächsten Abend erzählte sie ihren Freunden Lily und Davey, wie ihr Besuch verlaufen war.

«Wahnsinn, das war ja wie im Film», sagte Lily.

«Ganz genau wie im Film», sagte Jeanette. Und sie glaubte sogar selbst daran.

Davey war weniger beeindruckt. «Du spielst mit dem Feuer», sagte er. Doch Jeanette und Lily beachteten ihn nicht.

«Und was ist dann passiert?», fragte Lily.

Tom hatte Jeanette mit sich auf den Boden gezogen, und sie hatten sich geküsst, und er hatte ihr mit hastigen Griffen die Hose ausgezogen und seine heruntergeschoben, und dann lag er auch schon auf ihr und war in ihr, und innerhalb weniger Augenblicke war das Ganze vorbei. Danach sah sie das Bedauern und die Scham in seiner Miene, und deshalb handelte sie schnell, damit er keine Gelegenheit bekam, sie wegzuschicken und diese Episode als «Fehler» zu bezeichnen. Sie zogen sich wieder an, und Jeanette nahm zwei Zigaretten aus ihrer Schachtel und zündete beide an. Sie bat Tom, sich neben sie auf den Boden zu setzen, und er folgte ihr, mit schlechtem Gewissen, aber auch mit unheimlicher Lust auf eine Zigarette, obwohl er eigentlich seit fünf Jahren nicht mehr rauchte.

Als er seine Zigarette angezündet hatte, setzte sie sich rittlings auf seine Beine.

«Ich weiß, was du denkst», sagte sie.

«Das glaube ich nicht.»

«Du denkst: ‹Jeanette ist nett, und ich bin ihr dankbar für diese Nummer, die ich echt nötig hatte, aber wie zum Teufel soll ich sie jetzt loswerden, ohne dass sie anfängt zu weinen?›»

Er schüttelte lächelnd den Kopf. «So was in der Art war's schon», gab er zu.

«Ich mag dich», sagte sie.

«Ich bin völlig fertig.»

«Ich weiß», sagte sie, «ich bin schließlich nicht blind.»

«Ich bin verheiratet.»

«Sie ist nicht da.»

«Bitte geh nach Hause», sagte er, und sie begriff, dass ihre Bemerkung reichlich fehl am Platz gewesen war.

«Gut», sagte sie nickend. «Es tut mir leid.» Und es tat ihr wirklich leid. Es tat ihr leid, dass er so traurig war, und es tat ihr um die arme Alexandra leid, und außerdem tat sie sich selbst leid, denn auch wenn sie sich noch so sehr nach seiner Liebe sehnte, wusste sie doch, dass sie diese Liebe niemals bekommen würde. *Ich musste es wenigstens versuchen*, dachte sie, während sie die Wohnungstür hinter sich zuzog.

«Echt, du hättest damit schon noch ein bisschen warten können», sagte Davey am nächsten Abend im Pub.

«Finde ich auch», stimmte ihm Lily zu.

Jeanette wusste, dass sie die Sache verpatzt hatte, und deshalb bekam sie beinahe einen Schock, als Tom anrief. Er rief sie vom Auto aus an, als er gerade von Jane kam.

«Tom?»

«Gute Neuigkeiten», sagte er. «Ich habe einen Hinweis. Jemand glaubt, Alexandra gesehen zu haben.»

«Oh, das ist ja wundervoll», sagte sie. «Ich hoffe, da ist was dran.» Sie meinte es ehrlich.

«Hör mal», sagte er, «ich wollte mich für neulich Abend entschuldigen. Ich hätte das niemals tun sollen.»

Jeanette dachte daran, wie nett es von ihm war, sie anzurufen. Immerhin war sie es gewesen, die ihn verführt hatte – er war verletzlich, einsam, betrunken und eine leichte Beute gewesen. *Oh, ich liebe dich so.* «Du hast nichts getan», sagte sie, «ich habe es getan. Ich weiß deine Entschuldigung zu schätzen, aber es gibt nichts, wofür du dich entschuldigen müsstest.»

«So betrunken war ich nicht.»

Jeanettes Herz machte einen kleinen Satz.

«Können wir einfach Freunde sein?», fragte er.

«Klar», sagte sie. «Das stelle ich mir sehr schön vor.»

«Möchtest du heute Abend vorbeikommen?»

«Sehr gern.»

Nachdem sie das Gespräch beendet hatten, tanzte sie in ihrer Wohnung herum, denn selbst wenn Tom ernsthaft glaubte, dass es um Freundschaft ging, stimmte es nicht, und wenn er naiv genug wäre zu denken, dass der Abend mit einem Küsschen auf die Wange enden würde, dann stimmte das auch nicht.

Ich muss mir die Beine enthaaren! Ich werd irre!

Jeanette kam bis auf die Haut durchnässt bei Tom an. Es hatte seit sechs Uhr abends immer wieder einmal geregnet, und sie hatte innerhalb von zwei Monaten schon zwei Schirme im Bus liegen lassen. Tom öffnete ihr lächelnd die Tür. Sie schüttelte im Flur so viele Tropfen wie möglich ab, bevor ihr auffiel, dass er eine Schürze trug.

«Was hat das zu bedeuten?», fragte sie und folgte ihm in die Küche.

«Ich habe gekocht.» Er streifte einen Topfhandschuh über, nahm eine Fleischgabel, öffnete die Herdklappe und wendete eine Lammhaxe.

«Das sehe ich», sagte sie und setzte sich an den Küchentresen, während er eine Flasche Wein öffnete. Sie schenkte zwei Gläser ein und reichte ihm eins.

Er stieß mit ihr an. «Ich werde sie finden», sagte er.

Jeanette trank ihr Glas leer und hielt es Tom hin. Er füllte es wieder auf.

«Ich habe da diese Frauen kennengelernt», sagte er. «Sie sind einfach unglaublich. Sie helfen mir wahnsinnig viel, obwohl ich sie gar nicht kenne.»

«Merkwürdig. Warum tun sie das?»

«Jane war Alexandras beste Jugendfreundin, und Janes Schwester Elle ist Künstlerin und hat sich eine Ausstellung einfallen lassen. Sie malt die Gesichter vermisster Personen. Alexandras Bild ist schon fertig, und es ist wirklich wunderschön. Und Leslie – sie hat eine großartige Webseite eingerichtet und Jack Lukeman ins Boot geholt, und jetzt gibt es diesen Hinweis aus London …»

«Jack Lukeman, den Sänger? Ist er so eine Art Hobbydetektiv oder was?», spottete sie, und obwohl Tom ihren Ton registrierte, störte er sich daran nicht weiter.

«Nein, er wird bei der Ausstellungseröffnung singen. Jane sagt, dann bekommen wir mehr Presse.»

«Tja, klingt danach, als hättest du eine Menge neuer Freunde, warum hast du mich da überhaupt noch angerufen?»

«Du hast mir gefehlt.»

Das war keine Lüge. Er hatte Jeanette während der vier Jahre, die sie für ihn gearbeitet hatte, sehr gern gehabt, und wenn er sich selbst gegenüber ehrlich war, fehlte ihm vor allem ihre ständige Aufmerksamkeit. Ihm fehlte das Gefühl, ein Mann zu sein, ein sexuelles Wesen, und auch wenn er sich geschworen hatte, auf keinen Fall noch einmal zuzulassen, was bei ihrem letzten Besuch passiert war, fand er es sehr angenehm, in der Gesellschaft eines Menschen zu sein, der ihn anziehend fand. Tom vermisste vieles, was ihm seine Frau gegeben hatte, und auch das Gefühl, begehrt zu werden.

«Du hast mir auch gefehlt», sagte Jeanette, und in ihrem Kopf sang sie: *«Ganz in Weiß, mit einem Blumenstrauß …»*

Später, nach leidenschaftlichem Sex, genau der Art Sex, von der Jeanette schon lange geträumt hatte, wenn sie an Tom dachte, lagen sie schweigend in der Dunkelheit. Nur ihre Atemzüge waren zu hören.

«Was denkst du?», fragte sie schließlich.

«Dass es hier oben himmlisch ruhig ist.» Er tippte sich mit dem Zeigefinger an den Kopf.

Sie lächelte ihn an, beugte sich über ihn und küsste ihn auf die Wange. «Gern geschehen», sagte sie.

Dann ging sie ins Bad, und er hörte das Rauschen der Dusche, und da dachte er an das letzte Mal, als er im Bett liegend die Dusche hatte rauschen hören. Durch das Rauschen hatte die Stimme seiner Frau geklungen, die nicht gerade Grand-Prix-würdig im Stil von Tina Turner ‹I can't stand the rain› schmetterte. Tom schloss die Augen, genau wie er es eben beim Sex getan hatte, und zum zweiten Mal an diesem Abend tat er so, als wäre es seine Frau, die gerade in seinem Bett gelegen hatte und nun unter der Dusche stand, und zum ersten Mal seit genau dreißig Wochen und einem Tag schlief Tom ruhig.

6
Little Man

Take the world off your shoulders,
little man, little man, little man.
Jack L., Universe

Februar 2008

Elle hatte zwanzig Tage im Bett verbracht. Zehn Tage nach Silvester war sie mit dem Taxi zu einem Hotel in Kildare gefahren. Bei ihrer Ankunft nahm jemand ihre Reisetasche für sie aus dem Kofferraum, während sie den Taxifahrer bezahlte. Sie füllte das Formular an der Rezeption aus, nahm ihren Schlüssel und folgte dem Mann mit ihrer Reisetasche in die dritte Etage und in ihr Zimmer. Sie gab ihm ein Trinkgeld, und er ging. Sie zog sich aus, hängte das *Bitte nicht stören!*-Schild draußen an die Tür, zog die Vorhänge zu und legte sich ins Bett, aus dem sie in den gesamten zwanzig Tagen nur aufstand, um pinkeln zu gehen oder um die Zimmermädchen das Bett frisch beziehen zu lassen. Sie klopften jeden zweiten oder dritten Tag, und sie stand auf und setzte sich auf die Toilette, bis sie im Zimmer fertig waren, und anschließend legte sie sich wieder ins Bett, während das Bad geputzt wurde. An manchen Tagen aß sie eine Kleinigkeit, und an anderen aß sie überhaupt nichts. Der Fernseher blieb ausgeschaltet, und die Tage und Nächte gingen unmerklich ineinander über. Zuweilen hatte sie ein dumpfes Gefühl im Kopf und konnte keinen klaren

Gedanken fassen, dann wieder rasten ungezählte Bilder in ihrem Schädel, sodass sie Kopfschmerzen bekam und sich die Hände an die Ohren presste. Sie schaltete ihr Handy nicht ein. An manchen Tagen weinte sie ganze Tränenozeane, an anderen tat sie nichts weiter, als einzuatmen und auszuatmen, ein und aus, und jeder Atemzug schien ihr schwerer zu fallen als der vorhergehende, bis jede einzelne Zelle in ihrem Körper schmerzte, sodass es ihr kaum noch gelang, auch nur den Arm zu heben.

Nachdem sie die Zimmermädchen sechs Tage hintereinander nicht hereingelassen hatte, klopfte der Hoteldirektor an ihre Tür. Er wartete auf eine Reaktion, doch alles blieb still, also klopfte er erneut, aber entweder ignorierte sie ihn, oder sie schlief – er klopfte ein drittes Mal und wesentlich lauter, und sie schrie in ihrem Kopf zum zweiten Mal, dass er weggehen solle. Doch der Direktor konnte keine Gedanken lesen, und so beschloss er, das Zimmer öffnen zu lassen. Er hatte eine der Rezeptionistinnen dabei, um jedes Missverständnis zu vermeiden, was den Grund seines Eindringens in dieses Zimmer anging. Langsam und mit der Rezeptionistin auf den Fersen betrat er den Raum. Elle lag auf der Seite. Er sprach sie an. Sie bewegte sich nicht. Die Rezeptionistin war offenkundig etwas nervös veranlagt, deshalb lächelte ihr der Direktor beruhigend zu. Er ging an die Seite von Elles Bett und sah, dass ihre Augen geöffnet waren und sie ihn anstarrte. Sie war bleich, und man konnte nicht sofort erkennen, ob sie atmete. Die Rezeptionistin jedenfalls glaubte eine Leiche vor sich zu haben und begann zu schreien. Ohne den Körper zu bewegen, rollte Elle nur ihre Augäpfel, sodass ihr Blick auf die junge Frau gerichtet war. Die nervöse Veranlagung der

Rezeptionistin wurde ihrem Zwillingsbruder angelastet, der sie in ihrer Kindheit oft damit zu Tode erschreckte, dass er den Zombie gespielt und sie verfolgt hatte. Als sie sah, wie sich die Augen der Leiche bewegten, drehte sie durch und rannte laut kreischend aus dem Zimmer, durch den Flur und die Treppen hinunter, bis vor das Hotel, und ließ den Direktor in einer höchst unbehaglichen Situation allein. *Danke, Sheena, sehr gut gemacht.*

«Ist alles in Ordnung, Miss Moore?», fragte er.

«Wie oft habe ich Sie heute schon gebeten, mich allein zu lassen?»

«Noch gar nicht.»

«Dann sind Sie wohl taub.»

«Ich bin keineswegs taub.»

«Ich habe Ihnen mindestens zwei- oder dreimal gesagt, dass ich allein sein will.»

Der Direktor beschloss, sich auf keinen Streit einzulassen. «Soll ich jemanden für Sie anrufen?»

Elle richtete sich langsam im Bett auf. Das Laken rutschte von ihrem Körper und enthüllte ihre nackten Brüste. Der Direktor wurde rot und wandte den Blick ab.

«Wenn ich wollte, dass Sie jemanden für mich anrufen, hätte ich Sie darum gebeten», sagte sie und ließ das Laken, wo es war.

Die Gesichtsfarbe des Direktors wechselte von Rot zu einem merkwürdigen Pflaumenton. Er hielt sich die Augen zu, denn auch wenn er sie nicht mehr ansah, so konnte er Elle doch noch im Spiegel sehen, und das wusste sie, denn sie behielt ihn über genau diesen Spiegel im Auge.

«Gefällt Ihnen der Anblick?», fragte sie.

«Wie bitte?» Seine Stimme hatte sich eine Oktave erhöht.

«Meine Brüste», sagte sie. «Gefallen sie Ihnen?»

Sie gefielen dem Direktor allerdings. Elle hatte wundervoll gerundete keck hervorstehende Brüste, aber das konnte er natürlich auf keinen Fall sagen, und selbstverständlich konnte er auch nicht behaupten, dass sie ihm nicht gefielen, also tat er, was jeder vernünftige Mann getan hätte: Er ignorierte die Frage.

«Bitte entschuldigen Sie, dass wir Sie gestört haben», sagte er, «aber wir mussten wissen, ob es Ihnen gutgeht.»

«Das wissen Sie ja jetzt.»

«Können wir irgendetwas für Sie tun?»

«Sie könnten wieder rausgehen.»

Er nickte und verließ das Zimmer.

Elle ließ sich wieder zurücksinken, zog das Laken bis zum Kinn herauf und lag bewegungslos in der Dunkelheit.

Wenn sie gerade zusammenhängend denken konnte, dachte Elle an all die Dinge, die sie an Vincent geliebt hatte. Zum Beispiel an sein Gesicht. Sie hatte sich auf den ersten Blick in dieses Gesicht verliebt, das sie über die Köpfe anderer Menschen hinweg in einer überfüllten Bar gesehen hatte. Es war ein kantiges, attraktives Gesicht, und seine tiefgründigen, schokoladenbraunen, ausdrucksvollen Augen wurden von so dichten Wimpern überschattet, dass jede Frau oder Dragqueen für diese Wimpern ihre Seele verkauft hätte. Und dann seine braunen Locken: Sie waren immer ein bisschen durcheinander und so weich, und Elle liebte es, mit den Händen durch seine Locken zu fahren. Und seine Größe: Vincent war größer als sie, aber nicht zu groß, sodass sie sich auch noch bei den seltenen Gelegenheiten bequem küssen konnten, bei denen sie flache Schuhe trug. Und seine Hände: Sie waren weich, die Nägel immer ordentlich geschnitten und stets perfekt sauber. Sie liebte, was er mit seinen Händen tat. Und sein Lachen: Wenn er lachte, tränten seine Augen, und er warf den Kopf zurück und schlug sich auf den Oberschenkel, und bei seinem kehligen, unbeschwerten, albernen Lachen konnte sie nicht anders, als auch zu lachen. Es fehlte ihr, dass er ihr keine Passagen aus Zeitungsartikeln und Büchern mehr vorlas, ihr fehlte sogar sein Anblick, wie er dagesessen und ein Buch gelesen und manchmal die Stirn gerunzelt hatte, bevor er die Seite umblätterte. Vincent hatte immer ein Buch dabei. In die Taschen seiner Jacketts musste wenigstens ein Taschenbuch passen. Elle fehlte die Poesie, die ihre Liebe zu ihm in ihr Leben gebracht hatte. Ihr fehlten sogar ihre Auseinandersetzungen, bei denen sie sich gegenseitig angebrüllt hatten, bei denen sie mehr als einen Teller an die Wand geworfen und bei denen er aufgestampft und mit der Faust auf die Möbel gehauen hatte. Und ihr fehlte die Erregung, wenn sie sich gegenseitig ausgezogen hatten, und die Wärme, wenn sie sich aneinandergeschmiegt hatten, und die Art, auf die er sie ganz leicht in die Unterlippe gebissen hatte, und ihn in sich zu spüren, seinen Rhythmus und wie er sie hinterher ansah, wenn sie erschöpft und verschwitzt nebeneinanderlagen. Und sie vermisste einen Teil von sich selbst: den fröhlichen, ausgelassenen Teil von sich selbst, der nur mit ihm zum Leben erwacht war.

Er hatte ihre Beziehung schon in China beenden wollen, und im Innersten hatte sie schon lange gewusst, dass er sich mehr in das verliebt hatte, was sie repräsentierte, als in sie selbst. Er war ein arbeitsloses Model und studierte Design, und sie war eine erfolgreiche Künstlerin, und er hatte sich an den luxuriösen Lebensstil gewöhnt. In einer kleinen Stadt wie Dublin war Elle eine große Nummer und sicherte ihrem Begleiter eine gewisse Berühmtheit und den Zugang in jede VIP-Lounge der Stadt. Vincent hatte diese Champagner-und-Pseudocelebrity-Lebensart geliebt, nicht Elle. Er hatte Elle nie geliebt, genau wie er auf der Karte geschrieben hatte. Er hatte sie begehrt, dessen war sie sich sicher, aber vor allem hatte er sie gebraucht, denn sie hatte jahrelang sein Luxusleben finanziert, und dennoch würde er sie niemals lieben, ganz gleich, was sie noch für ihn tat. Nach China hatte es eine Art Gnadenfrist gegeben, und Elle hatte immer darauf gewartet, dass sie zu Ende war.

Elles Liebe war gestorben, und alles, was sie tun konnte, war, einfach weiterzuatmen.

Die Friseuse fuhr mit den Händen durch Leslies Haare, und als Leslie zugab, ihr Haar schon ein paar Jahre lang selbst zu schneiden, murmelte die Friseuse etwas davon, dass sie sich so etwas schon gedacht habe. Dann rief sie eine Kollegin, um mit ihr zu beraten, wie sie den Schaden am besten behoben, den Leslie angerichtet hatte.

«Meine Güte, haben Sie sich einfach eine Schüssel übergestülpt?», fragte die zweite Friseuse.

«Nein.»

«Tja, das hätten Sie genauso gut machen können. Da hat ja jeder Trappistenmönch einen besseren Haarschnitt.»

«Wie heißen Sie?», fragte Leslie.

«Sophie.»

«Also, Sophie, wenn ich beleidigt werden will, sage ich rechtzeitig vorher Bescheid. Im Moment möchte ich nur eine neue Frisur.»

«Gut», sagte Sophie barsch.

«Und Sophie?»

«Ja?»

«Keine Unterhaltung.»

«Also soll ich Ihnen nicht sagen, was wir machen werden?» Leslie ahnte, dass Sophie ihr am liebsten den Hals umgedreht hätte.

«Aber danach keine Unterhaltung mehr», sagte sie.

Die andere Friseuse ging und überließ Sophie das Feld. Sophie erklärte Leslie, dass ihr schwarzes Haar in ihrem Alter und zusammen mit der Blässe ihrer Haut einen unvorteilhaften Kontrast ergäbe und sie ihr einen Kupferton empfehle. Leslie war einverstanden. Sophie rief zwei junge Mädchen, Esther und Julie, herbei, und nachdem sie ihnen erklärt hatte, was zu tun war, machten sich die beiden an die Arbeit. Ihren Anweisungen gemäß sprachen sie Leslie nicht an. Stattdessen unterhielten sie sich miteinander über einen Wohnblock, der in der Nähe des Friseursalons gebaut worden war. Eine von den beiden überlegte, ob sie nicht zusammen mit ihrem Freund Joseph eine von den Zweizimmerwohnungen für 390 000 Euro kaufen sollte, vor allem, weil man den Kaufpreis zu 100 Prozent als Hypothekenkredit von der Bank bekommen konnte.

«Das solltest du unbedingt machen», sagte Esther.

«Ja, was hab ich schon zu verlieren?», sagte Julie.

«Sind Sie verrückt?», fragte Leslie, und die beiden starrten sie im Spiegel an.

«Was meinen Sie?», fragte Julie.

«Seit wann sind Sie denn mit Joseph zusammen?»

«Seit einem Jahr.»

«Und wie alt sind Sie?»

«Einundzwanzig. Im April werde ich zweiundzwanzig.»

«Und zu welchem Zinssatz bekommen Sie den Hypothekenkredit?»

«Ich weiß nicht.»

«Und welche Rate müssen Sie monatlich an die Bank zurückzahlen?»

«Keine Ahnung.»

«Wieso haben Sie es denn überhaupt so eilig damit?»

«Ich muss mich schließlich irgendwann um meine Altersvorsorge kümmern.»

«Sie sind einundzwanzig. Sie haben noch zehn Jahre, um zu entscheiden, ob sie eine Eigentumswohnung brauchen.»

«Ja, ich will es aber jetzt machen.»

«Hören Sie, es geht mich zwar nichts an, aber das Viertel hier ist ehrlich gesagt total runtergekommen. Sie wollen doch wohl nicht 390 000 für eine Zweizimmerwohnung in so einer ranzigen Gegend ausgeben, vor allem, wenn Sie einen Hundert-Prozent-Kredit zu einem garantiert total überhöhten Zinssatz zurückzahlen müssen, und das noch mit einem Typen, mit dem Sie erst seit einem Jahr zusammen sind. Das ist Irrsinn.»

«Das ist keine heruntergekommene Gegend hier», sagte Julie gereizt. «Ich bin hier aufgewachsen. Meine Mutter wohnt ein paar Straßen weiter.»

«Was ist, wenn Sie die Raten nicht mehr zurückzahlen können?»

«Aber das können wir.»

«Und was ist, wenn der Kreditzins steigt und Sie deshalb die Raten nicht mehr zahlen können?»

«Wir nehmen eine Festzinshypothek auf», sagte Julie, froh, dass sie wenigstens auf eine Frage dieser Frau eine gute Antwort hatte.

«Und wenn Sie Ihre Arbeit verlieren?», fragte Leslie.

«Das wird nicht passieren», sagte Julie und sah sich unbehaglich um.

«Und wenn Sie sich von Ihrem Freund trennen?»

«Wir sind sehr glücklich zusammen.»

«Jetzt vielleicht, aber nach sechs Monaten mit einer abartigen monatlichen Ratenbelastung für eine Schuhschachtel von Wohnung könnte sich das vielleicht geändert haben. Wissen Sie, wenn ich zu den Leuten gehören würde, die gerne wetten, dann würde ich hundert Pfund darauf setzen, dass Ihre Beziehung nach einem Jahr am Ende ist.»

Julie begann zu weinen.

«Bei Ihnen stimmt's wohl nicht ganz», sagte Esther zu Leslie und brachte Julie in den Pausenraum.

Dann tauchte Sophie wieder auf und färbte schweigend Leslies Haar zu Ende.

«Ist mit Julie alles in Ordnung?», fragte Leslie. «Ich habe es doch nur gut gemeint.»

«Keine Unterhaltung», sagte Sophie.

Leslie schüttelte den Kopf. *Na gut.*

Als die Haarfarbe nach einer gefühlten Ewigkeit endlich ausgewaschen worden war, kam die Friseuse, die Leslie am Anfang beraten hatte, mit einer Schere in der Hand zurück. Sie arbeitete schnell und schweigend, und Leslie begann sich zu entspannen. Nach dem Schnitt föhnte ihr die Friseuse das Haar und fixierte es mit ein bisschen Haarwachs. Dann trat sie einen Schritt zurück, und Leslie betrachtete sich im Spiegel.

Obwohl sie vierzig war und ein paar Altersflecken auf der Haut hatte, waren ihr Kinn und ihre Wangen immer noch fest, und der Kupferton harmonierte mit ihren braunen Augen, und die kurze knabenhafte Frisur schmeichelte ihren Gesichtszügen. Die Friseuse lächelte. Einige ihrer Kolleginnen, allerdings nicht Julie, kamen dazu und machten ihr Komplimente für die gelungene Frisur. Auch Leslie war angetan.

Nicht schlecht. Gar nicht schlecht.

Gut gelaunt schlenderte Leslie durch die Kosmetikabteilung des Kaufhauses Brown Thomas. Sie ließ sich von einer Verkäuferin schminken und sich ein paar Tipps geben, wie sie kleine Mängel kaschieren und ihre Vorzüge hervorheben konnte. Leslie hatte um ein natürlich wirkendes Make-up gebeten, und die Verkäuferin erfüllte ihren Wunsch, indem sie die Augen betonte, einen pastellfarbenen Lippenstift benutzte und ihr mit einer Foundation in einem natürlichen Ton einen makellosen Teint zauberte. Als sie fertig war, sah Leslie aus wie eine andere Frau und fühlte sich auch wie eine andere Frau. Sie war so begeistert, dass sie mehr als 200 Euro für die Kosmetik ausgab, die ihr die Verkäuferin empfahl, auch wenn ihr klar war, dass es ihr niemals gelingen würde, sich selbst so perfekt zu schminken.

Inzwischen war es kurz nach fünf Uhr. Sie beschloss, oben im Kaufhaus schnell etwas zu essen, bevor sie in den Pub ging, in dem sie mit Jim verabredet war. Als sie Jim gefragt hatte, ob er zu Elles Ausstellungseröffnung mitkommen wollte, hatte sie ein gutes Gefühl gehabt, doch inzwischen tat es ihr beinahe leid, ihn eingeladen zu haben. Sie hatten sich eine Ewigkeit nicht gesehen, beinahe ein ganzes Leben lang, und eigentlich hatten sie sich früher nie besonders gut verstanden. *Warum habe ich das bloß gemacht, verdammt*, überlegte sie, während sie in das Kaufhausrestaurant ging.

Jane hetzte den ganzen Tag herum. Zuerst besorgte sie kistenweise Wein beim Weinhändler. Dann brachte sie den Wein zum Caterer, fuhr von dort aus zur Galerie weiter und hängte die Gemälde auf. Danach suchte sie in einem Musikladen ein paar CDs aus, die ihr zum Thema von Elles Ausstellung zu passen schienen. Nachdem die Ausstellung «Engel und Dämonen» hieß und diese Wesen auf den meisten Gemälden eindeutig Sex miteinander hatten, war die Musik, die Jane ausgesucht hatte, eine Mischung aus Metal und Klassik.

Anschließend ging sie zum Friseur, von wo aus sie wieder in die Galerie zurückkehrte, um ein paar Tische aufzustellen. Als alles fertig war und sie die Hängung der Gemälde und die Anzahl der Tische für die Lieferung des Caterers nochmals überprüft hatte, fuhr sie nach Hause, um zu duschen und sich umzuziehen.

Beim Hereinkommen hörte sie Kurt in der Küche lachen, und dann vernahm sie Dominics Stimme, und gleich darauf lachte auch er, und sie konnte sich nicht daran erinnern, wann sie und ihr Sohn das letzte Mal zusammen gelacht hatten. Sie ging in die Küche. Dominic stand auf und musterte sie, bevor er sie umarmte.

«Du siehst toll aus.»

Sie lächelte und erklärte ihm, dass auch er nicht gerade schlecht aussah.

«Hast du Hunger?», fragte Dominic.

«Ich kann jetzt nicht kochen. Ich habe zu viel zu tun.»

«Ich weiß. Kurt hat mir erzählt, dass du heute Abend eine Eröffnung hast, also habe ich Pizza mitgebracht.»

«Oh, das ist nett, aber nein danke. Ich möchte nur einen Kaffee.»

Kurt erhob sich, um nach der Pizza im Herd zu sehen. Sie war fertig, und er verteilte sie auf die Teller. Dominic und Kurt aßen ihre Pizza, und Jane trank ihren Kaffee.

«Elle ist also mal wieder angeln», sagte Dominic.

«Sieht so aus. Aber vielleicht ist das auch gar nicht schlecht. Angeblich will Pat Hogan kommen.»

«Wer ist Pat Hogan?», fragte Kurt mit vollem Mund.

«Sprich nicht mit vollem Mund», sagte Jane. «Hogan ist ein Kunstkritiker, den Elle beinahe erstochen hätte, als sie noch auf der Kunsthochschule war.»

«Na ja, aber das ist ewig her», sagte Dominic. «Bestimmt haben das alle beide längst vergessen.»

«Nein, das glaube ich nicht. Aber es ist wirklich komisch – er findet ihre Bilder großartig, aber sie hasst ihn einfach.»

«Dad, erzähl Mum von deiner neuen Maschine», sagte Kurt und riss den Mund auf, damit seine Mutter sah, dass er nicht mit vollem Mund gesprochen hatte.

«Schrecklich lustig», sagte sie. «Was soll das für eine Maschine sein?»

Dominic grinste wie ein Honigkuchenpferd. «Eine Harley.»

«Die Königin der Straße», sagte Kurt.

«In Kirschrot.»

«Und Perlmuttschwarz.»

«Eine echte Schönheit.»

«Für so eine würde ich glatt meinen Schwanz eintauschen.»

Dominic lachte auf, und Jane hielt sich die Ohren zu und lächelte.

«Wie geht's Bella?», fragte Jane.

«Oh, sie spricht nicht mit mir», sagte Dominic.

«Weil du ein egoistischer Mistkerl bist, der sich vor einem Jahr beinahe mit einem Motorrad totgefahren und danach hoch und heilig versprochen hat, sich nie wieder auf eins draufzusetzen. Also hast du hinter ihrem Rücken eine Harley gekauft?»

«Du hast es erfasst.»

«Mensch, Dominic, du bist wirklich nicht mehr ganz normal.»

Er grinste sie an. «Jetzt komm schon, Janey, Bella macht mir schon genügend Stress deswegen. Kannst nicht du dich wenigstens mit mir freuen?»

Sie lächelte ihn an. «Okay. Ich freue mich für dich. Herzlichen Glückwunsch zu deiner neuen Maschine. Aber bitte mach dich damit nicht zum Krüppel, und ich wäre dir sehr dankbar, wenn wir dich nicht bald zu den jährlich tausenden Motorradtoten zählen müssten.»

«Danke, dass du dir solche Sorgen um mich machst.»

«Tue ich doch gar nicht.»

«Doch.» Er zwinkerte ihr zu.

Sie lächelte und errötete ganz leicht. *Jane, werd endlich erwachsen.*

«Jane, Jane, Jane? Bist du da? Jane?» Roses Stimme erklang aus der Gegensprechanlage.

Dominic stand auf und drückte auf die Antworttaste. «Hallo, Rose.»

«Wer hat dich ins Haus gelassen?», fragte Rose.

«Mein Sohn.» Dominic lächelte.

«Ich will mit Jane sprechen.»

«Tut mir leid. Jane steht momentan nicht zur Verfügung. Kann vielleicht ich etwas für dich tun?»

«Du kannst dich wieder unter den Stein schleichen, unter dem du hervorgekrochen bist.»

«Du fehlst mir auch, Rose.»

«Ich möchte mit Jane sprechen.»

Jane stand auf und schob Dominic zur Seite. «Ja, Rose.»

«Hast du etwas von Elle gehört?»

«Nein.»

Rose hängte den Hörer ein.

Dominic wandte sich an Jane. «Also, lädst du mich zu diesem rauschenden Fest ein oder was?»

«Hast du kein Zuhause?»

«Vielleicht morgen wieder, wenn sie sich abgeregt hat.»

«Super, Dad, ich mache dir das Bett im Gästezimmer», sagte Kurt.

Dominic zog einen Zwanzig-Euro-Schein aus der Hosentasche und gab ihn Kurt. Der steckte das Geld ein und machte sich auf ins Gästezimmer.

«Das stört dich doch nicht, oder?», sagte Dominic.

«Ich habe ja wohl kaum eine Wahl.» Aber sie lächelte, um ihm zu zeigen, dass es sie überhaupt nicht störte. Eigentlich sah man ihr sogar an, dass sie sich richtig freute.

Reiß dich zusammen, Jane, er hat jemand anderes geheiratet, dachte sie auf dem Weg in die Dusche.

Leslie betrat die Bar, und trotz der Tatsache, dass sie ihn zehn Jahre nicht gesehen hatte, erkannte sie ihn sofort. Er hatte den Kopf über eine Zeitung gesenkt, und als sie ihm auf die Schulter tippte, wirkte er beinahe überrascht darüber, dass sie tatsächlich gekommen war. Er stand auf. Leslie stellte fest, dass er kleiner war als in ihrer Erinnerung. Zur Begrüßung umarmten sie sich linkisch.

«Du bist größer, als ich dich in Erinnerung habe», sagte er.

«Absätze», sagte sie und deutete auf ihr nagelneues Paar Schuhe mit hohem Keilabsatz.

«Unglaublich. Früher hast du immer nur Turnschuhe getragen.»

Sie erzählte ihm nicht, dass sie an diesem Tag zum ersten Mal seit Jahren keine MBTs trug, die im Grunde nichts anderes waren als Edelturnschuhe, in denen man beim Gehen ein paar Kalorien mehr verbrauchte.

Sie setzten sich. Jim fragte, was sie trinken wollte, und ging dann los, um ihr am Tresen einen Weißwein zu holen, während Leslie mit rasendem Herzen und feuchten Handflächen auf ihn wartete. Er hatte inzwischen ein paar Falten um die Augen und trug sein Haar sehr kurz. Er war schlanker als früher, doch sein herzliches Lächeln und die Grübchen waren unverändert. Diese Grübchen, bei deren Anblick Imelda schwach geworden war.

Worüber sollen wir reden? Hoffentlich bringe ich ihn nicht zum Weinen. Bei unserer letzten Begegnung habe ich ihn zum Weinen gebracht. Warum habe ich das getan? Was stimmt bloß nicht mit mir?

Wie sich herausstellte, hatten sie keine Probleme damit, Gesprächsthemen zu finden. Er kam mit ihrem Wein zurück, und sie fragte ihn, was er gerade in der Zeitung gelesen hatte, und er erzählte es ihr, und dann diskutierten sie darüber, und von diesem Thema kamen sie auf Bücher. Sie teilten die Vorliebe fürs Lesen und hatten den gleichen Büchergeschmack, sodass sie sich eine ganze Stunde angeregt unterhielten. Ins Kino gingen beide nicht besonders gern, und so redeten sie darüber, woher diese Abneigung kam. Anschließend versuchte Leslie, Jim von den Vorteilen eines Internetanschlusses zu überzeugen. Sie konnte es kaum fassen, dass er noch nicht am Netz war.

«Also hast du noch nie im Leben eine E-Mail verschickt?»

«Nein.»

«Das ist unglaublich.»

«Wirklich?»

«Und du hast auch noch nie im Internet gesurft?»

«Ich wüsste nicht mal, wie das geht, und abgesehen davon fehlt mir zum Surfen die Kondition.» Er lächelte über seinen eigenen Scherz.

«Das ist nicht witzig, Jim.» Sie schüttelte den Kopf. «Du bist ein Dinosaurier, mein Freund.»

«Entschuldige, ich werde versuchen mich zu bessern.» Er lächelte. Sie hatte ihn einen Freund genannt. Imelda würde sich freuen.

«Und?», fragte er. «Denkst du immer noch über diese Operation nach?»

Sie nickte. «Ich war seit unserem Telefonat bei drei Spezialisten. Ich mach's.»

Es war seltsam, dass Jim der Einzige war, dem sie davon erzählt hatte, aber andererseits war es doch wieder nicht so seltsam. Wer könnte sie schließlich besser verstehen als er? Ihren neuen Freunden würde sie nicht mit diesem Thema kommen, und sonst hatte sie ja niemanden.

«Wann?», fragte er.

«Im Juli. Am ersten Juli.» Sie nickte vor sich hin. «Diesen Termin haben sie mir gegeben.»

«Das wird hart. Du wirst Hilfe brauchen.»

«Ich lasse mich vom Krankenhaus in eine Reha-Klinik verlegen», sagte sie. «Es ist sehr nett dort. Es wird bestimmt gut. Ich bin ein großes Mädchen.»

«Du bist nicht so stark, wie du glaubst. Du wirst keine Brüste und keine Gebärmutter mehr haben», er zog die Schultern hoch, «und das ist nicht gut.»

Zum ersten Mal, seit sich Leslie für die Operation entschieden hatte, füllten sich ihre Augen mit Tränen. Der Gedanke, dass sie nicht mehr mit dieser laut in ihrem Kopf tickenden Zeitbombe leben musste, war unendlich erleichternd gewesen. Sie würde endlich frei von dieser Todesangst sein, und das war wichtiger als ein paar Brüste und eine Gebärmutter, die sie in ihrem Alter vermutlich ohnehin nicht mehr brauchte. Und doch. Jim hatte es so klar und unmissverständlich ausgedrückt: «Du wirst keine Brüste und keine Gebärmutter mehr haben.» Leslie hatte bisher möglichst jeden Gedanken daran vermieden. Sie spürte, wie sich eine dicke Träne aus ihrem Auge löste und über ihre Wange bis zum Kinn lief. Sie wischte sie mit dem Handrücken ab, bevor sie auch noch den Hals hinabrinnen konnte.

Jim sah die einzelne Träne und entschuldigte sich nicht dafür, dass er sie zum Weinen gebracht hatte. Er wollte sicher sein, dass sie sich darüber klar war, welch schwerwiegende Entscheidung sie da traf. Auch wenn er mit ihr einer Meinung war, was die Operation betraf, so kannte er sie doch von früher gut genug, um zu wissen, dass sie den Gedanken, wie grässlich das alles war, nach Möglichkeit verdrängte und sicher auch mit niemandem darüber sprach. Schweigend nippten sie an ihren Getränken.

Nach einer Weile sah Leslie Jim direkt an. «Erinnerst du dich an deinen Hochzeitstag?»

«Als wäre es gestern gewesen.»

«Imelda hat darauf bestanden, dass ich ihre Brautjungfer war, und obwohl ich mich mit Händen und Füßen gewehrt habe, hat sie sich durchgesetzt. Sie hat mich gezwungen, ein pfirsichfarbenes Kleid zu tragen, obwohl ich diese Farbe hasse, und die Friseurin hat mir eine Hochsteckfrisur verpasst, mit der ich aussah wie Marge Simpson.»

«Ich weiß.» Er lächelte.

«Wir haben uns zusammen angezogen, wir wurden zusammen geschminkt, wir haben ein Glas Champagner miteinander getrunken, und wir haben über mein Kleid gelacht, obwohl sie geschworen hat, dass sie es toll fand. Dann haben wir über die Zukunft geredet und all die Kinder, die sie haben würde.»

«Oh, nicht», sagte er und schloss die Augen.

«Ich habe ein Gedicht für sie geschrieben, und sie hat sich beinahe darüber totgelacht.» Leslie lächelte. «Wie ging es nochmal? *Imelda seufzt und nicht mehr schlief, seit ihr Jim Superman über'n Weg lief – Er war klein, sie war groß, man fragte sich, was hat sie bloß?*» Leslie dachte einen Moment nach und fuhr dann fort: *«Sie hatte Klasse, er hatte Verstand und hielt sich für den tollsten Mann im Land!»* Sie lachte leise. «Der Rest fällt mir nicht mehr ein ...»

«Liebe macht blind, das ist, was man sagt – und es stimmt, denn heut ist ihr Hochzeitstag!», fuhr Jim grinsend fort.

«Unglaublich, dass du dich daran erinnerst», sagte Leslie und lachte.

«Sie hat es oft genug rezitiert.»

«Na ja, ich bin zwar keine Hofdichterin, aber du musst zugeben, dass es einen gewissen Charme hat», sagte sie. «Und nach der Kirche sind wir durch ein Wäldchen zum Empfang spaziert, und es war unheimlich heiß – weißt du noch, wie blau der Himmel war?»

«Nicht das kleinste Wölkchen.»

«Und dann hat die Band gespielt, und wir haben die Nacht durchgetanzt.»

«Es war ein wundervoller Tag.»

«Es war zwar die Hochzeit meiner Schwester, aber ich sage dir ehrlich, es war auch der schönste Tag in meinem Leben. Jetzt werden sie mir die Gebärmutter und die Brüste wegoperieren, aber ich habe zum ersten Mal das Gefühl, dass ich vielleicht auch einmal meinen eigenen schönsten Tag im Leben haben werde.»

Jim nickte und hob sein Glas, um ihr zuzuprosten.

«Darauf trinke ich», sagte er, und sie stießen an. «Und Leslie, falls du Unterstützung brauchst, und du wirst Unterstützung brauchen, dann versprich mir, mich anzurufen.»

«Warum?»

«Wegen eines Versprechens, das ich Imelda gegeben habe.»

«Okay, ich werde mich melden.»

Auf dem Weg zur Galerie erzählte Jim von den Frauen, die es nach Imelda in seinem Leben gegeben hatte. Da war eine Mary gewesen, eine Bibliothekarin aus Meath. Sie schwärmte für Musicals und Shakespeare und hatte Jim zufolge einen passiv-aggressiven Charakter. Sie waren acht Monate zusammen gewesen, aber Imelda war damals erst acht Monate tot, und trotz Marys Qualitäten hatte Jim sich nicht auf die Beziehung einlassen können. Dann kam Angela. Sie war humorvoll, klug und warmherzig. Aber sie hatte auch einen gestörten Ex-Ehemann und vier kleine Kinder, und nachdem der Ex-Ehemann Jim auf der Straße einen Kinnhaken verpasst und ihm gesagt hatte, er solle Angela in Ruhe lassen, falls er nicht demnächst seiner Frau im Grab Gesellschaft leisten wolle, hatte Jim beschlossen, dass er Abstand brauchte. Angela und die Kinder waren einen Monat später nach England umgezogen, und seitdem hatte er nichts mehr von ihr gehört. Dann war da noch diese Russin gewesen, von der Jim Leslie am Telefon erzählt hatte.

«Ich habe wirklich geglaubt, aus uns könnte etwas werden», sagte er. «Und was ist mit dir?»

Leslie lachte, während sie die Straße überquerten.

«Und?», beharrte er.

«Kein einziger.»

«Kein einziger? In zehn Jahren hat es keinen einzigen Mann in deinem Leben gegeben?»

«In achtzehn Jahren, aber wer will schon so genau nachzählen.»

«Also war Simon deine letzte Beziehung?» Jim war fassungslos und machte auch keinen Hehl daraus. Er verlangsamte seinen Schritt und nahm Leslie am Arm. «Vermutlich haben sogar irgendwelche Nonnen ein aufregenderes Leben als du.»

«Komisch, dass du das sagst. Meine Friseurin kennt

nämlich ein paar Trappistenmönche, die sogar einen besseren Haarschnitt haben als ich. Anscheinend ist es heute das Gesprächsthema Nummer eins, ob man im Vergleich zu Ordensleuten gut oder schlecht wegkommt.»

«Mir gefällt deine Frisur», sagte er.

Sie lächelte. «Danke.»

In der Galerie wurden sie von Jane empfangen, die erstaunlich ruhig wirkte angesichts der Tatsache, dass Elle noch immer verschwunden war. Leslie stellte ihr Jim vor, Jane gab ihm zur Begrüßung die Hand, erklärte Leslie, dass sie umwerfend aussah, und überging Leslies Verlegenheit, indem sie Wein und Snacks anbot. Die Galerie war brechend voll, und es drängten sich so viele Gäste vor den Gemälden, dass Jim und Leslie beschlossen, sich die Bilder etwas später anzusehen. Bis dahin zogen sie sich in eine Ecke zurück und nippten an ihrem Wein. Jane war die vollendete Gastgeberin. Sie unterhielt sich gut gelaunt mit den drei Kunstkritikern, die zur Eröffnung gekommen waren, und fand Zeit für alle fünf Sammler, die Elle seit Beginn ihrer Karriere unterstützten. Sie fand Entschuldigungen für Elle, und es schien niemanden besonders zu stören, dass sie nicht da war, einmal abgesehen von einem Fotografen, der eindeutig auf Kokain war und sich darüber ärgerte, dass man ihn nicht über Elles Abwesenheit informiert hatte, obwohl ausreichend Semi-Prominenz gekommen war, die sich nur zu gerne von ihm ablichten ließ.

«Das soll wohl ein Witz sein», sagte er zu Jane. «Wo ist sie?»

«Freddie», sagte Jane, «du bist kein Herb Ritts, oder? Also mach deine Fotos, verkauf sie an die Presse und halt die Klappe.»

«Das ist meine Jane!», sagte Dominic. Er war bei seinem dritten Glas Wein und genoss den Abend sichtlich.

Freddie drehte sich wütend um und begann einen Fernsehmoderator und einen Rugbyspieler herumzuscheuchen, damit er sie richtig vor die Linse bekam. Nachdem er das Bild im Kasten hatte, dirigierte er drei blonde Partymäuse vor eine Wand. Jane nahm sich vor, Freddie nie mehr einen Auftrag zu geben.

Dominic legte seinen Arm um sie. «Schöne Veranstaltung», sagte er. «Guter Wein, gutes Essen, gute Musik. Wer hätte je gedacht, dass sich Metallica so gut zwischen Beethoven und Bach ausnimmt.»

«Das sind Rachmaninow und Chopin.»

Er nickte und flüsterte ihr ins Ohr. «Von mir aus: Wer hätte je gedacht, dass sich Metallica so gut zwischen Beethoven und Chopin ausnimmt. Du sagst Karotte, ich sag Mohrrübe …»

«Geh weg!» Sie schob ihn spielerisch von sich.

Als Leslie und Jim zu ihnen traten, stellte Jane den beiden Dominic vor.

Jane hatte Dominic auf dem Weg in die Galerie erzählt, dass Alexandra vermisst wurde und was sie unternahmen, um sie zu finden. Er hatte erschüttert reagiert, denn er hatte Alexandra gut gekannt, bevor Jane schwanger geworden war und er sie hatte sitzenlassen. Danach hatte Alexandra nichts mehr mit ihm zu tun haben wollen, und er hatte sie zum letzten Mal getroffen, bevor sie nach Cork aufs College gegangen war. Sein Sohn war damals zwei Monate alt gewesen, und er hatte ihn noch nie zu Gesicht bekommen. Alexandra hatte ihm ein Foto von Kurt in die Hand gedrückt und ihm gesagt, er solle es sich genau anschauen. Und dass er sich schämen solle.

Dominic besaß dieses Foto immer noch, und er hatte sich damals wirklich geschämt, und dennoch sollte es vier weitere Jahre dauern, bis er den Mut fand, bei Jane zu klingeln und sein Kind zu besuchen.

Dominic lächelte Leslie zu und erklärte ihr, wie großartig er es fand, dass sie sich für die Suche nach Alexandra engagierte. «Sie war ein tolles Mädchen», sagte er.

Später, als die Ausstellungsbesucher gegangen waren, half Dominic Jane, die Tische abzuräumen und die unbenutzten Gläser in Kartons zu packen.

«Ich habe so viel verpasst», sagte er plötzlich.

«So viel von was?», fragte Jane, die zu müde war, um seine Gedanken zu erraten.

«Von Kurts Entwicklung.»

«Oh», sagte sie und seufzte. «Ja, das stimmt.»

«Ich war ein echtes Arschloch.»

«Und glaubst du, daran hat sich etwas geändert?» Sie lächelte, damit er wusste, dass sie es nicht ganz ernst meinte.

«Ich bedaure jeden Tag, an dem ich ihn nicht gesehen habe.»

«Na ja, wenigstens hast du ein eigenes Leben gehabt.»

«Ich habe dich einfach mit allem allein gelassen», sagte er. «Wenn ich das doch bloß noch einmal entscheiden könnte.»

«Dann würdest du genau dasselbe tun.»

«Sag das nicht, Janey.»

«Weißt du, ich glaube nicht, dass sich Kurt an die Zeit erinnert, in der du nicht Teil seines Lebens warst.»

«Aber du.»

Jane wollte nicht darüber reden und machte sich eifrig daran, den Fußboden zu kehren.

«Für ein Mädchen, das kurz vor dem Abschluss von der Schule ausgeschlossen wurde, hast du wirklich unheimlich viel erreicht», sagte er.

«Danke.»

«Und, nur damit du es weißt: Wenn ich mich noch einmal anders entscheiden könnte, würde ich dich nicht allein lassen, allein schon um zu verhindern, dass du unseren Sohn nach einem Heroinsüchtigen mit Todessehnsüchten benennst.»

Jane lachte. «Das war ein unglücklicher Zufall.»

Auf dem Rückweg fuhr Jane, und Dominic spielte am CD-Player herum.

«Dido, nein … Dixie Chicks, nein und nochmals nein … James Morrison, da erschieß ich mich lieber … Ray LaMontagne, meine Güte, Jane … Jack Lukeman … erinnerst du dich an den Abend?» Er grinste.

«Ja.» Sie errötete leicht und lachte.

Dominic klickte sich bis zum zwölften Song durch. Das Lied setzte mit einem Basedrum-Lauf ein. Dominic und Jane hörten schweigend zu, während sie durch die nächtlichen Straßen fuhr. Im Auto war es warm, und draußen begann es zu regnen. Jane stellte den Scheibenwischer in dem Moment an, in dem Jack Lukeman zu singen begann.

«Take me to the edge of town, watch the evening veil come down,
I'll tell you all my hopes and dreams, hold your tongue 'cos I believe
For me there will be only one, yeah for me there will be only one.»

Dominic drehte sich herum, sodass er Jane ansehen konnte. Sie bemerkte aus dem Augenwinkel, dass er sie anstarrte, und unter seinem Blick war ihr gleichzeitig froh und unbehaglich zumute.

«I'll take you to the silver well, make a wish, I'll cast a spell,
That you'll remain here by my side, childlike thoughts I cannot hide,
For me there will be only one, yeah for me there will be only one.»

«Hör auf mich anzustarren», sagte sie.

«Ich kann nicht anders. Ich muss an diesen Abend denken.»

«Dann hör eben auf, daran zu denken.»

«Geht nicht.»

«Du bist verheiratet.»

«Erinnerungen sind nicht verboten.»

«Hör bitte auf damit.» Sie fühlte sich immer unwohler.

«Sorry», sagte er. «Das ist wirklich kein angemessenes Verhalten.» Er wandte seinen Blick wieder nach vorn auf die Straße.

«Until stars come showering down, till the seven seas engulf this town ...»

Jane stellte den CD-Player ab, und sie fuhren schweigend bis zu ihrem Haus.

Elle kam zwei Tage nach der Ausstellungseröffnung zurück. Sie stieg aus dem Taxi, bezahlte und ging durch die seitliche Gartentür, von der aus ein Weg zu ihrem Cottage führte. Ihre Mutter kümmerte sich gerade um ihren Zaubernuss-Strauch. Sie rief nach Elle, und Elle blieb stehen und wandte sich ihr zu. Rose ging langsam aus der Hocke und zog die Handschuhe aus. Sie deutete auf die Gartenstühle, und Elle setzte sich. Rose kam zu ihr. Sie trugen beide dicke Mäntel, und doch bemerkte Rose, dass ihre Tochter abgenommen hatte.

«War's schön unterwegs?», fragte Rose.

«Großartig.»

«Janc hat sich Sorgen gemacht.»

«Jane macht sich immer zu viele Sorgen.»

«Das habe ich ihr auch gesagt. Wir brauchen alle ab und zu unsere Auszeiten, oder?»

«Ja.»

«Und bist du jetzt froh, wieder da zu sein?»

Elle lachte leise. «Und wie geht es dir, Mum?»

«Mir geht es so gut, wie man erwarten kann.»

«Und Jane?»

«Mit ihr ist alles in Ordnung. Dominic hat sich hier herumgedrückt.»

«Langweilt sich wohl schon bei seiner neuen Frau», sagte Elle, und ihre Mutter nickte.

«Du weißt, was das bedeutet, oder?», sagte Rose. «Unsere arme Janey wird sich mal wieder zum Narren machen.»

«Na ja, wenn irgendeine von uns Expertin darin ist, sich zum Narren zu machen, dann bin das wohl eher ich», sagte Elle.

«Der wahre Narr heißt Vincent, und wenn ich ihn hier noch jemals sehe, dann ist er ein schwanzloser Narr», sagte Rose.

Elle stand auf. «Es ist kalt.»

«Das nennt man Winter.»

«Ich gehe jetzt rein.»

«Ich auch.»

Elle ging zu ihrem Cottage und nahm das *Bin angeln*-Schild ab. Ihre Mutter rief noch einmal nach ihr, und sie drehte sich um.

«Gut, dass du wieder zu Hause bist», sagte Rose.

Elle lächelte sie an, schloss auf und ging in ihr Häuschen. Rose nahm ihre Gartenschere und machte sich auf den Weg in ihre Parterrewohnung, um sich ein schönes Glas angewärmten Whisky einzuverleiben. Sie trank einen großen Schluck, und als ihr die Tränen in die Augen stiegen, wischte sie sie weg und leerte das Glas mit einem Zug. *Bitte jag mir nicht nochmal solche Angst ein.*

Als es dunkel geworden war, sah Jane das Licht in Elles Cottage. Sie rannte durch den Garten, klopfte, öffnete sich selbst die Tür und trat langsam ein. Elle lag zusammengerollt auf dem Sofa im Wohnzimmer. Aus der Stereoanlage kam leise Musik.

Jane setzte sich neben sie.

«Hallo, Jane.»

«Hallo, Elle.»

«Wie war die Eröffnung?»

«Wir haben alles verkauft.»

«Gut. Tut mir leid, dass ich es nicht geschafft habe.»

«Schon in Ordnung. Eigentlich war der Verkauf auf die Art sogar leichter für mich.»

«Umso besser. Habe ich dir gefehlt?»

«Ja.»

«Es tut mir leid, dass ich Vincents Auto angezündet habe, alles tut mir leid.»

«Ich habe das schon geregelt.»

«Ich weiß. Das tust du immer.» Sie seufzte. «Sorry, ehrlich.»

«Schon gut.» Jane lächelte ihre Schwester an. «Ich bin froh, dass du wieder da bist. Du siehst müde aus.»

«Ich bin völlig fertig.»

Jane nahm Elle an den Händen, zog sie vom Sofa hoch, und Arm in Arm gingen sie ins Schlafzimmer, wo Jane ihre Schwester zu Bett brachte.

«Du schläfst jetzt erst mal, und wenn du wieder aufwachst, mache ich dir dein Lieblingsfrühstück.»

«Ich liebe dich, Jane.»

«Ich liebe dich auch, mein Schwesterschwesterchen.» Jane knipste das Licht aus, und Elle kuschelte sich unter die Decke.

Jane hatte Elle schon in ihrer Kindheit den Kosenamen «mein Schwesterschwesterchen» gegeben. Damals war Elle noch ein Kleinkind, und Jane war ein Teenager gewesen. Ihr Vater war überraschend gestorben, ihre Mutter stand unter Medikamenten, und so hatte sich Jane um ihre Schwester gekümmert. Sie hatte ihr die Sachen hinterhergeräumt, mit ihr gespielt, ihr zu essen gegeben, sie ins Bett gebracht, ihr Geschichten vorgelesen und ihr von ihrem Vater erzählt.

«Wo ist er, Janey?»

«Er ist im Himmel, mein Schwesterschwesterchen.»

«Wo ist der Himmel?»

«Ganz weit oben über den Wolken.»

«Daddy mag es aber nicht, wenn es hoch ist, Janey.» Elle konnte sich erinnern, dass ihr Vater einmal von einer Leiter gefallen war, als er ihren Ball aus der Regenrinne holen wollte.

«Das ist etwas anderes», erklärte Janey. «Im Himmel gefällt es ihm.»

«Warum?»

«Weil es dort so schön ist.»

«Und warum ist es dort so schön?»

«Weil dort Gott ist.»

«Na und?»

«Gott ist ein echt cooler Typ. Jeder will mit Gott zusammen sein.»

«Ich nicht. Ich will lieber mit dir zusammen sein», hatte Elle gesagt.

Und seitdem war Jane für ihre Schwester eine zweite Mutter gewesen.

7
Chocolate Eyes

Ran out of hope, ran out of faith,
ran out of milk about quarter past eight
I gave up on dreams and regrets,
well, I quit smoking but not cigarettes.
Jack L., *Broken Songs*

März 2008

Als Elle in Leslies Landhaus aufwachte, kam es ihr vor, als wäre das Gezwitscher der Vögel unheimlich laut, aggressiv und obendrein unmelodiös. Sie setzte sich auf, rieb sich den Schlaf aus den Augen und sah zu dem offenstehenden Fenster hinüber. Auf dem Fensterbrett saßen zwei Krähen und krächzten sich an. Elle stand auf, beugte sich vor und machte das Fenster zu, und die beiden Vögel waren so in ihren Streit vertieft, dass sie nichts davon mitbekamen.

Sie hörte Leslie in der Küche rumoren. Sie hatte das Radio angestellt und hörte eine Sendung, in der zwei Moderatoren Scherzanrufe bei irgendwelchen Zahnärzten machten. Das Haus war im Bungalowstil gebaut, das Gästezimmer lag neben der Küche, und die Wände waren so dünn, dass Elles Bett ebenso gut mitten in der Küche hätte stehen können.

Sie streifte ihren Hausmantel über und ging zu Leslie hinüber, die auf der Arbeitsfläche neben der Spüle kniete und das Fenster putzte.

Elle schenkte sich einen Kaffee ein und nahm ein Croissant aus dem Korb auf dem Tisch. Während sie daran knabberte und ihren Kaffee trank, eröffnete ihr Leslie den Plan für den Tag.

Nach dem Tod von Leslies Vater hatte ihre Mutter das Haus geerbt, und sie hatte es ihren drei Mädchen hinterlassen. Nach Noras Tod war es Imeldas Haus geworden, und nach ihrem Tod gehörte es Leslie allein. Sie hatte es über die Jahre instand gehalten, und auch wenn sie etwa alle zwei Monate hinfuhr, blieb sie selten länger als zwei Tage, denn es kam ihr so vor, als wohnten die Schatten der traurigen Vergangenheit in dem Haus. Nun war sie zum ersten Mal seit Imeldas Tod länger als zwei Tage geblieben, und in Elles Gesellschaft fühlte sie sich richtig wohl dort. Elle hatte seit ihrer Rückkehr intensiv an der «Vermisst»-Ausstellung gearbeitet, und als Leslie erwähnt hatte, dass sie im Ferienhaus der Familie nach dem Rechten sehen musste, hatte sie gefragt, ob sie mitkommen könnte, weil sie sich von dem Tapetenwechsel neue Inspirationen und einen Energieschub versprach. Es hatte Elle viel Kraft gekostet, die verlorene Zeit wieder aufzuholen, und zudem sah Leslie ihr an, dass es Elle mitnahm, die Vermissten zu malen. Sie ging völlig auf in den erschütternden Schicksalen, dem Schmerz der Angehörigen, ihrem Leiden, ihrem Hoffen und ihrer Hoffnungslosigkeit, und sie ließ all dies aus den Werken sprechen. Es kam Leslie so vor, als wäre Elle stiller als zu Anfang ihrer Bekanntschaft und auch erwachsener. Der Überschwang war verschwunden, und in den paar Monaten ihrer Freundschaft schien sich Elle von einem verspielten Welpen in eine alte, schläfrige Hundedame verwandelt zu haben, die keinen anderen Wunsch hatte, als auf der Veranda zu dösen.

Wie es der Zufall wollte, wurde im Städtchen gerade eine Folkmusik-Woche veranstaltet, an der Leslie zunächst keinerlei Interesse hatte. Doch dann gingen sie am ersten Abend in die Stadt, aßen in einem Restaurant, in dem Leslie seit zehn Jahren nicht mehr gewesen war, und genossen den Abend mit Pasta, Wein und einem Pianisten, der von einer Violinistin und einem Gitarristen begleitet wurde. Weder Elle noch Leslie waren Folkmusik-Fans, aber dieses Trio gab auch keine aufdringlichen, altmodischen Irish-Folk-Schenkelklopfer-Rhythmen zum Besten, sondern spielte weiche, einfühlsame Melodien. Die Musik hatte Elle sofort gute Laune gemacht, und seitdem hatte sich ihre Stimmung kontinuierlich verbessert. Während dieses Festivals spielten in jedem Restaurant, jeder Bar und sogar in Parks und auf der Straße Musiker jeden Alters, und weil ihr erster Abend so schön gewesen war, waren Elle und Leslie bald richtig begeistert von der Veranstaltung. Nachdem Leslie jahrelang ein Dasein als Einsiedlerin geführt hatte, machte sie nun jeden Tag eine Entdeckung oder eine Wiederentdeckung. Da war zum Beispiel ein Wäldchen, in dem sie als Kind gespielt hatte und in dem sie nun wundervolle Spaziergänge unternahmen, während sie an ihrer heißen Schokolade aus dem neuen Coffeeshop nippten. Leslie hatte gar nicht mehr gewusst, wie hübsch das kleine Städtchen war. Sie hatte vergessen, wie schön es war, durch das Geäst der Bäume den Himmel zu anzusehen, und wie sich das Licht abends auf dem Wasser brach, und auch wie freundlich die Leute waren, wenn man mit ihnen ins Gespräch kam.

«Also, wie lautet der Tagesplan?», fragte Elle und sah von ihrem Croissant auf.

Leslie wandte sich um und lächelte sie an, dann zog

sie einen ihrer Handschuhe aus und kratzte sich an der Nase.

«Ich habe gedacht, wir könnten das Auto nehmen und ans Meer fahren und dann in diesem kleinen Pub zu Mittag essen, in den Simon und ich früher immer gegangen sind – dort gibt es den besten Fisch aller Zeiten. Zurück wären wir ungefähr um fünf, dann könnten wir hier noch etwas essen, und anschließend spielt im Mahons eine Band aus Westport, die ganz interessant klingt.»

«Das machen wir. Ich dusche nur kurz und ziehe mich an, dann können wir los.»

Leslie nickte, zog ihren Handschuh wieder an und putzte das Fenster fertig.

Auf dem Weg in ihr Zimmer aß Elle den Rest ihres Croissants. Sie nahm ihre Duschsachen, ging durch den Flur ins Bad, zog sich aus und stellte sich unter die Dusche. Und während das Wasser auf sie niederprasselte, war ihr, als würde sich ein riesiges Gewicht von ihr heben, und sie spürte, wie ihr endlich wieder ein bisschen leichter ums Herz wurde.

Nach einem wundervollen, einsamen Strandspaziergang kehrten Elle und Leslie völlig durchgefroren in dem Pub ein. Elle bestellte den Lachs und Leslie eine Fischplatte, und als Elle diesen Fischteller sah, bedauerte sie, den Lachs bestellt zu haben, aber die Portionen waren so groß, dass sie ohnehin alles teilen konnten. Auch Elle stellte fest, dass sie noch nirgendwo anders besseren Fisch gegessen hatte. Dann wollte sie, dass Leslie von ihrer Beziehung zu Simon erzählte, doch Leslie erklärte, das sei alles so lange her, dass sie sich kaum noch daran erinnern könnte.

«Natürlich erinnerst du dich», sagte Elle.

«Damals ist so viel gleichzeitig passiert, weißt du.» Leslie spielte auf die Krankheit an, die ihr Dasein so lange vollkommen dominiert hatte.

«Wie hat er ausgesehen?» Elle ließ nicht locker.

«Er war groß und schlank, und seine Augen waren blau und so riesig wie Untertassen, außerdem hatte er braunes Haar und Sommersprossen.»

«War er nett?»

«Ja, das war er wirklich. Er war klug und freundlich, und er hat sich ganz schön viel von mir gefallen lassen.»

«Hat er dich geliebt?»

Leslie seufzte und dachte einen Moment nach. «Ja», sagte sie dann und dachte an den Tag vor achtzehn Jahren. Sie war gerade zweiundzwanzig geworden, ihre Schwester Nora lag im Sterben, und man hatte auch bei ihr das Krebs-Gen gefunden.

Simon hatte vor dem Arztzimmer auf sie gewartet. Er war blass, und seine blauen Augen wirkten glasig. Sie ging auf ihn zu, und er stand von seinem Stuhl auf. Sie setzte sich, weil ihre Beine sie nicht mehr trugen, und zog ihn an der Hand auf den Stuhl neben sich, und er setzte sich wieder und sah sie an, und sie musste ihm überhaupt nichts sagen, weil er ihr alles von der Stirn ablesen konnte. Er umfasste ihr Gesicht und begann mitten im Wartebereich zu schluchzen. Als sie diesen Ausdruck seines Schmerzes hörte, wurde ihr klar, dass sie ihm niemals ihr langsames, qualvolles Sterben zumuten konnte. Und deshalb beendete sie, noch während sie auf diesen Plastikstühlen im Krankenhaus saßen, ihre dreijährige Beziehung. Und auch als er sie während der folgenden sechs Monate immer wieder zu erreichen versuchte, und obwohl er ihr so sehr fehlte, blieb sie bei ihrer Entscheidung, und tief in ihrem Inneren wusste sie, dass Simon ihr dafür dankbar war.

«Du bist echt mutig», sagte Elle.

«Danke. Die meisten Leute würden mich wahrscheinlich nur dumm nennen.»

«Mut und Dummheit sind dasselbe. Wie man es nennt, das hängt immer vom Ergebnis ab, und bei dir ist der Ausgang noch nicht klar.»

«Nein, da hast du recht.»

Sie überlegte, ob sie Elle von der im Juli geplanten Operation erzählen sollte, doch dann entschied sie sich dagegen, weil sie den schönen Tag nicht verderben und ohnehin nicht allzu viel daran denken wollte. *Ein anderes Mal, ich erzähle es ihr ein anderes Mal*. Und gerade als sie sich das vornahm, änderte sich Elles Gesichtsausdruck, und Leslie drehte sich um, weil sie feststellen wollte, was es da zu sehen gab. Ein hochgewachsener Mann mit braunen Locken und braunen Augen stand mit einer blonden Frau zusammen, die ihr irgendwie bekannt vorkam. Er starrte zu ihrem Tisch herüber und fühlte sich offenkundig nicht besonders wohl in seiner Haut. Elle hielt so lange Blickkontakt mit dem Mann, bis er schließlich die Blondine an der Bar stehen ließ und zögernd an ihren Tisch kam.

«Elle», sagte er, und Leslie hörte, dass seine Stimme leicht zitterte.

Elle musste ihn nicht vorstellen. Leslie wusste auch so, dass es der Mistkerl war, der ihrer neuen Freundin das Herz gebrochen hatte.

«Vincent», sagte Elle.

«Das gibt's echt nicht.» Er hob die Hände. «Von allen Kaschemmen in sämtlichen Städten ...»

«So spielt das Leben», sagte sie. «Und? Wie geht's dir so, Vincent?»

«Gut, und dir?»

«Sehr gut», sagte sie, doch es klang nicht besonders überzeugend. Keiner von ihnen erwähnte das verbrannte Auto und die darauffolgende Entschädigungszahlung. Die Blondine sah von der Bar aus zu ihrem Tisch herüber.

«Das ist Leslie», sagte Elle und richtete ihren Blick an Vincent vorbei auf die Blondine. «Und wer ist deine Freundin?»

Vincent drehte sich um und rief die Blondine mit einer Kopfbewegung an den Tisch. Sie schien keine rechte Lust zu haben, also wiederholte Vincent die Kopfbewegung. Darauf kam sie herüber und blieb knapp hinter ihm stehen.

«Das ist Caroline.»

Caroline lächelte. Elle hatte das Gefühl, sie zu kennen, doch ihr fiel nicht ein, woher.

«Schön, dich kennenzulernen», sagte Caroline nervös. «Ich finde deine Gemälde ganz toll.»

«Danke», sagte Elle. «Haben wir uns vielleicht schon einmal irgendwo gesehen?»

«Ich bin Schauspielerin.»

Elle nickte. «Natürlich», sagte sie und sah Vincent kopfschüttelnd an. Jetzt war ihr wieder eingefallen, wo sie Caroline gesehen hatte. Es war auf einer ihrer eigenen Ausstellungseröffnungen gewesen. Der Fotograf hatte sie gebeten, sich gemeinsam ablichten zu lassen. Die Ausstellung hatte kurz vor der China-Reise stattgefunden.

Vincent räusperte sich unbehaglich. «Wir sollten jetzt

gehen», sagte er zu Caroline, die ihn daraufhin erleichtert ansah.

«Du hättest schon viel früher gehen sollen», sagte Elle.

Vincent nickte, nahm Caroline am Arm und verließ den hübschen Pub, in dem der beste Fisch Irlands serviert wurde, bevor sie auch nur Gelegenheit gehabt hatten, einen Blick in die Speisekarte zu werfen.

Leslie sah Elle an, die in Gedanken versunken schien.

«Alles in Ordnung?»

«Viel besser als bloß in Ordnung», sagte Elle, seufzte und grinste schwach.

«Wirklich?»

«Er hat sie die ganze Zeit gevögelt.»

«Und das findest du in Ordnung.»

Elle nickte. «Ich kann nicht feststellen, dass es mir etwas ausmacht.»

Leslie lächelte ihre junge Freundin an, drückte ihr die Hand, und Elle hob fast ab, so leicht war ihr inzwischen ums Herz.

Rose hatte sich die ganze Woche immer wieder übergeben. Beharrlich weigerte sie sich, zum Arzt zu gehen, doch als Jane sah, wie sie sich unter Krämpfen in den Abfalleimer in der Küche erbrach, hatte sie genug von der Dickköpfigkeit ihrer Mutter und rief den Hausarzt. Abends wollte Jane zu dem Jack-Lukeman-Konzert nach London fliegen.

Dr. Griffin kam wie versprochen um zehn Uhr, und weil Jane wusste, wie sehr er Hausbesuche im Allgemeinen und Hausbesuche bei ihrer streitlustigen Mutter im Besonderen hasste, zerfloss sie fast vor Dankbarkeit, als sie ihm die Tür öffnete. Gemeinsam gingen sie zu Roses Erdgeschosswohnung.

«Wie geht es deiner Mutter zurzeit?», fragte er.

«Wie immer.»

«Hat sie immer noch mit diesen Stimmungsumschwüngen zu tun?»

«Dr. Griffin, was Sie ihre Stimmungsumschwünge nennen, nennen wir ihren Charakter.»

Jane lächelte, aber Dr. Griffin schüttelte nur den Kopf. Er war schon seit zwanzig Jahren Hausarzt bei den Moores und mochte die Mädchen und Kurt sehr, aber Rose Moore war für ihn ein einziger Albtraum. Jane öffnete die Tür, und er seufzte und drückte die Schultern durch.

Rose schlief in ihrem Wohnzimmersessel. Jane und Dr. Griffin wechselten einen Blick. Sie würden die Bestie wecken müssen.

Jane ging auf Zehenspitzen zu Rose, legte ihr sacht die Hand auf den Arm. «Rose», sagte sie leise.

Rose zuckte leicht zusammen, und Jane schrak zurück.

Rose schlug die Augen auf, ließ ihren Blick von ihrer Tochter zu Dr. Griffin wandern und sagte: «Was ist los?»

«Rose, ich bin gekommen, um Sie zu untersuchen», sagte Dr. Griffin.

«Habe ich Sie gerufen?»

«Nein», sagte er und ließ ein vernehmliches Seufzen folgen.

«Tja, dann …»

«Rose, du bist krank», sagte Jane nachdrücklich, «und ich werde dir nicht erlauben, hier unten einfach zu vermodern, also lässt du dich jetzt untersuchen.»

«Das ist sehr fürsorglich von dir, Jane, aber du vergisst da eine Kleinigkeit: Man nennt sie Willensfreiheit. Und wenn ich hier vermodern will, ist das meine Angelegenheit, und zwar ausschließlich meine Angelegenheit.»

«Du willst mich doch bestimmt nicht zwingen, dich festzuhalten», sagte Jane.

«Das kannst du ja mal versuchen.»

Jane meinte es ernst, ihre Mutter jedoch auch, und Dr. Griffin war sicher, dass sie trotz ihres Alters und ihrer Krankheit sehr wohl in der Lage war, Jane Kontra zu geben.

«Hören Sie», sagte er und hob die Hände. «Rose, bitte lassen Sie sich von mir untersuchen. Es dauert auch höchstens drei Minuten.»

«Sie haben zwei», sagte Rose.

Eine Minute später drückte Dr. Griffin auf Roses Bauch, und sie versuchte, nicht vor Schmerzen zu schreien, doch dann drückte er einmal zu viel, und ihr fiel nichts Besseres ein, als ihn am Ohr zu packen, damit er von ihr abließ. Er schrie auf, und Jane befreite sein Ohr aus dem Klauengriff ihrer Mutter. Er stolperte einen Schritt rückwärts und rieb sich das rot angelaufene Ohr.

Da schnappte Rose nach Janes Hand, quetschte sie, so fest sie konnte, und zog Jane zu sich. «Wag es nicht noch einmal, diesen Mann ohne meine Erlaubnis herzuholen!», zischte sie. Jane stiegen Tränen in die Augen. Dann ließ Rose sie los, und Jane rieb sich die Hand, wie Dr. Griffin sich eben das Ohr gerieben hatte.

Dr. Griffin räumte seine Tasche ein und sagte dann zu Rose: «Sie haben eine Magenschleimhautentzündung, daher kommen die Schmerzen und die Übelkeit. Außerdem hatten Sie bestimmt auch Diarrhö und möglicherweise eine Bauchspeicheldrüsenentzündung. Und was ich Ihnen mit Sicherheit sagen kann, ist, dass es, ganz gleich, wie schlecht Sie sich jetzt fühlen, noch schlimmer werden wird.»

«Gut, ich danke Ihnen für Ihre Diagnose, Dr. Griffin. Sie wissen ja, wo die Tür ist.»

«Hören Sie mit dem Trinken auf, Rose», sagte Dr. Griffin. «Wenn Sie es nicht lassen, werden Sie daran sterben.»

«Ich bin eine alte Frau, Doktor. Da wäre es doch verdammt komisch, wenn ich nicht sterben würde, oder?»

Jane und Dr. Griffin ließen sie allein. Sie schaltete den Fernseher an und nahm eine Flasche Wein aus dem niedrigen Schränkchen neben ihrem Sessel. Sie öffnete den Schraubverschluss und goss sich ein benutztes Weinglas voll. Dann trank sie ein Schlückchen, stellte das Glas auf dem Schränkchen ab und murmelte vor sich hin: «Hören Sie mit dem Trinken auf, oder Sie sterben daran. Für wen hält er sich eigentlich? Ich bin einundsiebzig Jahre alt und lebe immer noch. Wer sagt denn, dass ich überhaupt noch älter werden will?»

Dr. Griffin folgte Jane die Treppen hinauf ins Haus. Sie gingen in die Küche, Jane kochte Tee, und dann erklärte ihr Dr. Griffin zum hundertsten Mal, welche Schäden der Alkohol im Magen ihrer Mutter anrichtete.

«Was kann ich dagegen machen?», fragte Jane.

«Ihr den Alkohol wegnehmen», sagte er, als wäre es das erste Mal.

Jane war frustriert. «Das kann ich nicht! Sie hat ihr eigenes Geld und ist bestens in der Lage, sich ihren eigenen Alk zu besorgen, abgesehen davon, dass sie Freunde hat, die ihr welchen schenken würden. Sie glauben einfach nicht, dass Rose ein Alkoholproblem hat, und sie selbst glaubt es auch nicht. Meine Schwester denkt, man ist erst Alkoholiker, wenn man sich bis morgens um vier in einer Bar zuschüttet. Sie denkt, ich wäre verrückt, wenn ich andeute, dass da etwas nicht gut läuft, und mein Sohn findet seine Großmutter bloß zum Lachen. Wenn sie einschläft, während die Kartoffeln auf dem Herd stehen, ist es das Alter, und wenn sie in der Dusche ausrutscht, ist es ihre Arthritis, und wenn ich es wage, das Problem direkt anzusprechen, bin ich im besten Fall eine Nervensäge, aber meistens eine hysterische Tochter mit zwanghaftem Kontrollwahn, die ihrer Mutter nicht mal das kleinste Vergnügen gönnt.»

Dr. Griffin lachte, wurde aber gleich wieder ernst. «Rose ist schon seit mehr als dreißig Jahren Alkoholikerin, aber jetzt ist ihr Körper der Belastung so langsam nicht mehr gewachsen.»

Jane spielte abwesend mit dem Zuckerlöffel. «Ich tue wirklich, was ich kann.»

«Das weiß ich.»

«Kann ich sie einweisen lassen?»

«Deine Mutter ist nicht psychisch krank.»

«Ja, das weiß ich und Sie auch – aber wie lange würde es dauern, bis die Leute in so einer Klinik das mitbekommen?»

Dr. Griffin grinste. Eine Weile saßen sie schweigend da und tranken Tee.

«Es ist ganz einfach, Jane. Wenn sie nicht in allernächster Zukunft damit aufhört, wird sie ihre Gesundheit so geschädigt haben, dass sie ins Krankenhaus muss, und dort wird sie so oder so mit dem Trinken aufhören müssen. Die Frage ist, ob es nicht schon zu spät ist, um sie noch vor sich selbst zu retten.»

«Das mit Ihrem Ohr tut mir leid», sagte Jane, um das Thema zu wechseln.

«Verhält sich Rose dir gegenüber oft körperlich aggressiv?»

«Nein», sagte Jane und versuchte, über den Vorfall zu lachen. «Ich glaube, Sie haben sie dazu inspiriert.»

«Also, wenn es zu schlimm wird, lass es mich wissen.»

Jane nickte. «Es ist wirklich furchtbar. Wenn sie einen guten Tag hat, ist es nämlich beinahe lustig in ihrer Gesellschaft.»

«Wenn du es sagst», sagte Dr. Griffin, während er aufstand und sich die Jacke zuknöpfte, weil er gehen wollte. Es war sehr lange her, dass er Rose Moores liebenswerte Seite erlebt hatte. Er konnte sogar genau sagen, wann das gewesen war: im Frühling 1983, drei Monate bevor sie ihn gerufen hatte, damit er den Totenschein für ihren Mann ausstellte.

Jane winkte dem Arzt nach und drückte dann die Tür ins Schloss. Bald darauf klingelte das Telefon. Tom wollte wissen, ob sie sich abends ein Taxi zum Flughafen teilen sollten. Jane war das ganz recht, denn sie war schon etwas knapp dran und würde später kaum noch ausreichend Zeit haben, ihr Auto auf den Langzeit-Parkplatz zu stellen. Das Konzert begann erst ziemlich spät. Sie hatten daher beschlossen, erst um sechs Uhr abends zu fliegen. Und davor hatte sie noch viel zu erledigen.

Der Termin mit einem Künstler namens Ken Browne dauerte viel länger als geplant. Jane war sehr beeindruckt von seiner Arbeit und seiner Ausstrahlung. Seine hellblauen Augen blitzten, während er über sein jüngstes Gemälde sprach, und dabei strich er sich gelegentlich über den kahlrasierten Schädel und lächelte breit, sodass seine kantigen Züge weicher wirkten. Er hatte jahrelang in einer Rockband gespielt, war ein ziemlich guter Gitarrist und erzählte ihr von seinen Tournee-Erlebnissen und davon, wie er die Musik in seine Malerei integrierte. Sie verbrachten zwei sehr anregende Stunden miteinander, und bevor er ging, vereinbarten sie, dass er seine Werke im Juli in ihrer Galerie zeigen würde.

Am frühen Nachmittag tauchte Kurt mit einer Reisetasche in der Galerie auf und verkündete, dass er das Wochenende bei Irene verbringen würde. Irenes Mutter war schon wieder auf Reisen, um sich von der jüngsten schiefgelaufenen Liebesgeschichte zu erholen, und ihr Vater war zu sehr damit beschäftigt, seine neue Freundin flachzulegen, um für Irene Zeit zu haben. Also fühlte sich Kurt dafür verantwortlich, ihr Gesellschaft zu leisten.

«Auf gar keinen Fall», sagte Jane.

«Mum, ich gehe.»

«Du wirst das Wochenende nicht zusammen mit Irene unbeaufsichtigt in ihrem Elternhaus verbringen.»

«Ich bin siebzehn.»

«Kommt nicht in Frage! Kommt überhaupt nicht in Frage!», rief sie. Sie wiederholte sich immer, wenn ihr in einem Streit kein weiteres Argument einfiel.

«Sie ist total fertig, ich lasse sie nicht allein», sagte er ruhig.

Auch Jane wurde wieder ruhiger. «Dann bring sie mit zu uns.»

«Wo ist denn da der Unterschied? Du bist in London.»

«Deine Großmutter ist im Haus.»

Kurt begann zu lachen. «Ist das dein Ernst?»

«Das ist besser als niemand.»

«Wo ist Elle?»

«Sie ist für ein paar Tage mit Leslie aufs Land gefahren.»

«Mum, warum gibst du nicht zu, dass du mich brauchst, weil jemand Grandma im Auge behalten soll und nicht umgekehrt.»

«Darum geht es nicht. Sie ist sehr gut in der Lage, sich zwei Tage lang um sich selbst zu kümmern.» Das war gelogen, und die Liste mit all dem, was er während ihrer Abwesenheit für seine Großmutter tun sollte, brannte Jane beinahe ein Loch in die Tasche.

«Warum sagst du nicht einfach die Wahrheit?», fragte er.

Sie wusste selbst nicht, warum sie log – vielleicht wollte sie ihrem Sohn einfach nicht das Gefühl geben, dass er sich genauso um Rose kümmern musste, wie sie es tat. Aber jetzt hatte er sie bei dieser idiotischen Lüge erwischt, und das war Jane so peinlich, dass sie ihn mit einer ungeduldigen Handbewegung wegschickte. «Also gut, Kurt, dann geh zu deiner Freundin! Mach doch, was du willst!»

«Das werde ich auch.»

Und damit verließ er die Galerie und ließ sie in ihrem eigenen Saft schmoren.

Was stimmt bloß nicht mit mir? Warum konnte ich nicht einfach sagen: ‹Kurt, mein Sohn, ich brauche dieses Wochenende deine Hilfe.› Ist das wirklich so schwer? Es ist überhaupt nicht schwer, verdammt nochmal, Jane.

Dann ging sie in die Apotheke, um die Medikamente für ihre Mutter abzuholen, und besorgte noch ein paar

Speisekartenflyer von Restaurants mit Lieferdienst für sie. Zehn Minuten, bevor Tom sie mit dem Taxi abholen wollte, kam Jane bei Rose an.

Rose war verärgert. «Es fällt dir reichlich spät ein, an mich zu denken», sagte sie.

Jane reagierte nicht darauf und legte die Flyer auf das Tischchen neben sie.

Rose nahm einen in die Hand. «Jane?», fragte sie im Unschuldston, «bin ich Chinesin?»

«Fang gar nicht erst an, Rose.»

«Ich sehe weder chinesisch aus, falls dir das entgangen sein sollte, noch spreche ich die Sprache, mir ist es lieber, wenn die Vogelnester auf den Bäumen bleiben, wo sie hingehören, und bevor ich etwas esse, was flittieltel Leis ausgesprochen wird, muss erst die verdammte Hölle zufrieren.»

«Das ist rassistisch.»

«Das ist eine Tatsache.»

«Du bist manchmal ein richtiges Schwein.»

Rose hielt die Speisekarte empor. «Tja, ist nicht auch gerade das chinesische Jahr des Schweins?» Sie nahm einen anderen Flyer in die Hand. «Indisch?»

«Ich gehe jetzt», sagte Jane.

«Ja klar, und ich bestelle mir eine Portion im Fluss ersäufte Babys und als nächsten Gang ein bisschen Kamasutra mit Straßendreck als Beilage.»

«Hör auf damit, du gemeine Hexe! Von mir aus kannst du dich die kommenden zwei Tage auch von Pommes frites ernähren, wenn dir das besser passt! Und vergiss nicht, deine Tabletten zu nehmen, und alle Telefonnummern, die du vielleicht brauchen könntest, hängen am Kühlschrank.»

«Gut, geh nur, du amüsierst dich sicher bestens, während du eine alte, kranke Frau sich selbst überlässt!»

«Danke, Rose, das werde ich auch. Und versuch, nicht zu sterben, bevor ich zurück bin, okay?», sagte Jane mit einem Grinsen, denn wenn sie wollte, beherrschte sie Roses Spielchen genauso gut wie ihre Mutter.

Rose fuhr sich mit der Zunge über die Schneidezähne. Das tat sie immer, wenn sie ein Lächeln unterdrücken wollte.

«Das sagst du bloß, weil dir der Geruch zuwider wäre, oder?», fragte Rose.

«Wenn ich eine empfindliche Nase hätte, dann hätte ich dich schon vor Jahren rausgeworfen.»

Jane ging hinaus, und Rose grinste. *Touché, Jane, touché*.

Tom hatte sie schon online eingecheckt, also konnten sie sich gleich bei der Schlange am Gate anstellen. Er besorgte zwei Kaffee von einem Automaten, und sie hatten gerade erst ein paar Schlucke getrunken, als die Passagiere ihrer Sitzreihe zum Einsteigen aufgerufen wurden. Eine Flugbegleiterin erklärte ihnen kopfschüttelnd, dass sie den Kaffee nicht mit ins Flugzeug nehmen dürften. Weder Tom noch Jane hatten Lust auf eine Diskussion, also warfen sie die Kaffeebecher einfach weg und gingen schweigend durch die Kontrolle zum Flugzeug. Als sie auf ihren Plätzen saßen, bedankte sich Tom erneut bei Jane dafür, dass sie mitkam, und sie sagte ihm zum dritten Mal an diesem Abend und vermutlich zum vierzigsten Mal, seit sie diesen Konzertbesuch verabredet hatten, dass es ihr überhaupt nichts ausmache, ihn zu begleiten.

Tom war nervös, er konnte die Hände nicht ruhig halten und rutschte ständig auf seinem Sitz herum. Er war beim Friseur gewesen, hatte sich die Fingernägel geschnitten und sich einen Anzug gekauft, der ihm sehr gut stand. Rasiert hatte er sich ebenfalls, und er sah richtig gut aus – so oder vielleicht noch besser hatte er wahrscheinlich ausgesehen, bevor Alexandra verschwunden war.

Jane befürchtete, dass sich all diese Mühe und Hoffnung als vergeblich erweisen würde. Ihr war klar, dass sie sich an einen Strohhalm klammerten. Auch wenn sie sich Tom zuliebe zuversichtlich gab, machte sie sich Vorwürfe, weil sie ihn womöglich noch in seinen falschen Hoffnungen bestärkt hatte. Jetzt, wo sie tatsächlich im Flugzeug auf dem Weg zu einem Jack-Lukeman-Konzert saßen, weil sie hofften, dort eine Frau namens Alex zu treffen, die Alexandra flüchtig ähnelte, schien die ganze Aktion nicht mehr nur eine verzweifelte Maßnahme zu sein – sie schien vollkommen verrückt.

«Das Hotel liegt ganz nahe bei dem Veranstaltungsort», sagte Tom.

«Sehr gut.»

«Man ist in fünf Minuten zu Fuß dort.»

«Toll.»

«Sollen wir einfach im Hotel zu Abend essen?»

«Das klingt gut.»

«Oder sollen wir uns lieber ein Restaurant suchen? Es gibt bestimmt eins zwischen dem Hotel und dem Music-Club. Ich will nur nicht zu weit durch die Stadt fahren.»

«Man isst im Hotel bestimmt sehr gut.»

«Okay.»

«Schönen Anzug hast du da an», sagte Jane nach einer Weile.

Tom nickte. «Ich dachte, ich sollte mich ordentlich anziehen, schließlich könnte ich heute meinen Schatz wiedersehen.»

«Das ist sehr unwahrscheinlich, Tom, und du weißt, wie unwahrscheinlich es ist, oder?» Am liebsten hätte sie an seiner Stelle geweint.

«Ja, schon. Aber man kann nie wissen.»

«Ja, stimmt.»

Sie sprachen während der Fluges nicht mehr. Tom schloss die Augen, und Jane las in ihrer Zeitschrift.

Sie landeten pünktlich und fanden gleich eine Taxe, die sie in ihr Hotel brachte. In der Lobby verabredeten sie, dass sie für eine halbe Stunde in ihre Zimmer gehen und sich anschließend unten wieder treffen würden. Jane duschte und zog sich um, während Tom ruhelos in seinem Zimmer herumging und die Minuten zählte, die ihn möglicherweise von seinem Wiedersehen mit Alexandra trennten.

Dann saßen sie im Hotelrestaurant, wo Tom, ebenso wie Jane, ein Steak mit Salat bestellte. Doch Tom stocherte nur auf seinem Teller herum. Jane bemühte sich, seine Ängste mit Geplauder zu zerstreuen. Seit Toms Begegnung mit Rose hatte er so etwas wie verständnisvolles Mitgefühl für Jane, und für Jane war Tom mittlerweile zu einer Art Klagemauer geworden. Sie erzählte ihm von Dr. Griffins Hausbesuch bei Rose, und Tom musste grinsen, und über Roses Reaktion auf die Speisekarten-Flyer musste er laut lachen. Auch Jane lachte, denn aus der Entfernung hatte ihre Mutter immer etwas sehr Komisches. Dann erzählte sie von Kurts Plänen für das

Wochenende und dem dummen Streit und schloss damit, dass sie eben eine schlechte Mutter sei. Tom widersprach ihr natürlich, aber er hatte ja auch den Streit nicht mitbekommen, den Jane mit ihrem Sohn gehabt hatte, als er sich im Alter von sechzehn Jahren innerhalb einer Woche fünfundzwanzig Mal *Black Hawk Down* angesehen und anschließend beschlossen hatte, die Schule abzubrechen und zur Armee zu gehen. Er war zu ihr gekommen, als sie am Küchentisch an ihrem Computer arbeitete, hatte sich ihr gegenüber hingesetzt und die Arme verschränkt. Und wenn Kurt die Arme verschränkte, dann meinte er es ernst. Sie hatte hochgeschaut und gefragt, worum es ging, und er hatte ihr so beiläufig erklärt, als bitte er sie um das Geld für eine Musik-CD, dass er sich zur Armee melden würde. Zuerst hatte sie bloß gelacht, aber dann war ziemlich schnell klar geworden, dass das kein Witz war. Jane sagte nein. Kurt weigerte sich, ein Nein zu akzeptieren, und ihr Streit wurde immer heftiger, bis Kurt seine Mutter eine vertrocknete Schreckschraube nannte, türenknallend aus der Küche stürmte, in sein Zimmer lief und auch diese Tür laut zuknallte, sich einschloss und seine Stereoanlage bis zum Anschlag aufdrehte. Seine Mutter, geschockt von seinen Flüchen und rot angelaufen vom Schreien, rannte ihm hinterher, hämmerte und trat an seine Zimmertür und nannte ihn einen undankbaren kleinen Bastard. Er schrie: «Ich hasse dich!», und sie schrie: «Ich hasse dich genauso!» und konnte sich erst beruhigen, als sie sich den kleinen Zeh gebrochen hatte, nachdem sie noch mehrmals an Kurts Tür getreten hatte. Und Tom war auch nicht dabei gewesen, als sie Kurt beim Einkaufen in seinem Kinderwagen vor einem Laden vergessen hatte, was ihr erst zu Hause aufgefallen war, als ihre Mutter sich erkundigte, was aus Kurt geworden sei. Und Tom war auch nicht dabei gewesen, als Kurt im Alter von sechs Jahren von einem Achtjährigen auf dem Schulhof drangsaliert worden war. Kurt hatte sich Rose anvertraut und nicht ihr, und als Rose ihr von der Sache erzählte, hörte sie nicht auf den Rat ihrer Mutter, sich herauszuhalten, sondern rannte während der Unterrichtspause auf den Schulhof, packte das Monster am Kragen und sagte zu ihm: «Ich brech dir beide Beine, wenn du meinen Sohn nochmal anfasst, kapiert?» Das war ganz klar die dümmste Reaktion gewesen, die ihr hatte einfallen können, denn der ganze Schulhof war voller Zeugen, einschließlich eines Lehrers und einer Nonne, und natürlich riefen sie die Eltern des Kindes zu Hause an und bestellten sie zu einem Termin mit der Direktorin, wobei man zum Ergebnis kam, dass es nach Janes Übergriff auf ein Kind wohl das Beste wäre, wenn sie Kurt von der Schule nähme.

«Er ist deinetwegen mit sechs Jahren aus der Schule geflogen?», sagte Tom und lachte.

«Ja, ich weiß, wie peinlich das ist», sagte sie. «Aber als mir Rose von der Sache erzählt hat, hab ich einfach rotgesehen.»

«Ich kann mir überhaupt nicht vorstellen, dass du einen Achtjährigen angegriffen hast.»

«Na ja, irgendetwas musste ich schließlich tun. Rose hatte Kurt geraten zu warten, bis das andere Kind ihm den Rücken zudrehte, und ihm dann seine Schultasche auf den Kopf zu hauen.»

«Das wäre vielleicht nicht das Schlechteste gewesen.»

«Aber sie hat ihm auch gesagt, er soll vorher einen Backstein in die Tasche stecken.»

Wieder lachte Tom. «Entschuldige, aber das ist wirklich verrückt.»

«Ich habe so viele Fehler gemacht, da ist es geradezu ein Wunder, dass aus Kurt kein Psychofall geworden ist.»

«Du warst noch unheimlich jung, als du ihn bekommen hast», sagte Tom.

«Ja.» Sie nickte. «Und mein Vorbild war Rose.»

«O Gott, das stimmt. Da ist es eigentlich eher ein Wunder, dass du kein Psychofall geworden bist.»

«Vielleicht bin ich das ja», sagte sie.

«Ich werde darüber nachdenken.»

Im Moment aber dachte Tom vor allem an die Möglichkeit, Alexandra wiederzufinden, und dann war es Zeit, die Rechnung zu bezahlen und in den Club zu gehen. Schweigend und nachdenklich machten sie sich auf den kurzen Weg zu dem Ort, auf den Tom seine beinahe letzten Hoffnungen setzte.

Michelle erwartete sie an der Kasse. Sie schob sie hinein und fragte, wie sie sich die Suche vorstellten.

«Der Club ist ziemlich groß», erklärte sie, «aber ich habe den Flyer an das Mitteilungsbrett da vorne gehängt und allen Bedienungen einen gegeben.»

«Könnte ich einen Tisch in der Nähe der Tür zur Damentoilette haben?», fragte Tom.

«Und ich setze mich an die Bar», sagte Jane. Das hatten sie zuvor schon besprochen.

«Wissen Sie, wir haben hier eine ziemlich gute Sicherheitsüberwachung», sagte Michelle. «Jeder Winkel des Clubs wird von einer Kamera erfasst. Ich könnte Sie Graham vorstellen – er ist unser Security-Mann. Ich habe ihm vorhin von Ihrer Suche erzählt, und er hat angeboten, dass Sie in sein Büro kommen können, um die Monitore im Blick zu haben.»

«Das wäre toll», sagte Tom.

«Sehr gut. Ich bin froh, wenn ich Ihnen irgendwie helfen kann.»

Sie brachte Jane und Tom in einen Raum, in dem ein großer, etwa fünfzigjähriger Mann saß. Vor ihm befanden sich kleine Bildschirme, die unterschiedliche Räume des Clubs zeigten. Der Mann wandte sich um und begrüßte sie, während Michelle noch zwei Stühle holen ging. Inzwischen erklärte Graham, was auf den jeweiligen Bildschirmen zu sehen war.

«Kartenschalter, Haupteingang, Notausgang, Seitentür, Flur, Treppenhaus, Tresen, Bargeldkasse – darauf müssen Sie nicht achten –, Bühne, Zuschauerraum – der wird von drei Kameras abgedeckt, hier, hier und hier», sagte er und deutete auf drei Bildschirme, auf denen gerade nichts weiter als leere Stühle und Tische zu sehen waren. «Der hier zeigt den ersten Rang, der hier die andere Seite, und da drüben sieht man die Türen zu den Künstlergarderoben. Wir haben natürlich keine Kameras in den Garderoben selbst, aber der Korridor führt hinter die Bühne, hier ist der rechte und hier der linke Zugang zur Bühne, und das wären alle.»

Michelle kam mit zwei Stühlen wieder. Sie stellte sie rechts und links von Graham ab.

Dann ging Michelle wieder, doch zuvor kreuzte sie lächelnd die Finger.

«Danke», sagte Tom. «Ich weiß nicht, wie ich Ihnen danken soll.»

Sie nickte bloß und zog die Tür hinter sich zu.

«Was soll ich machen, wenn ich sie sehe?», fragte Tom.

«Dann rennen Sie los», sagte Graham. «Michelle hat mir Ihre Handynummer gegeben. Falls ich Ihre Alexandra auf einem anderen Bildschirm sehe, rufe ich Sie an und leite Sie so per Telefon durch den Club.»

«Mit so viel Hilfe habe ich wirklich nicht gerechnet», sagte Tom. «Es ist unglaublich, oder, Jane?»

Jane nickte und ging zu einem Tresen hinüber, um Kaffee zu kochen, während die beiden Männer ihre Blicke über die vielen Bildschirme wandern ließen. Die ersten Konzertbesucher kamen, und Graham erklärte Tom, dass er jeden Gast heranzoomen konnte, und während ihnen Jane den Rücken zuwandte, demonstrierte er diesen Kniff am Beispiel einer Oberweite, die eigentlich keinerlei Zoomvergrößerung mehr nötig hatte.

Sie musterten ein Gesicht nach dem anderen, während die Gäste hereinströmten und sich im Club verteilten. Es wurde schnell voll, und so teilten sie sich die Bildschirme auf. Graham hatte Alexandras Bild an die Wand zwischen die Bildschirme gehängt, sodass er immer wieder einen Blick darauf werfen konnte. Es herrschte angeregte Stimmung im Club, und dadurch wurde es lauter, und es entstand Bewegung, weil sich viele Leute an der Bar etwas zu trinken holten, andere zur Toilette gingen und Bedienungen mit Getränken zwischen den Tischen umherliefen. Jane fand es merkwürdig, das alles aus dieser Perspektive zu erleben und Leute zu beobachten, die nichts davon ahnten, dass sie beobachtet wurden. Sie beobachtete eine Frau, die ihre Brüste anhob und im BH zurechtrückte, während ihr Begleiter zur Toilette gegangen war, dann folgte Jane ihm mit ihren Blicken und sah, wie er sich nach einem hübschen Mädchen umdrehte, das an ihm vorbeigelaufen war. Ein anderer Typ wartete auf seine Verabredung, um in die Bar zu gehen, verkürzte sich die Wartezeit mit Nasebohren und schnipste seine Bohrergebnisse nach kurzer Begutachtung durch den Raum. Jane deutete auf den Bildschirm und machte ein angewidertes Geräusch. Graham zog bloß die Augenbrauen hoch. «Die Menschheit ist eben einfach eklig», lautete sein Kommentar. Jane sah unheimlich viele brünette Frauen, doch keine von ihnen hatte das dichte, schimmernde Haar, das, soweit sie sich erinnerte, ihre Freundin hatte. Von Zeit zu Zeit beschleunigte sich ihr Herzschlag, weil sie eine Frau entdeckt hatte, die Alexandra sein könnte, doch dann zoomte Graham sie heran, ihr Herzschlag beruhigte sich wieder, und Tom schloss für einen Moment die Augen, um sich wieder zu sammeln.

Jack L. und seine Band tauchten schon Minuten bevor sie auf der Bühne sein mussten aus den Künstlergarderoben auf. Jack trug einen schwarzen Anzug und ein rotes Hemd. Er fuhr sich mit der Hand durchs Haar und trank einen Schluck aus seiner Wasserflasche. Der Bassist klopfte ihm auf den Rücken, und Jack warf ihm dieses jungenhafte Grinsen zu, das Jane schon von ihm kannte. Die Tür zur Garderobe blieb ein oder zwei Sekunden offen stehen, bevor sie von innen zugedrückt wurde. Die Bandmitglieder gingen den Korridor entlang und aus dem Aufnahmewinkel der Kamera hinaus, um gleich darauf auf dem nächsten Bildschirm zu erscheinen, der die Aufnahmen der Backstage-Kamera wiedergab. Auf dem schweren Bühnenvorhang aus Samt tanzten Scheinwerferkreise. Der Schlagzeuger setzte sich hinter sein Instrument, der Gitarrist rückte den Riemen zurecht, an dem die Gitarre um seinen Hals hing, die Pianistin setzte sich, und sie begannen zu spielen, während Jack mit der

Gitarre in der Hand auf dem Bildschirm erschien, der die rechte Bühnenseite zeigte. Tom beobachtete die klatschenden und jubelnden Zuschauer. Manche standen begeistert auf und stampften mit den Füßen, und dann hob sich der Bühnenvorhang, und Jack lief nach vorn. Das Publikum schien kurz vorm Durchdrehen zu sein, als er sich grinsend verbeugte. Dann hob er die Hand, die Band spielte lauter, das Konzert begann, und Alexandra war nirgendwo zu sehen.

Sie musterten weiterhin ein Gesicht nach dem anderen, während Jack sang und Geschichten erzählte und Witze mit dem Gitarristen machte, und die Zeit verging wie im Flug, und mit einem Mal war das Konzert schon beinahe vorbei.

Jack kehrte auf die Bühne zurück, um seine Zugabe zu singen, und gerade als sich Graham zu Tom umwandte, um ihm zu sagen, wie leid es ihm tat, dass Alexandra nicht aufgetaucht war, bemerkte Jane eine Frau mit kurzem, braunem Haar, die aus Jacks Garderobe herauskam und genauso aussah wie Alexandra. Mit einem Aufschrei deutete sie auf den Bildschirm. Tom sprang auf, und Graham zoomte das Gesicht heran, und schon war Tom losgerannt, und Graham rief ihm nach, dass er beim Ticketschalter rechts in den Korridor abbiegen solle, und das tat Tom auch, doch der Korridor war leer. Jane war Tom hinterhergelaufen. Graham rief Tom über das Handy an und dirigierte ihn zum Seiteneingang, und Tom drängte sich mit Jane auf den Fersen durch den Zuschauerraum, in dem die Leute zu *Boys and Girls* tanzten. Dann war er draußen in der Seitenstraße, und die Frau stand mit dem Rücken zu ihm und redete mit einem Mann, und Tom rief: «Alexandra!»

Und sie drehte sich um, und für den Bruchteil einer Sekunde glaubte er, sie wäre es, und sie zu sehen, raubte ihm den Atem, und dann ging sie auf ihn zu, und je näher sie kam, desto weniger sah sie wie seine Frau aus.

«Kann ich Ihnen irgendwie helfen?», fragte sie. Sie hatte einen britischen Akzent.

Tom konnte nur den Kopf schütteln. «Nein», sagte er, «Sie können mir nicht helfen.»

Und dann sank er auf die Knie und begann hemmungslos zu schluchzen.

Jane stand hinter ihm und starrte die Frau an, die Alexandra auf dem Bildschirm zum Verwechseln ähnlich gesehen hatte, nun aber, wo sie sie direkt vor sich hatte, fast gar keine Gemeinsamkeit mehr mit ihr zu haben schien. *Wie konnten wir so dumm sein? Natürlich ist sie es nicht. Wie sind wir bloß auf die Idee gekommen, dass sie es tatsächlich sein könnte?*

Die Frau wirkte verunsichert. Der Mann, mit dem sie gesprochen hatte, kam zu ihr, und gemeinsam sahen sie zu dem Mann nieder, der weinend vor ihnen auf den Knien lag.

«Wo ist sie? Wo ist sie? Wo ist sie? Wo ist sie? Wo ist sie?»

Jane ging neben Tom in die Hocke und nahm ihn in den Arm.

«Wo ist sie, Jane?», flüsterte er. «Wo ist meine Frau?»

«Ich weiß nicht», sagte sie und strich ihm über den Kopf, wie sie es bei Kurt getan hatte, als er sich noch nicht viel zu erwachsen dafür gefühlt hatte, «aber wir werden sie finden.»

Michelle, die von Graham informiert worden war und die traurige Szene auf einem der Bildschirme mitangesehen hatte, trat zu ihnen und nahm die englische Alex beiseite, indem sie zurück ins Gebäude gingen und sie ihr erklärte, was der weinende Mann gerade durchmachte. Alex zeigte großes Mitgefühl und erschauerte bei dem Gedanken an ihre Ähnlichkeit mit der vermissten Frau. Sie erzählte, dass sie für Jacks englische Vertriebsagentur arbeitete, und entschuldigte sich gleich darauf, weil sie einen Termin hatte, sodass sie schon weg war, als Jane und Tom den Club wieder betraten. Toms Enttäuschung war mittlerweile zu einem leichten Schock geworden.

Als sie zurück im Hotel waren, bestand Jane darauf, dass Tom zur Beruhigung einen Brandy aus der Minibar in seinem Zimmer trank.

Er ärgerte sich über sich selbst, weil er es für möglich gehalten hatte, Alexandra bei einem Konzert in London wiederzufinden, und erklärte, wie dumm er gewesen war zu glauben, dass seine Frau aus Jack L.'s Garderobe kommen könnte – vor allem, nachdem Jacks Team alles unternommen hatte, um ihm bei der Suche zu helfen. Diese Frau war nicht nur ein bisschen schlanker als Alexandra, sie war spindeldürr, und außerdem war sie größer, und auch wenn sie eine gewisse Ähnlichkeit mit Alexandra hatte, sah sie aus der Nähe vollkommen anders aus als seine Frau. Er hatte sich zum Narren gemacht.

Trish, die Kontaktbeamtin von der Polizei, die für ihn zuständig war, hatte ihm bei ihrem letzten Anruf vorausgesagt, wie unwahrscheinlich es war, dass dieser Hinweis etwas brachte. Ihr Team hatte die Bilder der Überwachungskameras analysiert, die von Michelle weitergeleitet worden waren, und festgestellt, dass es keine eindeutige Übereinstimmung mit Alexandras Aussehen gab. Tom hatte eingewendet, dass Computer nicht vollkommen waren und er schließlich am besten wusste, wie seine Frau aussah. Trish hatte Geduld gezeigt, ihn aber davor gewarnt, sich Hoffnungen zu machen, dass er seine Frau in einem Londoner Club finden könnte.

«Ich kann nicht anders», hatte er gesagt. «Ich muss einfach dorthin.»

Bald darauf beendeten sie das Telefonat, und Tom blendete augenblicklich aus, was ihm die Kontaktbeamtin über die Ergebnisse ihrer Analyse gesagt hatte, denn er brauchte diesen Hoffnungsschimmer, um nicht wieder bei den düsteren Schreckensorten zu landen, an die ihn seine Gedanken immer öfter führten.

Als er jetzt in seinem Hotelzimmer saß, ging ihm das Telefonat mit Trish wieder durch den Kopf. Er entschuldigte sich bei Jane dafür, dass er ihre Zeit verschwendet und in der Seitenstraße diesen jämmerlichen Auftritt hingelegt hatte.

Doch Jane sagte nur, er solle lieber ein bisschen schlafen, und versprach ihm, dass sie weiter mit ihm nach Alexandra suchen würde.

Tom nahm ihre Hand, sah ihr in die Augen und biss sich auf die Unterlippe: «Erzähl mir etwas von ihr.»

Also erzählte Jane eine Geschichte über ihre beste Freundin Alexandra. Sie waren damals elf oder zwölf Jahre alt gewesen, und Alexandra hatte ein Eis aus einem kleinen Laden gestohlen. Eine oder zwei Sekunden hatte sie vor der Kühltruhe überlegt, welches sie nehmen sollte, dann hatte sie es unter ihre Jacke gesteckt und war aus dem Laden gegangen, und als der Ladenbesitzer ihr schreiend hinterherlief, drehte sie sich zu ihm um, zog das Eis unter ihrer Jacke heraus und gab es ihm. Dann lächelte sie und beglückwünschte ihn dazu, sie erwischt zu haben.

«Ihnen entgeht aber auch nichts, Mr. Dunne, nicht die kleinste Kleinigkeit!», sagte Alexandra.

Mr. Dunne wusste nicht, was er von dieser Reaktion halten sollte, vor allem, als Alexandra erklärte, dass sie zwei Tage zuvor, als er gerade nicht im Verkaufsraum gewesen war und nur seine Frau an der Kasse stand, in aller Ruhe einen Schokoriegel hatte stehlen können. Sie nahm den Schokoriegel aus ihrer Jackentasche und gab ihn Mr. Dunne.

«Ich habe ihn praktisch direkt vor der Nase Ihrer Frau gestohlen», sagte sie zu Mr. Dunne, dem die Verwirrung nun deutlich anzusehen war. «Um ehrlich zu sein – es war sehr viel Kundschaft im Laden, aber, Mr. Dunne, man kann nie vorsichtig genug sein, Kriminelle treiben sich nämlich überall rum.»

«Ich werde ihr von der Sache erzählen», sagte er, immer noch unsicher, was hier eigentlich gerade vor sich ging.

«Ja, tun Sie das», sagte Alexandra, bevor sie sich umdrehte und die Straße hinunterlief.

Mr. Dunne ließ seinen Blick von ihr zu dem Schokoriegel und dann zu seiner Frau wandern, die gerade damit beschäftigt war, eine Kundin zu bedienen. *Was war denn das gerade, verdammt?*

Alexandra bog um eine Ecke, hinter der Jane auf sie wartete, und sobald sie sicher war, dass Mr. Dunne sie nicht mehr sehen konnte, brach sie in Tränen aus. Nachdem sie sich wieder einigermaßen gefangen hatte, versprach Alexandra Jane, dass sie niemals mehr etwas Verbotenes tun würde. Aber auch wenn sie sich vor Angst beinahe in die Hosen gemacht hätte und einen Schokoriegel losgeworden war, hatte sie doch etwas Wichtiges gelernt: Auch noch die lächerlichste Lüge wird glaubhaft, wenn sie nur selbstbewusst und überzeugend vorgetragen wird. Diese Erfahrung half ihr, als sie ein Jahr später in den Ferien mit Alexandras Eltern beim Klauen erwischt wurden.

«Und du?», fragte Tom. «Hast du erst mal gewartet, ob sie damit durchkommt, bevor du es selbst versucht hast?»

«Nein. Ich hatte schon erfolgreich drei Mars-Riegel aus dem Laden zwei Häuser weiter mitgehen lassen. Es war einer von diesen Riegeln, den sie Mr. Dunne gegeben hat.»

Tom lachte leise. «Und was hast du aus dieser Geschichte gelernt?»

«Dass ein geschickter Langfinger schneller ist als der Blick einer alten Ladenbesitzerin.»

Als Jane sicher war, dass Tom sich ein wenig beruhigt hatte, wünschte sie ihm eine gute Nacht.

«Danke», sagte er. «Ich weiß nicht, was ich ohne dich anfangen sollte.»

Er begleitete sie zur Zimmertür und sah ihr nach, als sie den Flur entlang bis zu ihrem Zimmer ging, und sie spürte seinen Blick in ihrem Nacken, und als sie ihre Tür erreicht hatte, drehte sie sich zu ihm um und lächelte ihn an. Dann verschwand sie in ihr Zimmer, und Tom ging in seines zurück, öffnete erneut die Minibar und machte sich über ihren Inhalt her, und als er feststellte, dass er drei Anrufe von Jeanette verpasst hatte, schaltete er sein Handy ab.

Als Janes Taxi vor ihrem Haus hielt, öffnete ihr Sohn die Haustür, kam ihr entgegen und nahm ihr den Koffer ab.

«Sorry, Mum», sagte er. «Ich hätte dir mit Granny helfen sollen.»

Jane wusste vor Verblüffung nicht, was sie sagen sollte. Also umarmte sie ihn stattdessen nur ganz fest und drückte ihm einen dicken Kuss auf die Wange.

«Mum!», stöhnte er entsetzt. Doch als sie die Treppen zur Eingangstür hinaufgingen, legte er ihr den Arm um die Schultern. «Ich muss dir was sagen», erklärte er.

«Ich höre.»

«Irene ist hier.»

«Und?»

«Sie müsste hier eine Weile unterkommen.»

«Was ist denn los?»

«Bei ihr im Haus gibt's nichts mehr zu essen.»

«Na gut.»

Er blieb an der Tür stehen und sah sie direkt an. «Wirklich?»

«Wirklich. Aber sorg dafür, dass sie ihrer Mutter Bescheid sagt, wo sie ist.»

«Das hätte sie schon längst getan, wenn sie wüsste, wo ihre Mutter zu erreichen ist.»

Er folgte ihr ins Haus. Jane hängte ihren Mantel auf, und er stellte den Koffer ab.

«Bist du hungrig?», fragte sie.

«Wir sterben gleich vor Hunger.»

«Na gut», sagte sie. «In fünf Minuten fange ich an zu kochen.»

Da erschien Irene an der Wohnzimmertür.

«Hallo, Jane», sagte sie schüchtern.

Jane ging zu ihr und umarmte sie. «Willkommen.»

Irene begann zu strahlen. «Danke, Jane, Sie sind genial.»

«Ich weiß», sagte Jane, «und du wohnst im Gästezimmer.»

«Ja, alles klar, kein Sex, nicht hier, nicht dort, an keinem Ort», sagte Irene und ahmte dabei Janes Tonfall nach.

Kurt lachte, und Jane nickte. «Ganz genau.»

Dann ging sie in ihr Schlafzimmer, setzte sich auf die Bettkante, ließ ein paar Minuten lang die Ereignisse des Wochenendes Revue passieren und nahm sich Zeit, um sich klarzumachen, wie dankbar sie für ihr Leben sein konnte, auch wenn es manchmal nicht leicht war. *Ich hab unheimliches Glück gehabt.*

8
Numero Uno

I looked behind the cooker,
sofa and the sink,
got down on my knees
and looked under the fridge
but I can't find love.
Jack L., *Metropolis Blue*

April 2008

Dominic war noch nie gut in Beziehungen gewesen. Während seiner sechsunddreißig Jahre auf diesem Planeten hatte seine längste Beziehung drei Jahre gehalten. Bella hatte er geheiratet, nachdem er sechs Monate zuvor seine katastrophale, aber sehr leidenschaftliche Beziehung mit einer Tänzerin namens Heidi beendet hatte. Heidi war dreiundzwanzig und stand auf Ecstasy beziehungsweise an Wochenenden auf Acid. Dominic hatte weder als Teenager noch später jemals E ausprobiert, und er wollte verdammt sein, wenn er mit über dreißig damit anfing. Er hatte einen Freund am College gehabt, der auf einem besonders üblen Acid-Trip versucht hatte, sich mit einem Kochlöffel den Fuß abzuhacken, während er schrie, die Adler seien gelandet. So etwas wollte Dominic nicht erleben. Davon abgesehen war er der Leiter einer Bankfiliale, und das Letzte, was er sich wünschte, war, in einem Dubliner Club aufgegriffen zu werden, weil er sich zum Affen machte, Morddrohungen ausstieß oder versuchte, sich in eine Mondrakete zu verwandeln. Heidi nahm es Dominic übel, dass er ihre Vorlieben nicht teilte, und er fand es schwierig, mit jemandem zusammenzuleben, der von Sonntagmorgen bis Dienstagabend schlechte Laune hatte. Also wurden Drogen für das Ende ihrer Beziehung verantwortlich gemacht. Sie hatten gestritten, Heidi hatte ihn aus ihrer Wohnung rausgeworfen, und er hatte gesagt, dann würde sie ihn nicht wiedersehen, und darüber war sie angeblich sogar froh, und dann schrie sie, dass sie die Polizei rufen würde, falls er sich nochmal bei ihr blicken ließe. Anscheinend hatte er sie nach dieser Drohung darauf hingewiesen, dass es an ihrer Stelle keine besonders gute Idee wäre, die Polizei zu rufen, weil sie sich die Wohnung schließlich mit einem Dealer namens Seth teilte und noch dazu selbst die Hälfte der Zeit entweder auf einem Trip war oder gerade von einem herunterkam. Dann war er aus der Wohnung gerauscht, in sein Auto gestiegen und zu Jane gefahren, die ihm ein Abendessen kochte und eine Schulter zum Ausweinen bot, denn auch wenn ihn Heidi beinahe wahnsinnig gemacht hatte, würde er sie doch vermissen. Jane war eine gute Zuhörerin. Sie war immer für Dominic da, obwohl er nicht für sie da gewesen war, als sie ihn am dringendsten gebraucht hatte.

Dominic bedauerte die Entscheidungen, die er mit siebzehn getroffen hatte, aber andererseits war er auch ein bisschen froh darüber. Wenn er und Jane geheiratet hätten, wie Rose es damals verlangt hatte, wäre bestimmt nichts Gutes dabei herausgekommen. Er hätte niemals ein Studium machen können. Und wenn er nicht studiert hätte, dann hätte er jetzt keinen extrem gutbezahlten Job in einer Top-Bank, bei dem er noch dazu eine ziemlich ruhige Kugel schob, und garantiert könnte er sich den luxuriösen Lebensstil nicht leisten, an den er sich inzwischen gewöhnt hatte. Keine Autos, kein Haus in Ballsbridge, kein Chalet in Frankreich und keine fünf Wohnungen in einem exklusiven Apartment-Haus in Blackrock, die saftige Mieten einbrachten. Gott allein wusste, was aus ihm geworden wäre, denn damals hatten ihm seine Eltern unmissverständlich klargemacht, dass sie keinen Finger mehr für ihn rühren würden, wenn er nicht an die Universität ginge. Dominic war damals beinahe noch ein Kind gewesen, verunsichert und überfordert, und obwohl er sich mit Jane wie im Liebesrausch fühlte, war es eine ernüchternde Tatsache gewesen, dass er Vater wurde. Seine Eltern bestanden darauf, dass er den Kontakt mit dem Mädchen abbrach, das nach ihrer Überzeugung nur schwanger geworden war, um ihn sich zu angeln. Und als ihr Angebot finanzieller Unterstützung – das sie unter der Bedingung gemacht hatten, dass sich Jane von ihrem Sohn fernhielt – von der Verrückten abgelehnt wurde, die Janes Vormund war, konnten sie sowohl Jane als auch das Kind reinen Gewissens vergessen. Eisern hielten sie daran fest, dass Dominic nicht mehr mit dem Mädchen in Kontakt treten durfte, wenn er sein Studium nicht selbst finanzieren wollte. Und Dominic wollte sein Studium nicht selbst finanzieren. Er wollte denselben Freifahrtschein, den seine zwei älteren Brüder gehabt hatten. Er wollte eine coole Wohnung, die er mit seinen besten Freunden Mint und Brick teilen konnte. Er wollte das Studentenleben genießen, die Partys, die Mädchen, die Clubs, die Besäufnisse, den Sport, er wollte ausgehen bis zum Morgengrauen, ungesundes Essen in sich reinstopfen, und vor allem wollte er nach dem Leben mit seinen strengen Eltern die große Freiheit spüren. Er fügte sich ihren Bestimmungen ohne großen Widerstand, und als Jane noch einige Versuche machte, mit ihm zu sprechen, ignorierte er sie einfach. Schließlich zog sie sich zurück, doch er sah in den Pausen auf dem Schulhof, wie ihr Bauch wuchs, und auch wenn er nicht mit ihr sprach, so war es doch schwer, nicht auf die schreckliche Traurigkeit in ihren Augen zu reagieren. All der Ehrgeiz und ihre hochfliegenden Pläne waren zunichtegemacht, und Dominic wäre am liebsten weggelaufen, denn er wusste ebenso gut wie die Direktorin Amanda Reynolds, dass Jane jedes Ziel hätte erreichen können. Sie konnte im Mathe-Unterricht in aller Seelenruhe mit Alexandra schwätzen, und wenn der Lehrer versuchte, sie bloßzustellen, indem er sie darum bat, die Formel zu erklären, die er an die Tafel geschrieben hatte, dann tat sie das, ohne weiter nachdenken zu müssen. Alexandra dagegen erfand in diesem Fall einfach etwas so Absurdes, dass die gesamte Klasse in Gelächter ausbrach, dann verbeugte sie sich und setzte sich wieder an ihren Platz, während der Lehrer verzweifelt versuchte, die Ruhe wiederherzustellen, und darüber vergaß, sie zu bestrafen. Jane schlug kaum einmal ein Buch auf, und doch hatte sie immer gute Noten. Sie hätte mit Leichtigkeit eine der Klassenbesten sein können, doch das vermied sie lieber, weil sie nicht als Streberin gelten wollte. Auch sie hatte unbedingt studieren wollen und sich für dieselben Colleges beworben wie Alexandra, auch wenn das Studium bedeuten würde, dass sie Dominic weniger sähe. Jane tat Dominic leid, und er wünschte ihr das Beste, weil sie ein cooles Mädchen war und sie beide eine tolle Zeit miteinander gehabt hatten, andererseits aber war er viel zu egoistisch, um seine Zukunft zu riskieren, indem er ihr das sagte.

Vier Jahre nach der Geburt seines Sohnes hatte Dominic das College abgeschlossen. Er hatte alles mitgenommen, was das Studentenleben zu bieten gehabt hatte, er bekam eine sehr gut bezahlte Stelle an der Bank, die er sich ausgesucht hatte, und seine Eltern konnten ihn nicht mehr unter Druck setzen. Am vierten Geburtstag seines Sohnes ging er die Treppen zur Haustür seiner früheren Freundin hinauf. Er hatte ein Geschenk dabei. Er kam an Luftballons vorbei, die an das Treppengeländer gebunden worden waren. Vor der Tür blieb er einen Moment stehen, um sich zu sammeln. Er war darauf vorbereitet, dass sie ihm die Tür vor der Nase zuschlug, doch das tat sie nicht. Jane öffnete die Tür, ihr Sohn saß auf ihrer Hüfte, und obwohl Dominic genau gewusst hatte, vor wem er gleich stehen würde, schockte ihn der Anblick. Er versuchte sich ein Lächeln abzuringen, doch dazu war er zu verlegen, und außerdem schämte er sich. Also streckte er ihr nur das Geschenk entgegen. Jane ließ ihren Blick von seinem Gesicht zu dem Geschenk und dann zu ihrem Sohn wandern, und dann zog sie die Tür ein bisschen weiter auf, damit er ins Haus kommen konnte. Dreizehn Jahre später verstand Dominic immer noch nicht, warum ihm Jane so leicht hatte verzeihen können.

Am Abend von Kurts Erstkommunion schliefen sie das erste Mal wieder miteinander. Damals war Kurt sieben, und in den drei Jahren, in denen Dominic ihm ein Vater gewesen war, waren Jane und er Freunde geworden. Er trug einen Anzug und filmte mit der Videokamera, als sein Sohn in seinem Mini-Anzug die Treppe herunterkam. Kurt fand seinen Anzug schrecklich und peinlich und bettelte Jane ewig an, wenigstens seine blonden Locken mit Gel stylen zu dürfen, doch das kam für Jane an diesem Tag nicht in Frage, und deshalb bekam er einen Wutanfall am Fuß der Treppe, der später aus dem Videofilm herausgeschnitten wurde. Sie gingen wie eine richtige kleine Familie gemeinsam in die Kirche. Dominic fuhr, Jane saß auf dem Beifahrersitz, und Kurt saß hinten zwischen seiner sechzehnjährigen Tante Elle, die gerade ihre Siouxsie And The Banshees-Phase hatte, und Rose, die zweimal heftig gegen die Rückenlehne von Dominics Sitz trat, behauptete, das sei versehentlich passiert, und sich entsetzt gab, dass ihre Tochter auf die Idee kam, sie habe das mit Absicht getan.

«Ich habe nur die Beine übereinandergeschlagen, Jane, und wenn dieses Auto nur halb so groß wäre wie eine Konservenbüchse, dann könnte ich auch mitfahren, ohne mir die Beine abzuquetschen.»

Nach der Kirche trafen sie sich mit seinen Eltern in einem Edelrestaurant im Zentrum von Dublin. Obwohl Rose schon vor dem Hauptgang komplett betrunken war und Dominics Eltern äußerst frostige Laune hatten, bekam Kurt nichts davon mit und war glücklich und zufrieden, von den Menschen umgeben zu sein, die er liebte, denn damals bildeten Jane und Dominic das Zentrum seines Universums, und Elle war einfach der coolste Mensch, den er kannte. Dominic blieb noch bei Jane, nachdem Kurt schon lange ins Bett gebracht worden war. Sie machten eine Flasche Wein auf, und sie tranken auf den großen Tag ihres Sohnes. Sie hatten noch nicht einmal das erste Glas ausgetrunken, als Dominic Jane in ihr Schlafzimmer schob, dasselbe, in das sie ihn sieben Jahre zuvor heimlich geholt hatte, immer darauf bedacht, dass

Rose, die damals noch oben gewohnt hatte, nichts mitbekam. Nachdem Janes Schlafzimmertür erst einmal zu und abgeschlossen war, küssten sie sich und lagen innerhalb von Minuten nackt in demselben Bett, in dem Kurt gezeugt worden war, nur dass sich Jane inzwischen die Spirale hatte einsetzen lassen und Dominic ein Kondom benutzte. Ein paar Stunden danach ging Dominic nach Hause.

Am nächsten Tag rief er an. Er bedauerte, was passiert war, und hoffte, dass es nichts an der wunderbaren Freundschaft ändern würde, die sie aufgebaut hatten. Jane versprach ihm, dass sich nicht das Geringste ändern würde, und als Dominic auflegte, war er unheimlich froh, dass sich Jane Moore erneut als so wahnsinnig cool erwies. Natürlich hatte er sie da nicht vor Augen, wie sie stundenlang heulend auf dem Schlafzimmerboden lag, und er hatte auch nicht die geringste Ahnung davon, wie sehr sie gehofft hatte, dass er ihrer Beziehung eine neue Chance geben würde, denn für Jane hätte es natürlich nichts Besseres geben können als ein Happy End mit dem Mann, den sie liebte und der zugleich der Vater ihres Sohnes war.

Als sie das zweite Mal miteinander schliefen, war Jane gerade siebenundzwanzig geworden. Dominic traf sich mit zwei Frauen, aber da er beide noch nicht lange kannte, hatte ihn bislang keine in ihr Schlafzimmer gelassen. Jane hatte nach einem halben Jahr Beziehung gerade mit einem Künstler Schluss gemacht. Sie waren beide unheimlich betrunken, und wenn Jane nicht auf Dominic liegend aufgewacht wäre, hätte keiner von ihnen gewusst, dass sie überhaupt Sex gehabt hatten. Die Situation wurde am folgenden Abend geklärt, als Dominic mit Blumen und

Pralinen vorbeikam, um sich erneut für seinen lüsternen Penis zu entschuldigen. Jane öffnete eine Flasche Wein, und eine halbe Stunde nach Dominics Entschuldigung waren sie erneut zusammen im Bett. Im folgenden Jahr waren sie oft zusammen, sei es in Dominics Beziehungspausen oder wenn sich Jane einsam fühlte oder es Probleme mit ihrer Mutter, ihrer Schwester oder Kurt gab. Sie nannten ihre Beziehung eine «besondere» Freundschaft, was Dominic vollkommen genügte, und auch Jane war, wie es ihm schien, zufrieden. Doch dann lernte Dominic bei einer Konferenz im Gresham Hotel Gina kennen. Sie kam vom Land, hatte studiert und war nett zu Jane und Kurt. Dominic und Gina blieben drei Jahre zusammen, und Jane war davon überzeugt, dass sie heiraten würden. Doch als Gina einen Verlobungsring wollte, ergriff Dominic die Flucht und landete wieder in Janes Bett. Und so ging ihre «besondere» Freundschaft immer weiter, bis sie das letzte Mal miteinander schliefen – in der Nacht, in der er sich von der ausgeflippten Heidi trennte. Eine Woche später brachte er zu Kurts fünfzehntem Geburtstag seine neue Freundin Bella mit, und einen Monat später waren die beiden verlobt. Seit dieser Zeit hatten Dominic und Jane nicht mehr miteinander geschlafen, und nach dem Abend im Auto, an dem er sie eindeutig hatte verführen wollen, war Jane in seiner Gesellschaft etwas beklommen zumute. Deshalb wurde ihr ein wenig unbehaglich, als er sie bat, ihn zu Elles «Vermisst»-Ausstellung einzuladen, vor allem, nachdem Kurt erzählt hatte, dass bei seinem Vater wohl der Haussegen schiefhing.

Elle fühlte sich nach ihrer kurzen Reise mit Leslie wie neugeboren. Danach hatte sie vier Stunden täglich an den Porträts der Vermissten gearbeitet. Als die zwölf Gemälde fertig waren, besuchten zwei ihrer Kommilitoninnen von der Kunsthochschule sie, um sich die Arbeiten anzusehen. Fiona und Lori kamen gemeinsam an, und Elle begrüßte sie herzlich, und als Lori anmerkte, dass Elle seit der Vorweihnachtszeit nichts von sich hatte hören lassen, entschuldigte sich Elle damit, dass sie sehr intensiv gearbeitet hatte. Dann beschwerten sich Elles Freundinnen darüber, dass sie nicht einmal bei der Eröffnung ihrer eigenen Ausstellung gewesen war, und erneut entschuldigte sich Elle und behauptete, sie habe eine böse Erkältung gehabt.

Bevor sie die Bilder zeigte, kochte Elle einen Kaffee, und Fiona erzählte, dass sie den Klatsch über das Ende ihrer Beziehung mit Vincent gehört hatte und auch, dass Elle sein Auto abgefackelt hatte.

Lori lachte auf. «Das hat er auch verdient», sagte sie.

«Elle», sagte Fiona, «er nutzt andere bloß aus, und daran wird sich niemals etwas ändern.»

Elle setzte sich zu ihnen an den Küchentisch und schenkte den Kaffee ein. «Und was hat es mit dieser Blondine auf sich?», fragte sie. «Mit dieser Caroline? Ich bin den beiden kürzlich über den Weg gelaufen.»

«Sie ist Schauspielerin und hat bei irgendeiner blödsinnigen Serie mitgespielt, die in England gedreht worden ist – wie heißt die Serie nochmal?», fragte Fiona, an Lori gewandt.

«Weiß ich nicht mehr, aber ich habe gehört, dass sie sich in jeder zweiten Folge auszieht», gab Lori zurück.

«Also lebt er von ihrem Geld», sagte Elle grinsend. «Die Glückliche. Und bald schon ist er auf die nächste Einkommensquelle scharf.»

Lori und Fiona wechselten einen Blick, und Lori schnitt eine Grimasse.

Fiona wandte sich an Elle. «Er hat sie geheiratet», sagte sie.

«Was?», sagte Elle. «Nein! Sie kennen sich doch erst fünf Minuten. Das kann nicht sein! Wirklich?»

«Tut mir leid», sagte Lori.

Elle war geschockt. «Er hat sie geheiratet.»

«Letzte Woche», sagte Fiona. «Zuerst waren sie im Standesamt und anschließend im Four Seasons.»

«Steht diese Woche im *VIP*», sagte Lori. «Es ist wirklich nicht zu fassen. Das Einzige, was an Vincent bedeutend ist, sind die Frauen, mit denen er schläft.»

Elle versuchte die Neuigkeit auf die leichte Schulter zu nehmen, erklärte ihren Freundinnen, dass sie Vincent und Caroline viel Glück wünschte, und wechselte das Thema. Wenig später gingen sie gemeinsam ins Atelier, wo sich Fiona und Lori sehr beeindruckt von Elles Arbeit zeigten. Sie meinten sogar, es würde vermutlich Elles bisher beste Ausstellung werden.

«Ich würde am liebsten heulen», sagte Lori, während sie ihren Blick über die zwölf Gesichter schweifen ließ. Alexandras beinahe unmerkliches Lächeln schnitt ihr mitten ins Herz.

«Die Bilder sind großartig», sagte Fiona. «Und das Konzept ist auch toll.»

Nachdem Elle inzwischen mit allen Bildern fertig war, ließen ihre Freundinnen keine Ausrede mehr gelten und bestanden darauf, dass Elle am folgenden Abend nach der Eröffnung mit ihnen zu einer Party kommen sollte. Bald darauf gingen die beiden, und Elle setzte sich an ihren Stutzflügel, der ihr halbes Wohnzimmer einnahm, schlug ein paar Tasten an und beschloss, dass es Zeit war, sich wieder dem Leben zuzuwenden.

Am Nachmittag kam Jane zu ihr ins Cottage, und sie packten die Gemälde ein. Elle erzählte von Vincent, und Jane wünschte ihm fluchend die Pest an den Hals, aber Elle hatte beschlossen, über ihn hinweg zu sein, also war Janes Gegifte überflüssig. Nachdem Jane gegangen war, legte sich Elle eine luxuriöse Stunde lang in die Badewanne. Danach cremte sie sich ein, besprühte sich mit ihrem Lieblingsparfüm, nahm ihr Haar zu einem Pferdeschwanz zusammen und zog das sexy kleine Schwarze sowie die schwarzen Stöckelschuhe an. Sie verließ das Cottage und ging über den Gartenweg zur Seitentür, die sie zum großen Gartentor und hinaus ins Abenteuer führen würde.

Rose stand im Garten, als sie vorbeikam.

«Du siehst aus wie eine Hure», sagte sie.

«Und genauso will ich mich auch benehmen», sagte Elle.

«Na ja, wenigstens kann niemand behaupten, dass du es nicht ernst meinst», sagte Rose und verschwand in ihrer Wohnung.

Leslie war eine Woche lang ständig zu Untersuchungen im Krankenhaus gewesen, bei denen festgestellt werden sollte, ob sie gesund genug war, um sich die Brüste und die Gebärmutter entfernen zu lassen. Sie machte über diese paradoxe Situation eine Bemerkung zu einer der Krankenschwestern, doch die hatte nach zwölf Stunden Dienst keinen rechten Sinn mehr für solche Feinheiten – sie wollte Leslie einfach nur Blut für die Untersuchung abnehmen und dann schnell weiter zum nächsten Patienten.

Jim hatte Leslie gefragt, ob er sie begleiten sollte, doch sie hatte höflich, aber bestimmt abgelehnt. Er hatte seine Arbeit und sein Leben, und schließlich ging sie schon seit achtzehn Jahren ständig allein zu irgendwelchen Routinekontrollen. Sie saß im Warteraum, las eine Broschüre über Rekonstruktionsmedizin und naschte aus einer Tüte Studentenfutter, als sich ein großer, kahlköpfiger Mann Ende vierzig auf den Stuhl neben sie setzte. Er nickte ihr kurz zu und schlug dann eine Zeitung auf. Schweigend lasen sie ungefähr zehn Minuten. Dann faltete er seine Zeitung zusammen und fragte sie, wie spät es sei.

Sie warf einen Blick auf ihre Uhr. «Kurz nach drei.»

Er seufzte. «Ich bin schon seit sieben Uhr morgens hier.»

«Das ist höllisch», sagte sie.

«Ja, genau», sagte er und lächelte sie herzlich an, und Leslie fragte sich, wie er sie so herzlich anlächeln konnte und wie er so gut gelaunt sein konnte, wenn er offensichtlich Krebs hatte und eine Chemotherapie durchmachte.

«Ich heiße Mark», sagte er und streckte ihr die Hand entgegen. «Ich freue mich, Sie kennenzulernen.»

«Leslie», sagte sie und schüttelte seine Hand.

«Sind Sie Patientin oder Angehörige?»

«Patientin. Stehen Sie am Anfang Ihrer Chemo, oder sind Sie schon beinahe durch damit?»

«Ist es so eindeutig?», sagte er und strich sich über den frischrasierten Schädel.

«Man sieht es nicht an Ihrem kahlen Kopf – sondern an Ihrer Hautfarbe.»

«Ah», sagte er und nickte. «Abstoßend.»

«Eher vertraut», sagte sie.

«Stört es Sie, wenn ich frage, warum Sie hier sind? Ihr Haar ist ja offenkundig Ihr eigenes, und Ihre Haut sieht auch sehr gut aus.»

«Danke.»

«Bitte schön.»

Leslie überlegte, ob sie lügen sollte, andererseits kannte sie den Mann schließlich nicht, und abgesehen von Jim hatte sie mit keinem Menschen über ihre Radikallösung gesprochen, also blieb sie bei der Wahrheit.

«Ich werde mir in ein paar Monaten die Brüste abnehmen und die Gebärmutter entfernen lassen, um eine Krebserkrankung zu vermeiden.»

«Das ist nicht Ihr Ernst.»

«Doch.»

«Um eine Krebserkrankung zu vermeiden?»

«Ich habe das Gen.»

«Aber das bedeutet nicht, dass die Krankheit auch ausbricht.»

«Ich habe meine gesamte Familie und meine Jugend an den Krebs verloren. Ich bin nicht bereit, noch mehr herzugeben.»

«Bis auf Ihre Brüste und Ihre Gebärmutter.»

Sie lachte. «Genau.»

«Tja», sagte er. «Ich bin beide Eier losgeworden.»

Leslie war über seine Offenheit ebenso überrascht wie er eben noch über ihre. «Autsch», sagte sie.

Er grinste sie an. «Es könnte schlimmer sein. Ich könnte meine Eier noch haben, aber meinen Penis nicht mehr.»

«Stimmt», sagte sie. «Das wäre wirklich unangenehm.»

Sie lachten.

«Ja, das wäre es», sagte er.

«Und wie funktioniert es?»

«Sie meinen den Sex?»

Leslie konnte kaum glauben, dass sie mit einem vollkommen Fremden solch ein Gespräch führte, doch sie nickte.

«Die Ärzte sagen, ich kann immer noch Orgasmen haben, aber ich habe es noch nicht ausprobiert. Zeugungsfähig soll ich auch noch sein, und ich muss mir alle paar Wochen Hormone spritzen lassen.»

«Tja, bei mir wird es ziemlich ähnlich werden.»

«Wie ich sehe, denken Sie über eine Brustrekonstruktion nach», sagte er mit einem Blick auf Leslies Broschüre.

Sie nickte.

«Sie haben mir künstliche Eier angeboten», sagte er.

«Wirklich? Und werden Sie sich welche einpflanzen lassen?»

«Nein, das kommt mir doch zu komisch vor.»

«Ich weiß nicht, ob das alles richtig ist», sagte sie.

«Dann rate ich Ihnen, immer nur einen Schritt nach dem anderen zu machen.»

Nach kurzem Schweigen sagte sie: «Mark?»

«Ja?»

«Sind Sie verheiratet?»

«Geschieden.»

«Kinder?»

«Zwei Jungs, sie sind zwölf und zehn.»

«Ist der Krebs ganz verschwunden?»

«Das erzählen sie mir jedenfalls.»

«Würden Sie gern morgen Abend mit mir zu einer Ausstellungseröffnung gehen?»

«Sogar sehr gerne», sagte er.

«Gut», sagte sie. «Wunderbar.»

Sie tauschten ihre Telefonnummern aus, und bald darauf wurde Leslie ins Behandlungszimmer gerufen, und der Arzt fragte sich, warum dieses dümmliche Grinsen auf ihrem Gesicht lag, während er ihr auseinandersetzte, welche Schrecklichkeiten sie vor sich hatte.

Tom stritt sich mit Jeanette über die Freisprechanlage in seinem Auto. Sie war sauer, weil er nicht wollte, dass sie zur Eröffnung der «Vermisst»-Ausstellung kam, und er verstand nicht, weshalb sie eigentlich hinwollte und wie sie überhaupt auf die Idee kam, dass ihre Anwesenheit dort angemessen wäre.

«Weil ich die Frau bin, die neben dir im Bett schläft.»

«Aus genau diesem Grund ist es unangemessen, Jeanette.»

«Ich habe schließlich nicht vor, mich in den Mittelpunkt zu drängen. Ich halte mich zurück, bringe Davey mit und tue so, als wäre ich mit dir nur befreundet und mit ihm zusammen.»

«Nein.»

«Dein letztes Wort?»

«Ja», sagte er, «mein letztes Wort.»

«Glaub bloß nicht, dass ich da bin, wenn du nach Hause kommst.»

«In Ordnung.»

«Du Schwein!»

Sie beendete das Gespräch, und Tom fuhr weiter. Er fragte sich, wie er es sich hatte erlauben können, in eine so prekäre und dumme Situation mit einer viel jüngeren Frau zu geraten, die sich einfach nur in ihn verknallt hatte. *Es tut mir so leid, Alexandra. Wenn du doch nur nach Hause kommen würdest, dann hätte dieser ganze Albtraum ein Ende.*

Er hielt vor dem Haus von Alexandras Familie und hupte. Breda erschien an der Tür, und Tom stieg aus, lief durch den Vorgarten zu ihr und legte ihr den Arm um die Schultern.

«Du siehst wundervoll aus», sagte er.

Sie lächelte ihn an.

«Du bist ein Lügner, aber ich höre es trotzdem gern.»

Alexandras Vater hatte beschlossen, nicht zu der Ausstellungseröffnung mitzukommen. Er fand kunstbeflissene Galeriebesucher affig und fühlte sich in diesen Kreisen nicht wohl. Stattdessen würde er den Abend wie jeden anderen mit seinen Freunden im Pub verbringen und die Realität verdrängen. Alexandras Geschwister Kate und Eamonn kamen mit ihren Ehepartnern in eigenen Autos.

Tom half Breda beim Einsteigen.

«Es ist wirklich aufregend», sagte Breda, als sie losgefahren waren. «All diese Menschen, die etwas für Alexandra tun.»

Tom nickte. Jane war sehr zufrieden mit dem großen Medienecho, und als Elle darauf bestanden hatte, dass alle Gewinne dem Vermisstensuchdienst zufließen sollten, hatten sich noch mehr Journalisten gemeldet, um über die Ausstellung zu berichten. Die Tatsache, dass sich Jack Lukeman ein paar Stunden Zeit nahm, um vorbeizukommen und sogar zu spielen, erhöhte das Interesse weiter. Ein Fernsehsender hatte schon im Vorfeld um eine Drehgenehmigung und ein Interview mit Tom gebeten. Dem wurde zwar beinahe schlecht bei dem

Gedanken, vor einer Kamera sprechen zu müssen, doch Breda beruhigte ihn und sagte, Alexandra wäre bestimmt stolz auf ihn.

Jane erwartete sie an der Tür. Sie umarmte Tom und Breda zur Begrüßung und schob sie nach drinnen. Sie waren früh genug dran, um sich die Bilder in aller Ruhe ansehen zu können. Breda stand lange und schweigend vor dem Porträt ihrer Tochter. Tränen rollten ihr über die eingefallenen Wangen. Tom nahm ihre Hand.

«Ich spüre, dass sie immer noch bei uns ist», sagte Breda. «Sie ist immer noch bei uns.»

«Ich weiß», sagte Tom, doch in Wirklichkeit wusste er gar nichts, und jedes Mal, wenn ihn diese furchtbaren Gedanken ereilten, dachte er, dass sie vielleicht besser tot wäre, als gequält und gefoltert zu werden.

Leslie kam ein paar Minuten später mit Mark an. Jane begrüßte die beiden und bat Mark anschließend, Leslie und sie für einen Moment zu entschuldigen.

Leslie folgte Jane ins Hinterzimmer.

«Was läuft da mit dir und diesem Kahlkopf?», sagte Jane.

«Musste ich deshalb mit dir ins Hinterzimmer gehen?»

«Nein. Elle ist verschwunden. Ich hatte gehofft, dass du heute schon mit ihr gesprochen hast.»

«Nein. Habe ich nicht. Ich glaub's einfach nicht.»

«Die Presse rechnet fest damit, dass sie da ist.» Langsam wurde Jane nervös. «Ich darf jetzt nicht alle enttäuschen.»

«Du enttäuschst überhaupt niemanden. Das besorgt Elle schon ganz alleine, verdammt nochmal. Ich bringe sie um.»

In genau diesem Augenblick kam Elle in ihrem kurzen Kleid und den Stöckelschuhen herein. «Wen bringst du um?»

Jane seufzte erleichtert. «Wo warst du?»

«Keine Ahnung. Auf einem Boot weit draußen vor der Küste, falls dir das weiterhilft.»

«Jane hätte deinetwegen beinahe einen Herzinfarkt bekommen», sagte Leslie.

«Tut mir leid, Jane.»

«Tu das nicht einfach so ab», sagte Leslie.

Elle umarmte sie. «Mir ist ein Typ über den Weg gelaufen, den ich ziemlich nett fand. Jetzt ist er natürlich schon längst wieder weitergezogen – auf hoher See, könnte man sagen.»

«Na gut», sagte Leslie. «Schön für dich. Und jetzt gehst du nach Hause, ziehst diese Domina-Montur aus und wäschst dich.»

Elle legte wie ein Befehlsempfänger beim Militär die Hand an die Schläfe, und Tom wurde dazu bestimmt, sie nach Hause zu fahren.

Jane stellte Leslie Breda vor und erklärte Breda, was Leslie alles getan hatte, um die Suche nach Alexandra zu unterstützen. Breda war sehr dankbar, Leslie peinlich berührt und Mark unglaublich beeindruckt von seiner altruistischen neuen Freundin.

Dann kamen Eamonn und Kate mit ihren Ehepartnern. Jane begrüßte sie, bot ihnen ein Glas Wein an und beobachtete sie, während sie an den Bildern entlang bis zu Alexandras Porträt gingen. Eamonn und Kate standen nebeneinander davor, und ihre Schultern berührten sich, während sie Alexandra in die Augen sahen. Als sie sich wieder zum Raum hin umdrehten, waren Kates Augen feucht, und Eamonn sah aus, als habe er körperliche Schmerzen.

Mark trank nichts, also nippte auch Leslie nur an ihrem Glas Wein. Sie fragte ihn, ob er sich gut genug fühlte, um zu bleiben, und er sagte ja. Dann erklärte sie ihm, dass sie ihn kein zweites Mal fragen würde, und wenn er gehen wolle, habe er einen Mund, um es ihr von sich aus zu sagen. Es gefiel Mark, dass sie kein großes Theater um ihn veranstaltete. Dann erschien Dominic mit Kurt und Irene im Schlepptau. Jane freute sich sehr darüber, dass ihr Sohn gekommen war, und fragte sich, woher mit einem Mal dieses überraschende Interesse an einer von Elles Ausstellungen kam.

«Was du und Elle für eure Freundin tut, ist echt cool, Mum», sagte Kurt.

«Ehrlich, Jane», sagte Irene. «Eine Freundin wie Sie hätte bestimmt jeder gerne.»

Jane wusste kaum, was sie zu dieser Charme-Offensive sagen sollte. «Danke.» In den Wochen zuvor hatte sie sich nämlich sogar ein bisschen über Kurts offensichtliches Desinteresse an der Ausstellung geärgert.

«Dad hat uns Bilder von dir und Alexandra in unserem Alter gezeigt», sagte Kurt.

«Ich kann kaum glauben, dass Sie ein Megadeth-Fan waren», sagte Irene. «Ich finde Megadeth toll.»

Jane sah Dominic an. «Was hat das zu bedeuten?», fragte sie und lächelte gezwungen.

«Deine Mutter war damals nicht halb so sexy wie heute», sagte Dominic.

«Zu dick aufgetragen, Dad», sagte Kurt. «Viel zu dick aufgetragen.»

Irene erzählte, dass Dominic ihnen die Fotos von dem

Megadeth-Konzert in Antrim gezeigt hatte, die ein Jahr vor Kurts Geburt entstanden waren. Jane erinnerte sich an die Bilder: Sie saß mit einer Zigarette in der Hand auf Dominics Schoß, und Alexandra hatte eine Flasche Cider angesetzt, während sie dem Fotoapparat gleichzeitig den Finger zeigte.

Kurt stieß seiner Mutter grinsend in die Seite und folgte dann Irene zum Getränketisch. Beide nahmen sich ein Glas Wein und prosteten Jane damit quer durch den Raum zu. Sie wandte sich kopfschüttelnd an Dominic.

«Was hast du dir dabei gedacht?»

«Wovon sprichst du?»

«Davon, dass du ihnen diese Bilder gezeigt hast.»

«Warum hätte ich das denn nicht tun sollen? Das ist ein Teil unserer Vergangenheit.»

«Und was sieht Kurt? Dich und mich und Zigaretten und Alkohol und …»

«Und deswegen rennt er gleich los, um seine Freundin zu schwängern, oder was?»

«Mach dich nicht über mich lustig.»

«Das würde ich nie tun. Ich sage doch nur, dass sein Leben nicht dein Leben ist, also komm wieder runter.»

«Um ihn mache ich mir auch gar keine Sorgen», Jane deutete auf Irene, die ihre Hand in Kurts Nacken gelegt hatte und ihm etwas ins Ohr flüsterte, «sondern um sie.»

«Es kommt, wie es kommt, Janey.»

«Du hast leicht reden», sagte sie, und dann ließ sie ihn stehen, um mit einem Mitarbeiter des Vermisstensuchdienstes zu sprechen.

Jack Lukeman kam pünktlich. Er war von Kopf bis

Fuß in Schwarz gekleidet, und sein langer Mantel wehte beim Gehen hinter ihm her. Leslie begrüßte ihn mit einer Umarmung und stellte ihn Jane vor.

Sie schüttelten sich die Hand. Dann hielt er ihre Hand fest und betrachtete Jane mit geneigtem Kopf, als sähe er sich ein Gemälde an. Sie errötete. Er grinste und ließ ihre Hand los. «Nett, Sie kennenzulernen, Jane.»

Jane bedankte sich herzlich für sein Kommen, und dann erzählte sie ihm, wie oft sie schon bei Konzerten von ihm gewesen war und wo und wann und wie sie hingekommen war und mit wem und vor allem, wie unheimlich gut ihr jedes einzelne Konzert gefallen hatte. Jack nickte, als hörte er ihr ernsthaft zu.

Leslie seufzte und sagte kopfschüttelnd: «Sag mal, Jane, glaubst du wirklich, das interessiert ihn?»

Jack lachte laut auf und legte seinen Arm um Leslie.

«Sorry», sagte Jane.

«Mit Leslie muss man Nachsicht haben», sagte er. «Sie ist nicht gerade die geübteste Smalltalkerin.»

Bald darauf spielten Jack und sein Gitarrist ein Instrumentalstück. Sie saßen auf Stühlen vor Alexandras Porträt, und die Ausstellungsbesucher hörten ihnen gebannt zu. Dann spielte der Gitarrist einen Song an, und Jack beugte sich vor, schloss die Augen und sang «Metropolis Blue» in ein Mikro.

«Sometimes I ask myself how did I get here?
Country boy with no change for his fares and city girls are so expensive.
I wanna go back to the girl that I love, I would go back there if I could.
I know I should. I need you. My lips ache for your kiss.
I need you and not this hungriness.

I just spend my time hanging around here with the boys, drinking whiskey drinking beer,
Fool I was thought adventure was near, those easy thrills are so elusive I fear.
My heart sings for the one that I love. I would go back there if I could, I know I should.
I need you, my tune lacks your melody.
I need you, my eyes no longer see.
I am floating like an autumn leaf, on the whim of an breeze I float
I would give almost anything, a thousand jewels, an enchanted view, a billion poems but I'm a fool.
I can barely write a note but we live in hope. I need you for all eternity.
I need you, you are my destiny. I need you. I need you.»

Die Zuhörer waren so still wie in einer Kirche und begannen erst zu klatschen, als Jack die Augen wieder öffnete und lächelte. Tom wischte sich eine Träne aus dem Augenwinkel. Die Fernsehkameras liefen.

Elle war wieder da, frisch geduscht und in einem dezenten schwarzen Outfit. Sie stand schweigend mit ernster Miene neben ihrer Schwester Jane. Als Jack seinen Auftritt beendet hatte, die Fotografen ihre Blitzlichter aufzucken ließen und die Leute klatschten, beugte sie sich zu Jane und flüsterte: «Das haben wir gut hingekriegt, Janey.»

Jane sah zu Alexandras Mutter hinüber, auf deren Gesicht ein Lächeln lag, und zu Alexandras beiden Geschwistern, die dem talentierten Mr. Lukeman applaudierten, dem es gelungen war, sie für ein paar Minuten lang ihre Verzweiflung vergessen zu lassen. Dann begegnete sie Toms Blick, und sie lächelten sich an. Leslie war in ein fröhliches Gespräch mit diesem Glatzkopf vertieft, und Jane war glücklich.

Jane wollte gerade ins Bett gehen, als es an der Haustür klingelte. Sie spähte durch den Spion und sah Dominic vor sich. Flüchtig ging ihr der Gedanke durch den Kopf, ihn draußen stehen zu lassen, doch dann drückte er erneut auf die Klingel und ließ den Finger darauf liegen. Sie machte die Tür auf.

«Geh weg.»

Er hielt die Tür auf. «Bitte, lass mich rein.»

Sie ließ ihn herein.

Er setzte sich aufs Sofa und drückte ein Kissen an sich. «Ich glaube, meine Ehe ist am Ende.»

«Das tut mir leid.»

«Die Hexe hat mich gerade aus meinem eigenen Haus rausgeworfen. Ist das überhaupt erlaubt?»

«Na ja, es ist auch ihr Haus.»

«Von wegen! Das Haus gehört mir schon seit zehn Jahren – und sie kenne ich erst seit fünf Minuten.»

«Dann solltest du dich wohl vor allem fragen, warum du sie geheiratet hast.»

«Sie war schwanger. Sie hat das Baby in der elften Woche verloren.»

Jane erschrak. An so etwas hatte sie nie gedacht.

«Sobald ich es erfahren habe, habe ich ihr einen Antrag gemacht, weil ich mich nicht nochmal so arschlochmäßig benehmen wollte wie mit dir. Ich wollte ein guter Vater sein, ein guter Ehemann, aber ich schätze, dafür bin ich einfach nicht geeignet.»

«Das tut mir wirklich leid.» Sie setzte sich neben ihn.

«Sag nichts», sagte er, «küss mich einfach.»

«Dominic!»

«Bitte, Janey.»

Also küsste sie ihn und setzte sich auf seinen Schoß, beinahe genauso wie vor all den Jahren bei dem Megadeth-Konzert, und das Wohnzimmersofa wurde innerhalb kürzester Zeit einem neuen Belastungstest unterzogen.

Nachdem er gekommen war und das Kondom abgestreift hatte, saßen sie eng aneinandergeschmiegt da. Auf einmal sah ihr Dominic in die Augen und fragte: «Glaubst du, wir sollten noch einmal versuchen, ein Kind zu bekommen?»

Eine Sekunde oder zwei glaubte Jane, er spräche von ihnen beiden, doch dann verstand sie, worum es ging. Er sprach von sich und seiner Frau, von der Frau, die er geheiratet hatte, Baby hin oder her, und da zerbrach etwas in ihr. Sie stand auf, zog ihren Rock zurecht und bat ihn zu gehen.

«Aber ich kann nirgends hin», sagte er.

«Das ist mir egal.»

«Was ist denn los? Ich verstehe dich nicht.»

«Ich habe dich all die Jahre geliebt. Ich war immer verliebt in dich, aber jetzt nicht mehr.»

Sie brachte ihn zur Tür. Sie wünschte ihm eine gute Nacht. Sie schloss die Tür hinter ihm, ging in ihr Schlafzimmer, und als sie im Bett lag, zog sie sich die Decke über den Kopf. Sie weinte nicht, denn sie hatte schon viel zu oft um ihn geweint. Stattdessen lag sie einfach da, spürte, wie sich der Schmerz in ihrem Herzen ausbreitete, und sagte sich immer wieder: *Jetzt reicht's.*

Elle hatte für die Fotografen gelächelt und beim Interview charmante, originelle Antworten gegeben. Sie hatte Jack L. die Hand geschüttelt und mit ihm gemeinsam für Fotos posiert, und als alles vorbei war, traf sie ihre Freundinnen Fiona und Lori bei einer Party in dem Club, in den sie früher sehr oft gegangen war.

«Wenn das nicht Elmore ist!», sagte einer der Partygäste. «Long time no see!» Zwei Luftküsse folgten. Elle signierte ihre Gemälde immer mit ‹Elmore›, aber nur die allergrößten Idioten aus ihrem Bekanntenkreis nannten sie auch so.

Sie durchquerte den Club, um zu einem Pooltisch zu kommen, an dem ein paar Typen spielten, setzte sich auf ein Sofa in der Nähe, und eine Kellnerin nahm ihre Bestellung auf. Sie trank und schaute den Typen beim Billard zu. Besonders den einen fand sie interessant. Als er seine Partie beendet hatte, lud sie ihn auf ein Glas ein.

«Ich würde wirklich gerne mit dir schlafen», erklärte sie, als er neben ihr auf dem Sofa saß.

«Oh, das würde mir auch gefallen», sagte er.

«Klar würde dir das gefallen.»

«Machst du dich über mich lustig?»

«Überhaupt nicht. Sag mal, machst du es gerne im Freien?»

«Kommt drauf an», sagte er. «An was denkst du?»

«Komm mit», sagte sie, und er folgte ihr durch den Club nach draußen und die Straße hinunter. Dann wechselten sie die Straßenseite, und als sie sich der Polizeiwache näherten, begann er sich zu fragen, ob sie vielleicht etwas ganz anderes im Schild führte, doch sie legte den Zeigefinger auf ihre Lippen, und als die Luft rein war, drückte sie das Tor auf, das zum Hof hinter der Polizeiwache führte. Er schrak zurück.

«Du bist verrückt», sagte er.

Da hörte er ein Geräusch von vorne, und sie zog ihn schnell auf den Hof und unter ein Fenster, durch das er mit einem Blick fünf oder sechs Beamte gesehen hatte. Einige saßen an Tischen, andere gingen im Raum umher. Einer hatte an der Kaffeemaschine gestanden und eine Frau am Faxgerät.

«Das können wir nicht bringen», sagte er, aber Elle spürte, dass er erregt war, denn er drückte sich an sie. Also zog sie seinen Hosenreißverschluss auf. Danach gab es kein Zurück mehr, und wenn zufällig einer der Beamten eine Weile aus dem Fenster gesehen hätte, dann hätte er in rhythmischen Abständen einen bleichen, sommersprossigen Bassistenhintern auftauchen und wieder verschwinden sehen. Danach kehrte Elle mit ganz neuer Energie in den Club zurück, wo sie sich mit Fiona und Lori in der Damentoilette ein bisschen Koks reinzog. Anschließend kippte sie mit Lori ein paar Drinks, und weil es etwas zu feiern gab, bezahlte sie sechs oder sieben Flaschen Champagner für ihre zwanzig neuen Freunde.

Kurt wachte etwa um sieben Uhr auf. Er streckte sich gähnend, kratzte sich im Schritt und machte sich auf den Weg ins Badezimmer. Er pinkelte, schüttelte den letzten Tropfen ab und betätigte die Spülung. Erst als er sich zum Hinausgehen umdrehte, bemerkte er Elle. Sie lag in der vollen Badewanne. Sie war vollkommen nackt, ihre Lippen waren violett angelaufen, und entweder schlief sie, oder sie war tot.

Kurt fing an zu brüllen. «Mum! Mum! Mum!»

Jane wachte mit einem Ruck auf. Kurt brüllte immer noch. Sie sprang aus dem Bett und folgte seinen Schreien ins Bad, wo er wie angewurzelt stand.

«O mein Gott!», schrie Jane. «Was ist mit dir? Elle!» Sie rannte zu ihrer Schwester, legte die Hand auf Elles kühle Schulter und rüttelte heftig daran.

Elle schlug die Augen auf und gähnte.

«Was ist denn los?», fragte sie.

«O Gott», sagte Jane und sank in die Knie. «Ich hab schon geglaubt, du wärst tot.»

«Mir ist kalt», sagte Elle, die inzwischen festgestellt hatte, dass sie in einer Badewanne voll eiskaltem Wasser saß.

Kurt atmete tief aus und setzte sich auf die Toilette. «Verdammt nochmal, Elle.»

Jane bat Kurt, ihr ein Handtuch zu reichen. Er gab ihr das nächstbeste Handtuch, ein Händehandtuch, worauf er einen giftigen Blick von seiner Mutter erntete.

«Los, Elle, Zeit, da rauszukommen», sagte Jane.

«Ich glaube, ich kann meine Beine nicht bewegen», sagte Elle und fing an zu kichern.

Jane sah Kurt an.

«O nein», sagte er, denn seine nackte Tante aus der Badewanne zu heben, war beim besten Willen zu viel verlangt.

«Ich brauche deine Hilfe», sagte Jane. «Ich muss sie da rausholen.»

Kurt nickte, ging zur Wanne, spannte die Muskeln an und bemühte sich, auf keinen Fall zufällig das Schamhaardreieck seiner Tante in den Blick zu bekommen. Elle gab ihm die Hand, lächelte ihn an, und ihre violetten Lippen blieben teilweise an ihren Zähnen kleben. Jane nahm den anderen Arm, und gemeinsam zogen sie Elle hoch.

Kurt schloss die Augen, als er die Brüste seiner Tante an seiner Brust spürte. «O Mum, das ist einfach unmöglich.»

Elle kicherte wieder.

«So», sagte Jane. «Ich nehme sie von vorn, und du …»

«Sag's nicht», sagte er.

Jane und Kurt zogen Elle aus der Badewanne, und während Jane sie hielt, rannte Kurt zum Wäscheschrank und kam mit einem riesigen Stapel Badehandtücher wieder. Jane wickelte Elle in ein Handtuch, und Kurt half seiner Mutter, sie in Janes Zimmer zu tragen. Als sie trocken auf der Heizdecke im Bett lag, ging Jane in die Küche und setzte Wasser auf, um Elle einen Tee zu kochen.

Kurt lief ihr nach.

«Alles in Ordnung?», fragte Jane ihren Sohn.

«Meine Augen, Mum, meine armen Augen!», jammerte er und hielt sich die Augen zu, als hätte man ihn geblendet.

Er konnte also schon wieder Theater spielen. Jane war erleichtert, dass er keinen Schaden fürs Leben davongetragen hatte.

«Es tut mir leid, Kurt. Das hätte dir erspart bleiben sollen.»

«Schon gut, Mum. Falls es nochmal vorkommt, wandere ich nach Frankreich aus, aber sonst ist alles in Ordnung.» Er lächelte sie an, und nachdem er seine nackte Tante im Arm hatte halten müssen, musste Jane seinen Spott wohl aushalten.

«Ich habe wirklich Glück mit dir», sagte sie, und Kurt errötete genauso, wie es seiner Mutter oft passierte.

«Meinetwegen», sagte er.

«Kurt?»

«Ja.»

«Findest du es nicht ein bisschen komisch, dass Irene gar nicht aufgewacht ist?»

«Sie schläft mit Ohrenstöpseln. Sie behauptet, ich schnarche wie ein Schwein und du hättest mir die Mandeln rausnehmen lassen sollen, als ich klein war.»

«Und wie kann sie dich vom Gästezimmer aus schnarchen hören?»

«Oh, Mist!» Er hob grinsend die Hände. «Sie nimmt die Pille, ich benutze Kondome, und in zwei Wochen werde ich achtzehn.»

Jane seufzte. «Ich gebe auf.»

«War auch Zeit», sagte er und winkte ihr zu, bevor er sich wieder in sein Bett verkroch, um das Bild seiner nackten Tante mit Hilfe anderer Träume endlich aus seinen Gedanken zu verbannen.

Jane gab Elle den Teebecher. Der Becher war heiß, und Elle konnte ihn nicht in ihren ausgekühlten Händen halten. Also hielt ihn Jane und löffelte Elle warmen Tee in den Mund, bis sie nicht mehr zitterte.

«Was war los, Elle?»

«Ich wollte bloß baden, Janey.»

«Du hättest erfrieren können.»

«Ich war einfach unheimlich müde. War ein Wahnsinnsabend.»

«Hast du was genommen?»

Elle nickte. «Es war toll – aber ich tue es nicht nochmal.»

«Soll ich Dr. Griffin rufen?»

Elle schüttelte den Kopf. «Nein. Ich friere nur, das ist alles.»

Jane seufzte und zog die Decke bis zu Elles Kinn hoch. «Was soll ich bloß mit dir machen, mein Schwesterschwesterchen?»

«Lieb mich einfach nur, Jane, auch wenn ich es nicht verdiene», sagte Elle, und dann drehte sie sich um und war augenblicklich eingeschlafen.

Jane saß am Bett und nahm alle paar Minuten die Hand ihrer Schwester in ihre, bis Elles Haut wieder Normaltemperatur angenommen hatte. Dann schaltete sie die Heizdecke und das Licht aus und ging in die Küche.

Durch die Gegensprechanlage hörte sie ihre Mutter rufen.

«Jane, Jane, Jane! Hier ist deine Mutter!»

Jane hielt sich die Ohren zu, und wenn sie nicht befürchtet hätte, ihrem Sohn den zweiten Schock an diesem Morgen zuzufügen, hätte sie einfach losgeschrien, bis sie keine Stimme mehr gehabt hätte.

9
No Goodbyes

I love you now as I loved you then
but it's time to save our prayers,
it's time to say amen.
Jack L., *Metropolis Blue*

Mai 2008

Breda ging seit mehr als dreißig Jahren täglich zur Kirche. Jeden Morgen wachte sie um sieben Uhr auf, wusch sich, kleidete sich an, trank eine Tasse Tee, und dann setzte sie ihren Hut auf, zog den Mantel über, ging eine Meile die Straße hinunter zur Gemeindekirche und war rechtzeitig zum Acht-Uhr-Gottesdienst da. Über die Jahre war die Kirche leerer geworden. Junge Leute kamen praktisch überhaupt nicht mehr, und inzwischen war nur noch eine Handvoll alter Männer und Frauen übrig, von denen die meisten nichts anderes mehr taten, als auf den Tag zu warten, an dem Gott sie heimrufen würde.

An diesem Tag war Breda schon vor Beginn des Gottesdienstes da, kniete sich in die Bank, faltete die Hände und sah zu Jesus am Kreuz hinauf. Sie betete ein *Vaterunser* und einige *Ave-Maria* und danach noch ein *Ehre sei dem Vater*. Die Kirche war leer. Ihre Knie schmerzten, und sie war müde und fror. Sie stützte sich auf die Gesangbuchablage und zog sich auf die Sitzbank hoch. Dann faltete sie erneut die Hände und blieb so sitzen, wie sie gewöhnlich auf den Pfarrer und die paar Seelen wartete, die gemeinsam mit ihr in dieser Kirche Trost und Zuspruch suchten.

«Lieber Gott», sagte sie, «ich sehe Deinen Sohn am Kreuz, ich sehe die Nägel in Seinen Händen und Füßen und die Dornenkrone auf Seinem Haupt, die blutigen Tränen, die aus Seinen Augen fließen, die Wunde in Seiner Seite, und ich würde augenblicklich mit ihm tauschen, wenn Du mir meine Alexandra zurückgeben würdest. Diese Last ist zu schwer für mich, und ich kann sie nicht mehr lange tragen. Ich bitte Dich als Deine Dienerin, hab Mitleid mit mir. Zeig ihr den Heimweg. Und jetzt gehe ich.» Sie stand auf und verbeugte sich in Richtung Altar. «Und ich komme morgen nicht wieder, und übermorgen auch nicht, oder am Tag danach. Du wirst mich hier an dem Tag wiedersehen, an dem sie nach Hause kommt.» Dann verließ sie die Kirche, und auch wenn es ihr schwerfiel, mit Gott zu feilschen und Ihm gar zu drohen, fand Breda, dass Er ihr keine Wahl gelassen hatte.

Kurt wachte auf, weil Jane, Rose, Elle und Irene an seinem Bett «Happy Birthday» grölten. Er grinste, denn seine Großmutter trug ein Partyhütchen, auf dem eine 18 prangte, Elle hatte sich eine rote Spruchschärpe umgelegt, auf der stand *‹18, volljährig und schon besoffen›*. Irene hüpfte herum und blies in eine Kinder-Plastiktrompete. Und zwischen ihnen stand seine Mutter und hielt einen Geburtstagskuchen mit brennenden Kerzen vor sich, und natürlich hatte sie feuchte Augen. Sie weinte bei jedem Geburtstag und jedem größeren Ereignis, es war also nur eine Frage der Zeit, bis ihr die Tränen kamen. Kurt lächelte, rieb sich den Schlaf aus den Augen und setzte sich auf.

Jane kam um das Bett herum zu ihm.

«Ausblasen», sagte sie.

Kurt holte tief Luft und blies mit einem Atemzug alle Kerzen aus. Elle, Rose und Irene klatschten, und Jane beugte sich zu ihm und küsste ihn auf die Wange.

«Achtzehn», sagte sie und brach in Tränen aus.

Ein riesiges Frühstück mit Steak und Pommes frites erwartete ihn, als er geduscht und sich angezogen hatte. Er setzte sich mit seinem Geburtstagshütchen an den Tisch und futterte sich durch seine Lieblingsgerichte, während Mutter, Tante, Granny und Freundin ein Riesengetue um ihn veranstalteten. Jane machte Rose und Elle, die sich gerade zum Geburtstagskind an den Tisch setzten, einen Toast. Rose schob ihr Geschenk als Erste über den Tisch. Kurt sah den Umschlag an und grinste.

«Lässt sich gut an», sagte er und öffnete den Umschlag. Achtzehn Hundert-Euro-Scheine flatterten heraus. «Das ist zu viel», sagte er.

Rose klopfte ihm auf die Hand. «Es reicht, um nach dem Schulabschluss mit Irene in Ferien zu fahren.»

«Das gibt's doch nicht!», sagte er.

«Wahnsinn!», sagte Irene.

«Anscheinend gehört das doch zum Erwachsenwerden», sagte Rose.

«Mum?», sagte Kurt und wartete darauf, dass sie ihr Veto gegen die Reise einlegte.

«Ich habe gehört, dass es in Griechenland sehr schön sein soll», sagte sie.

«Das gibt's doch nicht!», sagte er.

«Wahnsinn!», sagte Irene.

Da sprang er von seinem Stuhl auf, zog seine Großmutter hoch und umarmte sie, und sie hielt ihn ein paar Augenblicke ganz fest, bevor sie ihn wieder losließ.

«Du bist so ein guter Junge», sagte sie.

Irene tanzte inzwischen um den Tisch herum und sagte immer wieder: «Danke! Danke! Danke! Danke!»

Als Nächste war Elle dran. Sie ging in die Diele und kam mit einer großen Schachtel zurück, die in rotes Papier verpackt war. Kurt riss das Geschenkpapier auf. Dann öffnete er die Schachtel und hob einen Helm heraus.

«Ein Helm?», sagte er. Elle grinste und wandte sich Jane zu, die seufzend durchs Fenster in den Garten deutete.

Kurt stand auf, sah hinaus und hatte seinen Dad vor sich, der draußen auf einem Motorrad saß. Dominic winkte ihm grinsend. Kurt warf seiner Mutter einen Blick zu. «Das ist unmöglich!», sagte er kopfschüttelnd.

«Bitte … ich bitte dich wirklich, vorsichtig zu sein!», sagte Jane.

«Das gibt's doch nicht!», rief Kurt und war in zwei Sekunden durch die Hintertür und bei seinem Vater.

Dominic gab ihm die Schlüssel, sie umarmten sich, und Dominic deutete zum Küchenfenster und erklärte, dass das Motorrad von ihnen beiden war, und Kurt rannte zurück und umarmte Jane. Sie brach erneut in Tränen aus, aber dieses Mal nicht, weil sie sentimental war, sondern weil sie es nicht fassen konnte, dass Dominic es geschafft hatte, sie dazu zu überreden, ihrem süßen kleinen Jungen eine solche Todesfalle zu kaufen. Elle gab Kurt den Helm, und er rannte wieder zu seinem Vater hinaus. Gemeinsam begutachteten sie jeden Quadratzentimeter der Maschine.

«Eine Suzuki Bandit 600!», sagte Kurt. «Ich glaub, ich träume. Eine Suzuki Bandit 600!»

Jane schloss das Fenster und überließ die beiden sich selbst. Rose küsste sie auf die Wange.

«Wofür war das?», fragte Jane leicht beunruhigt.

«Für Tapferkeit. Du lernst langsam, ihn loszulassen, und das ist gut so.»

Jane setzte sich an den Tisch. «Ja, das ist es wohl. Aber wenn er sich totfährt oder sich zum Krüppel macht, werde ich mir mein Leben lang Vorwürfe machen.»

«Dann bist du nicht die Einzige», sagte Rose und machte sich auf den Weg in ihre Parterrewohnung.

Elle und Jane gingen hinaus, setzten sich auf die Eingangstreppe, und schauten Kurt nach, der die Straße hinunterfuhr, während ihm Dominic nachwinkte. Dann drehte er sich zu Jane um und lächelte sie an. Sie erwiderte sein Lächeln, bevor sie aufstand und wieder ins Haus ging. Elle stand ebenfalls auf und ging zu Dominic hinüber, der noch an der Gartentür stand.

«Was hast du Jane angetan?», fragte sie.

«Ich habe jemand anderen geheiratet», sagte er.

«Sie liebt dich nicht mehr.»

«Ja.»

«Das musste irgendwann passieren.»

«Ja, da hast du recht», sagte er. «Es ist sowieso ein Wunder, dass sie mich überhaupt geliebt hat.»

«Tja, die Frauen in der Familie Moore sind nicht gerade die schlausten, wenn es um die Liebe geht», sagte Elle. Dann ging sie zu der Seitentür, die in den Garten hinter dem Haus und ihrem kleinen Cottage führte.

Als Dominic ins Haus ging, belud Jane gerade die Waschmaschine.

«Ein großer Tag heute», sagte er.

«Das stimmt.»

«Unser Sohn ist jetzt ein Mann.»

«Und trotzdem noch ein kleiner Junge.»

Er setzte sich an den Tisch und drehte seinen Stuhl zu ihr herum. «Hast du mir deshalb so leicht verziehen? Weil du gewusst hast, dass ich im Grunde noch ein kleiner Junge war?»

«Ich habe dir verziehen, weil ich bestimmt auch zugegriffen hätte, wenn sich *mir* damals ein Ausweg geboten hätte.»

«Du bist der beste Mensch, den ich kenne», sagte er.

«Bitte versuch kein Süßholz zu raspeln, das ist nicht fair», sagte sie.

«Das tue ich überhaupt nicht, und du hast recht. Ich weiß, wie egoistisch ich war.»

«Ich habe dich schließlich glauben lassen, dass ich mit einer Freundschaft zufrieden wäre.»

«Aber ich habe gewusst, dass das nicht stimmt», sagte er. «Und ich fühle mich deshalb wie ein schwanzgesteuerter Vollidiot.»

«Tja, ganz falsch ist das nicht.»

«Was sollen wir jetzt machen, Janey?»

«Wir werden die Eltern eines richtig coolen Jungen sein, du wirst etwas für deine Ehe tun, und ich werde anfangen, mir ein eigenes Leben aufzubauen.»

«Du bist der beste Mensch, den ich kenne», wiederholte er. «Du bist freundlich und uneigennützig und cool und humorvoll und manchmal ein bisschen seltsam und gefährlich, und ich wünschte wirklich, ich hätte dich so geliebt, wie du mich geliebt hast.»

«Ich weiß», sagte sie.

«Und ich werde die Grenze nie mehr überschreiten.»

«Nein, das machst du nicht.»

«Aber ich möchte unsere Freundschaft nicht verlieren.»

«Okay», sagte sie. «Wir lassen es einfach auf uns zukommen. Dann werden wir ja sehen, ob es klappt.»

Kurz darauf verabschiedete er sich, und Jane schloss die Augen und spürte, wie der Schmerz unter ihrer Haut pulsierte. *Es ist vorbei.*

Da Kurt nur ein paar Wochen nach seinem Geburtstag seine Abschlussprüfung in der Schule würde ablegen müssen, hatte er sich wohl oder übel damit einverstanden erklärt, die Party erst nach den Prüfungen zu feiern. Als er von seiner Probefahrt mit dem Motorrad zurückkam, schnappte er sich seine Bücher, drückte seiner Mutter einen Kuss auf die Wange und ging in die Schule.

Elle legte sich noch ein paar Stunden ins Bett, um sich noch ein bisschen auszuruhen, bevor sie sich mit Leslie in der Unterwäscheabteilung von Arnotts traf. Elle hatte ihr versprochen, gemeinsam mit ihr sexy Wäsche auszusuchen. Leslie hatte nämlich eine Verabredung mit Mark.

«Und was suchen wir genau?», fragte Elle.

«Es soll jedenfalls sexy sein.»

«Logisch soll es sexy sein. Du willst schließlich nicht, dass du ihn an seine Mutter erinnerst – er hat so schon genug Probleme, einen hochzukriegen.»

«Mach nur weiter so, das ist genau das, was ich jetzt hören will. Tausend Dank.»

«Mal sehen, wie wär's mit was in Aufreißer-Rot?»

«Nein.»

«Warum nicht?»

«Weil ich so nicht bin.»

«Und wie bist du dann?», fragte Elle.

«Ich bin ein Sport-BH- und Schlüpfer-Typ.»

«Na ja, sexy ist das aber wirklich nicht, Leslie.»

«Genau deshalb habe ich dich ja auch gebeten mitkommen.»

«Wenn das so ist, dann hörst du jetzt auf mich, oder ich gehe nach Hause.»

«Na gut», sagte Leslie, «aber wenn du mir was Nuttiges raussuchst, bin ich diejenige, die nach Hause geht.»

Nach endlosen Diskussionen und vielem Hin und Her erstanden sie schließlich ein Wäscheset aus schwarzer Spitze. Der Push-up-BH machte ein schönes Dekolleté und Leslie bestand darauf, das Panty-Höschen dazuzukaufen und nicht den G-String, wie Elle vorgeschlagen hatte.

Zur Feier des Tages lud Leslie Elle zum Essen ein.

Es überraschte Elle, dass sich Leslie in eine Beziehung mit einem Mann stürzen wollte, der sich noch von seiner Krebserkrankung erholte, und Leslie räumte ein, dass sie vielleicht dabei war, einen Riesenfehler zu machen. Aber bei Mark fühlte sie sich so wohl wie seit Ewigkeiten mit keinem Mann mehr.

«Und was ist mit Jim?», fragte Elle.

«Jim ist der Mann meiner Schwester.»

«War der Mann deiner Schwester. Und deine Schwester ist schon vor Jahren gestorben.»

«Und weiter?»

«Und er ist ein sehr netter Typ, und er hat etwas für dich übrig. Vielleicht ist er ein bisschen klein, aber du musst zugeben, dass man bei seinen Grübchen schwach werden kann.»

«Du spinnst doch», sagte Leslie.

«Tue ich nicht.»

«Er ist mein …»

Elle legte Leslie den Zeigefinger auf die Lippen. «Er ist dein Freund, das ist alles.»

Leslie sah das anders, und Elle verstand, dass ihr dieses Gespräch unangenehm war, also befragte sie sie noch ein bisschen zu Mark.

«Warum hast du es so eilig mit ihm?»

«Ich kenne ihn seit drei Wochen.»

«Eben.»

«Du musst gerade was sagen, du schläfst schließlich mit Leuten, die du im Flur zur Toilette kennenlernst.»

«Muss ich etwa bereuen, dass ich dir meine Geheimnisse anvertraue? Abgesehen davon haben wir nicht über mich geredet, wir reden über dich, über eine Frau, die seit achtzehn Jahren mit niemand anderem als ihrem Vibrator Sex gehabt hatte.»

«Also?»

«Also interessiert es mich, weshalb du es jetzt auf einmal so eilig hast.»

«Ich habe am ersten Juli eine Operation vor mir.»

«Was für eine Operation?»

«Eine prophylaktische bilaterale Mastektomie und eine laparoskopische Hysterektomie.»

«Eine was und eine was?»

Leslie erklärte der fassungslosen Elle, was sie vorhatte.

«Wie lange weißt du das schon?»

«Ungefähr seit wir uns kennen.»

«Und warum erzählst du es mir erst jetzt?»

«Weil sich keine Gelegenheit ergeben hat.»

«Bei so einer Sache sorgt man dafür, dass sich eine Gelegenheit ergibt.»

«Ja, tut mir leid», sagte Leslie. «Ich habe das Benehmen in Freundschaften noch nicht so richtig drauf.»

«Schon entschuldigt. Aber nur, weil sie dir die Titten abnehmen.»

«Wie nett!», sagte Leslie und lachte gezwungen.

Jetzt war Elle klar, warum es Leslie so eilig mit dem Sex hatte. Sie wollte das alles noch ein letztes Mal mit einem intakten Körper erleben. Also wünschte sie ihrer Freundin viel Glück und erklärte, dass sie am nächsten Tag einen Anruf erwartete, bei dem ihr alle Details berichtet würden. Leslie hatte nicht im Entferntesten vor, Elle irgendwelche Details weiterzuerzählen, aber sie sagte nichts, damit Elle sie nach Hause gehen ließ. Sie hatte vor Marks Ankunft noch unheimlich viel zu tun.

Eine Stunde bevor er kommen sollte, war die Wohnung geputzt, und sie war geduscht und angezogen und fand sogar selbst, dass sie gut aussah. Sie hatte darüber nachgedacht, ob sie etwas kochen sollte, aber sie war keine große Köchin, also beschloss sie, etwas zu bestellen, wenn Mark da wäre. So könnte er sich aussuchen, was er wollte, und sie würde ihm kein missratenes Essen vorsetzen.

Eine halbe Stunde später rief Jim an.

«Und?», sagte er.

«Was und?»

«Bist du aufgeregt?»

«Geht dich nichts an», sagte sie und bedauerte, dass sie ihm überhaupt von Mark erzählt hatte. «Lass mich in Ruhe damit.»

«Ach, jetzt komm schon. Ich sitze hier ganz allein vor einer DVD über zwei obdachlose Junkies.»

«Okay», sagte sie. «Meinst du, ich soll Musik anmachen, oder ist das zu abgeschmackt?»

«Nein, überhaupt nicht – du solltest auf jeden Fall Musik anmachen. Was hast du denn da?»

«Alles Mögliche.»

«Und was würdest du jetzt am liebsten hören?»

«Ich weiß nicht.»

«Dann denk nach.»

«Ich kann nicht, ich bin zu nervös.»

«Gut, dann gehst du rüber zu deinem CD-Regal, schließt die Augen und greifst blind nach einer CD.»

«Ich habe kein CD-Regal. Ich kaufe meine Musik immer online.»

«Wozu soll das denn gut sein? Warum machst du das?»

«Weil wir nicht mehr 1983 haben», sagte sie.

«Dann schließt du eben die Augen und klickst blind einen Song an oder was man da machen muss, um Musik zu hören.»

«Okay. Kann ich jetzt auflegen?»

«Ja», sagte er. «Und Leslie?»

«Was?»

«Genieß den Abend.»

«Danke.»

Sie legte auf, ging an ihren Computer und klickte den Media-Player an. Dann schloss sie die Augen, zog die Maus über die Songliste, hielt irgendwo an und klickte. Alanis Morissettes «In Praise of the Vulnerable Man» tönte durch den Raum. *Sehr passend.*

Dann wartete sie mit ihrer Katze auf dem Schoß auf Mark.

Tom öffnete die Tür und hatte Trish, die Beamtin von der Polizei, vor sich. Sie war unangemeldet gekommen, und sofort begannen seine Gedanken zu rasen, seine Handflächen schwitzten, und er musste sich beherrschen, um nicht am ganzen Leib zu zittern.

«Beruhigen Sie sich bitte», sagte sie. «Wir haben Alexandra nicht gefunden.»

Sie gingen ins Wohnzimmer und setzten sich.

«*Crimeline,* diese Fernsehsendung über aktuelle Kriminalfälle, will Alexandras Fall aufgreifen.»

«Gut», sagte er. «Sieht so aus, als würden die Medien anfangen, sich für Alexandra zu interessieren. Endlich.»

«Ja, endlich», sagte Trish nickend. «Das sind gute Nachrichten, Tom.»

«Ich weiß.»

«Sie sollten sich bei Ihren Freunden bedanken. Ohne sie ...»

«Wäre Alexandra nur eine Fallnummer.»

«Sie wäre niemals nur eine Fallnummer», sagte sie, «aber Medieninteresse hilft immer – es hilft schon, wenn sie nur ihr Foto im Fernsehen zeigen.»

Bald darauf verabschiedete sie sich, und Tom rief Jane an. Er erzählte ihr von der Neuigkeit, und sie beschlossen, ein bisschen zu feiern, auch wenn Elle und Leslie keine Zeit hatten. Er schlug vor, dass er kochen würde, Jane wollte den Wein mitbringen, und so stand sie um Viertel nach acht bei ihm vor der Tür.

Es war Janes erster Besuch bei Tom zu Hause, und es war seltsam, im Haus Fotos von der erwachsenen Alexandra zu sehen, von einer Frau, die sie nicht kannte. Im Wohnzimmer hingen Hochzeitsbilder an der Wand. Alexandra war eine wunderschöne Braut gewesen und sogar auf der Aufnahme attraktiv, auf der sie dem Fotografen die Zunge herausstreckte. Tom schenkte den Wein ein, und sie stießen an. Erneut dankte er ihr, und wieder sagte sie ihm, dass das nicht nötig sei und er ihr langsam mit seinen Dankesbekundungen auf die Nerven gehe. Es stimmte, dass das Medieninteresse an Alexandra Kavanaghs Verschwinden seit der Ausstellungseröffnung spürbar zugenommen hatte, aber das bedeutete noch lange nicht, dass man sie auch finden würde.

Tom setzte wieder all seine Hoffnungen auf eine Karte.

«Dieses Mal wird es funktionieren», sagte er.

«Bitte mach dir keine zu großen Hoffnungen. Es ist nur eine Fallrekonstruktion. Das ist erst mal eine gute Sache, aber wir wissen nicht, ob wir Alexandra wirklich finden.»

«Ich weiß.»

«Du widersprichst dir selbst.»

«Das ist mir egal. Ich bin glücklich.»

Die Ausstellung war ein großer Erfolg geworden. Die Kritiker waren zufrieden, Alexandras Schicksal und das Schicksal vieler anderer rückte für eine Weile ins öffentliche Interesse, und Spendengelder hatten sie auch eingenommen.

Eigentlich hatte Elle Alexandras Porträt für Tom oder Alexandras Familie reserviert, falls diese es haben wollten. Inzwischen waren erst fünf der zwölf Gemälde verkauft worden, und ein Interessent hatte für das Bild von Alexandra eine erhebliche Summe geboten, sodass Jane in der unangenehmen Situation war, dieses Thema mit Tom besprechen zu müssen. Wenn es nur um ihren eigenen Umsatz gegangen wäre, hätte Jane Alexandras

Porträt auf keinen Fall verkauft. Doch da der Gewinn einem guten Zweck zugutekäme, fühlte sie sich verpflichtet, so viel Geld wie möglich einzunehmen. Sie war bestürzt darüber gewesen, dass die Gemälde nicht alle verkauft wurden, denn sonst hatten Elles Bilder sich immer wie geschnitten Brot verkauft. Aber auch andere Künstler ihrer Galerie verkauften sich nicht so gut, und inzwischen fragte sie sich, ob sich damit eine langfristige Marktveränderung ankündigte. Und das machte ihr Sorgen, denn im Gegensatz zu ihr selbst, die ihr Geld auf die Bank getragen, gespart und angelegt hatte, warf ihre kleine Schwester das Geld hinaus, als wüchse es auf den Bäumen.

Sie sprach die Sache während des Essens an.

«Klar, verkauf's», sagte er.

«Oh, gut. Ich bin froh, dass du es so siehst.»

«Ehrlich gesagt, bin ich sogar ein bisschen erleichtert. Das Bild ist einfach zu traurig.»

«Ich verstehe.»

«Denkst du eigentlich auch manchmal über das Schicksal nach?»

«Nein, eigentlich nicht.»

«Ich schon», sagte er. «Ich denke an diesen Abend in dem Aufzug, und was passiert wäre, wenn ich die Treppe genommen hätte, oder wenn ich beschlossen hätte, doch nicht zu dem Konzert zu gehen. Ich glaube, wenn ich an diesem Abend mit meiner Tasche voller Flyer einfach umgedreht und wieder nach Hause gegangen wäre, dann hätte ich endgültig aufgegeben und mich wahrscheinlich umgebracht.»

«Sag nicht so was.»

«Aber es stimmt.»

Nach dem Essen setzten sie sich ins Wohnzimmer, und Jane erzählte Tom davon, wie schwer es ihr gefallen war, sich damit einverstanden zu erklären, Kurt ein Motorrad zum Geburtstag zu schenken. Dominic hatte sie schließlich breitgeschlagen, aber jetzt könnte sie bestimmt keine einzige Nacht mehr ruhig schlafen. Tom lachte und behauptete, sie würde sich schon noch daran gewöhnen.

Als sie sich verabschiedeten, bedankte sich Jane sehr für die schöne Einladung und erklärte Tom, wie dringend sie so einen Abend wieder einmal nötig gehabt hatte. Er holte gerade ihren Mantel, als es an der Haustür klingelte, und weil Jane dachte, das sei ihr Taxifahrer, machte sie die Tür auf.

Eine junge Frau stand vor ihr und sah sie fragend an.

«Wer sind Sie?», fragte die Frau.

«Ich bin eine Freundin von Tom», sagte Jane. Sie bemerkte den aggressiven Tonfall in der Stimme der Frau.

«Jeanette, geh in die Küche. Ich komme in einem Moment nach», sagte Tom leise.

«Nein», sagte Jeanette. Es war offensichtlich, dass sie getrunken hatte. «Ich bin Jeanette, Toms Freundin», erklärte sie und streckte Jane die Hand zur Begrüßung entgegen.

Jane war so perplex, dass sie Jeanette die Hand schüttelte und sagte, es sei nett, sie kennenzulernen. Das nahm Jeanette den Wind aus den Segeln. Sie sagte, sie freue sich auch, Jane kennenzulernen, und die ganze Zeit starrte Tom die beiden an und betete, dass dies nur ein böser Traum sein möge, während er gleichzeitig darüber nachdachte, wie er die Situation retten könnte.

«Jeanette, bitte warte in der Küche auf mich», sagte er.

Jeanette verabschiedete sich von Jane, die immer noch einfältig lächelte, ging in die Küche und machte die Tür hinter sich zu.

«Jane …» Tom wollte ihr alles erklären, aber Jane schüttelte nur den Kopf.

«Nein», sagte sie.

Sie ging aus der Haustür, und er folgte ihr bis zum Gartentor.

«Du verstehst das nicht richtig», sagte er.

«Oh, ich verstehe das sehr gut», sagte sie. «Du bist eben ein Mann, und Männer sind egoistische, lügende und betrügende Mistkerle. Ich habe geglaubt, du wärst anders. Ich habe geglaubt, du hättest Charakter. Aber du bist einfach genau wie alle anderen.»

«Jane …»

«*Jane, Jane!* Komm mir nicht damit», sagte sie. Inzwischen liefen ihr Tränen über die Wangen. «In Wahrheit bist du sogar schlimmer als die anderen, weil du so tust, als wärst du besser, du tust so, als würde dir Alexandras Verschwinden etwas ausmachen!»

«Das tut es auch!», brüllte er.

«Deine Frau wird vermisst, sie ist einsam und allein, oder sie stirbt, oder sie ist schon tot, und was machst du? Du vögelst rum, das ist alles, was dir einfällt.»

Sie wollte die Gartentür aufziehen, aber er griff nach ihrem Arm. «Bitte», sagte er.

«Geh und bums deine Freundin», sagte sie. «Und überlass die Sorgen um meine alte Freundin mir!» Sie zog ihren Arm weg und rannte auf das Taxi zu, das gerade die Straße herauffuhr.

Die Taxe hielt an, Jane stieg ein, und Tom sah dem Wagen nach.

Dann ging er zurück ins Haus und nahm Jeanettes Mantel, den sie übers Treppengeländer gehängt hatte. Er ging damit in die Küche, legte Jeanette den Mantel um die Schultern, schob sie durch den Flur und zur Haustür hinaus, und dann machte er ihr die Tür vor der Nase zu. Die ganze Zeit hatte er kein Wort gesagt. Sie hämmerte ein paar Minuten lang an die Tür, bevor sie aufgab, denn auch ihr erschienen nun alle schönen Momente, die sie geteilt hatten, schal und traurig.

Am nächsten Abend würde sie ihren Freunden beim Essen alles erzählen, und sie würden ihr sagen, dass Tom sie nur ausgenutzt hatte und dass er ein Arschloch und sie sowieso viel zu gut für ihn war.

«Wirf ihn auf den Scheiterhaufen und zünd ein Streichholz an», würde Davey sagen, und Jeanette würde lachen und beschließen, dass sie zwar Tom vermissen würde, seine Probleme aber bestimmt nicht. Und dann würde sie sich den nächsten Drink besorgen und sich einen Mann in ihrem Alter suchen – einen, der sexy, humorvoll und unkompliziert war, und vor allem einen, dessen Leben kein Drama war.

Als Leslie nicht anrief, beschloss Elle, zu ihr zu fahren. Sie klingelte, Leslie drückte auf den Summer, und Elle rannte die Treppen hinauf. Dann setzte sie sich mit der Katze hin, während Leslie nach Teebeuteln suchte, weil Elle beschlossen hatte, nicht mehr so viel Kaffee zu trinken.

«Und?», fragte Elle.

«Er ist nicht gekommen.»

«Na ja, er konnte wahrscheinlich nicht. Also, ich bin zwar keine Ärztin, aber Wichse ist Sperma, und Sperma wird in den Hoden gebildet, und er hat keine Eier mehr – ergo keine Wichse.»

«Er ist nicht aufgetaucht.»

«Oh. Was ist denn passiert?»

«Ungefähr eine Stunde, nachdem er kommen sollte, hat er angerufen, um sich zu entschuldigen und mir zu erklären, dass er noch nicht so weit ist.» Leslie ließ einen Teebeutel in einen Becher mit heißem Wasser fallen.

Elle hatte es lieber, wenn der Teebeutel zuerst in den Becher kam und dann mit kochendem Wasser übergossen wurde, aber das war jetzt nicht der richtige Moment, um so etwas zu sagen.

«Oh, das tut mir wirklich leid», sagte Elle.

«Der Mann ist innerhalb eines Jahres seine Frau, seine Kinder und dann noch seine Eier losgeworden. Er hat gerade erst die Chemotherapie abgeschlossen. Es war wahnsinnig von mir zu glauben, dass daraus etwas werden könnte.»

«Nicht wahnsinnig. Du hast einfach nur versucht, wieder auf das Leben zuzugehen, und vielleicht hast du's mit Mark ein bisschen zu eilig gehabt, aber das ist in Ordnung. Nächstes Mal läuft es besser.»

Leslie lächelte ihre neue Freundin an. Was sie gesagt hatte, stimmte ganz genau. Leslie hatte sich in die Sache mit Mark einfach hineingestürzt. Sie versuchte verzweifelt, mit ihrem Leben weiterzumachen, und hatte jemanden haben wollen, der wirklich verstand, was sie durchmachte. Aber sie hatte es sich viel zu einfach vorgestellt. Der arme Kerl hatte seine eigenen Probleme, seine eigenen Schlachten zu schlagen. Elle hatte recht. Das nächste Mal würde es besser laufen, weil sie es besser wüsste. *Er ist nicht noch bereit, und das ist in Ordnung.*

«Wie geht's Jim?», fragte Elle.

«Fang bloß nicht wieder mit Jim an», sagte Leslie scharf.

Elle hob die Hände. «Schon gut, Mrs. Überempfindlich.»

«Ich bin nicht überempfindlich!»

Elle rührte ihren Tee kaum an, während Leslie sich mit einem schönen, heißen Kaffee stärkte. Sie beschlossen, das schöne Wetter auszunutzen und einen Spaziergang im Phoenix Park zu machen. Leslie sah auf dem Weg aus dem Haus gerade nach, ob Post im Briefkasten war, als Deborah aus dem Apartment Nummer 8a hereinkam. Deborah hatte einen großen Bogen um Leslie gemacht, seit sie den Gestank von Katzenpisse für den Verwesungsgeruch von Leslies Leiche gehalten hatte. Sie murmelte ein Hallo.

«Oh. Hallo, Deborah», sagte Leslie laut.

«Hi», sagte Deborah.

«Das ist meine Freundin Elle.»

«Hi», sagte Deborah wieder.

Elle grinste. Sie hatte die Geschichte schon mehr als einmal gehört, denn aus irgendeinem Grund hatte Deborahs fehlgeleitete Sorge bei Leslie einen empfindlichen Nerv getroffen.

«Ich weiß nicht, ob Sie das kapieren, Deborah, aber verrückte alte Katzenfrauen haben keine Freunde. Ich habe welche.»

Deborah nickte und sah sich verstohlen um, wohl um festzustellen, ob irgendjemand da war, der sie retten könnte, falls Leslie beschloss, sich auf sie zu stürzen.

«Ich gehe jetzt», sagte Deborah und wandte sich zum Aufzug.

«War schön, Sie mal wieder zu treffen!», rief ihr Leslie nach.

Deborah verschwand im Aufzug.

«Du bist irre. Geh mal zum Psychiater», sagte Elle.

«Ja», sagte Leslie. «Das sollte ich wirklich machen.»

Dann gingen sie im Park spazieren, landeten schließlich im Zoo und genossen gemeinsam einen wundervollen, warmen Tag, an den sie sich beide noch lange und gern erinnern würden.

Am neunundzwanzigsten Mai 2008 brachte die Fernsehreihe *Crimeline* einen Beitrag über Alexandra. In der Woche davor hatte Tom mehrfach versucht, Jane anzurufen, aber sie nahm nicht ab, und sie reagierte auch nicht auf die Nachrichten, die er ihr hinterließ. In einer dieser Nachrichten erinnerte er Jane daran, wann und um wie viel Uhr die Sendung laufen würde, und noch einmal dankte er ihr für ihre Unterstützung und Hilfe, ohne die es nicht zu dieser Sendung gekommen wäre. Und er entschuldigte sich dafür, kein besserer Mann zu sein. Jane hatte diese Nachricht mehrfach abgehört, und aus ihrem Ärger war Mitleid und schließlich Verlegenheit geworden, denn auch wenn es sie enttäuscht hatte, dass sich Tom als ganz normaler Mensch mit Fehlern erwies, so war es doch um Dominic gegangen, für den sie Tom an diesem Abend stellvertretend angebrüllt hatte. Und das war ganz allein Janes Problem. Sie hatte Dominic noch nie anschreien können. Und weil sie immer so verzweifelt darauf aus gewesen war, seine Liebe zu gewinnen, hatte sie ihm nie gezeigt, wie fertig und traurig und einsam und manchmal auch verbittert und hasserfüllt sie sein konnte. Denn hätte er diese Seiten an ihr kennengelernt, wäre das Bild der coolen, verständnisvollen, netten Alles-ist-erlaubt-Jane dahin gewesen, und es hätte die Jane, die sie in achtzehn Jahren für Dominic und allein für Dominic erschaffen hatte, nicht mehr gegeben. Also hatte sie ihre Verletztheit und Wut an Tom ausgelassen – an dem armen, verzweifelten, von Schuldgefühlen geplagten Tom –, und das nagte unsäglich an ihr.

Der einzige Silberstreif am Horizont war, dass sie weder Elle noch Leslie von ihrer Begegnung mit Toms Bettgespielin erzählt hatte. Sie hatte einfach vermeiden wollen, dass die beiden ebenso enttäuscht von ihm waren wie sie selbst. Sie hatte nicht gewollt, dass Elle und Leslie aufhörten, nach Alexandra zu suchen, nur weil ihr Mann ein selbstsüchtiger Idiot war. Doch inzwischen war Jane klar geworden, dass keine von den beiden so enttäuscht gewesen wäre wie sie, denn Elle und Leslie waren schließlich keine so unverbesserlichen, dämlichen Romantikerinnen. Während sie selbst in Tom einen Helden gesehen hatte, war er für die beiden anderen einfach immer nur ein ganz normaler Mensch gewesen.

An dem Abend, an dem *Crimeline* lief, saß Jane mit Elle und Rose in ihrem Wohnzimmer, und sogar Kurt und Irene unterbrachen das, was sie Lernen nannten. Alle wollten die Sendung über Alexandra sehen, und alle hofften, dass etwas dabei herauskam. Jane hatte kurz vor Sendebeginn daran gedacht, Tom anzurufen, aber dann hatte sie doch nicht die Nerven dazu gehabt.

In Alexandras Elternhaus saß Breda in ihrem grünen Lieblingssessel. Eamonn und Frankie waren ebenso bei ihr wie Kate und Owen. Sogar die fünfjährige Chiara saß schweigend da und wartete darauf, Tante Alexandra im

Fernsehen zu sehen, oder jedenfalls die Schauspielerin, die Alexandra spielen würde.

Alexandras Vater rauchte im Garten eine Zigarette. Dann kam er ins Haus und setzte sich zu den anderen, um sich endlich der Katastrophe zu stellen, die in seiner Familie geschehen war.

Breda hatte Tom eingeladen, doch er hatte entschieden, sich die Sendung allein zu Hause anzusehen.

Dann begann die Rekonstruktion, und eine braunhaarige Schauspielerin in schwarzer Hose, schwarzer Schleifenbluse und mit einer schwarzen Einkaufstasche erschien an der Tür von Alexandras und Toms Haus. Die Kamera folgte ihr auf dem Weg die Straße hinunter. Eine Schauspielerin Mitte fünfzig fegte an der Hausnummer 14 die Eingangstreppen. Mrs. Murphy war gefragt worden, ob sie sich selbst spielen wolle, aber sie war zu schüchtern und glaubte, eine Schauspielerin würde es besser als sie machen. Die falsche Mrs. Murphy rief der falschen Alexandra zu, was es für ein schöner Tag sei. Die falsche Alexandra stimmte ihr zu und ging weiter zur Bahnstation und durch das Drehkreuz, und dann stand sie auf dem Bahnsteig und wartete auf den Zug. Die drei Teenager, die Alexandra damals gesehen und mit angehört hatten, wie sie völlig falsch einen James-Morrison-Song mitgesummt hatte, spielten sich selbst. Damit konnten sie vermutlich in der Schule schwer punkten. Die elf Monate, die inzwischen vergangen waren, hatten Wunder für ihre Haut bewirkt, besonders bei dem Mädchen schienen sämtliche Pickel verschwunden zu sein. Die falsche Alexandra begann James Morrisons «The Last Goodbye» falsch zu summen. Die Teenager taten so, als lachten sie, einer der Jungs klopfte sich sogar auf den Schenkel. Die falsche Alexandra streckte ihnen die Zunge heraus, und sie taten so, als müssten sie noch mehr lachen. Als der Vorortzug eingefahren war, stieg die falsche Alexandra ein und setzte sich neben einen älteren Mann, der von einem Schauspieler dargestellt wurde. Auf der anderen Gangseite saß eine Frau in den Vierzigern und sah aus dem Fenster. Die Kamera kehrte zu der falschen Alexandra und dem älteren Mann zurück. Er bat sie, ihn bei der Station Tara Street zu wecken, falls er einschlafen sollte. Dann folgte eine Außenaufnahme des Zuges, wie er losfuhr, gleich darauf war die Kamera wieder im Zugabteil. Die Bahn fuhr in der Station Tara Street ein, und die falsche Alexandra rüttelte den älteren Mann sanft an der Schulter und sagte, er müsse hier aussteigen. Er stieg sofort aus, und sie sprang auf, eilte ihm auf den Bahnsteig nach und trug ihm eine Tasche hinterher. Er bedankte sich, und sie stieg wieder in den Zug ein. Die Frau auf der anderen Seite des Mittelganges, die aus dem Fenster gesehen hatte, als die falsche Alexandra in den Zug gekommen war, grinste sie an und erklärte, ihr eigener Vater sei genauso vergesslich. Die falsche Alexandra sagte, der ältere Mann wäre doch sehr nett gewesen, und dann sahen sie beide aus dem Fenster. Erneut kam eine Außenaufnahme des Vorortzuges, und dann war die Station Dalkey zu erkennen. Im Zug nahm die falsche Alexandra ihre Tasche, stand auf und strich sich die Hose glatt, bevor sie ausstieg. Sie durchquerte den Bahnhof, trat hinaus in den Sonnenschein. Sie ging geradeaus auf der Hauptstraße weiter, bog am Ende der Straße links ein, und danach wurde die falsche Alexandra immer durchscheinender, bis sie ganz vom Bildschirm verschwunden war. Der Moderator erschien vor einem Studiobildschirm, auf dem die menschenleere Straße in Dalkey zu sehen war. Er fasste für die Zuschauer noch einmal zusammen, wann und wo Alexandra zum letzten Mal gesehen worden war, welche Kleidung sie getragen hatte und wie groß sie war. Dann bat er das Fernsehpublikum, sich zu erinnern.

«Der einundzwanzigste Juni 2007 war ein sonniger, warmer Tag, der Tag, an dem Alexandra Kavanagh, geborene Walsh, Tochter, Schwester, Freundin und Ehefrau, um eine Straßenecke in Dalkey bog und verschwand. Irgendjemand weiß etwas. Wenn Sie es sind, dann rufen Sie bitte bei uns an.» Er nannte die Telefonnummer, eine E-Mail- und eine Postadresse, und dann kündigte er den nächsten Beitrag an, der von einem Raubüberfall in Carlow handelte.

Jane, Elle, Kurt und sogar Rose saßen noch eine Minute schweigend vor dem Fernseher. Schließlich stand Rose auf, und ging seufzend und kopfschüttelnd zur Zimmertür. «Sie war als Kind ein richtig vorlautes Gör, aber so etwas verdient niemand», sagte sie und machte sich auf den Weg in ihre Parterrewohnung, wo sie sich einen dringend benötigten Drink gönnen würde.

Irene und Kurt entschuldigten sich damit, dass sie lernen müssten. Nur noch Elle und Jane saßen in dem dämmrigen Zimmer. «Hast du Lust, in den Pub zu gehen?», fragte Elle.

«Ich hole meine Tasche.»

Tom saß allein in seinem Wohnzimmer, ohne die SMS auch nur zu lesen, die auf seinem Handy ankamen. Er nippte an seinem Whiskey, und er betete, dass irgendwer, der irgendetwas wusste, beim Sender anrufen würde, denn er wusste nicht, wie lange er das alles noch ertragen konnte.

Alexandras Vater barg sein Gesicht in den Händen und weinte wie ein Kind. Deshalb achteten Eamonn und Kate nicht auf Breda, und während sie ihren Vater trösteten und beruhigten, stand Breda leise auf und ging unbemerkt in ihr Schlafzimmer. Dort zog sie ihre Strickjacke aus und faltete sie ordentlich zusammen. Dann legte sie sich ins Bett, das sie abgesehen von Badezimmerbesuchen nicht mehr verlassen würde.

10
Lost in Limbo

Here we are blind but trying to see
And here we are speechless but trying to sing,
and here we are paralysed but trying to tango,
lost in limbo.
Jack L., *Broken Songs*

Juni 2008

Jane saß in ihrer Galerie über den Abrechnungen. Als sie zwischendurch einmal von ihrem Computerbildschirm aufsah, kam gerade eine auffällig glamouröse Frau Ende vierzig durch die Tür. Es war ein warmer Tag, aber die Frau trug trotzdem Handschuhe, und sie streifte einen davon ab, nachdem sie hereingekommen war.

«Jane Moore?», sagte sie.

«Ja?»

«Ich bin Martha, Irenes Mutter.»

«Oh», sagte Jane und stand auf, «hallo.»

«Hallo», sagte Martha mit einem breiten Lächeln, das perfekte, porzellanweiße Zähne enthüllte. «Ich dachte, es ist Zeit, dass wir uns kennenlernen.»

«Gut», sagte Jane.

Martha zog einen Stuhl, der an der Wand stand, an Janes Schreibtisch und setzte sich. Jane streckte ihr zur Begrüßung die Hand entgegen, doch Martha schien sie nicht zu bemerken, also setzte sich Jane wieder hin.

«Tja», sagte Martha, «Irene ist so begeistert von Ihnen,

dass ich ehrlich gesagt nicht weiß, ob sie mehr in Ihren Sohn oder in Sie verliebt ist.»

Jane hatte keine Ahnung, wie sie auf diese Bemerkung reagieren sollte, die in ihren Ohren ein wenig aggressiv geklungen hatte, und schwieg lieber.

«Sie scheint beschlossen zu haben, auch weiterhin bei Ihnen zu wohnen», fuhr Martha fort, «allerdings kann ich ja auch schwer mit einem Party-Haushalt konkurrieren, in dem anscheinend alles erlaubt ist.»

Erneut lächelte sie ihr breites Lächeln, und Jane spürte, dass sie langsam wütend wurde und gleich das Gesicht so verziehen würde, wie ihre Mutter es tat, wenn sie kurz davor war, Gift und Galle zu spucken.

Marthas Lächeln klebte weiter auf ihrem Gesicht. «Also habe ich mir gedacht, ich lasse mir von Ihnen ein paar Tipps geben, wie ich Irene davon überzeugen kann, wieder nach Hause zu kommen.»

«Mir war nicht klar, dass Sie von ihrem Umzug überhaupt etwas bemerkt haben», sagte Jane und klang fast so verächtlich wie Rose. «Allerdings waren Sie ja auch sehr mit einem jungen Mann beschäftigt, der Ihr Sohn sein könnte. Nicht nur unter meinem Dach werden also Partys gefeiert.»

«Komisch», sagte Martha, «ich habe das Gefühl, dass Sie mich für eine schlechte Mutter halten, weil ich ein bisschen Zeit brauche, um mich von einer gescheiterten Ehe zu erholen. Und ich habe das Gefühl, dass Sie sich für eine bessere Mutter halten als mich.»

«Das tue ich, und das bin ich auch», sagte Jane. Rose wäre wirklich stolz auf ihre Tochter gewesen, hätte sie sie so reden hören.

«Ach wirklich? Ich weiß aber, dass Sie ihnen erlauben, in demselben Bett zu schlafen, dass Sie ihnen erlauben, auf einem Motorrad durch die Gegend zu fahren, und denken Sie nicht, ich wüsste nichts über den Alkohol.»

«Falls es Ihnen entgangen sein sollte, erinnere ich Sie gerne daran, dass Ihre Tochter im Februar Geburtstag hatte. Damit sind sie alle beide achtzehn Jahre alt und dürfen alles tun, was ich ihnen zu tun erlaube. Abgesehen davon koche ich für sie, putze ihnen hinterher, höre ihnen zu, unterstütze sie und passe auf sie auf. Wenn Sie also irgendwann einmal wieder meine Galerie aufsuchen möchten, dann sollten Sie es mit der Absicht tun, sich bei mir dafür bedanken, dass ich mich um Irene kümmere, und falls nicht, kommen Sie besser gar nicht vorbei. Haben Sie mich verstanden?»

«Wissen Sie, ich habe einmal Ihre Mutter in einem Bridge-Club kennengelernt – sie war ein gemeines Aas, und Sie sind ganz genau wie sie.»

«Das fasse ich als Kompliment auf», sagte Jane. «Und jetzt gehen Sie bitte.»

Martha stand auf. «Meine Tochter gehört zu mir.» Ihre zickige Ich-bin-besser-als-Sie-Fassade begann zu bröckeln. «Wie zum Teufel kann ich es mit Ihnen aufnehmen?»

«Ich weiß nicht, was ich Ihnen raten sollte, Martha, und ehrlich gesagt, habe ich nach Ihrem Verhalten auch keine Lust, über eine Lösung für Ihre Probleme nachzudenken», sagte Jane.

Darauf verließ Martha ohne ein weiteres Wort die Galerie.

Was für ein undankbares Weibsbild.

Wie sich herausstellte, hatte sich Martha von ihrem

neuen Gespielen getrennt und vermisste ihre Tochter nun, weil sie keine Gesellschaft mehr hatte.

Ein paar Tage zuvor hatte sie schon mit Irene darüber gesprochen, dass sie nach Hause kommen sollte, und Irene hatte ihrer Mutter erklärt, sie sei sehr glücklich dort, wo sie jetzt war, und wolle abgesehen davon so kurz vor den Abschlussprüfungen nicht umziehen. Martha hatte weiter Druck gemacht, damit ihre Tochter zurückkam, doch Irene blieb unerschütterlich dabei, dass sie rundum zufrieden sei und es außerdem zur Abwechslung einmal schön fand, in einer Familie zu leben, in der man sich etwas aus ihr machte. Martha hatte herumgeschrien und Irene undankbar und grausam geschimpft. Aber daraufhin hatte Irene nur bemerkt, dass sie schon immer der ‹abwesende› Muttertyp gewesen war, ganz gleich, ob sie zu Hause war oder nicht.

«Das ist nicht deine Schuld, Mum. Du bist einfach so.»

Martha war egoistisch, und die ganze Welt sollte sich um sie drehen, doch abgesehen davon war sie auch nett und freundlich, und sie hatte Humor. Irene war nicht böse auf ihre Mutter, sie wollte sich nicht rächen oder Martha wehtun. Sie wollte einfach nur bis zu den Abschlussprüfungen mit ihrem Freund und Jane zusammenwohnen.

«Und dann?», hatte Martha gefragt.

«Und dann weiß ich noch nicht.»

«Bitte komm dann zu mir nach Hause.»

«Aber zuerst fahre ich mit Kurt nach Griechenland.»

«Für wie lange?»

«Ein paar Wochen.»

«Und danach?»

«Und danach bist du wahrscheinlich wieder mit diesem Typen zusammen oder hast einen anderen.»

«Irene», sagte Martha, «so etwas kannst du nicht sagen.»

«Natürlich kann ich das», sagte Irene. «Du erträgst das Alleinsein eben nicht, und das ist auch der einzige Grund, aus dem du mich wieder zu Hause haben willst.»

«Das ist nicht fair.»

«Das ist fair. Aber du bist okay so – ich verstehe das. Ich habe Höhenangst, und du hast eben Angst vor dem Alleinsein. Wir haben alle unsere Schwächen.» Darauf küsste Irene ihre Mutter auf die Wange. «Ich liebe dich, Mum», sagte sie.

Kurz darauf sah Martha Irene nach, die sich hinter Kurt auf das Motorrad schwang. Und statt über das nachzudenken, was ihre Tochter gesagt hatte, statt sich klarzumachen, dass Irene recht hatte und sie sich ändern musste, wenn sich an ihrer Beziehung etwas ändern sollte, dachte sie nur daran, was Jane Moore für ein hinterhältiges Biest war, das dafür gesorgt hatte, dass ihre Tochter jetzt gegen sie war.

Es waren noch drei Wochen bis zu der Operation, und langsam begann die Situation ihren Tribut zu fordern. Leslie litt unter Schlafstörungen, und sie konnte an kaum noch etwas anderes denken als an die Verstümmelungen, die ihrem Körper bald zugefügt werden würden. Einmal kam sie aus der Dusche, wischte den beschlagenen Spiegel ab und betrachtete sich. Sie legte eine Hand auf den Bauch und die andere Hand und den Unterarm über ihre Brüste, versuchte sie so flach wie möglich zu drücken, und dann klammerte sie sich am Waschbecken fest und weinte und weinte und weinte. Und als Elle klingelte, lag sie zusammengerollt wie ein Fötus auf dem Badezimmerfußboden und weinte um alles, was sie verlieren würde. Als sie sich endlich aufraffte, um die Tür zu öffnen, trug sie nur ihren Bademantel und behauptete, ihr ginge es gut. Doch Elle ließ sich keine Sekunde lang täuschen.

«Zieh dich an», sagte sie.

«Nein.»

«Zieh dich an.»

«Nein.»

«Leslie.»

«Elle.»

«Zieh dich an, verdammt.»

«Auf keinen verdammten Fall.»

Elle musste grinsen, und Leslie musste unwillkürlich auch ein bisschen lächeln.

Als sie sich angezogen hatte, wollte Leslie wissen, was Elle vorhatte, aber Elle verriet nur, dass sie ein bisschen herumfahren würden. Leslie hatte nicht die geringste Lust auf einen Ausflug, aber Elle ließ sich nicht davon abbringen, dass ihr ein bisschen Ablenkung guttun würde.

«Man kann nicht vor sich selbst davonlaufen», sagte Leslie.

«Klar kann man das», sagte Elle. «Du wirst schon sehen.»

Es war sehr heiß an diesem Tag, und Elle hatte keine Ahnung, wohin sie fahren sollte, also fuhr sie einfach immer geradeaus. Sie klappte das Verdeck des Autos auf und sagte zu Leslie, sie solle sich einfach nur entspannen und sich den Fahrtwind durch die Haare wehen lassen. Ihre Freundschaft mit Leslie hatte Elle bewusst gemacht, wie kurz und wertvoll das Leben war, und sie hatte beschlossen, aus jeder Sekunde das Beste herauszuholen.

Nachdem sie eine Stunde herumgefahren waren, erkundigte sich Leslie, wann sie denn ihr Ziel erreichen würden.

«Wenn wir da sind, werden wir es wissen», sagte Elle.

Leslie seufzte vernehmlich und schüttelte den Kopf, um ihrer Freundin zu zeigen, dass sie mit dieser Antwort nicht zufrieden war. Doch dann lehnte sie sich in ihrem Sitz zurück, und während der Wind mit ihren Haaren spielte, lächelte sie.

Der Sonnenschein ließ jede Stadt und jedes Dorf, durch das sie kamen, hübscher erscheinen, das Gras grüner, die Blumen leuchtender, die Menschen liebenswerter und die Welt ein bisschen freundlicher und besser. Elle und Leslie fühlten sich wohl und freuten sich darauf, ans Ziel zu kommen, ganz gleich, wo das sein würde. Als zwei Stunden vergangen waren und sie immer noch fuhren, schlug Leslie vor umzukehren, sonst würden sie an diesem Tag womöglich nicht mehr heimkommen. Elle sagte, dass sie überhaupt nicht vorhätte, noch an diesem Tag wieder nach Hause zu fahren. Leslies Einwände, dass sie keine anderen Sachen zum Anziehen und keine Zahnbürste dabeihätte und dass sie vor allem ihrer Katze kein Futter hingestellt hatte, ließ Elle nicht gelten.

«Wir können uns alles kaufen, was wir brauchen. Und dann rufen wir Deborah an – sie wird sich um die Katze kümmern», sagte Elle.

«Machst du Witze?»

«Nein, das ist kein Witz. Ich weiß, dass sie dir auf die Nerven geht, aber du musst dich auch irgendwann der Wahrheit stellen. Deborah hatte recht, was dich angeht. Du warst eine durchgeknallte vereinsamte Katzenfrau, die sehr wohl hätte tot umfallen und in der Wohnung vor sich hin schimmeln können.»

«Entschuldige mal!»

«Schon entschuldigt», sagte Elle, «weil du diese Person nicht mehr bist. Also vergiss diese Geschichte und bitte Deborah, deine Katze zu füttern.»

«Und was ist mit dem Wohnungsschlüssel?»

«So wie ich dich kenne, hast du irgendwo im Gebäude einen Ersatzschlüssel versteckt.»

«Wie kommst du denn darauf?»

«Weil du genauso paranoid bist wie Jane, und das bedeutet, dass du zu den Für-den-Fall-dass-Leuten gehörst, und abgesehen davon bist du eine dermaßen unfreundliche Kuh, dass du garantiert keinem Nachbarn einen Schlüssel gegeben hast.»

«Er liegt unter dem Läufer rechts von meiner Wohnungstür.»

Elle hob die Hand. «Dann ist ja alles klar.»

Leslie rief die Auskunft an und ließ sich Deborahs Nummer geben. Dann wählte sie, und Deborah nahm gleich ab.

«Ashley?»

«Nein, hier ist Leslie.»

«Leslie wer?»

«Leslie, die durchgeknallte vereinsamte Katzenfrau, die durchaus hätte tot in ihrer Wohnung umfallen und dort verrotten können.»

«Oh», sagte Deborah, «Sie sind's.»

«Hören Sie, ich weiß, dass das jetzt überraschend kommt, aber Sie müssen mir einen Gefallen tun.»

«Und welchen?»

«Ich schaffe es heute Abend nicht mehr nach Hause, und ich habe meiner Katze nichts zum Fressen hingestellt. Ich wäre Ihnen sehr dankbar, wenn Sie sie füttern könnten.»

«Wirklich?»

«Ja», sagte Leslie, «wirklich.»

«Wo ist der Schlüssel?», sagte Deborah.

«Unter dem Läufer im Korridor rechts von meiner Wohnungstür.»

«Hmmmm.»

«Also?»

«Na gut», sagte Deborah. «Ich füttere Ihre Katze.»

«Danke.»

«Hmmm.»

«Und Deborah?»

«Ja?»

«Wenn Sie rumschnüffeln, bekomme ich es mit.»

«Übertreiben Sie es nicht, Sie Katzenfrau.»

«Verstanden», sagte Leslie und beendete das Gespräch. «Erledigt», sagte sie zu Elle, lehnte sich in ihrem Sitz zurück, atmete tief durch und streckte die Arme in die Höhe.

Bald darauf entdeckte Elle in einiger Entfernung eine Burg auf einem Hügel und erklärte Leslie, diese Burg riefe sie zu sich. Wie sich herausstellte, war die Burg inzwischen ein Hotel. Elle fuhr die lange gewundene Auffahrt bis zu dem mächtigen hölzernen Tor hinauf. Leslie stieg aus und warf einen Rundblick über den perfekt gepflegten, weitläufigen Garten. Sie blinzelte hinauf zu den Burgtürmen.

«Perfekt», sagte sie und folgte Elle in die Lobby.

Elle buchte ein Zimmer für sie. Dort waren die Wände sattgelb angestrichen, und überall hingen Bilder und kleine Gemälde, die Elle zufolge Mist waren. Die Bettbezüge hatten Blümchenmuster, während die Kopfteile der Betten mit einfarbigem Baumwollstoff bezogen waren. Zwei rosafarbene Sessel standen an den Fußenden der Betten. Die Freundinnen waren sich einig, dass die Einrichtung zwar zum Weglaufen kitschig, aber doch irgendwie genau passend war. Der Holzrahmen des Fensters war weiß lackiert, und der Blick ging auf eine wundervolle Gartenanlage hinaus, die sanft zum Meer hin abfiel. Obwohl es Sommer war, schien das Hotel beinahe leer zu sein. Leslie und Elle aßen allein in dem riesigen Speisesaal zu Mittag, und gerade als Leslies Gedanken abschweifen wollten, schlug Elle vor, schwimmen zu gehen. Leslie wollte nicht so recht, denn sie hatte zwei Gläser Wein getrunken, doch Elle behauptete, dann würde sie sich im Wasser nur noch umso wohler fühlen.

«Wir haben keine Badeanzüge dabei.»

«Wir brauchen keine Badeanzüge.»

«Ich gehe nicht in Unterwäsche schwimmen.»

«Ich auch nicht», sagte Elle und grinste.

Und bevor sie recht wusste, wie ihr geschah, folgte Leslie ihrer Freundin über den Rasen und zwischen den Bäumen hindurch ans Meer hinunter. Elle zog sich aus, sobald sie das Ufer erreicht hatten, ließ ihre Kleidung einfach auf den Boden fallen und stürzte sich ins Wasser. Leslie rief hinter ihr her, aber Elle hörte sie nicht. Sie schoss durch die Wellen wie ein Hai auf der Jagd.

Die Sonne glitzerte auf dem Meer, ließ es funkeln wie einen Edelsteinteppich, und auf einmal wollte auch Leslie unbedingt das Wasser auf der Haut spüren. Sie warf einen Blick über die Schulter. Niemand war zu sehen. *Ist doch egal.* Sie streifte ihre Kleider ab, rannte so schnell sie konnte in das eiskalte Wasser, tauchte unter und kam hustend wieder hoch. Das Haar klebte ihr nass auf dem Gesicht.

«Scheiße, ist das kalt!», brüllte sie.

Elle lachte und sagte, dann müsse sie eben schwimmen. Das tat Leslie auch, und obwohl sie keine Wasserratte wie ihre Freundin war, schwamm sie so lange, bis ihr warm wurde und sie sich wohlig auf der Wasseroberfläche treiben lassen konnte.

Elle schwamm neben ihr. «Es gibt nichts Schöneres als die Freiheit», sagte sie, «oder?»

«Nein. Das stimmt.»

Sie ließen sich von den Wellen tragen und überlegten, was sie abends unternehmen sollten, als Leslie ein Boot bemerkte. Sofort wurde ihr wieder peinlich bewusst, dass sie nackt war, und nachdem sie Elle auf das Boot aufmerksam gemacht hatte, wollte sie so schnell wie möglich zum Ufer schwimmen. Elle aber packte sie am Arm und sagte: «He! Entspann dich.» Das Boot kam näher, und Leslie konnte zwei Männer darauf ausmachen.

«Entspannen? Ich bin nackt!»

«Tja», sagte Elle, «dann ist es ja genau der richtige Moment, um diesen Jungs deine Titten vorzuführen.»

«Was?»

Elle lachte, und dann strampelte sie sich immer wieder aus dem Wasser hoch, sodass man ihre Brüste sah. Die Männer fingen an zu pfeifen, und Elle winkte ihnen zu und stellte fest, dass Leslie neben ihr am liebsten auf den Meeresgrund hinabgetaucht wäre.

«Jetzt oder nie», sagte Elle.

Leslie überlegte eine Zehntelsekunde, und dann drehte sie ihre nackten Brüste dem bewundernden Publikum zu. Die Typen pfiffen noch schriller, und sie lachte, und als sie zu Elle hinübersah, stellte sie fest, dass sie sich alle beide königlich amüsierten. Wenig später schwammen sie zum Ufer, schüttelten sich, dass die Tropfen flogen, und hielten sich die Kleidung vor den Leib. Die beiden Männer winkten, und sie winkten zurück.

Als sie sich angezogen hatten, legte sich Leslie mit feuchtem T-Shirt und Leggings in den Sand. «Danke», sagte sie zu ihrer Freundin.

«War mir ein Vergnügen», gab Elle zurück. Darauf blickten sie lange und schweigend in den blauen Himmel hinauf.

Als es dunkel wurde, gingen sie in den Dorfpub. Es war ein winziger Laden mit Holzbänken und wackeligen Tischen, die mit Bierdeckeln stabilisiert wurden. Sie saßen gerade bei ihrem zweiten Glas, als die Männer, die sie am Nachmittag auf dem Boot gesehen hatten, hereinkamen. Elle war natürlich begeistert und bat sie sofort an ihren Tisch. Leslie dagegen war die Situation peinlich, was Elle geflissentlich ignorierte. Die beiden Männer waren Anfang dreißig und schipperten auf einer kleiner Angeltour von einem Hafen zum nächsten. Sie hießen Adrian und Keith. Adrian war groß und kräftig, er hatte braunes, zerzaustes Haar und Bartstoppeln im Gesicht. Keith war etwas größer und schlanker als sein Freund. Er trug sein langes Haar im Pferdeschwanz, und seine braunen Augen waren ebenso riesig wie die von Vincent – allerdings ohne den dichten Wimpernkranz. Sie setzten sich mit ihren Gläsern in der Hand zu Elle und Leslie, und Elle redete mit ihnen, als würde sie die beiden schon ewig kennen.

«Und wer bist du?», fragte Adrian Leslie.

«Sie schämt sich zu sehr, um mit euch zu sprechen», erklärte Elle, als Leslie nichts sagte.

«Warum denn?»

«Weil sie gewöhnlich nicht die Exhibitionistin spielt», sagte Elle.

«Aber du schon?», fragte Keith, und Elle lachte, antwortete aber nicht auf seine Frage.

«Ganz ehrlich, Leslie», sagte Adrian, «an dir ist nichts, wofür du dich schämen müsstest.»

Leslie leerte ihr Glas mit einem Zug. «Danke.»

Als die vier schließlich zur Sperrstunde aus dem Pub geworfen wurden, waren sie Freunde und stießen sich lachend in die Seite und machten Witzchen, während sie unter einem strahlenden weißen Mond die Straße entlangspazierten. Adrian legte seinen Arm um Leslies Schulter, und sie versteifte sich einen Moment, bevor sie sich leicht an ihn drückte.

«Adrian?»

«Ja?»

«Würdest du gerne mit mir schlafen?»

«Ja, auf jeden Fall.»

«Gut», sagte sie, «da bin ich erleichtert.»

Sie gingen aneinandergeschmiegt, bis sie das Boot erreichten. «Wie wär's mit einem Bett in einer alten Burg?», fragte Elle Keith schließlich.

«Klingt märchenhaft.»

«Du hast die Zimmereinrichtung noch nicht gesehen.»

Arm in Arm gingen sie die Straße entlang.

«Ich werde nicht mit dir schlafen», sagte sie.

«Okay.»

«Du gefällst mir sehr, und Humor hast du auch, und normalerweise würde ich es bestimmt wollen, aber heute war so ein perfekter Tag, dass ich einfach nur noch schlafen will.»

«Kein Problem», sagte er, und sie gingen gemeinsam in das Hotelzimmer, gaben sich einen Gutenachtkuss, legten sich in die Einzelbetten und waren innerhalb von Minuten eingeschlafen.

Leslie stand auf dem schaukelnden Boot und fragte sich, was sie eigentlich gerade tat. Dann ging das Licht in der Toilette aus, und Adrian erschien wieder an Deck. Er ging auf sie zu, strich ihr das Haar zurück, umfasste ihr Gesicht mit beiden Händen, beugte sich zu ihr vor, und dann hielt er einen Moment inne. Leslie betete, dass er sie endlich küssen würde, denn sie wusste nicht, wie lange ihre Beine sie noch tragen würden. Und als er sie endlich sanft, feucht und intensiv küsste, schloss sie die Augen und dachte: Da kann nichts Batteriebetriebenes mithalten.

Sie schliefen miteinander, und dann ein zweites Mal, und danach erzählte sie ihm von ihrer Operation, und er küsste ihre Brüste und legte seine Hand auf ihren Bauch, wie sie es am Morgen, der ihr jetzt so lange zurückzuliegen schien, vor dem Spiegel getan hatte, und er sagte ihr, sie sei eine Schönheit und dass sie immer eine Schönheit bleiben würde, und als sie aufhörte zu weinen, küsste er sie, und sie schliefen noch einmal miteinander.

An dem Morgen von Kurts und Irenes ersten Abschlussprüfungen war Jane so aufgeregt, als stünde ihre eigene

Zukunft auf dem Spiel. Kurt waren die Schularbeiten schon immer leicht gefallen – in dieser Hinsicht war er genauso wie seine Mutter. Irene musste mehr lernen, aber sie begnügte sich damit, so viel zu tun, dass es für einen Ausbildungsplatz als Krankenschwester reichte. Kurt dagegen wollte Medizin studieren. Jane machte den beiden ein riesiges Frühstück, und als Irene als Erste in die Küche kam, stellte ihr Jane einen Stuhl zurecht.

«Setz dich», befahl sie.

«Ich bin nicht so hungrig, Jane.»

«Du musst etwas Ordentliches essen», sagte Jane und begann Pfannkuchen auf einen Teller zu stapeln.

Jane fragte Irene, warum sie Krankenschwester werden wollte.

«Weil Kurt Medizin studieren will», sagte sie. «Und selbst wenn ich vier Jahre lang Tag und Nacht über den Büchern säße, würde ich dieses Studium niemals schaffen.»

«Also ist Kurt der Grund?»

«Kurt und ich wollen aufs Trinity-College.»

«Aber was ist, wenn es dir dort nicht gefällt?»

«Solange wir zusammen sind, gefällt es mir überall.»

«Ich hoffe, du hast recht. Sonst verbringst du nämlich wegen eines Jungen, den du mit achtzehn kennengelernt hast, dein weiteres Leben damit, anderen Leuten den Hintern abzuwischen.»

Irene lachte. «Sie sind wirklich komisch, Jane!»

Dann kam Kurt herein, küsste Irene, und wieder einmal konnte Jane es kaum fassen, dass aus ihrem kleinen Jungen nun schon fast ein Mann geworden war.

Während die beiden frühstückten, machte sich Jane in der Küche zu schaffen.

«Habt ihr auch genügend Stifte eingepackt?»

«Mum, du hast uns mindestens fünftausend Stifte gekauft – entspann dich.»

«Okay. Aber überprüft sicherheitshalber noch einmal, ob ihr die Taschenrechner eingesteckt habt.»

«Haben wir», sagte Irene.

Jane legte das Geschirrhandtuch weg, griff in ihre Handtasche und zog einen Zwanzig-Euro-Schein heraus. Sie legte ihn vor die beiden auf den Tisch.

«Kauft euch in der Mittagspause was zum Essen», sagte sie. «Oh. Ich habe die Batterien vergessen.»

«Wofür brauchst du denn Batterien?», fragte Kurt.

«Für eure Taschenrechner.»

«Das sind Solartaschenrechner», sagte Irene und kicherte.

«Oh, stimmt. Das habt ihr mir schon einmal gesagt.»

«Jane?», sagte Irene.

«Ja?»

«Wenn Sie Kurt nicht bekommen hätten, wären Sie dann aufs College gegangen?»

Kurt sah von seinem Teller auf. Er hatte sich nie getraut, seiner Mutter diese Frage zu stellen.

«Ich wollte Medizin studieren», sagte Jane.

«Das hast du mir nie erzählt!», rief Kurt aus.

«Na ja, es war ja auch nur eine Idee. Abgesehen davon habe ich ja nicht mal den Schulabschluss gemacht. Du bist zwei Wochen vor der Abschlussprüfung auf die Welt gekommen.»

«Ich glaube, Sie wären eine echt gute Ärztin geworden, Jane», sagte Irene.

Jane lächelte und wurde ein bisschen rot. «Danke, Irene.»

«Ja, Mum», sagte Kurt, «eine super Ärztin.»

«Danke, mein Sohn.»

«Bloß dumm, dass du mit Dad ins Bett gehüpft bist», sagte Kurt und zwinkerte ihr auf dieselbe Art zu, wie sein Vater es tat, wenn er eine Riesenunverschämtheit von sich gab und das auch noch lustig fand.

Irene und Kurt brachen in Lachen aus, und Jane musste wider Willen grinsen. *Freches kleines Miststück*.

Während der Prüfungsphase hatten Irene und Kurt einen Tag frei und wurden von Irenes Mutter zum Mittagessen eingeladen. Kurt hatte nicht besonders viel für Martha übrig, aber Irene bettelte, dass er mitkam, und hinterher war er froh, dass er zugestimmt hatte. Martha hatte die ganze Situation überdacht und war zu dem Ergebnis gekommen, dass sie die Zuneigung ihrer Tochter zurückkaufen musste. Also steckte sie ihr nach dem Essen einen Umschlag zu, in dem Irene zwei Interrailtickets fand.

«Was ist das?», fragte Irene.

«Das ist ein Monat Reisen durch Europa», sagte Martha.

«Aber wir fahren nach Griechenland», sagte Kurt.

«Für zwei Wochen», sagte Martha, «und anschließend fahrt ihr noch einen Monat kreuz und quer durch Europa.» Sie lächelte ihr breites Porzellan-Zähne-Lächeln. *Die Moores stecke ich in die Tasche.*

«Das gibt's doch nicht!», sagte Kurt.

«Wahnsinn!», rief Irene.

Sie umarmten sich, und Irene umarmte ihre Mutter, und Kurt gab ihr linkisch die Hand.

Zwanzig Minuten nach diesem Bestechungsversuch erlebte Kurt, wie die Mutter seiner Freundin sie dazu überredete, nach ihrer Reise wieder bei ihr einzuziehen, und obwohl es ihn drängte, etwas zu sagen, hielt er den Mund, weil Irene so unheimlich glücklich aussah.

Zuerst war Jane nicht sehr froh bei der Vorstellung, dass ihr Kind als Rucksacktourist in Europa herumzog. Also rief sie Dominic an, und sie verabredeten sich zum Mittagessen, um darüber zu sprechen. Seit drei Tagen regnete es in Strömen. Jane kam triefend im Restaurant an. Dominic wartete schon auf sie. Sie küssten sich zur Begrüßung auf die Wange und waren einen Moment lang verlegen, doch sie beide taten so, als wäre alles ganz normal. Jane kam gleich zur Sache.

«Diese Kuh hält sich für unheimlich schlau.»

«Vielleicht wollte sie ja auch nur was Nettes für ihre Tochter tun.»

«Sie will es mir heimzahlen, das ist alles.»

«Wirklich? Könnte es nicht auch sein, dass du ein bisschen paranoid bist?»

«Nein, bin ich nicht.» Jane seufzte. «Sie will nicht, dass ich meinen Sohn noch im Haus habe, und zwar weil sie ihre Tochter auch nicht mehr im Haus hat.»

«Ich glaube, du übertreibst maßlos», sagte er, und sie verzog das Gesicht genauso wie ihre Mutter, also pflichtete er ihr schnell bei, «aber vielleicht auch nicht – du hast recht, sie ist eine gemeine Zicke, aber wenigstens kann Kurt eine tolle Reise machen.»

«Das ist zu lange», beharrte Jane. «Er war noch nie länger als eine Woche von zu Hause weg, und auch dann nur unter Aufsicht, aber jetzt soll es gleich der ganze Sommer sein!»

«Er ist achtzehn», erinnerte Dominic sie.

«Ich weiß, aber …»

«Aber gar nichts – mein Bruder hat Interrail gemacht, ich habe es gemacht, Hinz und Kunz haben Interrail gemacht, und alle sind gesund und munter wiedergekommen.»

«Die Zeiten haben sich geändert.»

«Die Zeiten ändern sich immer. Er zieht schließlich nicht in den Krieg – er schnallt sich nur einen Rucksack auf, reist durch die Welt und hat einen Riesenspaß.»

«Hattest du denn Spaß?»

«Es war sagenhaft.»

«Alexandra war mit Siobhan Wilson und Christina Benson zwei Wochen auf den Kanarischen Inseln. Sie ist krebsrot und mit einer Zöpfchenfrisur wiedergekommen. Sie fand es auch sagenhaft.»

«Wer sind die anderen beiden?»

«Sie waren bei uns in der Klasse.»

«Ich kann mich nicht an sie erinnern. Warum ist sie mit ihnen gefahren?»

«Oh, da habe ich nicht die geringste Ahnung, Dominic. Vielleicht könnte es ja daran gelegen haben, dass ihre beste Freundin knietief in den Windeln stand, unter chronischem Schlafmangel litt und kurz vor einem Nervenzusammenbruch war.»

«Oh», sagte er. «Sorry.»

«Du meinst also, dass ich ihn gehen lassen soll», sagte sie.

«Ich meine, dass du gar keine andere Wahl hast, wenn du ehrlich bist.»

«Wenn du wüsstest, wie ich diese Schlampe hasse!»

«Ich weiß nicht – vielleicht solltest du dich eher bei ihr bedanken.»

«Und für was?»

«Kurt sieht dich jetzt mit anderen Augen.»

«Was meinst du damit?»

«Dass er dich durch die Augen seiner Freundin sieht, und als Mutter schlägst du dieses Aas von Martha um Längen.»

«Ja, das stimmt», sagte Jane und lächelte. «Na gut, damit kann ich leben.»

Und es stimmte. Seit seine Freundin bei ihnen eingezogen war, war Kurt richtig stolz auf seine Mutter.

«Du hast Glück», erklärte Irene ihm eines Tages, als sie in seinem Zimmer waren. «Du weißt überhaupt nicht, was für ein Glück du hast.»

«Du hast leicht reden.»

«Nein. Habe ich nicht. Schließlich habe ich mit einer Frau zusammengelebt, die nicht mal mitzubekommen scheint, ob ich überhaupt da bin oder nicht, und was meinen Vater angeht: Den habe ich das letzte Mal vor mehr als einem Vierteljahr gesehen. Aber deine Mutter lebt nur für dich.»

«Ja, aber das ist vielleicht genau das Problem.»

«Das ist nicht das Problem, Kurt. Das Problem ist, dass sie ihre eigene Zukunft für dich aufgegeben hat, und jetzt hast du Schiss, dass sie eine Übermutter ist und dich nicht dein eigenes Leben leben lässt.»

«Blödsinn.»

«Wenn du meinst.»

«Du hast wirklich nur Schwachsinnsideen im Kopf», sagte er, und Irene lachte.

«Na gut», sagte sie, «dann liege ich vielleicht falsch, aber eine Überlegung ist es auf jeden Fall wert.»

Irene lag wirklich falsch, aber Kurt dachte über das nach, was sie gesagt hatte. Eine ganz neue Welt tat sich vor ihm auf – unendliche Möglichkeiten, die ersten Schritte ins Erwachsenenleben, der Auszug von zu Hause, das Studium an der Uni, eigene Entscheidungen treffen, sein eigenes Leben leben – Kurt war einfach begeistert von diesen Zukunftsaussichten und zählte die Tage bis zu ihrem Flug nach Griechenland. Er würde seine Kindheit für immer hinter sich lassen. Und achtzehn Jahre zuvor hatte seine Mutter in derselben Küche gestanden, aber statt einer Schultasche hatte sie ein Baby in den Händen gehalten, und statt Auslandsreisen, ein Studium und ein unabhängiges Leben zu planen, hatte sie in demselben Trott festgesteckt wie achtzehn Jahre später immer noch.

Zwei Tage nach der letzten Prüfung gingen Kurt und Irene mit ihren Rucksäcken die Eingangstreppe hinunter. Jane hielt ihnen die Autotür auf. Elle saß auf der Gartenmauer. Sie trug eine Sonnenbrille, obwohl es bewölkt war und leicht regnete. Rose kam aus ihrer Wohnung und sah ihnen von der Tür aus zu. Kurt räumte sein Gepäck in den Kofferraum und ging zurück, um seiner Großmutter einen Abschiedskuss zu geben. Sie umarmte ihn fest.

«Pass auf dich auf», sagte sie. «Das Leben ist schon schwer genug für mich. Lass mich nicht allein hier sitzen.»

«Es sind doch nur sechs Wochen, Gran», sagte er.

«Sechs Wochen sind ein ganzes Leben, mein Kleiner. Genieße sie.»

«Bestimmt.»

Sie ließ ihn los und sah zu, wie er Elle umarmte, die

die Gelegenheit nutzte, um ihm noch ein paar Scheine zuzustecken.

«Das musst du nicht», sagte er.

«Ich mach's aber», sagte sie.

Irene stieg ins Auto und winkte Rose und Elle zu. Dann kam Kurt und stieg ebenfalls ein. Jane setzte sich hinters Steuer, ließ den Motor an, und Elle winkte ihnen ein letztes Mal nach. Danach ging Rose ins Haus, und Elle blieb auf der Gartenmauer sitzen und rauchte eine Zigarette. Sie trug immer noch die Sonnenbrille, obwohl es regnete.

Schon seit Wochen dachte Jane voller Reue an ihre letzte Begegnung mit Tom zurück. Irgendwann raffte sie sich auf, rief bei ihm an und sprach auf den Anrufbeantworter, dass es ihr leidtat, wie sie sich aufgeführt hatte. Sie bat ihn, sie zurückzurufen, und entschuldigte sich noch einmal.

Tom hatte die Nachricht abgehört, aber er war zu verlegen, um Jane anzurufen. In den letzten Wochen hatte er festgestellt, dass er sie vermisste. Er vermisste ihr Lächeln und die Art, wie sie ihr Gesicht verzog, wenn sie sich ärgerte. Er vermisste ihre Fröhlichkeit und ihre Ruhe und ihre rücksichtsvolle Art. Er vermisste ihre teuflische Seite, denn wenn man gerade dachte, dass sie in einer Diskussion unterliegen würde, schlug sie plötzlich mit irgendeiner messerscharfen Argumentation zurück. Das gefiel ihm. Es gefiel ihm, dass sie genauso zäh wie Alexandra war, und er fand die enge Freundschaft der beiden von früher inzwischen völlig plausibel, denn auf eine gewisse Art waren sie sich sehr ähnlich.

Auch Jane vermisste Tom. Das Gefühl war so stark,

dass es sie manchmal einfach so überkam. Einmal hatte sie ein Telefonat mit einem Käufer geführt, da war plötzlich Tom in ihrem Kopf aufgetaucht, und mit ihrer Konzentration war es aus gewesen. Ein anderes Mal hatte sie gerade einparken wollen, als ihr ein gemeinsames Erlebnis in den Sinn gekommen war, und sie hatte so lange mitten auf dem Parkplatz gestanden, bis sie ein anderer Autofahrer hupend wieder in die Wirklichkeit zurückholte. Sie ertappte sich oft beim Gedanken an ihn, lag nachts wach und überlegte, was er wohl an diesem Tag gemacht hatte, wo er gewesen war und ob sie ihn jemals wiedersehen würde.

Am einundzwanzigsten Juni wachte Jane früh auf und war vor acht Uhr morgens aus dem Haus. Sie klingelte bei Tom um kurz vor neun, und als er nicht öffnete, drückte sie den Klingelknopf so lange ununterbrochen, bis sie ihn die Treppe herunterstürmen hörte.

Mit verschlafenem Gesicht und nur mit Boxershorts bekleidet, riss er die Tür auf und brüllte: «Was soll das?» Dann wischte er sich über die Augen, starrte sie an und sagte: «Jane?»

«Ja, Tom», gab sie zurück, schob ihn ins Haus und folgte ihm hinein. Er ging mit ihr in die Küche, wo sie die Kaffeedose suchte.

«Auf dem zweiten Regalbrett links», sagte er.

Sie nahm die Dose aus dem Regal und setzte Wasser auf.

«Warum bist du hier?», fragte er.

«Wir werden den Tag zusammen verbringen», erklärte sie.

«Nein.»

«Doch.»

«Jane, ich will das nicht.»

«Was willst du nicht? Vor genau einem Jahr ist deine Frau verschwunden, und du willst den Tag nicht mit der Person verbringen, die dich kürzlich ein verdammtes Arschloch genannt hat? Dafür habe ich sogar Verständnis. Und jetzt sag mir, was du heute vorhast.»

«Ich kann mich nicht erinnern, dass du mich auch ein verdammtes Arschloch genannt hast.»

«Dann hab ich es nur in Gedanken getan», sagte sie.

Er setzte sich an den Küchentresen. «Ich wollte einfach den ganzen Tag im Bett bleiben und mir die Decke über den Kopf ziehen.»

«Nein», sagte sie, «das kommt nicht in Frage.»

«Was soll ich denn deiner Meinung nach tun?»

«Ich will, dass du mit mir nach Dalkey fährst.»

«Du machst wohl Witze.»

«Ich glaube, wir sollten die Straßen entlanggehen, die sie entlanggegangen ist, und von ihr sprechen, und dann könnten wir irgendwo zu Mittag essen, und anschließend verteilen wir ein paar von den Flyern, die du immer noch in der schwarzen Tasche neben der Haustür hast, und danach gehen wir noch ein bisschen durch die Stadt, bis es dunkel wird und dieser Tag vorbei ist.»

Tom dachte kurz darüber nach und nickte dann. Er verschwand in sein Schlafzimmer und kam wenig später angezogen wieder in die Küche.

Gemeinsam gingen sie durch Dalkey und drückten den Passanten dabei ihre Flyer in die Hand.

Irgendwann beschloss Jane, das Thema anzusprechen, das sie bisher beide vermieden hatten.

«Es tut mir leid. Ich hätte diese Sachen nicht sagen sollen.»

«Du hattest schließlich recht», sagte er. «Du hattest hundertprozentig recht.»

«Ich habe meine eigene Enttäuschung an dir ausgelassen», sagte sie, «und auch wenn ich nie verstehen werde, wie ein Mann, der seine Frau so sehr liebt, wie du Alexandra liebst, etwas mit so einem Püppchen anfangen konnte – ich bin immer noch auf deiner Seite.»

«Alexandra ist jetzt schon so lange weg», sagte er, «und sie fehlt mir so sehr, dass es körperlich wehtut, und ich lebe mit solchen Horrorvorstellungen davon, was ihr passiert sein könnte, dass ich kurz davor stehe, wahnsinnig zu werden, und ich halte einfach nur irgendwie durch, und eine Zeitlang hat mir Jeanette beim Durchhalten geholfen. Ich will mich nicht entschuldigen. Ich erkläre dir nur, wie es ist.»

«Schon gut», sagte sie. «Wirklich, was ich gesagt habe, tut mir leid.» Sie gab einer Frau, die einen Kinderwagen schob, einen der Flyer. Die Frau warf einen einzigen Blick auf den Flyer, dann zerknüllte sie ihn und warf ihn vor ihren Augen weg. «Was für eine dumme Tusse», sagte Jane, und Tom schob sie weiter.

«Ich habe die Sache mit Jeanette beendet», sagte er. «Wenn ich ehrlich sein soll, habe ich sie sogar ziemlich schlecht behandelt.»

«Was hast du denn gemacht?»

«Ich hab sie einfach rausgeworfen und ihr die Tür vor der Nase zugeknallt, als du gegangen warst.»

«Oje, klingt ja nach einer armseligen Vorstellung.»

«Daran bist bloß du schuld», sagte er und grinste.

«Haha.»

Es hatte keine neuen Ermittlungsergebnisse gegeben, seit der Beitrag über Alexandras Fall im Fernsehen gelaufen war. Die Polizei hatte nach der Sendung ein paar Anrufe erhalten, doch die Hinweise erwiesen sich nicht als brauchbar. Tom wusste nicht, was er noch tun sollte, und er wünschte manchmal, er könnte einfach loslassen.

«Wie wär's mit einem Drink?», fragte er.

«Das wäre toll.»

Tom steckte die restlichen Flyer in die schwarze Tasche zurück, und sie gingen zu einem Pub.

Am dreißigsten Juni saß Leslie auf ihrem Bett im Krankenhaus. Die Schwester hatte ihr gerade Blut abgenommen, und der Arzt im Praktikum hatte sich zum zehnten Mal ihre Geschichte erzählen lassen. Man bot ihr ein Schlafmittel an, aber sie lehnte ab, weil sie noch so viel Zeit wie möglich bewusst mit ihrem vollständigen Körper leben wollte. Sie trug ein Nachthemd, das ihr Jane geschenkt hatte, und unter ihrem Bett standen Hausschuhe von Elle. Sie cremte sich das Gesicht ein und trug etwas Lippenpflegestift auf. Als die Frau im Bett gegenüber Blickkontakt aufnehmen wollte, tat sie so, als läse sie in ihrer Zeitschrift, und als die Frau zur Toilette ging, sprang sie auf und zog schnell die Sichtvorhänge um ihr Bett zu.

Die Zimmernachbarin hatte ständig auf die Uhr gesehen, weil sie die Besuchszeit kaum erwarten konnte, Leslie dagegen erwartete keinen Besuch. Sie hatte allen tausendmal gesagt, dass sie allein sein wollte.

Jim war der Erste, der mit einer Tüte Obst und einer Flasche 7up hinter dem Vorhang auftauchte.

«Ich hab dir doch gesagt, du sollst nicht kommen.»

«Etwas anderes hätte ich auch nicht von dir erwartet», gab er zurück und setzte sich auf den Stuhl neben dem Bett.

«Du kannst doch nicht so einfach meine ausdrückliche Bitte ignorieren.»

Da hörte man Jane Leslies Namen rufen, und Jim schob den Vorhang zurück. «Sie ist hier», sagte er und wandte sich wieder Leslie zu. «Anscheinend bin ich da nicht der Einzige.»

Jane brachte eine Brown Thomas-Tüte voller Feuchtigkeitscreme, Parfüm und Kerzen mit. «Die sind auch von Elle», sagte sie, «und ich weiß, dass es komisch ist, jemandem Kerzen ins Krankenhaus mitzubringen, aber sie riechen einfach so gut.»

Leslie seufzte. «Danke.»

Dann erschien Elle und lästerte über die Besuchertoiletten. «Ehrlich, wo sind wir hier eigentlich? In Basra oder wo? Da war Blut auf dem Boden. Pass bloß auf, dass du immer deine Hausschuhe anhast.»

Leslie nickte, und Jim stand auf, um zwei weitere Stühle zu holen. Gerade als alle saßen, tauchte Tom mit einer braunen Tüte voll Süßigkeiten und Minzplätzchen auf.

«Das gibt's doch nicht», sagte Leslie stöhnend, aber dann lächelte sie. «Was willst du hier?»

«Ich musste einfach kommen», sagte er. «Nach allem, was du für mich getan hast.»

Elle stand auf und überließ ihm ihren Stuhl. Sie selbst setzte sich aufs Fußende des Bettes. Jane stellte Tom und Jim einander vor, und bald unterhielten sich die beiden angeregt über die Krise der Bauwirtschaft. Jim hatte gerade einen interessanten Artikel dazu gelesen und wollte Toms Einschätzung hören. Tom erzählte, dass er sein Unternehmen aufgegeben und es noch keinen Tag bereut hatte.

«Und was machst du jetzt?», fragte Jim.

«Na ja, ich suche meine Frau, sonst nichts.»

«Und was würdest du gerne machen?»

Tom dachte einen Moment über die Frage nach und schüttelte dann den Kopf. «Ich habe keine Ahnung.»

«Tja», sagte Jim. «Es gibt unendlich viele Möglichkeiten.»

«Vermutlich.»

Jane und Elle machten inzwischen viel Getue um Leslie, die mies gelaunt dreinblickte, um zu verbergen, dass sie sich über so viel Aufmerksamkeit freute.

«Wenn du das hinter dir hast», sagte Elle, «und wenn du dich wieder besser fühlst, unternehmen wir was ganz Tolles zusammen.»

«Wenn es bloß schon so weit wäre.»

«Und du weißt ja: Wenn es dir in dieser Rehaklinik zu trostlos ist, dann kommst du zu mir. Ich habe genügend Platz», sagte Jane. «Das Haus ist sowieso unheimlich leer ohne Kurt und Irene.»

Leslie war überwältigt von all dieser Fürsorge. So etwas hatte sie bisher nicht gekannt, und ihr stiegen die Tränen in die Augen, als sie in die Runde ihrer neuen Freunde blickte.

Elle drückte ihr die Hand. «Du bist nicht mehr allein, Schätzchen.»

«Ich weiß», sagte Leslie. Sie wischte sich die Tränen von den Wangen und öffnete die Tüte mit den Süßigkeiten. «Will jemand was?»

Alle griffen zu, nur Leslie durfte nichts essen. Doch sie fühlte sich trotzdem satt und zufrieden.

11
Simple & True

Like a rainbow after a shower
I don't regret a day, not a single hour.
Ah bring on the bigger things I can't help but follow,
without you by my side my heart would be hollow.
Jack L., *Universe*

Juli 2008

Seit der Beitrag über Alexandras Verschwinden im Fernsehen gelaufen war, hatte Breda sich geweigert, das Bett zu verlassen. Ihre Tochter Kate kümmerte sich um sie, ihr Mann bemühte sich, sie dazu zu überreden, dass sie Kates Gerichte auch aß, und Eamonns Frau Frankie löste Kate gelegentlich beim Kochen ab. Ab und zu aß Breda einen Bissen, aber nur, wenn ihr Mann sie bedrängte, und nur, um ihm einen Gefallen zu tun. Breda hatte nicht vor, sich totzuhungern oder den Menschen Sorgen zu bereiten, die sie liebte, und wenn sie die seelischen und körperlichen Kräfte zum Aufstehen gehabt hätte, dann hätte sie es getan.

«Sieh mal, Liebste, das ist Sheperd's Pie», sagte Ben Walsh zu seiner Frau und hob ihr die Gabel entgegen. «Frankie hat ihn nach deinem eigenen Rezept gemacht.»

Breda schloss die Augen und öffnete den Mund, der Bissen fiel hinein, und Ben wischte den Krümel, der auf die Bettdecke gefallen war, mit einem Geschirrtuch weg. Breda kaute nicht. Stattdessen ließ sie den Bissen so lange im Mund, bis er aufgeweicht war und sie ihn einfach hinunterschlucken konnte.

«Eamonn ist unten, willst du ihn sehen?»

Sie blinzelte ein paarmal, und Ben fragte sich, ob ihre Augen trocken waren oder ob sie inzwischen nur noch über Blinzelzeichen kommunizierte.

«Kate kommt heute Abend mit frischer Wäsche und hilft dir beim Umziehen und Waschen», sagte Ben. «Und ich werde unten sein, also könntest du dann vielleicht auch für eine Weile zu uns herunterkommen. Ich kann auch eine Bettdecke aufs Sofa legen. Was hältst du davon, Liebste?»

Breda schloss die Augen, öffnete sie wieder und nickte fast unmerklich.

Ben lächelte sie an. «Schön», sagte er, «sehr schön. Ich sag es gleich den Kindern.»

Er nahm das Tablett, ging hinaus und zog die Tür hinter sich zu.

Breda lag bewegungslos da und wartete darauf einzuschlafen.

Unten legte Eamonn gerade den Telefonhörer auf und drehte sich zu seinem Vater um, der die Treppe herunterkam. Er nahm ihm das Tablett ab und stellte fest, dass die Portion Sheperd's Pie nicht einmal halb aufgegessen war.

«Wir müssen den Arzt rufen», sagte er.

«Ich weiß», sagte Ben. «Wir rufen den Arzt.»

«Und wann?»

«Wenn deine Mutter sagt, dass sie damit einverstanden ist.»

«Dad, Mum ist im Moment nicht fit genug für solche Entscheidungen.»

«Sie ist einfach nur traurig, mein Sohn.»

«Nein, Dad. Sie *war* einfach nur traurig, aber jetzt ist es etwas Schlimmeres.»

Ben ging nach draußen und zündete sich eine Zigarette an. Eamonn folgte ihm, schnappte sich einen Gartenstuhl und setzte sich neben ihn.

«Du kannst das nicht verdrängen, Dad», sagte er. «Du kannst Alexandras Verschwinden vielleicht gerade noch verdrängen, aber *das* nicht.»

Ben schwieg. Sein Sohn hatte recht. Er verdrängte seit Monaten die Tatsache, dass seine Tochter verschwunden war. Er hatte Alexandra in eine winzige, dunkle Ecke seines Bewusstseins verbannt, denn an sie zu denken und die Gefühle zuzulassen, die er in den ersten paar Wochen gehabt hatte, wäre schlicht unerträglich. Aus seinem Schmerz war Wut geworden, und weil kein Schuldiger zu greifen war, hatte er sich gegen Tom gewandt. Er hatte ihn von dem Tag an gehasst, an dem Alexandra aus dem Haus gegangen und einfach so verschwunden war. Ben hatte entschieden, dass Tom schuld war, auch wenn er bei der Arbeit gewesen war, als es passierte, und auch wenn er Alexandra geliebt hatte – in Bens Augen war Toms Liebe eben einfach nicht stark genug gewesen, um Alexandra zu schützen. Es kümmerte Ben nicht, dass es grausam und falsch war, den Mann zu beschuldigen, der alles unternommen hatte, um Alexandra zu finden, denn er hatte sich im vergangenen Jahr immer nur dann ein bisschen besser gefühlt, wenn er es erreicht hatte, dass Tom sich schlechter fühlte.

Eamonn erklärte sich Alexandras Verschwinden, indem er davon ausging, dass sie nicht so glücklich gewesen war, wie sie vorgegeben hatte, und eigentlich nicht zufrieden mit ihrem Leben. Sie hatte eine Karriere aufgegeben, in die sie sehr viel Energie gesteckt hatte, um endlich ein Baby zu bekommen, doch sie war nicht schwanger geworden. Sie hatte es mit Hormonkuren und vier künstlichen Befruchtungen versucht, mit Akupunktur, Kräutern, Wässerchen, sie hatte das Rauchen aufgegeben, war in ein Sportstudio eingetreten, hatte ihre Essgewohnheiten umgestellt, und auch wenn sie immer die Fassade von Glück und Sorglosigkeit aufrechterhalten hatte, wusste Eamonn, dass das nicht stimmte, er wusste, wie verzweifelt sie es sich wünschte, Mutter zu sein, und er wusste, dass seine Schwester mit jedem Monat und jedem negativen Schwangerschaftstest ein bisschen mehr verzweifelte, bis sie schließlich nur noch ein Schatten ihrer selbst war. Jedenfalls redete er sich das ein, denn es war leichter, sich vorzustellen, dass sie aus freien Stücken vor ihrem alten Leben davongelaufen war oder sogar dass sie sich in Dalkey von der Klippe gestürzt hatte, als sich auszumalen, was ihr zugestoßen sein könnte. Und auch wenn er nicht so wütend war wie sein Vater, machte er ebenfalls Tom verantwortlich. Doch seit der Sendung über Alexandras Verschwinden dachten Vater und Sohn unterschiedlich über Tom. Ben war klargeworden, dass Tom genauso hilflos war wie er selbst, der nicht wusste und nicht klären konnte, unter welcher mysteriösen Krankheit seine Frau litt, die nicht mehr aus dem Bett aufstehen wollte. Die Wut, die er nur empfunden hatte, um die Verzweiflung nicht zu spüren, löste sich nach und nach auf, und nun kehrten die Seelenqualen zurück, und Ben war genauso verzweifelt und allein mit seinen düsteren Ahnungen wie Tom.

«Ruf den Arzt», sagte er nach langem Schweigen zu seinem Sohn, «und ruf Tom an.»

«Wozu sollen wir ihn herrufen?», sagte Eamonn.

«Weil deine Mutter ihn sehr mag.»

Eamonn nickte, stand auf und ging zum Telefonieren ins Haus. Ben blieb draußen, rauchte seine Zigarette zu Ende, atmete langsam ein und aus und ließ endlich dem bohrenden Schmerz in seiner Seele seinen Lauf.

Tom kam an, als Kate gerade aufbrach. Sie umarmte ihn und dankte ihm fürs Kommen, und er erklärte, es habe ihn gefreut, darum gebeten zu werden. Tom hatte in den vergangenen Wochen schon ein paarmal versucht, mit Breda Kontakt aufzunehmen, doch er hatte immer nur zu hören bekommen, es sei besser, wenn sie sich in Ruhe erholen könne. Ben kam aus dem Wohnzimmer und streckte ihm zu Toms großer Überraschung die Hand entgegen. «Ich muss mich bei dir entschuldigen», sagte Ben. «Alexandra, also, es war nicht dein Fehler, es war auch nicht mein Fehler oder Bredas. Diese schreckliche Dinge passieren eben auf der Welt.»

Tom wusste nicht, was er sagen sollte. Seine Hände und seine Lippen zitterten. «Danke.»

Ben klopfte ihm auf die Schulter «Sie ist oben. Der Arzt war hier und hat ihr ein Schlafmittel gegeben, aber jetzt ist sie schon wieder eine Zeitlang wach, und ich weiß, dass sie dich sehr gerne sehen würde.»

Tom ging die Treppe hinauf in Bredas Schlafzimmer. Es brannte nur die Nachttischlampe. Das Zimmer roch nach frischer Wäsche und einem Hauch von Kates Parfüm. Breda war sogar noch magerer geworden, und die Adern auf ihrem Arm und am Hals traten noch stärker hervor. Tom setzte sich auf den Stuhl neben dem Bett und nahm ihre Hand in seine. Sie sah ihn an, doch er fragte sich, ob sie ihn überhaupt wahrnahm.

«Du hast mir gefehlt», sagte er, «und da bin ich nicht der Einzige.»

Sie versuchte zu lächeln, denn das war das Mindeste, was sie für den armen Tom tun konnte, der so freundlich war, sie zu besuchen.

«Ich habe Angst», sagte er nach einer Weile. «Ich habe Angst, dass du dir grauenvolle Bilder von Alexandras Schicksal vorstellst und dich aus diesen Schreckensvisionen irgendwann nicht mehr befreien kannst. Könnte das sein, Breda?»

Tränen glänzten in ihren Augen, als sie nickte.

«Du musst in die Realität zurückkommen», sagte er. «Du musst stark sein. Wir würden es nicht verkraften, dich auch noch zu verlieren.»

«Es tut mir leid», murmelte sie.

«Es muss dir nicht leidtun. Komm einfach wieder zurück.»

«Das kann ich nicht», sagte sie.

«Warum nicht?»

«‹Die Opfer, die Gott gefallen, sind ein geängstigter Geist; ein geängstet und zerschlagen Herz, Gott, wirst Du nicht verachten.›»

«Das verstehe ich nicht. Was bedeutet das?»

«Es bedeutet: Wenn Gott ein gebrochenes Herz als Opfer will, dann bekommt er es von mir.»

«Breda, davon, dass du hier im Bett liegst, kommt Alexandra nicht zurück.»

«Vielleicht aber doch», sagte sie und fuhr sich mit der Zungenspitze über die trockenen Lippen.

«Das ist verrückt.»

«Nein», sagte sie. «Das ist alles, was ich tun kann. Ich habe keine Wahl. Mein Körper wird immer schwächer, aber so traurig ich auch bin – mein Wille ist stark.»

«Du musst mit deiner Familie darüber reden.»

Sie blinzelte, atmete hörbar ein und leckte sich erneut über die Lippen. «Das verstehen sie nicht.»

«Ich verstehe es auch nicht.»

Sie griff nach seiner Hand. «Keiner kann von mir erwarten, dass ich einfach so weiterlebe.»

«Aber du bekommst jetzt Unterstützung.»

Sie nickte, doch sie wusste, dass es zu spät war, dass ihr nun nichts mehr helfen konnte.

«Du tust alles, was der Arzt sagt, ja?»

Sie blinzelte.

«Du kommst wieder in Ordnung», sagte er. «Und wir finden sie.»

Sie blinzelte erneut. Breda hatte alles gesagt, was sie zu sagen hatte.

Leslie wachte auf. Es dauerte einen Moment, bis sie wusste, wo sie war, und weil sie Morphin bekommen hatte, glaubte sie, gleich von ihrem eigenen Bett verschluckt zu werden. Sie überlegte, ob sie sich aufsetzen sollte, doch sie hatte nicht einmal genügend Kraft, um den Kopf zu bewegen, sodass sie an sich selbst hätte heruntersehen können. Durch die Wahrnehmungsschleier des Narkosemittels spürte sie Schmerzen, aber sie waren nicht so stark, dass sie deshalb jemanden hätte rufen wollen. Ihr Kopf und ihr Herz fühlten sich sehr schwer an, ihr Inneres entweiht, ihre Brüste waren nicht mehr da, und ohne dass es ihr bewusst war, wurde über eine

Kanüle immer noch Morphin in ihren Körper getropft, sodass sie weiterhin davon überzeugt war, dieses Bett sei ihr Grab.

«Soll ich etwa hier krepieren?», hörte sie sich auf einmal selbst rufen.

Gleich darauf tauchte eine Krankenschwester auf, stellte etwas an dem Morphintropf ein und versuchte sie zu beruhigen. «Entspannen Sie sich, es ist alles gut gelaufen. Sie sind in guten Händen.»

«Das verdammte Ding wollte mich verschlucken!», rief Leslie.

«Das Bett wird sie nicht verschlucken, das verspreche ich Ihnen.»

«Helfen Sie mir lieber, statt hier leere Versprechungen abzugeben!», sagte Leslie, und die Frau in dem Bett gegenüber musste lachen.

«In Ordnung. Alles ist gut. Ich halte Sie fest», sagte die Krankenschwester ruhig.

«Ich sterbe. Ich bin schon mein ganzes Leben lang gestorben!»

«Sie sterben nicht.»

«Hat Ihnen eigentlich schon mal jemand gesagt, dass Sie aussehen wie ein Frosch?»

Die Frau im Bett gegenüber versteckte ihr Grinsen hinter der vorgehaltenen Hand.

«Das sind die Betäubungsmittel», erklärte die Krankenschwester der Frau.

«Schwester?»

«Ja, Leslie?»

«Jetzt bin ich auch noch blind geworden.»

«Nein, meine Liebe, Sie haben nur gerade Ihre Augen zugemacht.»

Leslie schlief tief und fest und wachte zwölf Stunden lang nicht mehr auf. Und als sie dann aufwachte, konnte sie sich absolut nicht daran erinnern, nach der Operation schon einmal wach gewesen zu sein.

Jim war der Erste, dessen Besuch sie wieder mitbekam. Er las Zeitung, als sie aufwachte.

«Was gibt's Neues?», fragte sie.

«Präsident Sarkozy hat einen Irland-Besuch verschoben, um über den Lissabon-Vertrag zu verhandeln.»

«Oh», sagte Leslie, «ich habe vergessen zu wählen.»

«Du hattest wirklich andere Dinge im Kopf.»

«Ja», sagte sie. Auf einmal hätte sie am liebsten losgeweint – ihre Wangen fühlten sich noch leicht taub an, sodass sie nicht bemerkte, dass sie schon längst weinte.

«Du wirst noch eine Weile vollkommen durcheinander sein», sagte er. «Das ist ganz normal.»

«An dieser Sache ist überhaupt nichts normal», sagte sie.

«In ein paar Wochen fühlst du dich schon tausendmal besser.»

«Aber ich sehe auch tausendmal schlechter aus.»

«Nein», sagte er. «Du wirst ein ganz neuer Mensch sein. Ein Mensch, dem eine riesige Last von den Schultern genommen wurde.»

«Aber ich habe keine Brüste mehr», sagte sie. «Ich kann gar nicht an mir heruntersehen, ich fürchte mich vor dem Anblick.»

«Lass dir Zeit. Du weißt ja, dass es dauert, bis alles ausheilt. Versuche, dir selbst möglichst viel Gutes zu tun, und wenn du dann nicht mit dem Anblick leben willst, kannst du dir immer noch Implantate machen lassen.»

«Wie Pamela Anderson.»

«Nein, ganz bestimmt nicht wie Pamela Anderson.»

Leslie hätte beinahe gelacht, aber es tat zu weh. Die Drainageschläuche, die aus ihrem Bauch und ihrer Brust kamen, führten Blut und andere Flüssigkeiten in Plastikbeutel ab, und das war genauso unangenehm wie abstoßend. Als die Krankenschwester Leslies Bett machte, rutschte das Laken weg, das über einem der Beutel lag, sodass Jim seinen grässlichen Inhalt vor Augen bekam. Doch Jim sah überhaupt nicht erschrocken aus. Schließlich hatte er so etwas und auch Schlimmeres gesehen, selbst wenn es schon über zehn Jahre her war.

Nachdem Leslie länger als eine Stunde mit heftigem Würgereiz über einer Schüssel gehangen hatte, schmerzte ihr gesamter Körper, und jedes Mal wenn ihr Magen sich zusammenzog, brannten die frischen Operationsnähte. Als eine Krankenschwester mit einem Schiebewagen hereinkam und Leslie fragte, ob sie etwas essen wolle, deutete Leslie bloß auf die Schüssel, denn sie spürte, wie ihr wieder übel wurde.

Elle wartete drei Tage, bevor sie ihre Freundin besuchte. Das tat sie, weil sie gegoogelt hatte, dass der zweite Tag nach einer Operation der schlimmste war, und sie es Leslie nicht noch schwerer machen wollte, als es ohnehin schon war. Sie brachte Leslie Trauben, Zeitschriften und ein Buch über Selbstheilung mit, und sie kam alleine, weil Jane einen Termin mit ihrem Steuerberater hatte. Elle war nervös, sie wusste nicht recht, was sie sagen sollte, und so war sie ausnahmsweise einmal auffällig schweigsam.

«Alles in Ordnung?», fragte Leslie.

«Sollte nicht ich diejenige sein, die dir diese Frage stellt?»

«Eigentlich schon.» Leslie lächelte.

«Ich konnte nicht schlafen», erklärte Elle. «Die ganze Zeit sind meine Gedanken im Kreis gegangen.»

«Du hast dir Sorgen um mich gemacht.»

«Manchmal kommt es mir vor, als wäre mein Verstand auf ein viel zu schnelles Laufband im Sportstudio geraten, und ich versuche, an die Abschalt-Taste zu kommen, aber ich schaffe es nicht, und je länger es dauert, desto mehr Angst habe ich, irgendwann abzustürzen.»

«Und an was alles denkst du die ganze Zeit?», fragte Leslie, die froh war, nicht über die Operation sprechen zu müssen.

«Oh, ich weiß nicht – an die Arbeit, Jane, Kurt, mich, an irgendeine Frau im Sudan, die an Aids stirbt, während wir uns hier unterhalten. An ein Pferd, das so ein Perverser auf der Weide in Stücke gehackt und verbrannt hat, und wie sehr das arme Tier wohl hat leiden müssen. Oder an diesen Sechzehnjährigen, den sie in London erstochen haben, als er auf dem Nachhauseweg von einem Fußballspiel war, ich denke an ihn und an seine Familie, die jetzt ohne ihn weiterleben muss. Und ich denke an Alexandra und wo sie vielleicht sein könnte und was ihr vielleicht angetan wurde, und ich denke an dich und wie traurig dein Leben war und an alles, was du verloren hast, und an alles, was du verpasst hast. Ich denke daran, wie tapfer du bist und wie würdevoll in all dem Leid und wie offen und menschlich. Ich denke daran, dass ich, wenn ich jemand anders sein wollte, gern wie du wäre, und ich denke, dass flachbrüstige Frauen auf den Laufstegen der Welt zurzeit extrem angesagt sind, und lauter solche Sachen.» Elle grinste.

«Meine Güte, das ist ja wirklich eine Menge.»

«Ja», sagte Elle. «Zu viel.»

«Elle, mir gefällt deine Art nachzudenken. Und jetzt gib mir ein paar Trauben und erzähl mir was.»

Elle tat alles, was Leslie wollte, und blieb, bis sie eine Stunde später von einer Krankenschwester hinausgeworfen wurde.

Dominic ging in sein Hotel. Als er an der Hotelbar vorbeikam, hörte er Elle seinen Namen rufen. Nach ihrem Besuch bei Leslie aß sie gerade eine Kleinigkeit. Dominic wandte sich zur Bar um, und als er sah, dass Elle allein war, setzte er sich zu ihr an den Tresen und bestellte einen Kaffee.

«Was machst du hier?», fragte sie.

«Das Gleiche wie du.»

«Ach ja? Und weshalb sehe ich dann eine Schlüsselkarte zu einem Hotelzimmer in deiner Brusttasche stecken?»

«Erwischt», sagte er. «Aber erzähl Jane nichts davon.»

«Wovon soll ich ihr nichts erzählen?»

Dominic erklärte ihr, dass ihn seine Frau zum zweiten Mal innerhalb von zwei Monaten aus dem Haus geworfen hatte. Er hatte sich inzwischen damit abgefunden, dass seine Ehe am Ende war, aber nicht mit der Tatsache, dass er im Hotel wohnen musste, während sie im Haus blieb.

«Dann hol dir das Haus zurück.»

«Mein Anwalt sagt …»

«Vergiss deinen Anwalt. Es ist dein Haus, also hast auch du das Recht darauf.»

«Und wie soll das gehen?»

«Wie, wie soll das gehen? Du gehst nach Hause, packst ihr Zeug zusammen, wirfst sie raus und wechselst die Türschlösser aus.»

«Und was ist, wenn sie die Schlösser schon selbst ausgewechselt hat?»

«Dann gehst du nach Hause, brichst ein, packst ihr Zeug zusammen, wirfst sie raus und wechselst die Türschlösser aus.»

«Das meinst du tatsächlich ernst.»

«Absolut.»

«Und was ist, wenn sie die Polizei ruft?»

«Im Grundbuch steht dein Name – und davon abgesehen werden sie denken, ihr habt einfach Ehekrach, und solange du ihr keins auf die Nase gibst, kann dir keiner was.»

«Ich kann keinen Tratsch über einen Ehekrach gebrauchen. Ich leite schließlich eine Bank.»

Elle lachte über seine absurde Argumentation. «Ich raube dir wirklich nicht gerne deine Illusionen, Dominic, aber ich befürchte, dass kein Reporter von *The Herald* ständig vor deinem Haus darauf lauert, dass es was zu berichten gibt.»

Dominic ließ sich Elles Idee durch den Kopf gehen und erwärmte sich zusehends dafür.

«Würdest du mir helfen?», fragte er.

Elle rieb sich die Hände. «Ich habe schon gedacht, du würdest nie mehr fragen.»

Sie fuhren durch Dominics Straße, und Elle stellte fest, dass Bellas Auto nicht in der Auffahrt stand. Sie parkten ein paar Häuser entfernt, dann ging Elle zur Haustür, und Dominic versteckte sich hinter einem Baum im Vorgarten. Elle klingelte. Keine Reaktion. Sie winkte Dominic heran, und er kam hinter dem Baum hervor und zog seinen Schlüsselbund aus der Tasche. Nach einem tiefen Atemzug steckte er den Schlüssel ins Schloss, drehte ihn, und die Tür blieb zu.

«Verdammt», sagte er.

«Keine Panik», sagte Elle. «Komm mit.»

Sie gingen um das Haus herum. Auf dem Weg hob Elle im Garten einen Stein auf, zog ihre Jacke aus und wickelte den Stein darin ein.

«Die Fenstertüren sind doppelt verglast», sagte Dominic und warf einen nervösen Blick über die Schulter.

«Ja, aber das Klofenster im Parterre nicht.»

«Das ist zu klein.»

«Für dich vielleicht, Fettwanst.»

«Ich bin nicht fett.»

«Hast du eine Alarmanlage?», fragte Elle.

«Ja.»

«Glaubst du, sie hat den Code geändert?»

«Ich bin nicht mal sicher, dass sie weiß, wie das geht.»

«Aber wenn sie es getan hat, welche Nummer hätte sie dann genommen?»

«Keine Ahnung – doch, ich weiß es. Sie hat ein unheimlich schlechtes Gedächtnis, und deshalb nimmt sie für sämtliche Pins und Karten die gleiche Geheimnummer: 6666.»

«Sehr gut», sagte Elle und schlug mit dem eingewickelten Stein gegen das Fenster. Ein Sprung bildete sich im Glas. Sie schlug erneut zu, und das Glas zersplitterte.

Sofort ging die Alarmanlage los. Elle machte die gezackten Scherben unschädlich, die noch im Fensterrahmen steckten, indem sie sie mit dem Stein ausschlug. Sie hielt erst inne, als sie hörte, dass Dominic seiner Nachbarin Rachel Jameson ein hysterisches «Guten Tag» zurief.

«Sie haben wohl den Schlüssel im Haus vergessen, Dominic. Das ist Pech», sagte sie.

«Das kann man wohl sagen», erklärte er, und Elle fürchtete, er würde auf der Stelle einen Herzinfarkt bekommen.

«Ja, so geht es immer», sagte Rachel.

Bei dieser Bemerkung hätte Elle beinahe laut aufgelacht. Dominic stieß sie in die Seite. Als Rachel Jameson in ihr Haus gegangen war, verschränkte Dominic die Finger zur Räuberleiter, und Elle zog sich durch das Fenster ins Haus. Als Erstes suchte sie die Alarmanlage, gab 6666 ein, und der Alarmton verstummte.

«Was für eine Idiotin», murmelte sie und öffnete die Vordertür.

Dominic rannte herein und schlug mit einem Knall die Tür hinter sich zu.

«Pech gehabt, du Miststück!», sagte er dazu und kicherte wie ein Mädchen.

«Wir haben es noch nicht geschafft», ermahnte ihn Elle. «Ruf bei einem Glaser an und versprich ihnen hundert Euro Trinkgeld, wenn sie innerhalb einer halben Stunde hier sind und das Fenster reparieren. Und genauso machst du's beim Schlüsseldienst.»

Während Dominic telefonierte, ging Elle mit einem Koffer, den sie unter der Treppe gefunden hatte, in den ersten Stock hinauf und machte sich daran, Bellas Sachen einzupacken. Nachdem Dominic die Telefonate erledigt hatte, streifte er durchs Haus und sammelte alles ein, was von Bella stammte. Dabei sah er ständig auf die Uhr und wurde noch nervöser, als er feststellte, dass er stark schwitzte. Elle dagegen benahm sich, als gehörten Einbrüche bei ihr zum Alltagsprogramm.

«Jetzt komm mal wieder auf den Teppich, Dominic, das hier ist schließlich dein eigenes Haus», sagte sie, als er eine Bemerkung über ihre Gelassenheit machte.

Der Glaser traf innerhalb von einer Viertelstunde ein und war nach weiteren zehn Minuten mit dem Fenster fertig. Dominic bezahlte ihn und schlug die Tür mit einem weiteren heftigen Knall hinter ihm zu. Ein paar Minuten später kam der Schlüsseldienst, und die Schlösser waren nach einer halben Stunde ausgewechselt. Dominic rannte die Treppe hinauf zu Elle, die eben Bellas letzte Sachen in eine Reisetasche stopfte.

«Ich glaube, ich liebe dich», sagte er.

«Immer mit der Ruhe», sagte Elle. «Als Nächstes müssen wir dafür sorgen, dass sie ihre Sachen mitnimmt.»

Dominic trug Bellas Koffer nach unten und stellte sie in der Diele neben die Haustür. Elle sah auf die Uhr. Es war kurz nach neun.

«Und jetzt?», fragte er.

«Jetzt warten wir», gab Elle zurück.

Sie mussten nicht lange warten, denn zehn Minuten später bog Bellas Auto in die Zufahrt ein, und sie stieg aus. Elles Herz raste, und es raste, auch wenn man es ihr nicht ansah, schon seit sie das Fenster eingeschlagen hatte. Dominic schluckte und wappnete sich für die bevorstehende Auseinandersetzung. Bella steckte ihren Schlüssel ins Schloss, zog ihn wieder heraus, steckte ihn erneut ins Schloss und zog ihn heraus. Dann trat sie einen Schritt von der Haustür weg und sah am Haus hinauf, als könnte sie dort erkennen, was los war. Dann ging sie wieder an die Tür und versuchte noch einmal aufzuschließen. Darauf ging sie ums Haus und probierte, ob die Fenstertüren zum Garten offen waren. Sie spähte durchs Fenster in die leere Küche. Dominic und Elle versteckten sich mit angehaltenem Atem im Wohnzimmer. Dann ging Bella wieder zur Vorderseite des Hauses, trat über ein paar Beetpflanzen hinweg und sah durchs Wohnzimmerfenster. Als sie Dominic und Elle erkannte, begann sie an die Fensterscheibe zu klopfen und zu rufen.

Elle ging zum Fenster und öffnete es einen Spaltbreit.

«Kann ich dir irgendwie helfen?», sagte sie.

«Du kannst mich in mein Haus lassen!», schrie Bella.

«Aber das hier ist nicht dein Haus. Das ist Dominics Haus. Das weiß ich, weil ich ihn schon kannte, als er es gekauft hat, abgesehen davon hat mein Neffe seit seinem vierten Geburtstag jedes Wochenende hier verbracht. Du hast ungefähr fünf Minuten lang hier gewohnt. Nicht mal du hast es geschafft, dass Dominic dir in dieser kurzen Zeit den Besitz überschrieben hat, oder?»

«Für wen hältst du dich eigentlich?»

«Ich bin jemand, der sich seinen Lebensunterhalt selbst verdient. Du willst aus der Ehe mit Dominic raus, und dafür macht dir auch niemand einen Vorwurf, aber du nimmst nur mit, was dir gehört. Und dieses Haus gehört dir nicht.»

Während Elle redete, stellte Dominic Bellas Taschen vor die Haustür. Dann zog er die Tür wieder zu und zeigte Elle den aufgerichteten Daumen.

«Alles Gute dann», sagte Elle zu Bella und schloss das Fenster.

«Wir sprechen uns noch», sagte Bella und zertrampelte auf dem Weg zur Haustür ein paar Blumen. Dann lud sie ihre Taschen ins Auto und fuhr weg.

Dominic sah ihr angespannt nach. «Ich glaub einfach nicht, dass wir das gerade getan haben.»

Elle tänzelte um ihn herum ins Wohnzimmer. «Was für ein Spaß!», rief sie.

Dominic schenkte zwei Gläser Wein ein. Sie stießen an, gingen ihr Abenteuer noch einmal in allen Einzelheiten durch, lachten und tranken, und als der Abend eigentlich nicht mehr seltsamer werden konnte, erklärte Dominic Elle, dass er sie wundervoll fand. Dann beugte er sich vor und küsste sie, und Elle erwiderte den Kuss, und zwanzig Minuten später saß sie auf Bellas künftigem Ex-Mann in Bellas Ex-Bett.

Jane übernahm es, Leslie in die Rehaklinik zu bringen. Zwölf Tage nach der Operation führte sie Leslie vorsichtig zu ihrem Auto und half ihr beim Einsteigen.

Auf der Fahrt war Leslie schweigsam. Jane schaltete das Radio an, und sie hörten einer Gesprächsrunde zu. Kurz bevor sie die Rehaklinik erreichten, rief Jane dort an, damit eine Krankenschwester sie mit einem Rollstuhl am Eingang abholte. Die Schwester schob Leslie auf die Station, und Jane folgte ihnen mit dem Gepäck. Leslie hatte ein Einzelzimmer, die Schwester half ihr ins Bett, erklärte, wie die Fernbedienung funktionierte, wann die Essenszeiten waren, und kündete an, dass jemand mit Schmerzmitteln vorbeikommen würde. Leslie nickte bloß, und die Schwester ging hinaus.

«Macht doch einen guten Eindruck hier», sagte Jane.

«Wirklich?»

«Kann ich noch irgendetwas für dich tun?»

«Nein», sagte Leslie. «Niemand kann irgendwas für mich tun.»

«Elle hat darüber im Internet gelesen – es ist normal, nach so einer Operation depressiv zu sein.»

«Ich weiß. Sie hat es mir auch erzählt.»

«Ich wünschte, ich könnte was tun.»

«Ich auch.»

«Jim kommt nachher.»

«Was willst du damit sagen?», fragte Leslie, die glaubte, Jane wollte, wie Elle es immer tat, irgendwelche Andeutungen in Richtung Romanze machen.

«Dass Jim nachher kommt.»

«Oh.»

«Soll ich dir beim Waschen helfen?», sagte Jane.

«Willst du sehen, wie sie mich zugerichtet haben?»

Jane war entsetzt, dass Leslie so etwas denken konnte. «Nein! Natürlich nicht! Wie kommst du denn darauf?»

Sie war so fassungslos und verlegen und rot angelaufen, dass Leslie lächeln musste.

«Tut mir leid», sagte sie.

«Ehrlich, Leslie», sagte Jane und setzte sich. «Ich hab's schon schwer genug, ohne dass du …» Sie ließ den Satz unbeendet und schüttelte den Kopf.

Leslie bat sie um Hilfe. Sie wollte den Verband selbst wechseln, aber dazu brauchte sie Unterstützung.

«Bist du sicher, dass du das ohne Krankenschwester machen willst?», fragte Jane.

«Ja. Und du? Bist du sicher, dass du mir helfen willst?»

«Ich habe es dir schließlich angeboten, oder nicht?»

Sie half Leslie in das kleine Bad, klappte den Toilettendeckel zu, und Leslie setzte sich. Dann füllte Jane das Waschbecken mit lauwarmem Seifenwasser und half Leslie, ihr Pyjamaoberteil auszuziehen. Die Binden waren fest um ihren Oberkörper gewickelt, und Jane fand schnell die untergesteckten Enden. Behutsam begann sie, den Verband abzuwickeln, und Leslie nahm ihr die Binden nacheinander ab.

Als die letzte Binde abgewickelt war, ließ Leslie die Hände sinken und enthüllte die Einbuchtungen und die roten Narben, wo früher ihre Brüste gewesen waren. In der Haut waren auch noch Löcher von den Drainageschläuchen, und eins davon war leicht vereitert. Leslie stiegen Tränen in die Augen, und sie presste ihre Lippen zusammen.

«Sehen ist glauben», sagte sie dann und wischte sich über die Augen. «Es sieht schlimm aus, oder?»

«Es muss noch ausheilen.»

«Es ist trotzdem total furchtbar.»

«Na ja, es sieht schlimm aus, aber nicht schlimmer als meine Orangenhaut an den Oberschenkeln.»

«Wenigstens bist du ehrlich.»

«Das liegt nur daran, dass ich eine miserable Lügnerin bin und du nicht der Typ bist, dem man irgendeinen Mist auftischen kann.»

«Meinst du, ich sollte mir Implantate machen lassen?», fragte Leslie.

«Das ist deine Entscheidung.»

«Würdest du es machen?»

«Ja», sagte Jane. «Ich glaube schon.»

«Die Entscheidung ist gar nicht so einfach.»

«Es war auch nicht leicht, sich für eine doppelseitige Mastektomie und eine Hysterektomie zu entscheiden.»

Leslie seufzte. «Mit oder ohne neue Brüste: Ich werde nie mehr eine richtige Frau sein.»

«Gebärmütter werden total überbewertet. Die bringen einen nur in alle möglichen Schwierigkeiten, weißt du.»

Leslie lachte. «Das werde ich mir merken.»

«Gut.» Jane drückte den Schwamm aus und begann vorsichtig, die Haut um die Operationsnarben herum zu waschen, während Leslie in den Spiegel schaute und versuchte, sich an ihren neuen Anblick zu gewöhnen.

Als Jane aus der Rehaklinik zurückkam, saß Tom auf ihrer Eingangstreppe. Sie stieg aus dem Auto, und er nahm ihr die Tasche mit Leslies Wäsche ab.

«Ich habe Neuigkeiten», sagte er. «Es geht um Alexandra.»

Jane blieb wie erstarrt stehen.

«Sie haben ihren Ehering gefunden.»

«Wo?»

«Auf einem Flohmarkt in Wexford.»

«Was bedeutet das?»

«Ich weiß nicht.»

«Aber es ist wenigstens irgendwas.»

«Ja.» Er lächelte. «Es ist wenigstens irgendwas.»

Sie umarmte ihn, und er ließ die Tasche auf den Boden fallen und umarmte sie auch. Und Rose, die von ihrem Fenster aus beobachtete, wie Jane und Tom einander festhielten, erkannte sogar aus der Entfernung den Ausdruck in den Augen ihrer Tochter.

«O Janey, der nächste unerreichbare Mann! Aber wenigstens bleibst du dir treu, verdammt.»

12
Open your Borders

The summer days grow longer but life gets shorter
the heart starts growing cold.
If you remain a loner you gotta take a chance,
get up and dance, you know the song.
Jack L., *Broken Songs*

August 2008

Jane vermisste Kurt mehr, als sie je gedacht hätte. Alle paar Tage ertappte sie sich dabei, wie sie in sein Zimmer ging und sich suchend umsah, allerdings nichts anfasste, denn das hätte er nach seiner Rückkehr vermutlich bemerkt und wäre sauer geworden. Einmal legte sie sich auf sein Bett, starrte zur Decke hoch und überlegte, wo er wohl gerade war und was er tat und wie es ihm ging. *Erlebt er jeden Tag neue Abenteuer? Wird er es bedauern, wenn er wieder nach Hause fahren muss? Wird er überhaupt wieder nach Hause kommen? O Gott, er wird doch bestimmt wieder nach Hause kommen, oder? Beruhig dich, Jane. Er ist bloß in Ferien, er ist schließlich nicht ausgewandert. O Gott, und was ist, wenn er auswandert?*

Jane fühlte sich sehr allein in ihrem Haus, seit Kurt nicht mehr da war. Auch Irene fehlte ihr, obwohl sie nur kurze Zeit zusammengewohnt hatten. Jane war klar, dass Kurts lange Reise sie auf den Tag vorbereiten sollte, an dem er von zu Hause ausziehen würde. Sie hoffte aber noch, dass er einen Studienplatz für Medizin in

Dublin bekam. Er hatte sich sicherheitshalber auch in Cork, Galway und Belfast beworben, und wenn er in Dublin nicht angenommen wurde, wäre er schon sehr bald nicht mehr hier. Daran wagte Jane nicht einmal zu denken.

Aus den Tagen wurden Wochen, und mit der Zeit stellte Jane eine wachsende Unruhe an sich fest. All ihre alten Träume von damals, als sie selbst von zu Hause ausziehen wollte, kehrten wieder. *Wenn er auszieht, kann ich auch weg. Wenn er sein neues Leben anfängt, kann ich das auch. Ich könnte das Haus verkaufen, ich könnte Rose in einem Pflegeheim unterbringen, wo man ihr nicht erlaubt, sich zu Tode zu trinken, und ich könnte für Elle ein hübsches Cottage in einer schönen, anregenden Umgebung suchen, irgendwo, wo sie nicht am Ende des Gartens ihrer Schwester wohnt. – Ich könnte mir mein Leben zurückholen.*

So aufregend diese Gedanken auch waren, Jane schob sie schnell wieder weg, denn sich ihr Leben zurückzuholen hätte bedeutet, das Leben aller anderen zu verändern, und die arme alte Janey war absolut nicht in der Lage, ihre Nächsten und Liebsten absichtlich in Unruhe zu versetzen. Abgesehen davon brauchten die anderen sie. In der Familie war es eine stillschweigend anerkannte Tatsache, dass Rose längst tot und Elle in der Psychiatrie oder im Gefängnis gelandet wäre, wenn Jane nicht mit Engelsgeduld für die beiden gesorgt hätte.

Nach Kurts Geburt war Jane zu Hause geblieben, weil sie kein Geld hatte und nirgendwo anders hinkonnte, und auch weil Rose sie ernährte – obwohl sie Jane davon abgesehen kein bisschen bei der Versorgung des Babys unterstützte. Kurts erste Lebensjahre waren die schwerste und bitterste Zeit in Janes Dasein gewesen, aber so waren Jane und Kurt füreinander die wichtigsten Menschen auf der Welt geworden.

Als er mit vier Jahren in die Vorschule kam und Elles Talent nicht mehr zu übersehen war, hatte Jane beschlossen, Galeristin zu werden. Diese Entscheidung war nicht zuletzt davon beeinflusst, dass Rose zufolge die Leute schon Schlange gestanden hatten, um die etwas naive Elle auszunutzen. Also waren diese Leute von Rose zum Teufel geschickt worden, und Elle hatte niemanden mehr, der sie vertrat. Sie war verzweifelt. Also durchkämmte Jane die Straßen Dublins auf der Suche nach einer Galerie, in der sie an vier Vormittagen wöchentlich arbeiten und das Handwerk lernen konnte, und als sie eines Tages in eine kleine Galerie in der Nähe der Clanwilliam Street kam, empfing sie ein Mann von ungefähr Mitte sechzig mit einem herzlichen Lächeln, und Jane wusste noch bevor sie ein einziges Wort gewechselt hatten, dass sie den Job bekommen würde. Zuerst meinte der Galerist zwar, er hätte nichts für sie zu tun, doch sie ließ nicht locker und erklärte, dass sie – wenn er bereit war, ihr alles beizubringen – ein ganzes Jahr lang umsonst für ihn arbeiten würde. Er hatte gelacht, weil er dachte, das sei ein Scherz, aber Jane meinte es vollkommen ernst. Wenn er damit leben konnte, dass sie mittags wieder ging, hatte er eine kostenlose Arbeitskraft.

Albert mochte Jane vom ersten Augenblick an, und da er seit dem Tod seiner geliebten Frau viel Zeit alleine verbrachte, gefiel ihm die Vorstellung, dass er in der Galerie Gesellschaft haben würde. Außerdem freute er sich darüber, dass er sein Wissen weitergeben konnte, und zu Janes Glück war er ein sehr begabter Lehrer. Nach einem Monat brachte Jane eines von Elles Gemälden mit in

Alberts Galerie. Er war überwältigt, und nachdem Jane ein Buch über Pressearbeit gelesen hatte, organisierten sie eine Ausstellung, die dank der Tipps aus dem Buch und Elles besonderem Talent, das den Medien interessant erschien, zu einem Riesenerfolg wurde. Jane arbeitete erst vier Monate für Albert, als sie ihren ersten Lohn erhielt. Sie setzten die gemeinsame Arbeit noch fünf Jahre fort, und als Albert an einem kalten Herbstabend starb, war er beinahe wie ein Vater für Jane geworden. Albert und seine hinreißende Frau hatten keine Kinder gehabt, er war der Jüngste aus seiner Familie gewesen, und all seine näheren Verwandten und engen Freunde waren vor ihm gestorben. Daher hatte er beschlossen, sein Geschäft und sein Haus der jungen Frau zu vererben, die seine letzten Jahre so glücklich und interessant gemacht hatte. Wie sich herausstellte, hätte dieses Erbe zu keinem besseren Zeitpunkt kommen können, denn Janes Elternhaus war noch nicht abbezahlt, und Rose hatte seit einem Jahr den Immobilienkredit nicht bedient, sodass die Bank kurz davor stand, ihnen das Haus wegzunehmen. Weil Rose mit Vorliebe den Kopf in den Sand steckte und überheblich genug war zu glauben, dass die Bank so lange warten würde, bis es ihr, Rose, genehm wäre, wieder arbeiten zu gehen, um die Raten zahlen zu können, nahm Jane das Heft in die Hand. Sie verkaufte Alberts Haus und übernahm mit dem Erlös das Haus von Rose. Zuerst wehrte sich Rose mit Händen und Füßen und behauptete, Jane wolle ihr das Heim stehlen, doch als ihr Janes Anwalt unmissverständlich erklärte, dass sie obdachlos würde, falls Jane die Hypothek nicht übernähme, und dass Rose außerdem 100 000,– Euro bekäme, wenn Jane sie aus dem Kreditvertrag herauskaufte, fand sie den Vorschlag doch interessant. Nach der Transaktion blieb genügend Geld übrig, um die Parterrewohnung herzurichten, die Rose jahrelang komplett vernachlässigt hatte. Auf diese Art wurde Jane im Alter von siebenundzwanzig Jahren zur Eigentümerin eines großen, georgianischen Hauses, zu dem außerdem noch ein Gartencottage gehörte. Als sie dreißig war, verkaufte sie die kleine Galerie, die ihr Albert hinterlassen hatte, und suchte sich ein größeres Objekt. Die neue Galerie benannte sie nach Albert. Jane war sehr erfolgreich im Geschäft, und manch einer hätte sicher gesagt, dass Elle ohne Jane niemals so weit gekommen wäre. Aber jetzt, auch wenn sie ein Haus besaß und gute Geschäfte machte, fragte sich Jane, ob das Leben nicht noch mehr zu bieten hatte. Sie dachte an die Dinge, die sie gern getan hätte, an das Medizinstudium, an die Reisen in alle Welt. Sie war noch nie länger als zwei Wochen aus Irland weg gewesen, und dann immer nur in irgendwelchen Strandclubs mit Kinderbetreuung in Südeuropa. Als Teenager hatte sie von ganz anderen Abenteuern geträumt: Trekkingtouren im brasilianischen Regenwald, Surfen an der mexikanischen Küste oder Safaris in Kenia. Jane bedauerte, dass sie ihre Chance verpasst hatte, denn sie wusste, dass sie eine gute Ärztin hätte werden können. *Könnte ich es vielleicht jetzt noch machen? Sei kein Dummkopf, Jane, dafür bist du inzwischen viel zu alt.*

Janes gelegentliche Fluchtphantasien wurden ohnehin regelmäßig entweder von Rose oder von Elle zunichtegemacht. Rose hatte immer noch Magenprobleme, aber das wollte sie natürlich nicht zugeben, weil sie dann auch das Trinken hätte sein lassen müssen, und das hatte sie keinesfalls vor.

«Wir haben alle unsere kleinen Schwächen, Jane», sagte sie.

«Ja, aber deine kleine Schwäche bringt dich ins Grab.»

«Da bin ich anderer Meinung.»

Immer wieder legte Rose sich die Hand auf den Bauch und atmete tief ein.

«Kann ich etwas für dich tun?»

«Du kannst mich ablenken.»

Jane stand auf und legte einen irischen Tanz hin.

«Ja, sehr lustig, Janey, sie sollten dir wirklich eine eigene Comedy-Show geben.»

Jane setzte sich wieder.

«Warum erzählst du mir nicht mal was über Tom?», fragte Rose.

«Was willst du denn wissen?»

«Na, wie kommt er klar? Haben sie irgendwen gefunden, der etwas zu dem Ehering sagen konnte?»

«Sie haben den Ring bis zu einem Typen aus Kent zurückverfolgt, der behauptet, ihn einem Mann aus Clare abgekauft zu heben, und als sie den vernommen haben, hat er gesagt, er hat ihn von einem Flohmarkt in Rathmines. Er hatte einfach gedacht, das wäre ein schöner Ring für seine Freundin – aber sie hat gedacht, er will um ihre Hand anhalten, und als sie gesehen hat, dass Alexandras Name in den Ring graviert ist, hat sie gedacht, er wäre ein Geizhals, und hat mit ihm Schluss gemacht.»

«Und wie ist der Ring zu diesem Flohmarkthändler gekommen?»

«Die Verkäuferin schwört, dass sie es nicht weiß – sie konnte für sämtliche anderen Waren Belege vorweisen.

Es scheint fast so, als hätte ihr jemand den Ring heimlich auf den Verkaufstisch gelegt.»

«Und was meint Tom dazu?»

«Er denkt, es ist ein gutes Zeichen, dass der Ring gefunden wurde. Er meint, dass Alexandra vielleicht versucht hat, uns einen Hinweis zu geben, wo wir nach ihr suchen müssen.»

«Quatsch. Sie ist tot, und zwar schon lange.»

«Rose, bitte sag das nicht.»

«Sei doch nicht lächerlich, Janey. Natürlich ist sie tot! Und wenn Tom ehrlich zu sich selbst wäre, würde er das auch sagen, und ich bin sicher, dass die Polizei auch schon mehr als einmal hat durchblicken lassen, dass das die Erklärung für Alexandras Verschwinden ist.»

«Lass uns über etwas anderes reden.»

«Du magst ihn, oder?»

«Wen?»

«Tom. Du magst ihn.»

«Er ist ganz nett.»

«Jetzt zier dich doch nicht so, Jane Moore.»

«Du bist unmöglich, Rose!» Jane stand auf und wandte sich zur Tür.

«Ich rate dir, sei vorsichtig – was Männer angeht, hast du schon viel zu lange eine Latte vorm Kopf.»

«Es heißt Brett, Rose, man sagt, du hast ein Brett vorm Kopf.»

«Das spielt jetzt überhaupt keine Rolle, Janey. Soll ich dir sagen, worum es geht? Darum, dass du dich nicht dein ganzes Leben lang zum Idioten machen kannst. Und wenn ich mir deine dunklen Augenringe und die Krähenfüße so ansehe, schätze ich, dass du demnächst keinen mehr mit Schönheit herumkriegen wirst. Wenn du also noch einen abbekommen willst, dann halt dich ran.»

Jane knallte Roses Wohnungstür hinter sich zu, so laut sie konnte. *Ich hasse dieses gemeine Weib!*

Noch vier Wochen, nachdem sie in die Rehaklinik gekommen war, kämpfte Leslie mit der Depression. Ihr Chirurg hatte sie darauf hingewiesen, dass das passieren könnte, und ihr die Gründe dafür erklärt. Aber diese Erklärungen halfen nicht viel, als es tatsächlich so kam. Leslie wollte sich mit niemandem unterhalten, und wenn sie nicht schlafen konnte, starrte sie einfach mit der Fernbedienung in der Hand auf den Fernsehbildschirm. Wenn Elle zu Besuch kam, setzte sie sich dazu, und manchmal erzählte sie etwas, manchmal aber auch nicht. Jane versuchte, das Zimmer ein wenig schöner zu machen. Zum Beispiel brachte sie bunte Luftballons mit, ein Riesenkuscheltier und Duftkerzen. Wenn Tom auch da war, erzählte er Witze, über die Jane lachte. Die meisten dieser Witze hatte er von Alexandra. Sie hatte es geliebt, Witze zu erzählen, und brauchte einen nur ein einziges Mal zu hören, um ihn sich für immer merken und bei der passenden Gelegenheit zum Besten zu geben. Tom dagegen war nicht so gut im Witzeerzählen und hatte oft am Ende die Pointe vergessen. Daher lag es vielleicht nicht unbedingt an der Depression, wenn Leslie nicht über Toms Witze lachte. Jim kam jeden zweiten Tag. Er schüttelte ihre Kissen auf, obwohl sie das nicht wollte, er zog die Laken glatt und machte auf ihrem Nachttisch Ordnung, bis Leslie sagte: «Kannst du das mal bitte sein lassen?»

«Nein, hier liegt ein angegammelter Apfel.»

«Dann lass ihn einfach liegen.»

«Nein. Der gehört in den Abfalleimer!» Er warf die anstößige Frucht in den Abfall. «Wenn du willst, putze ich das Waschbecken für dich.»

«Das macht die Putzkolonne.»

«Ja, aber die ist jetzt gerade nicht hier, und wenn du nicht mit mir reden willst …»

«Über was willst du denn reden?» Sie seufzte herzerweichend, damit er auch mitbekam, wie lästig er ihr fiel.

«Ich weiß nicht. Wie wär's mit Sturzfluten?»

«Sturzfluten?»

«In Clonee hat es eine gegeben, kannst du dir das vorstellen? Die Autos sind wie Schiffe die M50 runtergetrieben.»

«Es regnet ja schließlich auch seit einem Monat Tag und Nacht.»

«Ich hasse Regen», sagte er mit einem Blick aus dem Fenster. Der Himmel war dunkelgrau, und die Tropfen liefen an der Fensterscheibe herunter.

«Ja.»

«Vielleicht wäre eine Reise jetzt das Richtige. Eine Woche Sonne, so Ende September.»

«Klingt gut.»

«Wir könnten einen Mietwagen nehmen.»

«Wir?»

«Dein geschwächter Körper könnte ein bisschen Sonne sehr gut vertragen.»

«Vielen Dank.»

«Du könntest am Strand entlangspazieren und die Wärme genießen», sagte er. «Gut essen und schlafen, weil du müde bist, und nicht, weil du schaufelweise Schlaftabletten geschluckt hast.»

«Hör auf mich zu bevormunden.»

«Wir könnten zum Beispiel nach Griechenland, Spanien oder Frankreich. Ich wette, dass es dort noch schön ist.»

«Willst du wirklich mit mir verreisen?», fragte sie.

«Wir sind doch Freunde, oder?»

Sie nickte.

«Und wir brauchen beide etwas, auf das wir uns freuen können.»

Sie nickte.

«Also fahren wir, wenn es dir bessergeht und deine Hormontabletten richtig eingestellt sind.»

«Vielleicht.»

«Vielleicht reicht mir im Moment.»

Danach verfiel sie wieder in Schweigen, aber er freute sich, dass es ihm überhaupt gelungen war, sie zum Reden zu bringen, und was die Reise anging, war ein Vielleicht immer noch besser als ein klares Nein.

Mit der Zeit stellte Tom fest, dass er sich nicht mehr nur damit beschäftigen wollte, die Finding-Alexandra- und die Jack-Lukeman-Websites anzuklicken oder mit der Kontaktbeamtin von der Polizei zu telefonieren. Seine Firma war tot und begraben, und so wie sich die Dinge im Bausektor entwickelten, war er heilfroh darüber. Immer wieder einmal hörte er hier und da, dass die Zahl der Vergabe von Neubauaufträgen steil abstürzte. Ein Bauunternehmer aus seiner Bekanntschaft stand kurz vor dem Bankrott, und ein anderer versuchte verzweifelt, sich über Wasser zu halten. Nachdem Toms Buchhalter die Einkommens- und Umsatzsteuererklärungen für das letzte Geschäftsjahr abgeschlossen hatte, blieb genügend

Geld auf dem Konto. Zudem hatte Tom seine Geschäftsräume nur gemietet, sodass er auch in dieser Hinsicht keine Sorgen hatte. Im Baugeschäft weiterzumachen, kam in der aktuellen Situation nicht in Frage, aber etwas anderes hatte er nicht gelernt, denn er war mit sechzehn von der Schule abgegangen, um mit seinem Dad auf Baustellen im Dubliner Raum zu arbeiten. Toms Mutter hatte unter Demenz gelitten, und leider hatte sie diese Krankheit sehr früh bekommen, sodass sie, schon seit Tom zehn Jahre alt war, nicht mehr wusste, wer er eigentlich war. Toms Vater konnte sich nicht um sie kümmern, und so brachte er sie in das beste Pflegeheim, das für Geld zu finden war. Allerdings war er mit den Kosten für das Heim, den Raten für sein eigenes Haus und für Toms Unterhalt überfordert. Deshalb war Tom von der Schule abgegangen. Gemeinsam arbeiteten sie, um die Rechnungen bezahlen zu können. Abends saß Tom vor dem Fernseher, und sein Vater trank, und das ging so, bis er vier Jahre später an Lebersklerose starb. Es waren noch ein Jahr lang Raten für das Haus fällig, und Tom zahlte sie ab, verkaufte das Haus und eröffnete seine Firma. Als er und Jane einmal gemeinsam essen gingen, sprachen sie darüber, dass ihre Lebenswege recht ähnlich verlaufen waren. Sie erzählte ihm vom Tod ihres Vaters durch Herzversagen, und ihre trinkende Mutter hatte er ja selbst schon kennengelernt. Tom erfuhr, dass Jane von der Schule hatte abgehen müssen, weil sie schwanger gewesen war, und wie sie mit der Arbeit bei Albert ins Leben zurückkehrte. Tom erzählte von seiner bedauernswerten Mutter, die so viele Jahre in vollkommener geistiger Verwirrung hatte leben müssen, und von seinem Vater, der anders als Janes Mutter ein Quartalssäufer war, der nicht mehr aufhören konnte, wenn er einmal angefangen hatte, und manchmal tagelang verschwand. Er sprach auch über die Schule und gab zu, dass er damals sogar froh gewesen war, nicht mehr hingehen zu müssen, denn den Unterricht hatte er nie besonders interessant gefunden, und an die Uni hatte er ebenfalls nicht gewollt. Inzwischen hatte er jedoch ein weitreichendes Interesse an allem entwickelt, was mit Menschenrechten zusammenhing.

«Ich weiß, dass es komisch klingt», sagte er. «Ein bisschen übergeschnappt für einen Bauunternehmer.»

«Ich finde es komischer, dass du das Wort ‹übergeschnappt› benutzt.»

Jane vertraute ihm an, dass sie sich davor fürchtete, ohne ihren Sohn in diesem großen Haus zu wohnen.

«Das verstehe ich vollkommen», sagte Tom.

«Ich denke ständig darüber nach.»

«Du musst wieder anfangen, dein eigenes Leben zu führen.»

«Ich glaube, diesen Rat könnte ich dir auch geben», sagte sie.

Tom schwieg einen Moment. «Ja, irgendwie weiß ich ja, dass du recht hast», sagte er dann.

Jane hatte ihm von ihrer unseligen Liebe zu Dominic erzählt, als sie sich noch einmal dafür entschuldigt hatte, dass sie ihn wegen Jeanette so angebrüllt hatte. Jetzt fragte Tom nach Dominic, um das Thema zu wechseln.

«Seine Ehe ist am Ende», sagte Jane.

«Hat er dir das selbst erzählt?»

«Nein, das war Elle. Er lässt sich nicht bei mir blicken.»

«Gut.»

«Ja», sagte sie. «Es ist tatsächlich das erste Mal seit

vierzehn Jahren, dass ich mal eine Pause von meinem Sohn und seinem Vater habe.»

«Und es interessiert dich kein bisschen, wie es Dominic jetzt geht?»

«Nein», sagte sie. «Ich bin über ihn weg.»

«Sehr gut für dich.»

«Was ist mit Jeanette?»

«Oh, fang lieber nicht damit an! Diese Geschichte ist mir wirklich peinlich.»

«Glaub mir, ich weiß, wie man sich da fühlt.»

Nach dem Essen schlenderten sie ein bisschen durch die Grafton Street. Vor einer Gruppe Straßenmusiker blieben sie stehen, sahen ihnen eine Weile zu und gingen dann weiter. Zuerst hatten sie nach einem Taxi suchen wollen, doch weil es endlich aufgehört hatte zu regnen und ihnen der Spaziergang gefiel, gingen sie schließlich den gesamten Weg bis zu Janes Haus zu Fuß. Jane schlug ihm vor, noch mit hineinzukommen.

«Lieber nicht», sagte er mit einem Blick auf die Uhr, «es ist schon ganz schön spät.»

«Gut», sagte sie. «Gute Nacht.»

«Gute Nacht.»

Beide standen da wie angewurzelt.

«Wir verabreden uns bald wieder», sagte er.

«Schön.»

«Okay dann.»

«Okay dann.»

Tom biss sich auf die Unterlippe, und Jane atmete langsam aus, und in diesem Augenblick hätten sie sich beinahe geküsst und waren zugleich weit entfernt davon. Dann hörten sie ein Klopfen, drehten sich um und sahen Rose von innen an ihr Wohnzimmerfenster pochen. Nachdem sie die beiden auf sich aufmerksam gemacht hatte, wackelte sie wie eine Oberlehrerin mit dem erhobenen Zeigefinger und deutete dann auf Tom. Jane und Tom mussten über diese angetrunkene Moralwächterin lachen, und so ging der angespannte Moment vorüber.

Elle klingelte an Dominics Haustür. Er öffnete und grinste, als er sie sah. Sie kam ins Haus, und er gab ihr einen Klaps auf den Hintern. Elle stieß ihn in die Seite und rannte mit Dominic auf den Fersen in sein Schlafzimmer. Er jagte sie ums Bett herum, sie sprang darüber, rannte hinaus in den Flur und ins Gästezimmer und suchte hinter einem Sessel Deckung. Er versuchte sie zu erwischen, aber sie wich aus und entkam in die Abstellkammer, wo er sie in die Ecke drängte. Beide keuchten, und Dominic drückte Elle mit seinem Körper gegen die Wand.

«Wir sollten das nicht tun», sagte er.

«Genau deshalb macht es ja so viel Spaß», sagte sie, und er küsste sie und zog ihr das Höschen herunter, und sie setzte sich auf seine Hüfte, und wenn er nicht diese Rückenprobleme gehabt hätte, dann hätten sie es gleich so durchgezogen, stattdessen aber ließen sie sich auf den Boden hinuntersinken. Als sie danach aus der Dusche kam und er immer noch auf demselben Fleck lag, fragte sie sich, ob alles mit ihm in Ordnung war.

«Alles klar», sagte er, als hätte er ihre Gedanken gelesen.

«Gut», sagte sie. «Dann steh auf.»

Er seufzte, und sie half ihm auf. Er rieb sich den Rücken und nahm zwei Schmerztabletten.

«Du wirst noch mein Tod sein», sagte er.

«Das ist nichts gegen das, was Jane mit dir machen wird, falls sie das hier jemals herausfindet.»

«Aber das wird sie nicht», sagte er merklich beunruhigt. «Du wirst es ihr schließlich nicht erzählen, oder?»

«Nein. Ich habe nämlich genauso viel zu verlieren wie du, wenn nicht noch mehr.»

Elle setzte sich an Dominics Küchentisch und streute gedankenverloren ein Häuflein Salz auf die Tischplatte.

«Und warum machen wir das also?», fragte er. «Und sag nicht bloß so aus Spaß.»

«Weil ich ein Zwangscharakter bin und du mit den Hühnern aufstehst.»

Später, als sie gegangen war, wischte er mit einer Hand das Salz vom Tisch und rieb sich mit der anderen die schmerzenden Lendenwirbel. In diesem Moment schwor er sich, nie wieder mit Elle zu schlafen.

Leslie kam an einem Dienstag aus der Rehaklinik. Jim hatte Sommerferien, also bot er an, sie nach Hause zu fahren. Sie war etwas besser gestimmt und freute sich darauf, ihre Katze wiederzusehen.

Als sie mit Jim in die Wohnung kam, war Deborah gerade dabei, den Sand im Katzenklo auszuwechseln. Leslie und sie hatten sich in der Zeit vor der Operation richtig angefreundet.

«Willkommen daheim», sagte Deborah. Sie wirkte richtig froh, Leslie wiederzusehen – allerdings hatte sie sich auch beinahe einen Monat lang um die Katze gekümmert, und sie hasste Katzen.

«Danke», sagte Leslie und ließ sich auf das Sofa sinken, denn der Weg aus dem Auto zum Aufzug, das Stehen im Aufzug und der Gang vom Aufzug bis zu ihrer Wohnung war ihr vorgekommen wie ein endloser Geländemarsch. Die Katze sprang aufs Sofa, rieb sich an Leslie und begann zu schnurren. Leslie streichelte dem Tierchen den Kopf, während sie sich in ihrer Wohnung umsah. Es war gut, wieder zu Hause zu sein.

Deborah schüttete frischen Streusand ins Katzenklo und verabschiedete sich. «Schön, dass du wieder da bist», sagte sie.

«Ja, es ist gut, wieder daheim zu sein.»

Als Deborah gegangen war, streckte sich Leslie auf dem Sofa aus, und Jim kochte Tee.

«Kommst du am Sonntag mit?», fragte er.

«Wohin?»

«Überraschung.»

«Ich hasse Überraschungen.»

«Schon mich ein bisschen, ja?», sagte Jim.

«Warum soll ich dich schonen? Ich bin schließlich diejenige, die gerade verstümmelt wurde.»

«Kannst du bitte aufhören, das immer wieder zu sagen?»

«Wenn es aber stimmt.»

So kamen sie nicht weiter, also versuchte er es noch einmal.

«Kommst du am Sonntag mit?»

«Wohin?»

«Leslie!»

«Sag mir, wohin.»

«In ein Gartencenter.»

Sie setzte sich langsam auf, denn obwohl die Operation nun fünfeinhalb Wochen zurücklag, hatte sie immer noch Schmerzen, wenn sie sich bewegte.

«In ein Gartencenter?»

«Ja.»

«Es kann ja sein, dass ich in die Wechseljahre komme, aber eine alte Oma bin ich noch lange nicht.»

«Es gibt dort ein richtig gutes Schnellrestaurant, und ausnahmsweise ist der Wetterbericht mal gut. Abgesehen davon haben sie eine wundervolle Parkanlage.»

«Ich bleibe lieber zu Hause.»

«Bitte.»

«Oooh.» Sie seufzte schwer. «Na gut, dann gehen wir eben in dein blödes Gartencenter.»

«Toll. Und – Leslie?»

«Was?»

«Es wird dir unheimlich gut gefallen.» Grinsend zwinkerte er ihr zu.

Sie zog ein Gesicht. «Das habe immer noch ich zu entscheiden, du Klugscheißer.» Sie lachte leise. Es machte ihr Spaß, Jim anzumotzen, und ihm schien es nicht das Geringste auszumachen.

Am Sonntag holte Jim Leslie um die Mittagszeit ab. Sie stieg ins Auto, das Radio lief. Jack Lukeman sprach mit einem Moderator über seine nächsten Auftritte.

«Oh, Mist», sagte Leslie. «Ich habe vergessen, die Auftrittstermine auf die Website zu setzen.»

«Das kannst du später noch machen.»

«Nein, das geht nicht.» Sie öffnete die Autotür. «Warte auf mich – es dauert nur fünf Minuten.»

«Leslie, ich will nicht zu spät kommen.»

«Vertrau mir, dieses Gartencenter ist nachher auch noch da, das verspreche ich dir.»

Eine Viertelstunde später tauchte Jim vor ihrer Wohnungstür auf. Er hatte schlechte Laune. Sie ließ ihn herein.

«Los jetzt», sagte er.

«Noch zwei Sekunden.»

«Eins, zwei», sagte er und klappte ihren Laptop zu.

«He! Ich brauche bestimmt nicht mehr lange!»

«Du steigst jetzt ins Auto!», rief er.

«Na gut. Ist ja schon gut.»

Sie kamen zwanzig Minuten zu spät. Jim fluchte, weil er ewig nach einem Parkplatz suchen musste. Das passte überhaupt nicht zu ihm, und Leslie begann sich zu fragen, was zum Teufel er so Dringendes vorhatte. Als sie endlich einen Parkplatz gefunden hatten, rannte er praktisch bis zu dem Restaurant, während ihm Leslie langsam nachkam und vor sich hinmurmelte, er sei die größte Nervensäge, die sie je erlebt habe.

Da sah sie John. Neben ihm aß seine Tochter Sarah einen Burger, und ihr gegenüber saß eine Frau, die Leslie nicht kannte. John blickte auf und sah Leslie. Er erhob sich und schob seinen Stuhl zurück. Sarah sah an ihrem Vater hoch und folgte seinem Blick mit den Augen.

John war komplett ergraut und sein Gesicht voller Falten, und obwohl Sarah saß, erkannte Leslie, dass sie groß war, genau wie ihre Mutter Nora. Sie war auch wie Nora ein dunkler Typ.

Jim nahm Leslies Hand und zog sie zu dem Tisch.

John streckte ihr die Hand entgegen, und sie begrüßten sich.

«Schön, dich zu sehen, Leslie», sagte er.

«Ich freue mich auch, John.»

«Und Sarah kennst du ja», sagte er, «auch wenn sie erst fünf Jahre alt war, als du sie das letzte Mal gesehen hast.»

«Hi, Leslie», sagte die Teenagerin.

«Hi, Sarah.»

«Und das hier ist meine Frau Claire.»

Claire gab ihr die Hand.

«Wie schön, dich endlich kennenzulernen», sagte Claire.

Jim drückte die sprachlose Leslie auf einen Stuhl.

«Ich hoffe, es stört euch nicht, dass wir schon angefangen haben», sagte John. «Wir sind fast verhungert, also haben wir uns schon was geholt.»

«Nein», sagte Leslie. «Das stört mich überhaupt nicht.»

Jim ging zum Büfett, und sie saß mit Noras Mann, seiner Tochter und seiner Frau da und hatte keine Ahnung, was sie sagen sollte.

«Ich wusste nicht, dass Jim mit euch Kontakt gehalten hat», sagte sie schließlich.

«Tja», meinte Tom, «alte Kampfgefährten oder so.»

«So kann man es wohl nennen», sagte Leslie.

«Jim hat uns von deiner Operation erzählt», sagte Claire. «Ich finde das unheimlich mutig.»

«Danke.»

«Wenn ihr denkt, ich mache das auch, dann spinnt ihr», sagte Sarah zu ihrem Vater.

«Sarah!», ermahnte er sie.

«Hast du dich auf das Gen testen lassen?», fragte Leslie ihre Nichte.

«Noch nicht», sagte Sarah. «Ich will es nicht wissen.»

«Das ist total unvernünftig», sagte Claire.

«Wir versuchen ihr zu erklären, dass es nur zu ihrem Besten ist», sagte John.

«Ich verstehe genau, wie sie sich fühlt.» Leslie lächelte das Kind ihrer Schwester an, das sie nicht kannte.

Sarah erwiderte das Lächeln. Sie war glücklich, dass endlich jemand da war, der ihre Situation nachempfinden konnte.

Jim kam mit dem Essen zurück, und Sarah erzählte von ihrem Leben, ihren Plänen und Träumen.

«Ich will Jura studieren, etwas anderes kommt für mich nicht in Frage», sagte sie. «Dad sagt schließlich, mit meiner Streitlust werde ich als Anwältin jeden Prozess gewinnen.»

«Wie Nora», sagte Leslie.

«Genau wie Nora», sagte John.

«Wenn ich keinen Studienplatz bekomme, wiederhole ich die Aufnahmeprüfung einfach so oft, bis sie mich nehmen», sagte Sarah.

«Sehr gut», sagte Leslie.

«Und was machst du?»

«Ich bin Webmasterin.»

«Cool. Welche Websites betreust du?»

«Alles Mögliche.»

«Kenne ich vielleicht eine davon?»

«Na ja, ein paar sind von Sportstudios, ein Radiosender …»

«Welcher?»

«Ein kleiner. Er ist auf Folkmusik spezialisiert.»

«Oh.»

«Ich kümmere mich auch um die Seite von Jack Lukeman.»

«Von dem Sänger?»

«Ja.»

«Wow! Den finde ich toll.»

«Wirklich?», sagte Leslie. «Ich kann dich mal zu einem Konzert mitnehmen, wenn du willst.»

«Backstage?»

«Da kann ich bestimmt was arrangieren.»

«Kann ich meine Freundin mitbringen?»

«Klar.»

«Cool.»

«Du hast doch nichts dagegen, John, oder?», fragte Leslie.

«Nein, ich finde das großartig.» Er lächelte Jim an, der mit einem breiten, selbstzufriedenen Grinsen neben Leslie saß.

«Leslie?», sagte Sarah.

«Ja?»

«Du kennst nicht zufällig die Leute von U2, oder?»

«Nein.»

«Na gut, war den Versuch wert.»

Auf dem Nachhauseweg hatte Jim immer noch diesen selbstgefälligen Gesichtsausdruck.

«Ich weiß nicht, was du dir einbildest – diese kleine Überraschung hätte ganz schön danebengehen können.»

«Ist sie aber nicht.»

«Danke», sagte sie.

«Dafür ist die Familie da.»

«Sind wir das denn?»

«Ich finde schon.»

«Ich bin ganz schön egoistisch», sagte Leslie.

«Wie kommst du denn darauf?»

«Ich habe John, Sarah und dich aus meinem Leben ausgeschlossen, weil ich dachte, ich würde euch damit einen Gefallen tun. Aber in Wahrheit habe ich nur versucht, mich selbst zu schützen.»

«Und was hat dir zu dieser weisen Erkenntnis verholfen?»

«Sarah. Sie macht alles durch, was ich auch durchgemacht habe. Sie hat die gleichen Probleme vor sich. Ich hätte für sie da sein sollen.»

«Dann bist du eben ab jetzt für sie da.»

«Ja. Das werde ich.»

«Nora würde sich freuen», sagte er.

«Ja, das würde sie bestimmt», sagte sie und lehnte sich zurück. «Und Jim, lass uns machen, was du vorgeschlagen hast – lass uns im September in die Sonne fahren.»

«Ha! So ist es richtig!»

Als Leslie an diesem Abend zu Bett ging, dachte sie an Jane, Elle, Tom, Jim, John, Sarah, Claire und sogar an Deborah. Sie hatte jetzt so viele Menschen in ihrem Leben, denen sie etwas bedeutete und die sich um sie sorgten. Sie fühlte sich nicht mehr einsam.

13
Everybody's Drunk

I've been biding my time I ain't that gone
maybe one or two or three or four or five or six too many
but it eases my mind and looses my tongue,
so come on, sister, won't you take my hand,
be my Alice I'll be Wonderland.
Jack L., *Universe*

September 2008

Das Flugzeug hatte Verspätung. Typisch. Jane lief ruhelos in der Ankunftshalle auf und ab, und da die Halle ungefähr eine halbe Meile lang war, bekam Elle sie etwa im Fünfminutentakt einmal zu sehen. Elle hatte sich eine Sitzgelegenheit gesucht, las in einer Zeitschrift und nippte an einem Weizengras-Saft in der Hoffnung, er würde ihr guttun, nachdem sie ihrer Gesundheit in letzter Zeit ziemlich viel zugemutet hatte. Elle trank zu viel und ging jeden zweiten Abend zum Tanzen in einen Nachtclub. Sie lebte von Champagner und Bratkartoffel-Frühstück, und als Rose sie wegen ihrer ständigen Ausgeherei befragte, hatte sie nur gesagt, das Leben sei kurz und man müsse es genießen.

Jane kam wieder vorbei, fragte nach der Uhrzeit und zog weiter. Elle blätterte die Seite um und hatte eine Aufnahme Vincents mit seiner Frau vor sich, die sich die Hand auf den Bauch hielt. Elle wusste, dass die Frau schwanger war, noch bevor sie die Bildunterschrift gelesen hatte, denn diese dumme Pose war eindeutig. Man sah noch nichts, und der Bildzeile zufolge war sie erst im dritten Monat. *Ich hoffe, sie verliert das Kind.* Elle blätterte weiter und begann einen Artikel über Fußpflege zu lesen, aber sie konnte sich nicht darauf konzentrieren. Das Interview mit Vincent zog sie magisch an.

Du willst das Interview doch lesen.

Nein.

Du willst doch wissen, was ich mache und wie glücklich ich bin.

Gar nicht. Ich hoffe, du wirst vom Bus überfahren und so richtig lange hinter ihm hergeschleppt.

Ich lebe in einer perfekten, glücklichen Beziehung, und das mit uns hat deinetwegen nicht funktioniert, nicht meinetwegen. Ich bin ein stabiler Charakter, und du bist eine Irre. Du musst es einfach lesen. Du musst endlich verstehen, dass ich ohne dich tausendmal besser dran bin.

«Fuck you, Vincent!», schrie sie in die Halle voller Fremder.

Die Frau, die mit zwei Kleinkindern neben Elle gesessen hatte, raffte ihre drei Taschen zusammen, hängte sie an den Zwillingskinderwagen und flüchtete mit ihren Kindern vor dieser Geistesgestörten. Plötzlich wurde Elle sehr müde. Sie nahm sich vor, später zu baden und früh schlafen zu gehen.

Ein paar Minuten später kam Jane wieder und ließ sich neben ihre Schwester fallen. «Ich bin schon mindestens zehn Meilen gelaufen. Wo zum Teufel bleiben sie nur?»

Das Flugzeug würde über eine Stunde Verspätung haben, und von dem Herumlaufen war Jane hungrig geworden. Als sie sich zu ihrer Schwester umwandte, um sie zu fragen, ob sie etwas essen gehen sollten, entdeckte sie Martha, die gerade in die Ankunftshalle kam. Auch Martha sah sie sofort und winkte ihr mit diesem unglaublichen Zahnpastalächeln zu.

«O nein», sagte Jane.

«Was ist?», fragte Elle.

«Diese Frau dort. Das ist Irenes Mutter.»

Elle sah sich um. Martha kam auf sie zu. Elle rieb sich die Hände. «Super, das wird gleich sehr lustig.»

«Elle», mahnte Jane. «Sei nett zu ihr.»

«Klar, du kennst mich doch», sagte Elle, doch sie schüttelte dabei den Kopf, sodass Jane das Schlimmste befürchtete.

«Jane», sagte Martha und luftküsste sie. «Sie sehen sehr erholt aus, nach diesen Wochen ohne Teenager im Haus.»

«Martha», sagte Jane, die nach den blödsinnigen Luftküssen und dem bissigen Kompliment schon wieder genug hatte, «das ist meine Schwester Elle.»

Elle grinste und blieb auf ihrem Stuhl sitzen. «Ich habe schon viel von Ihnen gehört», sagte sie.

Martha setzte sich ihr gegenüber und streifte die Handschuhe ab. «Nur Gutes, hoffe ich.»

«Nein, nur Schlechtes, fürchte ich», sagte Elle und lächelte.

«Wirklich», sagte Martha, «Sie sind ja irrsinnig komisch.»

«Man tut, was man kann», sagte Elle. «Na Martha, wie läuft's denn so mit dem Kleinen, den Sie da in Ihr Bett gezerrt haben? Ist er wieder zu Ihnen zurückgekehrt, oder ist er inzwischen bei Betty White eingezogen? Sie soll ja ein richtiger Feger sein, habe ich gehört.»

Martha stand auf und ging ohne ein weiteres Wort davon.

«Nichts zu danken!», rief ihr Elle hinterher. Auf Janes Gesicht machte sich ein Grinsen breit.

«Wer ist Betty White?»

«Eine von den *Golden Girls*.»

«Ich habe mir die *Golden Girls* früher unheimlich gern angesehen. Welche von ihnen war Betty White?»

«Rose.»

«Ach ja, Rose. Eine richtig liebenswerte Rose. Hätte nicht diese Rose unsere Mutter sein können?»

Elle versetzte ihr einen Schubs. «Jane.»

«Ja?»

«Sieh mal dort.» Elle deutete auf den Passagierdurchgang, in dem gerade ihr Neffe aufgetaucht war, braungebrannt und die blonden Locken von der Sonne beinahe weiß. Er winkte ihnen.

Jane sprang auf die Füße und rannte auf ihn zu, wobei es ihr gerade noch gelang, einem Koffer auszuweichen, der ihr im Weg stand. Sie trafen sich am Durchlass, und er ließ seine Reisetaschen fallen, und sie umarmten sich und umarmten sich und umarmten sich.

«Schön, wieder da zu sein, Mum.»

«Ich hab dich ja so vermisst!», sagte sie, und ihre Augen glänzten, und dann begann sie natürlich zu weinen.

Elle umarmte ihren Neffen als Nächste. «Du siehst gut aus», sagte sie. «Sei vorsichtig, sonst macht sich Irenes Mutter noch an dich ran.»

Kurt lachte und warf einen Blick auf Irene, die von ihrer Mutter wesentlich zurückhaltender begrüßt wurde. Martha verpasste ihr zwei Luftküsse und schob sie dann von sich weg, damit sie Irene mustern konnte, und anschließend drückte sie ihre Tochter etwa eine Zehntelsekunde lang an sich. Kurt wandte sich kopfschüttelnd an Jane.

«Arme Irene», sagte er. «Ich hätte keine Lust, dort wieder einzuziehen.»

Dann kam Irene zu Jane und Elle und begrüßte sie viel herzlicher als ihre eigene Mutter.

«Es war einfach super – wir würden am liebsten gleich morgen wieder losfahren. Und sind Kurts Prüfungsergebnisse nicht der Hammer? Wir haben die Ergebnisse bekommen, als wir gerade in einer Strandbar saßen. Unglaublich. Er hat tatsächlich einen Platz für Medizin bekommen, und ich werde Krankenschwester. Bei mir hat es gerade so gereicht, Gott sei Dank. O Jane, das war der beste Sommer unseres Lebens!»

«Ich bin schon wahnsinnig gespannt auf eure Erzählungen», sagte Jane.

«Ich muss los», sagte Irene und klang ein bisschen traurig.

«Verstehe», sagte Jane. «Komm doch morgen Abend zum Essen.»

«Ja, gern», sagte Irene. «Bis dahin habe ich auch ein paar Fotos ausgedruckt.»

Sie küsste Kurt und rannte ihrer Mutter nach, die schon an der Tür auf sie wartete.

«Hast du Hunger?», fragte Jane Kurt.

«Ich würde sogar eine frittierte Ratte essen.»

«Das verstehe ich mal als Ja. Habe ich dir schon gesagt, wie stolz ich auf dich bin?»

«Ungefähr eine Million Mal, Mum.»

Sie legte den Arm um ihren Sohn, und gemeinsam mit

Elle, die den Wagen mit seinem Gepäck schob, machten sie sich zum Flughafenrestaurant auf.

Dominic kam kurz nach sechs Uhr bei Jane an. Er rannte die Eingangstreppen zu Kurt hinauf, der ihn an der Tür erwartete. Sie fielen sich um den Hals, und Dominic witzelte über Kurts ausgebleichte Locken. «Meine Güte, da haben ja sogar Albinos noch dunkleres Haar!»

«Vielen Dank, Dad.»

«Schön, dass du wieder zu Hause bist.»

«Tut mir leid für dich, dass es mit Bella auseinandergegangen ist», sagte Kurt auf dem Weg in die Küche.

«Vergiss es.» Dominic lächelte Jane an. «Lange nicht gesehen.»

Sie nickte. «Hallo, Dominic.»

Jane hoffte, dass sie vollkommen gelassen bleiben würde. Sie hatte Dominic länger als zwei Monate nicht mehr gesehen. Er hatte ihr überhaupt nicht gefehlt, und deshalb hatte sie sich immer wieder vorgesagt, dass sie ihn inzwischen eindeutig nicht mehr liebte. Aber jetzt schlug ihr Herz doch wieder schneller – *verdammt nochmal, Jane* –, und ihr Puls beschleunigte sich, und obwohl sie das enttäuschte, wurde ihr in diesen wenigen Sekunden trotzdem klar, dass sie Dominic zwar immer noch attraktiv fand, ihn aber tatsächlich nicht mehr liebte. Sie war froh über den Abstand gewesen, sie hatte ihn sogar genossen, und deshalb würde sie mit ein bisschen Herzklopfen ab und zu leben können. Sie waren nur noch Freunde, und das war genau das Richtige.

Jane kochte für die ganze Familie. Rose kam zum Essen nach oben, Elle allerdings entschuldigte sich, weil sie Leslie bei etwas helfen sollte, über das sie nicht reden durfte.

Rose hatte versprochen, sich Dominic gegenüber anständig zu benehmen.

«Ich bin kein Kleinkind, Jane – also musst du auch nicht ständig an meinem Verhalten herumkritisieren.»

«Natürlich muss ich das. Schließlich bist du imstande, jemanden mit einem bloßen Blick zu beleidigen. Ich will einfach, dass das ein schöner Abend für Kurt wird.»

«Und du glaubst, ich will das nicht? Er ist schließlich mein Enkel.»

«Dann ist es ja gut. Aber ich warne dich – fang bloß nicht an, von Bella zu reden.»

«Hmmmm», sagte Rose.

Beim Essen erzählte Kurt von diversen griechischen Inseln, auf denen er gewesen war, und von Paris, Mailand, Rom, Barcelona und Amsterdam. Als er über Amsterdam sprach, tauschte er einen wissenden Blick mit seinem Vater und grinste.

«Das habe ich gesehen», sagte Jane.

«Was denn?», fragte Kurt scheinheilig.

«Verkauf mich nicht für dumm.»

«Worüber redet ihr eigentlich?», fragte Rose.

«Über gar nichts», sagte Jane.

«Da gibt's an jeder Straßenecke Drogen und Sex, Gran», sagte Kurt.

«Hast du das gehört, Jane? Vielleicht solltest du selbst mal nach Amsterdam fahren – ein paar Stimmungsaufheller für Kopf und Körper würden dir wahrhaftig guttun.»

«Rose!», schrie Jane, Kurt und Dominic allerdings bogen sich vor Lachen über den Tisch.

Rose grinste ihre Tochter an, und wenn Blicke töten könnten, wäre sie noch im gleichen Moment leblos vom Stuhl gefallen.

Beim Nachtisch sprach Kurt aufgeregt davon, wie er sich das Medizinstudium am Trinity-College vorstellte. Er konnte immer noch kaum glauben, so gute Prüfungen hingelegt zu haben, dass er dort einen Platz bekommen hatte, schließlich hatte ihn das Lernen für die Schule so gelangweilt, dass er die meiste Zeit mit Computerspielen statt mit Lernen verbracht hatte.

«Deine Mutter war genauso», sagte Rose. «Als Janey sieben war, haben wir ihr eine von diesen Kinder-Enzyklopädien geschenkt, die damals so beliebt waren. Sie hat alles innerhalb von einer Woche durchgelesen, und ich schwöre dir, man konnte sie fragen, was man wollte, sie wusste immer die Antwort. Es war wirklich außergewöhnlich.»

«Meine Güte, Rose, das ist wohl die erste nette Bemerkung, die du je über Jane gemacht hast», sagte Dominic.

«Ich habe nur eine Tatsache festgestellt, und wie geht es übrigens deiner Frau?»

«Rose!», sagte Jane.

«Sie hat mich verlassen», sagte er.

«Gut für sie», sagte Rose. «Ich würde gern einen Toast auf Bella ausbringen – auf dass sie beim nächsten Mal einen einigermaßen anständigen Ehemann findet!»

«Das reicht! Noch ein Wort, und du gehst», sagte Jane.

Kurt lehnte sich auf seinem Stuhl zurück. «Ihr wisst ja nicht, wie mir das alles gefehlt hat», sagte er. «Du bist die Beste, Gran.»

«Ich mag dich auch, mein Kleiner», sagte Rose.

Sie stießen an, und er trank sein Bier und sie ihren Wein, und es war, als wäre er nie weg gewesen.

Leslie trat aus der Umkleidekabine. Sie verging beinahe vor Peinlichkeitsgefühlen. Sie trug einen roten Bikini und ein farblich passendes, weit geschnittenes Top darüber. Elle hatte auch einen weißen, breitrandigen Strandhut für sie herausgesucht, doch Leslie weigerte sich, ihn auch nur zur Probe aufzusetzen.

«Und», sagte sie und deutete auf ihren Körper. «Merkt man was?»

«Nein, man merkt gar nichts», sagte Elle. «Du siehst sehr gut aus. Ich habe dir ja gesagt, dass Rot deine Farbe ist.»

Leslie betrachtete sich im Spiegel. Das Oberteil war weit genug geschnitten, um die Tatsache zu überspielen, dass sie keine Brüste mehr hatte. Sie sah einfach nur flach wie ein Brett aus.

«Zieh es doch mal in Grün an», sagte Elle.

«Dann sieht es immer noch genauso aus.»

«Nein, das ist eine andere Farbe, und dadurch ist die Wirkung völlig anders.»

Leslie ging in die Umkleidekabine zurück. Da summte Elles Handy. Sie hatte eine SMS von Dominic bekommen. ‹War gerade bei Jane essen. Fühle mich scheiße. Was machen wir bloß?› Sie steckte das Telefon in ihre Handtasche zurück. Leslie erschien in demselben Outfit in Grün.

«Sieht sehr gut aus», sagte Elle. «Nimm sie beide.»

«Wirklich? Ich fühle mich irgendwie so entblößt.»

«Du gehst damit schließlich auch an den Strand und nicht in die Oper. Bitte, nimm sie alle beide.»

«Okay.» Leslie warf einen letzten Blick in den Spiegel, und heimlich freute sie sich sogar ein bisschen, denn obwohl sie fand, dass ihr Körper nackt jetzt völlig unansehnlich war, so sah sie in einem Bikini für ihr Alter sogar noch sehr gut aus. *Das kann ich mir sehr gut leisten.*

Nachdem sie eine weitere Stunde damit zugebracht hatten, eine Urlaubsgarderobe für Leslie zu kaufen, setzten sie sich für einen Kaffee und ein Sandwich in ein Café, in dem Elle seit ihrer Studentenzeit nicht mehr gewesen war.

«Ist ein bisschen runtergekommen hier, oder?», sagte Leslie.

«Das nennt man Ambiente.»

Leslie zwängte sich auf eine Bank. «Seit wann nennt man Dreck Ambiente?» Sie deutete auf ein Spinnennetz in einem Deckenwinkel.

«Das ist nur ein Spinnennetz, Leslie, da schwebt kein voller Jaucheeimer über deinem Kopf.»

«Und das war's mit meinem Appetit.»

Sie hatten ihren Kaffee beinahe ausgetrunken, als Elle Leslie anvertraute, was zwischen ihr und Dominic lief.

«Noch zwei Kaffee, bitte», sagte Leslie zum Kellner. «Du bist wahnsinnig. Warum machst du das?»

«Ich weiß nicht. Ich kann nicht anders. Dadurch fühle ich …»

«Was?»

«Ich fühle. Punkt.»

«Dann hör gefälligst auf zu fühlen, sonst endet das Ganze in einer Katastrophe.»

«Es war einfach, als Kurt weg war, aber jetzt ist er zurück, und das bedeutet, dass Dominic und Jane sich häufiger sehen. Als Kurt weg war, konnten wir so tun, als ob das keine Rolle spielt.»

«Dann hör auf damit.»

«Jim sitzt wohl schon auf den Koffern, so freut er sich auf die Reise, was?», fragte Elle.

«Versuch nicht, das Thema zu wechseln.»

«Er ist garantiert total begeistert.»

«Du musst diese Sache beenden, Elle», sagte Leslie ernst.

«Ich weiß ja», sagte Elle. *«Hör auf, mit dem Vater deines Neffen ins Bett zu gehen, so bescheuert bist selbst du nicht.»*

«Na ja, ganz so hätte ich es nicht ausgedrückt, aber es kommt nahe dran.»

Leslie fuhr am nächsten Tag mit Jim in die Sonne. Sie wusste nicht, was sie anziehen sollte, wie sie aussehen würde, wie es ihr dabei gehen würde, ob es nicht vielleicht zu früh für eine Reise war und ob sie sich überhaupt verstehen würden. Sie hatte mehr als einmal daran gedacht, einen Rückzieher zu machen, doch dann war es tatsächlich Deborah gewesen, die sie umstimmte, als sie sich im Hauseingang trafen.

«Warum dieses Gesicht?», fragte Deborah.

«Ist angeboren.»

«Ha. Ha. Ha. Was stimmt nicht?»

«Ich weiß nicht mehr, ob ich wirklich in Urlaub fahren soll.»

Leslie stieg in den Aufzug. Deborah folgte ihr und drückte auf die Taste für ihre Etage.

«Du fährst», sagte Deborah.

«Ich fürchte mich davor», sagte Leslie. «Mal abgesehen

davon, dass ich immer noch Schmerzen habe, müde bin und die Narben jucken.»

Deborah sagte sanft: «Du hast eine Menge durchgemacht. Jetzt solltest du dir was Schönes gönnen.»

«Aber wird es auch wirklich schön werden?»

«Keine Ahnung», sagte Deborah. «Aber garantiert schöner, als in der Wohnung rumzusitzen und an die Wand zu starren.»

Leslie seufzte. «Das mache ich doch gar nicht mehr so oft.»

«Aber immer noch zu oft.»

«Also findest du, ich sollte fahren?»

«Ja, das finde ich.»

«Und kümmerst du dich wieder um meine Katze?»

«Ja, ich kümmere mich um das dumme Tier.»

«Und wirst du auch nett zu ihr sein und sie mindestens einmal am Tag auf den Arm nehmen?»

«Ich werde ihr keinen Tritt verpassen, wenn ich sie sehe, versprochen, aber auf den Arm nehmen werde ich sie bestimmt nicht.»

«Darf sie sich wenigstens an deinem Bein reiben?»

«Na gut. Am Bein reiben ist okay.»

«Danke», sagte Leslie. «Ich bringe dir auch was mit.»

«Aber keinen Souvenirramsch!»

Lachend betrat Leslie ihre Wohnung.

Jim holte sie mit dem Auto ab, sie fuhren auf den Langzeitparkplatz und von dort aus mit dem Zubringerbus zum Flughafen. Leslie kontrollierte so oft, ob sie ihren Ausweis und ihr Flugticket dabeihatte, dass Jim ihr beides abnahm. Sie checkten ihr Gepäck ein, gingen gleich bis zu ihrem Gate weiter und setzten sich in ein kleines Restaurant.

Leslie war sehr nervös und trommelte ständig mit den Fingern auf dem Tisch herum.

Jim legte seine Hand auf ihre. «Entspann dich», sagte er. «Es wird bestimmt toll.»

«Ich kann mich nicht entspannen», sagte sie. «Mir ist gerade wieder eingefallen, dass ich Flugangst habe.»

Jim lachte und versprach, ihr etwas von seinem Valium-Vorrat abzugeben, falls es zu schlimm wurde.

«Wie kommst du an Valium?»

«Oh, das hat mir der Arzt nach Imeldas Tod verschrieben.»

«Das ist über zehn Jahre her.»

«Valiumpillen werden ja wohl nicht schlecht, oder?»

«Das glaube ich aber doch, Jim.»

«Oh.»

«Egal. Gib mir trotzdem eine.»

«Bist du sicher?»

«Hundertprozentig.»

«Na gut, aber nur eine.»

«Okay.»

Er zog die Tabletten aus der Tasche, und Leslie schluckte eine ohne Wasser hinunter. Eine Stunde später schwebte sie ruhig und zufrieden über den Wolken.

Jane verbrachte den Tag mit den Vorbereitungen für die Party. Das Zelt war geliefert und im Garten hinter dem Haus aufgebaut worden. Rose hatte den Vormittag damit zugebracht, Männer anzumeckern, die nicht genügend Rücksicht auf ihre vielen Pflanzen nahmen. Die Getränke waren angekommen, und das Catering-Team hatte eine ansehnliche Bar aufgebaut. Um die Tanzfläche herum waren Discoscheinwerfer aufgestellt worden, und der DJ kam pünktlich, sodass er einen ordentlichen Soundcheck machen konnte. Dominic war mit Kurt abgezogen, denn auch wenn es keine Überraschungsparty war, wollte Jane, dass alles perfekt war, wenn Kurt wiederauftauchte. Irene kam am späten Nachmittag vorbei, um zu fragen, ob sie etwas helfen konnte, aber alles hatte wie am Schnürchen geklappt, sodass die beiden sogar Zeit hatten, in Ruhe einen Kaffee auf der Veranda zu trinken. Sie unterhielten sich über die Party, und Irene freute sich so darauf, dass sie immer wieder in die Hände klatschte. Schließlich fragte Jane, wie es für Irene zu Hause lief.

«Es ist in Ordnung», sagte sie.

«Du kannst jederzeit hierher zurückkommen.»

«Danke, Jane. Ich weiß, dass Sie nicht viel von meiner Mum halten, aber sie ist nicht halb so mies, wie Sie glauben.»

«Da hast du bestimmt recht.»

«Sie macht meistens einen schlechten ersten Eindruck.»

Und der zweite ist auch nicht besser, dachte Jane.

«Sie war bis Anfang zwanzig unheimlich schüchtern, und das schlägt jetzt manchmal ins Gegenteil um, wenn sie aufgeregt ist. Sie war auf dem Rückweg vom Flughafen ziemlich aus dem Gleichgewicht.»

«Das tut mir leid.»

«Sie denkt, jeder macht sich über sie lustig. Sie kommt sich dumm vor. Sie war fünfundzwanzig Jahre lang mit meinem Dad verheiratet, und dann lernt er irgendeine Schnepfe im Internet kennen, und Mum wird zur Lachnummer. Das ist hart für sie.»

«Sie ist keine Lachnummer.»

«Ich wünschte, das würde sie auch so sehen.»

«Sie wird darüber hinwegkommen.»

«Warum glauben Sie das?»

«Weil die Menschen über fast alles wegkommen.»

«Hoffentlich», sagte Irene. «Ich finde es furchtbar, dass sie so traurig ist. Dieser Liebhaber hat sie vielleicht ausgenutzt, aber wenigstens hat er sie ein bisschen abgelenkt.»

«Weißt du, Irene, ich mag dich wirklich sehr.»

«Ich Sie auch, Jane, aber das nächste Mal, wenn Sie meine Mum treffen, könnten Sie ein bisschen netter zu ihr sein.»

«Versprochen.»

«Und Elle?»

«Ich werde sie schon zurückhalten.»

Um acht Uhr fing der DJ an, leise Musik zu spielen, die ersten Gäste kamen um neun, die Caterer gaben Getränke an jeden mit einigermaßen glaubhaft gefälschtem Ausweis aus, und die Jugendlichen stürzten sich auf die Kanapees, als hätten sie eine Hungersnot erlebt. Jane war umgezogen und bereit, sich unter die Gäste zu mischen, aber sie wollte noch auf ihren Sohn und seinen Vater warten. Sie kamen kurz vor zehn. Inzwischen drängten sich die Leute, die Lichtorgel schickte bunte Blitze durch die Luft, und die Musik heizte die Stimmung noch weiter an. Kurt rannte die Hintertreppe zum Garten hinunter zu seinen Freunden, die sich bestens unterhielten. Seine Kumpels empfingen ihn mit Beifall und hoben die Gläser, um zu demonstrieren, dass sie es sich auch ohne ihn auf dieser tollen Party gutgehen ließen. Kurt spielte den Coolen, küsste seine Freundin und klatschte seine

Freunde ab. Jane sah ihm gemeinsam mit Dominic vom Küchenfenster aus zu.

«Das hast du alles super organisiert», sagte er.

«Er ist was ganz Besonderes, oder?»

«Ja, das ist er.»

«Ich bin glücklich», sagte sie.

Tom tauchte mit einer großen Schachtel hinter Dominic auf. Jane erkannte sein Spiegelbild auf dem Fensterglas.

«Tom!», sagte sie und drehte sich zu ihm um. «Schön, dass du gekommen bist.»

«Das hätte ich mir bestimmt nicht entgehen lassen.»

Sie ging auf ihn zu und umarmte ihn. «Du hättest kein Geschenk mitbringen müssen.»

«Ja, trotzdem, ich hoffe, es gefällt ihm», sagte Tom, während er Dominic betrachtete.

«Ich bin Dominic.» Dominic streckte ihm die Hand entgegen.

«Tom.» Tom schüttelte Dominic die Hand.

«Die Sache mit Alexandra tut mir wirklich sehr leid», sagte Dominic und legte seinen Arm um Jane. «Sie war früher eine gute Freundin von uns.»

«Sie war eine gute Freundin von *mir*», sagte Jane, «dich konnte sie nicht riechen.»

Tom lachte.

«Nur zum Schluss», sagte Dominic.

«Nein.» Jane schüttelte den Kopf. «Schon lange davor – sie hat dich für ein eitles, eingebildetes Muttersöhnchen gehalten.»

«Ich gehe jetzt mal nach draußen», sagte Dominic. «War nett, dich kennenzulernen, Tom.»

«Gleichfalls.»

Tom drehte sich um und lächelte Jane an, und Dominic fiel ein Ausdruck in ihren Augen auf, der einmal nur für ihn selbst reserviert gewesen war. Er ging in den Garten, begrüßte ein paar von Kurts Freunden, überprüfte, ob bei den Caterern alles gut lief, und dann stahl er sich zu Elles Cottage hinüber und klopfte an die Tür.

Tom und Jane mischten sich unter Kurts Freunde. Als sie ihn fragte, ob er tanzen wollte, starrte er sie bloß entsetzt an, doch Jane zog ihn so lange auf, bis er sich endlich breitschlagen ließ. Nach zwei Minuten auf der Tanzfläche erkannte Jane, dass das mit dem Tanzen wirklich keine so gute Idee gewesen war. Sie setzten sich und sahen Kurt und Irene zu, die wild über die Tanzfläche hopsten.

«Kommt mir vor, als hätte ich das schon ein Leben lang nicht mehr gemacht», sagte er.

«Für mich ist es tatsächlich ein Leben lang her – Kurts Leben nämlich.»

«Alexandra hat sich verzweifelt ein Kind gewünscht. Wir haben alles probiert. Irgendwann hätte ich am liebsten aufgegeben und ein Kind adoptiert, aber sie wollte unbedingt ein eigenes haben. Sie wollte es in sich spüren.»

«Na ja, bei mir ist es natürlich schon lange her – aber ich fand die Schwangerschaft furchtbar. Die Übelkeit, die Verstopfungen – kein Mensch erzählt dir vorher was über diese Sachen –, die Blähungen, das Sodbrennen, die Rückenschmerzen, der Druck auf der Blase – oh, und die Hämorrhoiden. Und hab ich Sodbrennen schon erwähnt?»

«Ja», sagte er und lachte. «Du kannst wirklich sehr anschaulich erzählen.»

«Ich kann mich nicht daran erinnern, auch nur eine Minute meiner Schwangerschaft genossen zu haben, und wenn ich ehrlich sein soll, waren auch Kurts erste zwei Lebensjahre die Hölle, aber danach hat irgendetwas in mir Klick gemacht, und dann hätte ich ihn nie mehr hergegeben, verstehst du?»

«Nein», sage er. «Aber ich würde das eines Tages gern selbst erleben.»

Alexandra wurde nun vierundsechzig Wochen und drei Tage vermisst, und es war das erste Mal, dass Tom einen Wunsch für seine Zukunft formulierte, und zwar für eine Zukunft, die er sich mit Jane vorstellte, nicht mit seiner Frau. Diese Einsicht traf ihn vollkommen unvermittelt und erschütterte ihn zutiefst.

Jane aber konnte Toms Gedanken nicht lesen, und Tom gab sich Mühe, dass sie seinen bestürzten Gesichtsausdruck nicht bemerkte.

«Ich weiß nicht, ob ich das noch einmal könnte», sagte sie und sah zu ihrem Sohn hinüber, der mit einem Freund herumalberte. «Ich weiß ja nicht einmal, wie ich es das erste Mal geschafft habe, das alles zu bewältigen.»

«Du bist eine wundervolle Mutter, mal abgesehen davon, dass du ihn als Baby mal vor einem Laden vergessen und seinen Klassenkameraden Gewalt angedroht hast.»

«Und vergiss nicht den Tag, an dem ich mir den Zeh gebrochen habe, weil ich ihm die Zimmertür eintreten wollte – das war eine mütterliche Glanzleistung.»

«Wie könnte ich? So ein Bild vergisst man sein Leben lang nicht.»

Es ging inzwischen auf Mitternacht zu, und der Caterer bat Jane zu sich. Neben der Bar stand Dominic, der einen riesigen Geburtstagskuchen vor sich hielt.

Elle wollte gerade die achtzehn Kerzen anzünden. Das Feuerzeug funktionierte nicht mehr richtig, und sie begann es fluchend zu schütteln. «Wir hätten eine dicke Kerze für zehn Jahre und acht kleinere nehmen sollen. Achtzehn Kerzen sind doch bescheuert.»

«Ich möchte ihn achtzehn Kerzen ausblasen sehen», sagte Jane, schnappte sich das Feuerzeug von Elle und schüttelte es. Es gelang ihr, ein paar mehr Kerzen anzuzünden, und die anderen zündete sie mit einer der brennenden Kerzen an.

«Mir bricht gleich der Rücken durch», sagte Dominic.

Als alle achtzehn Kerzen brannten, gab Elle dem DJ ein Zeichen, damit er «Happy Birthday» spielte, und Dominic und Jane gingen mit dem Kuchen feierlich auf Kurt zu. Er stand in der Mitte der Tanzfläche, und seine Freunde zogen sich ein paar Schritte zurück. Er beugte sich vor und blies die Kerzen aus, wofür er stürmischen Beifall bekam. Der Caterer machte sich daran, den Kuchen anzuschneiden.

«Das ist der ultimative Test dafür, wer betrunken und wer bekifft ist», sagte Dominic. «Wer Kuchen isst, ist bekifft, wer keinen isst, ist besoffen.»

«Das ist doch lächerlich», sagte Jane.

«Du hast eben keinen Humor», sagte Elle und stürzte sich auf ein Kuchenstück. «Mmmh», sagte sie und kicherte.

Nach Mitternacht wurde es ein bisschen wild. Jane war von sechzig betrunkenen Teenagern umgeben und selbst auch nicht mehr nüchtern. Tom hatte seinen fünften Whiskey intus und rührte trotzdem nichts von dem Essen an, obwohl genügend da war.

«Sollen wir ein bisschen frische Luft schnappen?», fragte Jane ihn, als es in dem Zelt vor Hitze nicht mehr auszuhalten war.

«Gute Idee.»

Sie machten ein paar Schritte in die kühle Nachtluft.

«Das ist viel besser», sagte er. «Weißt du was? Ich würde unheimlich gern einen Kaffee trinken.»

«Und ich eine Tasse Tee», sagte sie. «Ich will nur vorher noch kurz sichergehen, dass mit Elle alles in Ordnung ist. Ich habe sie schon eine ganze Weile nicht mehr gesehen.»

«Willst du sie kontrollieren?»

«Hast du mitbekommen, wie viel Wein sie in sich reingeschüttet hat? Es war, als hätte ich Rose vor mir.»

«Wo ist Rose überhaupt?»

«Bei einer Freundin. Sie mag es nicht, wenn zu viele Jugendliche auf einem Haufen sind – die machen sowieso nur Unsinn, sagt Rose.»

«Stimmt.» Tom machte sich auf den Weg ins Haus, um Teewasser aufzusetzen.

Jane sah Licht in Elles Cottage und ging hinein. In der Küche war niemand und im Wohnzimmer auch nicht. Sie rief nach Elle und hörte ein Geräusch aus dem Schlafzimmer. Weil sie sicher sein wollte, dass es Elle nicht schlecht geworden war, machte sie die Tür auf, und da sah sie gerade noch Dominic, bevor er sich die Bettdecke übers Gesicht ziehen konnte. Elle saß einfach nur im Bett, als läge Dominic nicht neben ihr.

«Hi, Janey», sagte Elle.

«Das glaub ich einfach nicht.»

Dominic zog die Decke vom Gesicht weg. «Es tut mir leid.»

«Es macht dir doch nichts aus, Janey, oder?», sagte Elle. «Du bist über ihn weg, du willst ihn nicht mehr.»

«Halt lieber den Mund, Elle.»

«Jane, sieh doch mal …»

«Sei still, Dominic.»

«Jane, jetzt reg dich doch nicht auf», sagte Elle.

«Mit euch beiden bin ich fertig», sagte Jane, «ihr seid für mich gestorben.»

«Was meinst du damit?», fragte Elle.

«Ich meine damit, dass du ab jetzt nicht mehr mit mir rechnen kannst.»

Sie schloss die Tür, verließ das Cottage und durchquerte zwischen all den betrunkenen Teenagern den Garten. Zwei übergaben sich in die Rosenbüsche ihrer Mutter, und einer pinkelte auf die Gräber von Elles Rennmäusen Jeffrey, Jessica, Judy und Jimmy. Sie ging in ihre Küche, in der Tom mit frischem Tee und Kaffee auf sie wartete. Er fuhr zusammen, als sie die Tür hinter sich zuknallte. Sie barg ihr Gesicht in den Händen, schniefte, und dann setzte sie sich.

«Was ist passiert?», fragte Tom.

«Dominic und meine Schwester.»

«Was meinst du damit?»

«Er ist in ihrem Bett.»

«Oh, das tut mir leid.»

«Jedem tut immer alles leid. Geht es dir nicht auf die Nerven, dass die Leute immer nur sagen, es tut ihnen leid?»

«Doch, eigentlich schon.»

«Mir auch, ich habe es so satt. Ich will mir nicht mehr selbst leidtun, ich will kein Mitleid mit anderen mehr haben, und ich will nicht mehr, dass ich anderen leidtue.»

«Geht mir genauso.»

«Dominic ist ein Arsch. Er kann nichts dafür, und ich habe das immer gewusst und mir alles gefallen lassen. Aber Elle ist nicht so. Man kann ihr ja eine Menge nachsagen, aber sie war im Grunde immer gutherzig, sie hat mich nie absichtlich verletzt, aber das hier ist so verletzend – sie mag ihn nicht einmal besonders.»

«Trink ein bisschen Tee.»

«Ich will keinen verdammten Tee, verdammt nochmal.»

«Das war zweimal verdammt in drei Sekunden. Ich glaube, du brauchst wirklich ein bisschen Tee.»

«Entschuldige. Du kannst ja nichts dafür.»

«Schon gut, du bist eben sauer.»

«Ich liebe ihn nicht mehr.»

«Ich weiß.»

«Ich verstehe nicht, warum Elle das getan hat.»

«Ich weiß auch nicht, was ich dazu sagen soll.»

«Ich bin fertig mit ihr. Seit sie ein Kind war, habe ich mich um sie gekümmert und alles geregelt, was sie verbockt hat. Ich habe sie immer an die erste Stelle gestellt. Und ich habe nicht viel dafür verlangt, eigentlich erinnere ich mich nicht mal, sie jemals um etwas gebeten zu haben. Aber … Dominic … sie hat doch gewusst, was sie tat. Also bin ich fertig mit ihr.»

Tom schob ihr eine Tasse Tee über den Tisch. «Morgen sieht das vielleicht alles schon wieder ganz anders aus.»

Sie schüttelte den Kopf. «Nein.»

«Es wird bestimmt wieder gut.»

«Wie konnte sie das nur tun?», sagte sie leise.

Und dann brach sie in Tränen aus, schluchzte und heulte in Toms Armen, bis sie nicht mehr konnte. Und als sie aufhörte zu weinen, küsste er sie. Jane war vollkommen verblüfft, aber es fühlte sich gut an, also küsste sie ihn auch, und dann versanken sie eine Minute oder zwei Minuten oder zehn in einem Kuss, und danach löste er sich von ihr und murmelte, dass es ihm leidtat.

«Ja», sagte sie und schniefte ein bisschen, «natürlich tut es dir leid.»

Er stand auf, ging aus der Küche und verließ das Haus, und Jane blieb allein zurück und sah durchs Fenster ihrem Sohn und seinen Freunden beim Feiern zu. Später ging sie in ihr Schlafzimmer, verriegelte die Tür, legte sich ins Bett und weinte so lange, bis ihre Kehle vom Schluchzen schmerzte. *Wann hat das eigentlich angefangen in meinem Leben, dass alles so furchtbar schiefgeht?*

Zwei Tage nach Kurts Party kam Leslie aus den Ferien zurück. Sie war braungebrannt, erholt und sogar glücklich. Obwohl sie noch Schmerzen hatte, erschöpft war und die Narben weiterhin juckten, hatte sie eine großartige Reise gehabt. Sie hatten am Strand in der Sonne gelegen, und ihre Seele und ihr Körper hatten ihre Selbstheilungskräfte aktiviert. Sie hatten abends Wein getrunken, köstlich gegessen und dabei die traumhafte Aussicht genossen, und mit der neuen, von Elle sorgfältig ausgesuchten Garderobe hatte sich Leslie kein einziges Mal komisch oder unansehnlich gefühlt.

In Wahrheit fühlte sie sich sogar sehr gut, besonders, wenn sie den bewundernden Blick eines Einheimischen auf sich spürte oder ein bestimmter Kellner versuchte, ein Gespräch mit ihr anzufangen, wenn Jim gerade nicht am Tisch war.

Sie genoss Jims Gesellschaft, sie hatten viel Spaß,

ihr Umgang miteinander war leicht und befreiend. Sie unterhielten sich, wenn es etwas zu erzählen gab, und wenn nicht, schwiegen sie einträchtig. Leslies Stimmung hatte sich um hundert Prozent verbessert, sie fühlte sich besser, sie sah besser aus, offenbar begannen die Hormontabletten zu wirken, und sie entdeckte an sich einen Lebensmut und einen Optimismus, den sie von sich nicht kannte. Jim nannte dieses Gefühl die Zuversicht der Überlebenden. Sie mochte den Ausdruck. Und Jim mochte sie auch, und zwar nicht nur als Schwager. Leslie Sheehan war drauf und dran, sich zu verlieben.

14
I've Been Raining

I've been raining I've been pouring
There's a hole in my roof I've been ignoring
I've been washed up idle and wasted.
I know my luck is going to change
I can almost taste it.
Jack L., *Broken Songs*

Oktober 2008

Nachdem der Arzt über viele Wochen zu Breda gekommen war, überwies er sie schließlich ins Krankenhaus. Zwei Tage später wurden ihr Mann Ben, ihr Sohn Eamonn und ihre Tochter Kate zu einem Termin bei Bredas behandelndem Facharzt gebeten und erfuhren, dass sie Darmkrebs im Endstadium hatte. Ben verstand nicht, was der Arzt sagte, und deshalb wiederholte er die Worte einige Male und sah dabei seine Tochter und seinen Sohn an. Kate weinte, und Eamonn wurde wütend.

«Sie ist seit Monaten krank. Wieso zum Teufel ist das nicht früher festgestellt worden?», sagte Eamonn und schlug mit der Faust auf den Schreibtisch des Arztes.

«Benimm dich, Eamonn», sagte Ben.

Der Arzt hatte keine Erklärung. «Es hätte festgestellt werden müssen», sagte er.

«Ist das alles, was Sie dazu zu sagen haben?», rief Eamonn.

«Ich kann nicht für die Ärzte sprechen, die Ihre Mutter behandelt haben. Ich kann Ihnen nur sagen, wie meine Diagnose lautet. Allerdings habe ich mir die Krankenakte Ihrer Mutter angesehen und kann sagen, dass sie letztes Jahr noch vollkommen gesund war. Das bedeutet, dass sich der Krebs sehr schnell ausgebreitet hat.»

«Und wie kann sie geheilt werden?», fragte Ben.

«Wir können sie leider nur noch auf die Palliativ-Station überweisen.»

«Palliativ?», sagte Ben.

«Sie stirbt, Dad», sagte Kate.

«Sag das nicht, Kate.»

«Wie lange hat sie noch?», flüsterte Eamonn.

«Sechs bis acht Wochen», sagte der Arzt.

«Nein», sagte Ben. «Das kann nicht sein.»

«Es tut mir sehr leid, Mr. Walsh.»

«Nein.» Ben schüttelte den Kopf. «Das ertrage ich nicht – wir haben erst vor einem Jahr unsere Tochter verloren –, das ertrage ich einfach nicht.»

«Wir sorgen dafür, dass sie nicht leidet.»

Ben stand auf und eilte zur Tür. Er öffnete sie und stürzte in den Gang hinaus. Aber als er halb den Flur hinunter war, blieb er stehen, barg das Gesicht in den Händen und begann so laut zu schluchzen, dass eine Krankenschwester zu ihm trat und ihn zu einem Stuhl führte. Sie blieb neben ihm sitzen, bis seine Kinder bei ihm waren.

Ben saß auf einem roten Armsessel am Bett seiner Frau, und wenn er nicht schlief, hielt er Bredas Hand. Seine Tochter und sein Sohn bedrängten ihn abwechselnd, etwas zu trinken oder zu essen oder spazieren zu gehen oder zu duschen oder zu schlafen. Aber er wollte nicht.

Er wusch sich mit der antibakteriellen Seife in der Behindertentoilette zwei Türen vom Zimmer seiner Frau, Kate brachte ihm saubere Kleidung mit, und er zog sich in der Toilette um. Ab und zu aß er in dem Sessel ein Sandwich, und manchmal brachten Frankie und Eamonn eine Portion Irish Stew für ihn mit. Sie hatten Breda nicht gesagt, dass sie im Sterben lag, aber Ben war klar, dass sie es schon länger wusste als alle anderen. Sie redete wenig, durch die Medikation schlief sie viel. Die Breda, die Ben gekannt hatte, war längst nicht mehr da. Also betrachtete er nur seine Frau, wie sie unbeweglich im Bett lag, und fragte sich, was sie wohl dachte, ob sie traurig war, ängstlich oder mit allem versöhnt oder ob sie überhaupt wahrnahm, dass er an ihrer Seite war. Konnte sie seine Hand fühlen? Würde sie wieder wach werden, um noch einmal mit ihm zu reden, oder wollte sie das vielleicht gar nicht?

Kate sprach mit ihr, erzählte ihr, was gerade so passierte, beschwerte sich über den verregneten Sommer, der in einen verregneten und noch dazu unangenehm kalten Herbst übergegangen war. Sie erzählte ihr, dass die Polizei weiterhin keine neuen Ermittlungsergebnisse zu Alexandras Verschwinden hatte. Sie redete über die Arbeit ihres Mannes Owen, der einen gehobenen Posten hatte und aufgrund der schlechten Auftragslage gezwungen war, mehrere Angestellte zu entlassen. Sie kämmte Bredas Haar, cremte ihr das Gesicht ein und trug Vaseline auf ihre Lippen auf. Sie wusch ihre Nachthemden und sorgte dafür, dass immer Wasser auf dem Nachttisch stand, weil Breda möglichst viel trinken sollte.

Eamonn lehnte sich bei seinen Besuchen meistens neben der Tür an die Wand, betrachtete seine Mum und wartete auf ein Zeichen von ihr. Er war schweigsam, redete nur das Nötigste, zum Beispiel, wenn er etwas gefragt wurde oder wenn er den Arzt oder eine Krankenschwester um einen Bericht bat.

Für Tom waren die Besuche bei Breda nicht einfach, denn auch wenn Kate freundlich mit ihm umging und Bens Haltung ihm gegenüber nicht mehr so hart war, so war doch Breda die Einzige in der Familie Walsh gewesen, die ihn keinen Augenblick für Alexandras Verschwinden verantwortlich gemacht hatte. Nur ihretwegen hatte er den Kontakt zu den Walshs aufrechterhalten, und jetzt fühlte er sich erst recht als Außenseiter.

Zwischen Tom und Jane war die Stimmung seit dem nächtlichen Kuss unbehaglich. Dennoch war sie die Erste gewesen, die er anrief, nachdem ihn Kate telefonisch über Bredas Zustand informiert hatte. Als sie hörte, dass er am Apparat war, reagierte sie sehr zurückhaltend, also sagte er gleich, worum es ging.

«Breda hat Krebs.»

«O Tom, das tut mir so leid.»

«Sie stirbt.»

«O nein!»

«Die Ärzte sagen, sie hat vielleicht noch sechs bis acht Wochen.»

«Das ist ja schrecklich!»

«Ich kann es noch gar nicht glauben.»

«Das tut mir wirklich sehr leid.»

«Ich dachte, du hast es satt, dass alle Welt ständig sagt: Es tut mir leid», sagte er scherzhaft, und Jane nahm das unausgesprochene Angebot an.

«Vergessen wir das einfach, in Ordnung?»

«Ja, sehr gern.»

«Was kann ich für Breda tun?»

«Absolut nichts.»

«O Tom, das ist so schrecklich.»

«Ich weiß, dass du sie sehr magst.»

«Der arme Mr. Walsh.»

«Wirst du Ben eigentlich für alle Ewigkeit ‹Mr. Walsh› nennen?»

«Vermutlich», sagte sie und seufzte. «Wie geht es Eamonn?»

«Ist wütend.»

«Wie üblich.»

«Allerdings kann ich ihm dieses Mal keinen Vorwurf machen.»

«Ich wünschte, ich könnte etwas für sie tun.»

«Ich auch.»

Danach verabredeten sie sich für den nächsten Tag auf einen Kaffee. Als Jane aufgelegt hatte und sich umdrehte, stand Kurt hinter ihr.

«Was ist denn?», fragte sie.

«Ich möchte was mit dir besprechen.»

«Worum geht's?»

«Dad sagt, er ist hier nicht mehr gern gesehen. Was ist los, verdammt?»

«Das stimmt, und du willst den Grund gar nicht wissen», sagte sie und ging vom Wohnzimmer hinüber in die Küche.

«Ich möchte es aber doch wissen», sagte er, während er ihr nachtrottete.

«Möchtest du einen Kaffee?»

«Ja», sagte er und setzte sich an den Küchentisch.

Sie setzte Wasser auf, löffelte Kaffeepulver in den Filter, stellte sich an den Küchentresen, um zu warten, bis das Wasser kochte, und trommelte mit den Fingern auf die Arbeitsplatte. Kurt fuhr sich mit den Händen durchs Haar.

«Mum?», sagte er, als das Wasser schon beinahe kochte.

«Es ist kompliziert.»

«Ich bin keine zwölf mehr.»

Sie goss das Wasser in den Filter und nahm zwei Tassen aus dem Schrank. Kurt lehnte sich auf seinem Stuhl zurück, machte den Kühlschrank auf und holte die Milchpackung heraus.

«Also?», sagte er.

«Er hat mit Elle geschlafen.»

«Elle Moore?»

«Ja.»

«Elle, deine Schwester, meine Tante?»

«Ja.»

«Fuck.»

«Dieses Wort möchte ich nicht von dir hören, Kurt.»

«Nein, im Ernst, Mum, was hat er sich dabei gedacht, verdammt nochmal?» Kurt stand auf und ging wütend in der Küche auf und ab. «Warum haben sie das gemacht? Sie mögen sich doch nicht mal besonders.»

«Keine Ahnung.»

«Und wann war das?»

«Das spielt keine Rolle.»

«Doch, das spielt eine Rolle.»

«Bei deiner Geburtstagsparty.»

«Mannomann!» Er setzte sich wieder. «Jetzt wundere ich mich nicht mehr darüber, wie komisch sich Dad in letzter Zeit benommen hat.»

«Es tut mir leid, Kurt, aber ich will ihn nicht mehr sehen.»

«Ich weiß, dass du ihn liebst, Mum», sagte Kurt.

Jane wurde so rot, dass sie sich auch noch über ihre eigene Scham schämte. Ihre Augen füllten sich mit brennenden Tränen.

«Es tut mir wirklich leid, Mum.»

«Schon gut.» Jane nahm sich zusammen.

«Und was ist mit Elle?» Kurt hatte Elle seit mehr als einer Woche nicht gesehen, aber das hatte nichts zu bedeuten, denn sie verschwand oft genug auch für länger als eine Woche.

«Sie will ich hier auch nicht mehr sehen.»

«Aber sie wohnt hinten im Garten.»

«Und da soll sie auch bleiben.»

«Aha. Und was ist mit mir?»

«Ich verstehe deine Frage nicht.»

«Ich finde es auch zum Kotzen, was sie gemacht haben, aber er ist mein Vater.»

«Und ich erwarte nicht von dir, dass du dich zwischen uns entscheidest», sagte Jane. «Du bist jetzt erwachsen. Du fängst nächste Woche auf dem College an. Du kannst weiter eine sehr gute Beziehung mit deinem Vater haben, bloß hat sie nichts mehr mit mir zu tun.»

«Na gut. Aber ich schwöre dir, dass ich ihn dafür leiden lassen werde.»

«Tut gut, das zu hören.» Jane lächelte ihren Sohn an. «Und ein ordentlicher Tritt in den Hintern könnte ihm auch nicht schaden.»

Kurt schwang sein Bein hoch. «Wird gemacht. Abgesehen davon, Mum – er ist nicht gut genug für dich.»

Erneut stiegen Jane die Tränen in die Augen. «Danke, mein Sohn.»

Kurt ging aus der Küche, und Jane dachte, dass sie,

auch wenn sie demnächst sechsunddreißig wurde und immer noch ohne Lebenspartner dastand, wenigstens Kurt hatte, jedenfalls noch eine Zeitlang.

Sie ging zur Spüle und schüttete den Kaffee weg, den sie beide nicht angerührt hatten, und als draußen Elle auftauchte und sie durchs Fenster anstarrte, duckte sie sich weg.

Also wirklich, Jane, wo bleibt dein Stolz?

Sie erhob sich und verließ die Küche.

Seit der Party bedauerte Elle ihre merkwürdige Affäre mit Dominic unendlich. In dem Moment, in dem Jane sie erwischt hatte, war ihr Verhältnis beendet gewesen. Es hatte keine Diskussion, keinen Streit und keinen Abschied gegeben. Nachdem Jane gegangen war, hatten sie beide schweigend im Bett gesessen und darüber nachgedacht, was Jane gesagt hatte. Sie kannten Jane gut genug, um sofort mitzubekommen, wie sehr sie sie verletzt hatten, und sie kannten sie gut genug, um zu wissen, dass sie es ernst gemeint hatte, als sie sagte, sie sei fertig mit ihnen. Beiden wurde in diesen Momenten klar, dass ihre glückliche Familie nicht mehr existierte. Jane war der Klebstoff, der sie alle zusammenhielt, und diesen Zusammenhalt hatten sie zerstört. Elle stand auf, zog sich an, und Dominic tat das Gleiche. Sie ging in ihr Wohnzimmer, machte die Tür zu, rollte sich unter ihrer Lieblingsdecke auf dem Sofa zusammen, und er verließ ohne ein weiteres Wort das Haus. Seitdem war sie Jane aus dem Weg gegangen, denn nachdem sie mit Janes größter Liebe ins Bett gegangen war, war es das Mindeste, ihren Wunsch zu respektieren und sich fernzuhalten.

Elle spürte augenblicklich, was es bedeutete, wenn Jane

nicht mehr für sie da war. Jane gehörte zu den wenigen Menschen, mit denen sie beinahe täglich redete, und Jane war diejenige, die sich um sie kümmerte, wenn sie krank war, wenn sie gesund war, wenn sie es eigentlich überflüssig fand und wenn sie es dringend nötig hatte. Jane gehörte zu Elle, und ohne Jane war Elles Welt leer und traurig. Vier Tage nach Kurts Party schickte Jane einen Brief an Elle, mit dem sie ihre geschäftlichen Beziehungen auflöste. Sie kündigte als Elles Agentin und nannte ihr die Namen einiger Galeristen, mit denen sie künftig arbeiten konnte. Elle war am Boden zerstört. Jane wusste, dass sie eine Niete war, wenn es ums Geschäftliche ging. Wenn sie also ihre Arbeitsbeziehung beendete, bedeutete das, dass Elle sich auch nicht mehr an diesen letzten Strohhalm klammern konnte. Jane hatte unwiderruflich entschieden, nichts mehr mit ihr zu tun zu haben. Zum ersten Mal in ihrem Leben hatte Elle etwas so Schlimmes getan, dass es kein Zurück gab. Jane hatte ihr immer alles verziehen, jetzt aber war sie zu weit gegangen.

Sie erzählte Leslie davon, als sie im Cottage vorbeikam, um Elle zu einem Spaziergang abzuholen. Leslie hatte gefragt, ob sie schnell zu Jane rübergehen sollte, um sie zu dem Spaziergang einzuladen. Da war Elle in Tränen ausgebrochen.

«Was ist passiert?», fragte Leslie und stemmte die Hände auf die Hüften.

«Sie hat uns zusammen erwischt.»

«O nein», sagte Leslie. «Das kann nicht dein Ernst sein.»

«Bei Kurts Party. Hier in meinem Schlafzimmer.»

«O Elle, wie kann man nur so dumm sein?»

«Ich weiß. Ich weiß ja, wie dumm ich bin. Ich bin eine

Idiotin, eine egoistische Lügnerin und nicht mehr ganz richtig im Kopf.» Sie schlug sich so fest mit der Faust an die Stirn, dass Leslie ihre Hand festhielt.

«Okay», sagte sie. «Jetzt beruhig dich erst mal und setz dich mit mir hin.»

Elle setzte sich und knetete nervös die Finger. «Ich habe sie wirklich verletzt, Leslie. Ich habe sie unheimlich verletzt.»

«Sie wird darüber wegkommen. Vielleicht nicht heute oder morgen, aber ich bin sicher, sie kommt darüber weg.»

«Sie hasst mich.»

«Na ja, das ist auch erst mal verständlich, also lass sie.»

«Aber ich komme nicht allein klar.»

«Du bist sechsundzwanzig Jahre alt. In zwei Monaten wirst du siebenundzwanzig. Du bist alt genug, um für dich selbst verantwortlich zu sein.»

Elle schüttelte den Kopf. «Ohne Jane schaffe ich es nicht.»

«Doch, du schaffst es auch ohne Jane», sagte Leslie entschieden. «Es wird Zeit, dass du deinen eigenen Weg findest, Elle. Wenn du glaubst, du könntest ewig im Garten deiner Schwester wohnen, dann irrst du dich. Die Dinge ändern sich immer. Nichts bleibt, wie es ist, und manchmal muss man Abschied nehmen – damit kenne ich mich nun wirklich aus.»

«Lass uns rausgehen.» Elle stand auf. Sie wollte nicht weiter darüber sprechen.

«Gut.» Leslie zog ihren Mantel an.

Elle ging zur Haustür und wartete draußen auf Leslie.

«Elle», sagte Leslie.

«Ja?»

«Dein Mantel.»

Elle sah an sich herab. Sie stand im T-Shirt in der Kälte.

«Oh», sagte sie, nahm ihren Mantel von Leslie und schlüpfte hinein. «Lass uns gehen», sagte sie und lief los.

Leslie zog die Haustür zu und fragte sich, ob Elle vielleicht wirklich nicht ohne Jane klarkommen würde.

Nachdem Elle zum ersten Mal mit Dominic geschlafen hatte, war sie nach Hause gefahren und hatte begonnen zu malen. Ihr Thema hieß «Sünde», und sie warf in Rot-, Schwarz- und Violetttönen die Gestalt einer Frau auf die Leinwand, die einem Mann mit Teufelsaugen erlag. Das Bild gefiel ihr, und deshalb malte sie ähnliche Sujets während des folgenden Monats, in dem ihre Affäre mit Dominic weiterging. Sie hatte Jane die Bilder noch nicht gezeigt, als Janes Brief kam, und danach wusste sie ohnehin nicht, was sie tun oder wohin sie gehen sollte, also malte sie einfach weiter. Zwei Tage vor der Ken-Browne-Ausstellung in der Albert's Gallery rief Lori an und fragte, ob sie zur Eröffnung kommen würde.

«Ich habe Hausverbot», sagte sie.

«Jetzt sei nicht blöd. Die Galerie gehört schließlich deiner Schwester.»

«Sie hat mir das Hausverbot aber selbst erteilt.»

«Weshalb?»

«Weil ich mit Kurts Vater geschlafen habe.»

«Ehrlich, Elle, was bist du eigentlich für eine?»

«Eine Nutte, ein Luder, eine selbstsüchtiges, gestörtes kleines Miststück.»

«Das war eine rhetorische Frage», sagte Lori. «Abgesehen davon musst du einfach kommen. Ich höre eine Menge Lob über diesen Typen, und du weißt ja, dass Jane ein Profi ist – sie würde dir in der Galerie niemals eine Szene machen.»

«Na gut», sagte Elle. «Ich komme mit.»

Es gab zwei Gründe für ihre Entscheidung. Erstens sollte man sich, nach allem, was sie gehört hatte, Ken Brownes Arbeiten unbedingt ansehen, und zweitens hoffte sie, dass Jane ihr ansah, wie schrecklich leid ihr alles tat, und ihr endlich vergab.

Am Abend der Ausstellungseröffnung traf sie sich mit Lori in einem Pub nicht weit von der Galerie. Sie bestellte sich einen Drink, um ihre Nerven zu beruhigen.

«Das wird aufregend», sagte Lori. «Macht den Abend richtig spannend.»

Elle hoffte einfach nur, dass Jane damit klarkam, wenn sie auftauchte. Sie warteten, bis sie sicher waren, dass in der Galerie viel los sein würde. Jane eilte von einem Gast zum anderen, und der Künstler sprach mit Förderern und Freunden und blieb hier und da stehen, wenn jemand ein Foto machen wollte. Lori entdeckte ein paar Bekannte und ging zu ihnen hinüber. Also stand Elle unversehens alleine da. Sie blieb vor einem Gemälde stehen und betrachtete es lange. Es war so schön, dass sie am liebsten geweint hätte. Sie studierte die Farben auf der Leinwand, die tiefen Brauntöne, das Umbra, das durchscheinende Weiß, das sich gegen ein strahlendes Blau absetzte, und sie glaubte, verbrannte Erde vor sich zu haben, und fühlte die Hitze, und unter dem strahlenden Himmelsblau glaubte sie, den Ursprung der Schöpfung vor sich zu sehen.

Die Frau neben ihr war ebenfalls gebannt von dem

Gemälde. Allerdings musste sie dabei nicht an die Erschaffung der Welt denken, sondern daran, dass das Bild gut zu den Farben ihres Sofas passen würde.

Elle ging zum nächsten Bild und zum nächsten, und jedes Gemälde sprach zu ihr und erzählte ihr eine Geschichte. Sie waren überirdisch, mutig und schön. Jedes einzelne Bild schien ihr zu sagen: *Das ist wahre Kunst.* Das Gemälde, das sie beinahe zum Weinen gebracht hätte, rief ihr zu: *Das ist echtes Talent. In dieser Malerei liegt Herz und Seele. So wirst du niemals malen können. Du wirst mit deinen Bildern niemals solche Gefühle wachrufen können wie diese Werke. Du bist eine Hochstaplerin, und das werden bald alle erkannt haben. Ohne Jane bist du nichts weiter als eine überschätzte Karikaturistin.*

«Halt die Klappe», sagte sie.

Eine Frau, die gerade neben ihr stand, sah sie merkwürdig an.

«Ich habe nicht Sie gemeint», sagte Elle und ging weiter.

Jane tauchte hinter ihr auf.

«Geh nach Hause, Elle», sagte sie.

«Bitte. Können wir miteinander reden?»

«Ich arbeite, und selbst wenn ich nicht arbeiten würde, hätte ich dir nichts zu sagen, und von dir will ich auch nichts hören.»

Also ging Elle, und Lori bekam es nicht einmal mit, denn sie war viel zu beschäftigt damit, Ken Browne mit Komplimenten zu überschütten.

Elle fuhr nach Hause. Sie ging in ihr Atelier und zerrte sämtliche fertigen Bilder in den Garten hinaus. «Ihr seid scheiße», sagte sie. «Ihr seid scheiße, scheiße, scheiße! Alles ist scheiße!»

Sie stapelte die Bilder auf, bespritzte sie mit Whiskey, strich ein Streichholz an und warf es auf den Bilderstapel. Sofort schossen Flammen empor. Elle stand nur da und schaute zu.

Kurt und Rose bekamen mit, was da im Garten vor sich ging. Kurt sah sofort, dass seine Tante viel zu nah am Feuer stand. Er rannte in den Garten und zog Elle von den Flammen weg.

«Deine Arbeiten! Was machst du mit deinen wundervollen Arbeiten?»

«Die sind hässlich», sagte sie, «alles ist so verdammt hässlich.»

Rose ging in den Garten, holte den Gartenschlauch und zog ihn nahe genug an das Feuer, um es zu löschen. Elle sah ihr zu, und Kurt hielt Elle weiter fest. Als Rose das Wasser abdrehte, war nur noch ein rauchender Haufen Holz übrig. Sie wandte sich an ihren Enkel.

«Sorg dafür, dass Elle ins Bett geht. Anschließend kommst du zu mir und erzählst mir, was zum Teufel hier vorgeht.»

Kurt nickte und brachte Elle in ihr Cottage. Rose ging in ihre Parterrewohnung und wartete darauf, dass Kurt kam, um ihr von Elles jüngster Eskapade zu erzählen.

Am Tag nach der Eröffnung ging Rose Moore die Treppen zum Haupthaus hinauf und benutzte ihren eigenen Schlüssel, um sich die Tür aufzuschließen. Jane staubsaugte gerade den oberen Treppenabsatz und hielt inne, als sie Rose sah. Es war keine Essenszeit, und es gab keinen besonderen Grund für Rose, aus ihrem Sessel aufzustehen und zu ihr heraufzukommen. Jane war beunruhigt.

«Wo liegt das Problem?», sagte sie.

Statt die Treppen hinaufzuschreien, ging Rose einfach in die Küche. Jane stellte den Staubsauger in eine Ecke und folgte ihrer Mutter.

«Wo liegt das Problem?», wiederholte sie.

Rose setzte sich mit einem Stöhnen auf einen Küchenstuhl. «Nachdem du schon so fragst: Das Problem liegt bei *dir*.»

«Ich bin das Problem?»

«Ja», sagte Rose. «Das bist du.»

«Und wieso, Rose?», sagte Jane in einem Ton, der klarstellte, dass sie keine Lust auf die Verdrehtheiten ihrer Mutter hatte.

«Du weißt, wie deine Schwester ist – zuerst handeln, dann denken. Sie ist impulsiv, emotional, hört nur auf ihre Gefühle, und genau das macht ihre Besonderheit aus.»

«Mit dem Vater des Kindes deiner Schwester zu schlafen ist keine Besonderheit. Es ist einfach nur gemein und gefühllos.»

«Und warum, Jane? Weil du Dominic liebst? Denkst du wirklich ernsthaft, deine Liebe zu Dominic war echt?»

«Ja, das tue ich.»

«Unsinn», sagte Rose. «Du hast mit Dominic einfach nur die besten Momente deiner Jugend gehabt, und dann war diese Zeit vorbei, das ist alles.»

«Und wessen Schuld ist das?», fragte Jane.

«Oh, geht das wieder los! Ich bin die böse Mutter, die dir deine Zukunft kaputt gemacht hat. Ich bin diejenige, die dir ein Baby angehängt hat, damit du es aufziehen musst. Du bist das arme Opfer meiner boshaften Entscheidungen.»

«Das habe ich nicht gesagt.»

«Das ist auch nicht notwendig – du hast es nämlich bei anderen Gelegenheiten schon oft genug gesagt. Und vielleicht würde ich heute über eine Abtreibung anders denken, vielleicht aber auch nicht. Und, ja, ich bin eine schlechte Mutter. Jetzt habe ich es ausgesprochen. Bist du nun zufrieden?»

Jane wusste nicht, was sie sagen sollte. Sie war so fassungslos, dass ihr nichts einfiel.

«Ich hätte dich mehr unterstützen sollen. Das bedaure ich. Ich habe dich bestraft, Jane. Ich habe dich bestraft, weil ich so wütend war, dass du dein Talent vergeudet hast. Ich hätte dir helfen sollen. Besonders in der Zeit ...»

«Sag es nicht», sagte Jane, und dann setzte sie sich still zu Rose an den Tisch. Die Entschuldigung ihrer Mutter hatte Jane den Wind aus den Segeln genommen.

«Erinnerst du dich an den Tag, an dem du aufgehört hast, mich ‹Mum› zu nennen?», fragte Rose.

«Das war der Tag, an dem der Brief von der Schulleiterin kam und du mir erklärt hast, ich könnte nicht zurück in die Schule gehen.»

«Nein», sagte Rose. «An dem Tag hast du beschlossen, mich Rose zu nennen, aber dir ist noch lange danach das Wort ‹Mum› rausgerutscht. Ich musste beinahe darüber lächeln, denn jedes Mal, wenn du mit ‹M...› angefangen hast, hättest du dir am liebsten die Zunge abgebissen.» Sie schwieg, aber Jane wusste, dass sie noch nicht fertig war. Rose rückte ihren Stuhl zurecht und klopfte zweimal auf den Tisch. «Der Tag, an dem du aufgehört hast, mich ‹Mum› zu nennen, war der Tag, an dem du mit Kurt auf dem Arm zur Polizei gegangen bist, um zu fragen, ob sie ihn dir entweder abnehmen oder dich verhaften, weil du ihn sonst vermutlich umbringen würdest.»

«Hör auf», sagte Jane. «Du hast versprochen, dass wir niemals darüber reden.»

«Sie haben ihn genommen, und du bist so hysterisch geworden, dass sie dich ins Krankenhaus bringen lassen mussten, wo man dich mit Beruhigungsmitteln vollgepumpt hat.»

«Ich will nicht darüber reden!», rief Jane.

«Das Sozialamt wurde eingeschaltet, und als ich gefragt wurde, ob in unserer Familie schon einmal depressive Erkrankungen vorgekommen sind, habe ich nein gesagt.»

«Und? Ich war einfach unglaublich müde. Seine Koliken haben ewig nicht aufgehört, und er hat immer nur pausenlos geschrien!»

«Ich habe gelogen», sagte Rose. «Meine Tochter stand unter Beruhigungsmitteln, mein Enkel wurde von der Fürsorge betreut, und ich war vollkommen fixiert darauf, dass niemand etwas herausfand.»

«Was herausfand?»

«Das mit deinem Dad.»

«Was war mit meinem Dad?»

«O Janey, er war so klug – genau wie du! Wusstest du, dass er einer der führenden Mathematiker hier im Land war? Er wusste einfach alles. Und manchmal war er so unglaublich glücklich, er war der strahlende Mittelpunkt jeder Party, einfach alle mochten ihn, aber manchmal war er auch so niedergeschlagen und kraftlos, dass er kaum den Kopf heben konnte.»

«Warum erzählst du mir das?»

«Er hatte keinen Herzinfarkt, Janey», sagte Rose. «Er hat sich erhängt.»

«Nein.»

«Er hat sich erhängt. Mit deinem Springseil.»

«Nein», sagte Jane. «Das glaube ich dir nicht.»

«Damals hat man über so etwas nicht offen geredet. Es gehörte zu den Dingen, über die man einfach nicht geredet hat», sagte Rose. Sie wirkte jetzt sehr blass und erschöpft. «Ich habe dir und Elle die Schuld gegeben.» Sie lachte bitter. «Wie lange habe ich mir eingeredet, dass er uns nie verlassen hätte, wenn du nicht dieses verdammte Springseil dort hättest liegen lassen, und dass du es hättest besser wissen müssen, schließlich warst du die Ältere. Das war natürlich reiner Irrsinn. Es war nicht deine Schuld – du warst ja noch ein kleines Mädchen.»

«Warum erzählst du mir das jetzt?»

«Ich erzähle es dir, weil ich nicht immer wieder die gleichen Fehler machen kann.»

«Das verstehe ich nicht.»

«Du hast von deinem Vater den Verstand geerbt. Elle hat sein Temperament.»

«Was willst du damit sagen?» Jane war aufgebracht.

«Ich sage, dass ich euren Vater vor mir sehe, wenn ich meine jüngste Tochter anschaue», sagte Rose. Tränen rollten über ihre Wangen. «Ich sage, dass du ihr vergeben musst, dich um sie kümmern musst, sie vor der Welt und sich selbst beschützen musst, genau wie ich euren Vater hätte beschützen müssen.»

Jane stand auf und rieb sich über die Stirn. «Mit Elle ist alles in bester Ordnung.»

Auch Rose stand auf und wischte sich mit dem Ärmel die Tränen aus dem Gesicht. Dann straffte sie sich und ließ sich einen Augenblick Zeit, um ihre Gedanken zu sammeln. «Das war ziemlich viel auf einmal», sagte sie dann. «Ich lasse dir erst mal Zeit zum Nachdenken.»

Dann ging sie hinaus und ließ ihre älteste Tochter fassungslos und verwirrt zurück.

Seit ihrer Rückkehr aus den Ferien waren zwei Wochen vergangen, und Leslie beschloss, Jim in ihre Gefühle einzuweihen. Normalerweise hätte sie zuerst mit Jane oder Elle darüber gesprochen, aber nachdem die beiden sich bekriegten, fand sie, es sei das Beste, sich mit Jim selbst auszusprechen. Wenn er sich dann entsetzt zurückzog, passierte das wenigstens in einem Moment, in dem sie sich noch nicht zu sehr in ihre Gefühle hineingesteigert hatte. Sie zog ein hübsches Unterhemdchen und passende Pants an, die Elle ihr ausgesucht hatte, schlüpfte in ein schwarzes Jerseykleid mit Rollkragen und Pumps. Sie schminkte sich und sprühte Haarspray auf ihre Koboldfrisur. Dann stellte sie Musik an, schenkte zwei Gläser Wein ein, und um Punkt halb acht klingelte es.

Jim brachte Blumen mit, und sie bedankte sich. Er machte ihr Komplimente für die Düfte, die aus der Küche kamen, und sie verriet ihm nicht, dass sie eine fertige Lamm-Tajine gekauft hatte, die sie nur noch aufwärmte.

Sie reichte ihm ein Glas Wein, und er setzte sich, während sie den Tisch deckte.

«Du bist heute Abend sehr hübsch», sagte er.

«Danke. Das Kleid habe ich mir gestern gekauft.»

«Steht dir gut.»

Sie gab ihm von der Tajine auf den Teller, bediente sich selbst, und dann setzte sie sich.

«Essen», sagte sie.

«Da lasse ich mich nicht zweimal bitten. Ich bin am Verhungern.»

Sie aßen schweigend.

«Stimmt was nicht?», fragte er.

«Nein, warum fragst du?»

«Na ja, gewöhnlich ziehst du ja über irgendetwas oder irgendjemanden her.»

«Das stimmt nicht», sagte sie. «Abgesehen davon hast du auch schon den ganzen Abend keinen Pieps über irgendeinen Artikel gesagt, den du heute gelesen hast.»

«Jetzt, wo du davon anfängst, fällt mir ein, dass ich vorhin die Einzelheiten über die Pläne zu den staatlichen Bankengarantien gelesen habe. Ich kann dir sagen, Leslie, kein Mensch ahnt, wie knapp dieses Land vor ein paar Wochen am Staatsbankrott vorbeigeschrammt ist. Die fetten Jahre sind offiziell vorbei.»

«Oh, sag das nicht! Ich habe doch gerade erst angefangen, mich aus der Wohnung zu trauen», sagte sie und lachte.

«Ich dagegen denke gerade, dass ich im Moment an keinem besseren Ort sein könnte als in deiner Wohnung», sagte er, und sie lächelte. Sie hatte vergessen, einen Nachtisch zu besorgen, also tranken sie einfach auf dem Sofa eine Tasse Kaffee. Leslie überlegte gerade, wann und wie sie ihm am besten erklären sollte, dass sie sich in ihn verliebt hatte, als er seine Kaffeetasse abstellte und etwas aus seinem Jackett zog.

«Das hätte ich beinahe vergessen», sagte er. «Ich habe gedacht, das würdest du vielleicht gerne einmal lesen.»

«Oh», sagte sie und stellte ihre Tasse neben sich auf den Fußboden. «Was ist das?» Sie bekam nicht mit, dass ihre Katze an der Kaffeetasse schnupperte, an der

Flüssigkeit schleckte und darauf ihren Schwanz steil aufrichtete. Leslie war voll auf Jim konzentriert.

«Hier ist er», sagte er. Er reichte ihr ein gefaltetes Stück Papier. «Es ist ein Brief von Imelda.»

«An mich?»

«Nein, aber es geht um dich. Lies ihn doch einfach.»

Sie entfaltete den Brief. Sie wollte ihn lesen, aber irgendwie auch nicht. *Warum hat er diesen Brief ausgerechnet heute mitgebracht?* Sie begann schweigend zu lesen.

Lieber Jim,
es wird Zeit, einmal über Leslie zu reden. Wir wissen beide, dass sie stur und ruppig ist, und wir wissen beide, weshalb. Wenn ich gestorben bin, wirst du der einzige Mensch sein, den sie auf dieser Welt noch hat. Ich weiß, dass das jetzt eine sehr große Bitte ist, aber bitte, kümmere dich ein bisschen um sie.

Sie blickte von dem Brief auf. «Was meint sie damit?»

«Lies einfach weiter», sagte er.

Wir haben darüber gesprochen, dass du vielleicht eines Tages wieder heiratest, und ich möchte so gern, dass du einen Menschen findest, den du lieben kannst und der dich liebt. Ich wünsche dir ein wunderschönes neues Leben ohne überfüllte Krankenhäuser, respektlose Ärzte, überarbeitete Krankenschwestern und ohne Krebs. Ich wünsche dir eine starke und gesunde Partnerin, eine, mit der du Pferde stehlen kannst, eine, mit der du schlafen kannst, eine, die keine Ängste und kein Leiden in dein Leben bringt. Es tut mir jedes Mal weh, wenn ich dich ansehe, denn jetzt erst sehe ich, dass es egoistisch von mir war, dich zu lieben, und ich verstehe, warum Leslie so ist, wie sie ist.

«So bin ich aber nicht mehr», sagte Leslie. «Ich versuche mich zu ändern. Warum musst du mich wieder an diese Zeit erinnern?»

«Lies einfach.»

Leslie ist ein besserer Mensch als ich. Wahrscheinlich lachst du schallend, wenn du das liest, aber es stimmt. Sie hat ihre ganze Familie an Krebs sterben sehen, und als nach Noras Tod bei uns beiden das verdächtige Gen gefunden wurde, hat sie beschlossen, anderen kein solches Leid zuzufügen, wie es Nora John und Sarah zugefügt hat und wie ich es dir zufüge.

«Sie lobt mich, aber in Wahrheit war ich unheimlich dumm, habe unheimlich viel Zeit verschwendet», sagte Leslie. «Sie hat die richtigen Entscheidungen getroffen und ich die falschen.»

Vor dem Krebs war sie so lebhaft und fröhlich und mitfühlend und fürsorglich, und mir gegenüber ist sie das immer noch. Ohne ihre Zuwendung hätte ich das nicht bewältigt. Ich weiß, dass sie dich manchmal ziemlich wüst beschimpft, aber glaub mir, sie meint es nicht so. Ich habe sie für eine Schwarzmalerin gehalten. Ich habe geglaubt, dass unsere Familie genug gelitten hat und dass wir beide überleben würden. Also habe ich Pläne gemacht und mich verliebt, und eine Zeitlang hatten wir ein sehr schönes Leben, aber dann ist dieses Gen aktiv geworden. Und jetzt siehst du beinahe genauso krank aus, wie ich mich fühle, und mir wird klar, dass meine Schwester Leslie genau wusste, was sie tat, als sie sich von Simon getrennt hat und sich praktisch von allen Menschen abschottete. Ich habe mitangesehen, wie sie sich aus ihrem eigenen Leben davongemacht hat. Damals habe ich sie für irre gehalten, aber jetzt wirkt das alles sehr vernünftig. Sie hat das Leiden der anderen über ihr eigenes gestellt. Sie hat John und Sarah nach Noras Tod leiden sehen, und sie wird dich leiden sehen, und obwohl sie so tut, als könnte sie dich nicht ausstehen, mag sie dich doch, und es wird sie schmerzen, dich so zu sehen, und abgesehen davon wird es sie darin bestärken, dass es richtig ist, allein zu bleiben und auf eine Diagnose zu warten, die vielleicht nie kommt.

Auf einmal spürte Leslie, dass die alte Traurigkeit wie eine Welle auf sie zurollte. «Sie hat mich immer besser gekannt als ich mich selbst», sagte sie.

Ich bin ihr letztes Familienmitglied und ihre letzte Vertraute. Sie hat sich sogar geweigert, ihre Nichte kennenzulernen, und deshalb wird sie niemanden haben, wenn ich gestorben bin, das quält mich. Ich möchte, dass du dein Leben lebst, ich bitte dich nur darum, ab und zu bei ihr anzurufen, ganz gleich, wie grob oder abweisend sie ist, und mit ihr zu reden. Ihr ein Freund zu sein, auch wenn sie dir keine Freundin ist, weil sie für mich da war, für Mum, für Dad und für Nora, und ich kann die Vorstellung nicht ertragen, dass sie, nach allem, was sie durchgemacht hat, allein leben oder allein sterben muss.

Leslie legte die Hand auf den Mund und sah Jim an und dann wieder auf den Brief hinunter. Sie schüttelte den

Kopf. «Deshalb bist du also so nett zu mir», sagte sie. «Du tust das alles für mich, weil Imelda dich darum gebeten hat. Du hast keine besonderen Gefühle für mich. Ich bin wirklich unglaublich dumm.»

Jim sah sie verwirrt an. «Ich habe nur zufällig heute diesen Brief in die Hände bekommen. Und ich dachte, du würdest ihn gerne lesen, weil deine Schwester darin über dich schreibt, das ist alles.»

«Tja, jetzt weiß ich es», sagte sie. «Ich bin übrigens ziemlich müde, vielleicht machen wir lieber Schluss für heute, damit ich schlafen gehen kann.»

«Wir hatten doch bis gerade eben einen so schönen Abend miteinander», sagte er bestürzt und erschrocken. «Ich hätte dir den Brief nicht geben sollen.»

«Nein», sagte sie. «Es war sogar gut, dass du es getan hast. So ist mir etwas Bestimmtes klargeworden, und darüber bin ich sehr froh. Also danke. Aber jetzt würde ich wirklich gerne schlafen gehen.»

Noch bevor er recht wusste, wie ihm geschah, war Jim aus Leslies Wohnung hinaus, und sie machte ihm die Tür vor der Nase zu. Erst als er schon halb zu Hause war, wurde ihm klar, dass Leslie seine Absichten vollkommen missverstanden hatte.

Leslie nahm den Brief mit ins Bett und las den letzten Abschnitt.

Ich weiß, dass ich es oft sage und es dir in meinen sämtlichen Briefen schreibe, aber die Zeit wird knapp, und ich will unbedingt, dass du weißt, wie wundervoll es war, deine Frau zu sein, und auch wenn ich Schuldgefühle habe wegen all des Kummers, den ich dir mache, weiß ich, dass ich dich auch glücklich gemacht habe, also denke an diese

Zeiten und verzeih mir, denn auch heute würde ich mich wieder in dich verlieben und dich wieder heiraten. Ich vermute, Leslie würde mich ein selbstsüchtiges Trüffelschwein nennen, aber damit kann ich sterben.
Deine
Imelda

Leslie ließ den Brief fallen und schloss die Augen. *Ich bin ein Dummkopf. Jim hat gar kein Interesse an mir. Und warum sollte er auch? Ich bin ja nicht mal mehr eine richtige Frau. Ich bin wirklich so dumm, so unheimlich dumm.*

Tom öffnete die Tür und hatte zu seiner Überraschung Jane vor sich. Ihre Augen waren rot verweint.

«Bist du allein?», sagte sie.

«Ja.»

«Gut.»

«Warum?»

«Weil ich möchte, dass du mich ins Bett bringst.»

«Jane, ich glaube, du ...»

«Sind wir Freunde?»

«Das weißt du doch.»

«Also tu einfach, was ich sage, und bring mich ins Bett.»

Er nickte und führte sie die Treppe hinauf, und er küsste sie auf den Mund und nahm ihr den Mantel ab, und er zog sein Hemd aus und knöpfte ihr die Bluse auf, küsste sie in den Nacken, und als sein Gesicht nass von ihren Tränen war, trug er sie zum Bett und setzte sie sanft darauf ab. Dann gab er ihr ein Kissen, an das sie sich schmiegen konnte, setzte sich neben sie und fragte, was passiert war, und Jane erzählte ihm von damals, als

Kurt vierzehn Monate alt gewesen war und eine ganze Woche lang durchgehend geschrien hatte und alles, was sie versucht hatte, nicht half und sie gedacht hatte, sie würde verrückt werden, und sie Kurt bis aufs Blut gehasst hatte und mehr als einmal geglaubt hatte, sie stünde kurz davor, ihn umzubringen. Sie war zu Tode erschöpft gewesen. Nicht einmal als ihre Augenringe so schwarz wie bei einem Zombie waren und sie auch ansonsten so mager und klapprig wie ein Zombie aussah, hatte ihre Mutter ihr geholfen. Nicht ein einziges Mal hatte sie ihr das Baby abgenommen oder ihr gesagt, dass sich schon noch alles fügen würde oder dass sie sich um das Kind kümmern würde, damit Jane ein bisschen dringend benötigten Schlaf bekam. Nicht ein einziges Mal hatte sie sich als Babysitterin angeboten, sodass Jane mit ihren Freundinnen ausgehen konnte, und nicht ein einziges Mal hatte sie ihr gesagt, dass alles gut würde.

Jane erzählte Tom von dem Tag, an dem sie mit ihrem Sohn auf dem Arm zur Polizei gegangen war.

«Ich hätte ihm niemals etwas angetan», sagte sie. «Ich brauchte nur dringend jemanden, der mir half.»

«O Jane», sagte er und nahm sie in die Arme.

Er ließ sich auf das Bett zurücksinken, und Jane schmiegte sich an seine Brust und erzählte ihm, was sie von Rose über ihren Vater und Elle erfahren hatte.

«Ich hätte wissen müssen, dass Dad keinen Herzinfarkt hatte. Ich bin wirklich dumm gewesen.»

«Nein, wie hättest du das denn ahnen sollen?»

«Und Elle – Rose hat sie immer so überbehütet, und das hat mich wahnsinnig gemacht. Ich brauchte nur einen kleinen Fehler zu begehen und wurde Ewigkeiten dafür bestraft. Elle dagegen kann sich bis heute jeden

Mist erlauben, und Rose findet immer eine Entschuldigung für sie oder sagt, das sei alles ganz normal, obwohl sie schon immer wusste, dass es nicht normal ist. Auch das hätte ich mitbekommen müssen. Wie konnte ich nur so blind sein?»

«Weil es Elle rundum gutzugehen scheint. Wenn du mich gefragt hättest, dann hätte ich gesagt, sie ist höchstens ein bisschen zu selbstsüchtig und garantiert viel zu verwöhnt.»

«Nein», sagte Jane. «Sie taucht zum Beispiel wochenlang einfach ab. Und manchmal ist sie unheimlich fröhlich und quirlig und dann wieder extrem nachdenklich und traurig.»

«Das geht uns doch allen mal so – man nennt es das Leben.»

«Und dann war da noch das mit China.»

«Was war denn mit China?»

«Sie war mit ihrem Freund in Hongkong. Sie sind in irgendeinen Club gegangen und haben sich einen Riesenstreit geliefert. Er hat ihr erklärt, dass er die Beziehung beenden wolle, dass er sich mit ihr nicht mehr wohl fühle und dass es vorbei sei. Am nächsten Tag ist er nach Hause geflogen. Direkt nach ihrer Rückkehr ist der Unfall passiert. Elle ist von einem Auto angefahren worden und hat zwei Tage im Koma gelegen. Als ich bei ihr war, hatten sie sie wieder aufgeweckt, aber sie hatte sich das linke Bein und den linken Arm gebrochen. Es ging ihr gut, aber wir hatten uns wahnsinnige Sorgen um sie gemacht. Vincent, das war ihr Freund, saß an ihrem Bett und war so aufmerksam und fürsorglich zu ihr, dass ich dachte, sie wären wieder die reinsten Turteltäubchen, aber als ich einmal mit ihm Kaffee holen gegangen bin, hat er mir von ihrem Streit erzählt. Und er hat gesagt, sie sei mit Absicht vor das Auto gelaufen.»

«Und du hast ihm nicht geglaubt.»

«Sie hat mir hoch und heilig versichert, dass sie das Auto übersehen hatte.»

«Also hast du ihr geglaubt.»

Jane nickte. «Wer läuft schon absichtlich vor ein Auto?» Sie weinte wieder. «Ich hätte es wissen müssen. Ihr Vater hat sich mit einem Springseil erhängt, und ich, tja, ich hätte beinahe mein eigenes Kind umgebracht.»

«Das war nur ein Hilferuf.»

«Und was ist es bei ihr?»

«Ich weiß nicht», sagte er.

Sie hob den Kopf und sah ihn an. «Wie fühlt man sich, wenn man nicht die verzweifeltste Person im Raum ist?»

«Ziemlich gut», sagte er, und er lächelte sie an und wischte ihr eine Träne von der Wange.

«Dann hat mein Zustand wenigstens irgendetwas Gutes», sagte sie, und er beugte sich zu ihr und küsste sie, und dann schliefen sie zweimal miteinander, bevor sie in einen tiefen, traumlosen Schlaf fielen.

Als Elle ihre Haustür öffnete, erwartete sie ihre Mutter vor sich zu sehen, die ständig bei ihr vorbeikam, seit Jane nicht mehr mit ihr sprach.

Doch es war Jane, die ihren Mantel eng um sich zusammengezogen hatte.

«Können wir reden?», fragte sie.

«Ja, bitte.»

Jane schloss die Tür hinter sich und hatte zum ersten Mal im Leben keine Ahnung, was sie zu ihrer Schwester sagen würde.

15
Happy Death

A happy death is all I want,
to feel that I have loved someone
and did the things I said I'd do
and lived my life true.
Jack L., *Universe*

November 2008

Breda starb an einem Dienstagvormittag um neun Uhr, und sie war allein. Ihr Ehemann war nebenan auf der Toilette, und die anderen Mitglieder ihrer Familie steckten im Stau. Eamonn kam zehn Minuten, nachdem ihr Tod festgestellt worden war, in ihrem Zimmer an. Frankie eilte zwei Sekunden später keuchend herein, Kate folgte fünf Minuten danach. Aber es war zu spät. Ihre Mutter war tot.

«Sie hat gewartet, bis ich aus dem Zimmer war», sagte Ben. «Eure Mutter wollte nie, dass Getue um sie veranstaltet wird.»

Kate umarmte ihren Vater. «Das stimmt, Dad.»

Kate nahm Ben mit aus dem Zimmer, während sich Eamonn eine Weile an Bredas Bett setzte. Aller Schmerz war aus ihrer Miene gewichen, all die Falten, die das Leben in ihr Gesicht gezogen hatte, schienen weniger tief, ihr Geist war weitergezogen, und sie sah dreißig Jahre jünger aus.

«Bist du bei Alexandra, Mum?», sagte Eamonn. «Musstest du deswegen gehen?» Bald danach verließ er das Zimmer, und Bredas Körper blieb still und reglos zurück.

Nach Kates Telefonat rief Tom bei Jane an.

«Breda ist gestorben», sagte er.

«Kann ich irgendetwas tun?»

«Komm zur Beerdigung.»

«Oh, ich weiß nicht, ob ich das tun sollte.» Wenn sie nicht mit Tom geschlafen hätte, wäre sie selbstverständlich hingegangen, aber jetzt hatte sie ein ungutes Gefühl dabei.

«Sie hat dich sehr gemocht.»

«Das macht es nur noch schlimmer.»

«Bitte, komm mit», sagte er, und Jane wurde klar, wie sehr er diese Unterstützung nötig hatte.

«Gut, ich komme mit», sagte sie und legte auf.

Kurt kam herein, warf seine Tasche in den Flur und stürmte in sein Zimmer. Jane ging ihm nach und klopfte an seine Tür.

«Geh weg», sagte er.

«Was ist denn los?»

«Ich will einfach nur in Ruhe gelassen werden.»

«Okay.»

Sie ging in die Küche.

«Jane, Jane, hier ist deine Mutter! Jane!»

Sie nahm den Hörer der Gegensprechanlage ab. «Ja, Rose.»

«Komm runter.»

«Ich habe zu tun.»

«Ich will mit dir reden.»

«In fünf Minuten.»

«In zwei.»

Jane setzte sich aufs Sofa, und Rose schenkte sich ein Glas Wein ein.

«Was hat Dr. Griffin gesagt?», fragte Rose.

Jane hatte am Vortag einen Termin in seiner Praxis ausgemacht. Sie hatte eine gute halbe Stunde im Wartezimmer gesessen, denn es war Grippesaison, und während dieser Wartezeit war sie mehrfach versucht gewesen, einfach wieder zu gehen. Als sie aufgerufen wurde, wurden Jane die Füße auf einmal bleischwer, und sie musste sich geradezu ins Behandlungszimmer schleppen.

Dr. Griffin lächelte sie an, und sie setzte sich.

«Was kann ich für dich tun, Jane?»

«Sie können mir erzählen, wie mein Vater gestorben ist.»

Er ließ sich auf seinem Stuhl zurücksinken, sah auf seine Hände hinunter und rieb sich die Fingerknöchel. «Wann hat sie es dir gesagt?»

«Vor zwölf Tagen. Ich kann Ihnen die Uhrzeit auch bis auf die Minute genau sagen, wenn Sie möchten.»

«Es tut mir leid, Jane. Das war bestimmt ein Schock für dich.»

«Das kann man wohl sagen. Warum haben Sie es mir nie erzählt?»

«Das war nicht meine Aufgabe, Jane, und das weißt du auch.»

«Aber Sie waren dort. Sie haben ihn gesehen. Rose sagte, Sie haben ihn dort runtergeholt.» Ihre Augen füllten sich mit Tränen, aber sie hielt sie zurück.

«Dein Dad hatte mit vielen Dämonen zu kämpfen, Jane.»

«Und Elle? Hat Elle auch mit vielen Dämonen zu kämpfen?»

Dr. Griffin setzte sich auf. «Was meinst du damit, Jane?»

Obwohl Dr. Griffin seit fünfunddreißig Jahren der Hausarzt der Moores war, hatte er kaum Kontakt mit Elle gehabt. Tatsächlich hatte er Elle das letzte Mal wegen einer Kinderkrankheit behandelt, als sie zwölf Jahre alt gewesen war. Soweit er es also beurteilen konnte, war Elle so munter wie ein Fisch im Wasser.

«Rose glaubt, dass Elle so ist wie unser Vater.»

«In welcher Hinsicht?»

«Das Temperament.»

Er lachte leise. «Nun ja, das ist ganz natürlich. Wir erben alle ein paar Eigenschaften unserer Eltern. Du bist schließlich auch manchmal wie Rose.»

«Das bin ich nicht!», giftete Jane.

«Als ich das letzte Mal bei euch war, hast du Rose gedroht, sie umzubringen.»

«Das habe ich doch nur so gesagt.»

«Ja, aber bei euch sagt man eben so etwas», meinte Dr. Griffin. «Nur weil Elles Verhalten manchmal an ihren Vater erinnert, heißt das noch lange nicht, dass sie ein Problem hat.»

«Sie hat das Auto ihres Freundes gestohlen und es abgefackelt. Dann hat sie ihre Sachen gepackt und ist für Ewigkeiten ohne Nachricht abgetaucht. Sie verschwindet öfter einfach so – sie hängt ein Schild an ihre Haustür, auf dem steht, dass sie angeln ist, und wir warten einfach, bis sie zurückkommt. Manchmal dauert es Tage, manchmal aber auch Wochen. Sie trinkt ziemlich viel. Vor zwei Jahren hat sie sich so viel Kokain reingezogen, dass sie beinahe daran gestorben ist, und danach hat sie versprochen, nie mehr welches zu nehmen. Aber vor ein paar Monaten hat mein Sohn sie schlafend in einer Badewanne voll kaltem Wasser gefunden – sie war blau angelaufen. Sie hat gesagt, sie wäre bloß eingeschlafen. Sie wirft ihr Geld zum Fenster raus. Sie hat Sex mit Männern, die sie nicht kennt, und kürzlich hatte sie eine Affäre mit Kurts Vater, obwohl sie ihn jahrelang nicht ausstehen konnte. Manchmal benimmt sie sich, als gäbe es kein Morgen, und manchmal, als sähe sie die Ewigkeit vor sich ausgebreitet und könnte die Zukunft nicht ertragen. Sie lebt ihr Leben nach irgendwelchen Vorgaben und Plänen, die sie einmal im Jahr brieflich dem Universum mitteilt. Und dann war da noch das in China.»

Nachdem Jane von den Ereignissen in China und den Folgen erzählt hatte, war auch Dr. Griffin der Meinung, dass Elle vielleicht krank sein könnte. Er beharrte darauf, dass sie zu einem Psychiater ging, um eine fachliche Diagnose einzuholen.

«Das will Rose nicht.»

«Rose sollte hier nicht zu entscheiden haben.»

«Sie hat gesagt, dass Dad sich erst erhängt hat, nachdem irgendwelche Ärzte ins Spiel gekommen waren.»

«Dein Vater war sehr krank, und er hat die Hilfe tatsächlich nicht bekommen, die er nötig gehabt hätte. Aber die Zeiten haben sich geändert, und ich verspreche dir, Elle bekommt Hilfe, falls sie welche braucht, allerdings nur, wenn du sie dazu überreden kannst, zu einem Psychiater zu gehen – es wird sich vermutlich nichts über Nacht ändern, aber mit der Zeit schon.»

«Ich habe Angst.»

«Das ist ganz normal.»

«Wie konnte ich nur so blind sein?»

«Weil wir nur das sehen, was wir sehen wollen.»

«Vincent hat versucht, mich darauf aufmerksam zu machen», sagte Jane. «Die ganze Zeit, in der ich ihn kritisiert habe und dachte, er sei oberflächlich und ein kompletter Idiot, war er der Einzige, der erkannt hat, was wirklich mit ihr los ist.»

«So etwas nehmen Außenstehende immer eher wahr.»

«Ich weiß nicht, was ich jetzt machen soll.»

«Sprich mit ihr.»

«Und was soll ich sagen? Hallo, Elle, wir glauben, dass du geisteskrank bist?»

«Nein, Jane, sprich ernsthaft mit ihr, hör ihr zu, sag ihr, dass du dir Sorgen um sie machst.»

Jetzt saß Jane in Roses Parterrewohnung, und sie diskutierten länger als eine Stunde darüber, was Jane ihrer Schwester sagen sollte und was nicht. Rose wollte auf keinen Fall einen Arzt in die Nähe ihres kleinen Mädchens lassen.

«Die machen es nur schlimmer, Jane», sagte Rose. «Und du kannst doch so gut mit ihr umgehen.»

«Ich kann nicht die Verantwortung für ihre geistige Gesundheit übernehmen, Rose.»

Rose schlug sich auf den Oberschenkel. «Genau deshalb habe ich so lange nichts gesagt. Du hattest genug eigene Probleme. Dieser verdammte Dominic! Ich hätte ihm gleich ein paar Zähne ausschlagen sollen, als ich sein wehleidiges Gesicht zum ersten Mal gesehen habe. Dann wäre er nicht mehr so attraktiv gewesen.»

«Elle scheint nicht die Einzige in diesem Haus zu sein, die ein bisschen verrückt ist.» Jane stand auf und ging zur Tür.

«Liebling, wir sind alle verrückt – du, ich, dieser verdammte Dominic, dein kostbarer Tom, die Nachbarin, der Postbote. Es gibt überhaupt niemanden, der nicht irgendwann mal verrückte Gedanken hat.»

«Kann sein. Jedenfalls gehe ich jetzt nach oben.»

«Rede einfach mit ihr. Sei einfach nett zu ihr!», rief ihr Rose nach. *Bitte kümmere dich um sie, Jane, bitte liefere sie nicht diesen Ärzten aus, davon wird es nur schlimmer.*

Die Beerdigung fand freitags statt. Leslie fuhr bei Jane vorbei, und als sie vor dem Haus hielt, kam Kurt gerade mit vollem Mund heraus.

«Hallo, Kurt», sagte sie.

«Hallo, Leslie.»

Er ließ die Tür für sie offen, und sie ging ins Haus und rief nach Jane, die gleich darauf ganz in Schwarz aus ihrem Schlafzimmer herunterkam. Leslie sah Jane an und dann an sich herunter. Leslie trug Rot.

«Ist das unpassend?»

«Nein, das geht sehr gut.»

«Bist du sicher? In unserer Familie wurde nie Wert darauf gelegt, dass bei Beerdigungen Schwarz getragen wurde, aber andere Leute sehen das vielleicht nicht so.»

«Du kannst sehr gut so hingehen.»

Jane warf einen Blick aus dem Haus, aber Kurt war verschwunden.

«Ich habe Kurt verpasst», sagte sie und ging in die Küche. «Hattest du den Eindruck, dass alles mit ihm in Ordnung ist?»

«Er hatte es eilig, und er hat mit vollem Mund gesprochen – ist das ein Problem?»

«Irene hat mit ihm Schluss gemacht.»

«Oh», sagte Leslie. «Das tut mir leid. Ich weiß, wie sehr du Irene magst.»

«Ja, aber meinen Sohn mag ich noch mehr. Eigentlich bin ich eher sauer auf sie, aber ich weiß, wie dumm und kindisch das ist. Er ist am Boden zerstört.»

«So sah er aber nicht aus.»

«Trotzdem ist es so. Sie hat ihm erklärt, dass er zu viel lernt. Kannst du dir das vorstellen?»

«Sie sind jung, da macht man ständig Schluss mit einer Beziehung.»

«Das stört mich ja auch nicht, aber er lernt überhaupt nicht so viel», sagte Jane. «Vielleicht ein bisschen mehr als in der Schule, aber jetzt ist er an der Uni, und es geht um Medizin! Was hat sie denn erwartet?»

«Jane, kann es sein, dass du dir diese Trennung mehr zu Herzen nimmst als Kurt selbst?»

«Nein. Na ja, vielleicht. Er will nicht mit mir darüber reden.»

«Das verstehe ich.»

Jane schenkte Kaffee ein, und sie setzten sich.

«Ich habe mit Tom geschlafen.»

Leslie verschluckte sich an ihrem Kaffee und hustete, sodass ihr der Kaffee übers Kinn lief. Jane reichte ihr ein Geschirrhandtuch, Leslie trocknete sich ab, Jane nahm das Handtuch zurück, zielte damit auf den Wäschekorb hinter Leslie und traf hinein.

«Tom, der Ehemann der Frau, nach der wir suchen. Dieser Tom?», fragte Leslie.

«Dieser Tom.»

«Ich weiß nicht, was ich davon halten soll.»

«Ich auch nicht. Ich mag ihn wirklich, aber ich weiß nicht, ob ich es gemacht habe, weil ich ihn mag oder weil er unerreichbar ist. Wenn ich von meinem bisherigen Leben ausgehe, ist es vermutlich Letzteres. Und außerdem ist er mit meiner Jugendfreundin verheiratet, die er liebt und die vermisst wird. Und wenn ich ehrlich sein soll, dann glaube ich, dass sie tot ist.»

«Hah!», rief Rose von der Tür aus. «Ich wusste schon lange, dass du glaubst, sie ist tot.»

«Rose», sagte Jane, «hast du schon mal von der Erfindung der Klingel gehört?»

Rose setzte sich neben Leslie. «Wie geht's?», fragte sie und deutete auf Leslies Brust.

«Gut.»

«Sie sind so tapfer», sagte Rose. «Ich wäre lieber gestorben.»

Leslie lachte, und Jane dankte Gott im Stillen für Leslies Humor. Rose wollte mit zur Beerdigung, auch wenn sie die Walshes schon seit zwanzig Jahren nicht mehr gesehen hatte. Jane hatte versucht, es ihr auszureden, aber Rose war entschlossen, der Frau die letzte Ehre zu erweisen, die ihre Tochter in den achtziger Jahren so oft mit in die Ferien genommen hatte.

«Aber du konntest sie nicht leiden», hatte Jane argumentiert, «du hast sie für eine unausstehliche, selbstgerechte Betschwester gehalten.»

«Jane», sagte Rose. «So redet man wirklich nicht über die Toten.»

Danach gab Jane auf. Rose war in guter Form. Ihr ging nichts über eine richtig schöne Beerdigung.

«Wo ist Elle?», fragte sie.

«Sie geht zu Fuß hin.»

«Ich bin froh, dass du dich mit ihr versöhnt hast», sagte Leslie. «Sie war vollkommen hilflos ohne dich.»

«Hast du das gehört, Jane?», sagte Rose. «Sie war vollkommen hilflos ohne dich.»

«Ach, jetzt halt doch mal die Klappe, Rose.»

«Liebling, wenn du glaubst, mit einem solchen Benehmen jemals einen Mann zu kriegen, dann irrst du dich gewaltig. Toms Ansprüche sind zwar nicht besonders hoch, und er hat anscheinend eine spezielle Vorliebe für streitsüchtige Zicken, aber vielleicht hast du trotzdem bessere Chancen, wenn du dich ein bisschen zusammennimmst.»

Jane stöhnte. «Gehen wir einfach raus zum Auto.»

Sie waren rechtzeitig in der Kirche. Jane setzte sich in eine der hinteren Bänke, doch Rose ging bis zur Mitte des Kirchenschiffs, weil ihr sonst ein Pfeiler den Blick versperrt hätte. Wenig später setzte Elle sich zu Leslie und Jane in die Bank. Elles und Janes Verhältnis war etwas gespannt. Jane hatte ihr verziehen, doch Elle wusste nicht, weshalb so plötzlich, und Jane hatte dazu nichts gesagt. Stattdessen hatte sie einfach gesagt, Blut sei dicker als Wasser und dass sie weiter Elles Galeristin bleiben würde, wenn Elle das wollte. Allerdings musste Elle versprechen, keines ihrer Bilder mehr zu verbrennen.

«Versprochen», hatte Elle gesagt.

«Warum hast du es getan?»

«Sie waren nicht gut.»

«Du hättest sie nicht verbrennen sollen, Elle.»

Elle schwieg eine Weile. «Verzeihst du mir wirklich, Janey?», fragte sie schließlich.

«Ja.»

«Willst du nicht, dass ich es dir erkläre?»

«Nein.»

«Es tut mir wirklich leid.»

«Ich weiß.»

Danach war Jane gegangen, denn sie fühlte sich unbehaglich und war immer noch wütend auf Elle, und sie musste mit Dr. Griffin reden, bevor sie offen mit ihrer Schwester sprechen konnte. Aber seit ihrem Termin bei Dr. Griffin hatte sie das Gespräch mit Elle hinausgezögert und somit das Unvermeidliche aufgeschoben. Jane war nicht dazu bereit, wirklich zu akzeptieren, dass Elle krank war – wie also würde Elle es akzeptieren können?

Während sie schweigend dasaßen, füllte sich die Kirche. In der ersten Bank saß Ben Walsh, und neben ihm war Kate, die ihren Arm unter seinen geschoben hatte. Eamonn war mit seiner Frau Frankie da, Kate mit ihrem Mann Owen, und Tom war allein. Die trauernden Familienmitglieder sprachen nur wenig miteinander.

Rose stand auf und kam zu ihren Töchtern und Leslie nach hinten.

«Rückt mal ein bisschen», sagte sie.

«Was ist denn?», flüsterte Jane.

«Allein macht es keinen Spaß.»

Elle rückte grinsend ein Stück weiter in die Bank hinein.

«Noch weiter», forderte Rose, sodass sie nicht hinter der Säule sitzen musste.

Sie rückten alle für Rose weiter, die sich setzte und ihre Blicke umherschweifen ließ.

«Bei so einer Betschwester hätte man ein paar mehr Beerdigungsgäste erwartet», sagte sie.

«Mum», sagte Elle, «sei doch nicht so gemein.»

«Tut mir leid, meine Kleine.»

Als der Priester den Altarraum betrat, erhob sich bis

auf Rose die gesamte Gemeinde. «Für so einen scheinheiligen Pfaffen werde ich niemals aufstehen», murmelte sie vor sich hin.

Während der nächsten vierzig Minuten sprach der Priester, las die Bibeltexte, die immer bei Beerdigungen gelesen wurden, betete, und die Gemeinde betete, kniete, stand auf, setzte sich, kniete, stand auf und setzte sich, dann kniete sie wieder, stand noch ein paarmal auf und setzte sich noch ein paarmal wieder. Leslie, Elle und Jane stellten sich zur Kommunion an. Rose blieb, wo sie war. «Ich lasse mir die Kommunion nicht von so einem scheinheiligen Pfaffen geben», flüsterte sie. Nach der Kommunion und vor dem Schlusssegen lud der Pfarrer Bredas Familienmitglieder ein, nach vorne zu kommen und etwas über die Verstorbene zu sagen. Ben konnte sich nicht dazu überwinden. Eamonn aber stand auf und ging zum Altar, neben dem er ein paar Sekunden lang schweigend stehen blieb, um sich zu sammeln.

«Jetzt kommt der beste Teil», sagte Rose.

Leslie, Elle und Jane ignorierten sie.

Eamonn räusperte sich. «Ich möchte allen danken, die heute hierhergekommen sind. Meine Mutter hätte sich bestimmt sehr darüber gefreut.»

Rose zeigte sich nicht beeindruckt.

«Meine Mutter war ein guter Mensch. Sie war freundlich, fürsorglich, großzügig und meistens zufrieden und glücklich mit ihrem Leben. Sie war weder neidisch, noch gab sie jemals an, sie war nicht eigennützig, und sie hat niemanden je mit Absicht gekränkt. Sie war gläubig. Sie glaubte an die Kraft der Gebete und kam bis vor kurzem praktisch an jedem Tag ihres Lebens in diese Kirche. Die meisten von Ihnen wissen, dass wir im

Juni 2007 Alexandra verloren haben. Meine Mutter hat daran geglaubt, dass Gott Alexandra retten würde. Sie glaubte, dass Gott Alexandra wieder nach Hause bringen würde. ‹Sie ist immer noch bei uns, Eamonn›, hat sie oft gesagt. ‹Sie wird jetzt jederzeit zurückkommen, vielleicht morgen schon. Gott wird sie aus der Hand des Bösen befreien.› Doch als Gott Alexandra nicht befreite, wurde meine Mutter so traurig und krank, dass ich wütend bei dem Gedanken wurde, wie viel Zeit sie auf den Knien in dieser Kirche hier verschwendet hat. Aber dann dachte ich: Was ist, wenn Gott Alexandra nicht befreien konnte, weil Alexandra schon tot war? Was, wenn der Schmerz und das Leid meiner Mutter über den Verlust so groß waren, dass Gott nicht Alexandra befreien und erlösen musste, sondern meine Mutter? Wer weiß schon, was an solchen Dingen wahr ist und was nicht? Meine Mutter hat Trost in dem Glauben daran gefunden, dass Gott sie hören konnte, und ich bin vielleicht nicht der religiöseste Mensch, den man sich vorstellen kann, aber heute und für meine Mutter möchte ich gerne glauben, dass Er sie erlöst hat. Danke.»

Elle weinte, und Jane drückte ihre Hand. «Das waren sehr schöne Worte», sagte Elle.

Leslie nickte schweigend. Rose putzte sich die Nase.

Jane, Leslie und Elle stellten sich an, um der Familie zu kondolieren.

Jane gab zuerst Owen und Frankie die Hand und dann Eamonn.

«Du hast sehr gut gesprochen», sagte sie.

«Danke. Ich hoffe, es hätte ihr gefallen», sagte Eamonn.

«Ganz bestimmt.»

Eamonn umarmte sie. «Jedes Mal, wenn ich dich sehe, muss ich an Alexandra denken, Janey. Sie fehlt mir so.»

«Ich weiß, Eamonn», sagte Jane, und ihre Augen füllten sich mit Tränen. «Mir fehlt sie auch.»

Sie ging weiter zu Kate, die sie umarmte und ihr dankte, dass sie gekommen war, und dann zu Ben, dessen blaue Augen in Tränen schwammen. «Es tut mir so leid, Mr. Walsh.»

«Danke, Jane.»

Sie wollte auch Tom die Hand schütteln, doch er zog sie in eine Umarmung, und sie hielten einander so fest umschlungen, dass es sowohl Kate als auch Frankie auffiel. Frankie lächelte sie an, und Jane löste sich von Tom.

«Wie sehen uns auf dem Friedhof», sagte sie, und er nickte.

Elle und Leslie folgten in der Reihe der Kondolierenden, und Kate erinnerte Ben daran, dass Elle diejenige war, die all die Bilder von den Vermissten gemalt hatte, und Leslie diejenige, die die Finding-Alexandra-Webseite betreute.

«Ich danke euch, vielen Dank.»

Sie nickten und sprachen Ben ihr Beileid aus.

Es war seltsam, aber allen drei Frauen, Jane, Elle und Leslie, kam es so vor, als wären sie nicht nur bei Bredas, sondern auch bei Alexandras Beerdigung. Sie unterhielten sich im Auto auf dem Weg zum Friedhof darüber. Leslie sprach es als Erste an, und die beiden anderen stimmten ihr sofort zu. Und Rose wies darauf hin, schon längst gewusst zu haben, dass Alexandra nicht mehr lebte.

«Wir sagen nicht, dass sie tot ist, Rose», sagte Jane.

«Oh, Janey – du sagst, es kommt dir vor, als wäre dies auch Alexandras Beerdigung, und behauptest trotzdem, du glaubst, dass sie noch lebt. Gehörst du etwa zu denjenigen, die andere Leute gerne lebendig begraben?»

Sie kamen am Friedhof an, stellten das Auto ab und folgten der Menge zu dem Ort, der Bredas letzte Ruhestätte sein würde. Als sie hintereinander über die schmalen Friedhofspfade gingen, gab es plötzlich einen Wolkenbruch, der alle innerhalb von Sekunden durchnässte.

«Oh, verdammt!», sagte Rose, und Jane stieß sie vorwurfsvoll in die Seite. Unter dunklen, unheilvollen Wolken gingen sie weiter.

Eamonn stand nass bis auf die Knochen am ausgehobenen Grab seiner Mutter und erzählte, dass sein Vater den Sarg ausgesucht hatte, in dem Breda beerdigt wurde, dass Kate den Blumenschmuck und er die Bibeltexte ausgesucht hatte und dass Alexandra die Musik ausgesucht hatte.

«Ganz besonders hat sie Jack Lukeman gemocht. Und wir spielen eines ihrer Lieblingslieder von ihm. Ich weiß, dass es auch unserer Mutter gefallen hätte. Es heißt ‹Rooftop Lullaby›.» Er nickte Owen zu, der auf die Play-Taste eines CD-Spielers drückte. Eamonn senkte den Kopf und starrte zu dem Sarg in der Grube hinunter.

‹Mother, is there something in the sky? Something up there that they hide, a jewel for me and you, apple trees with falling fruit.›

Kate hielt den Regenschirm für ihren Vater.

‹Oh Daughter, now I don't know but I believe that its beauty's beyond words, it's like a tune that I can't sing but I've heard it sung by birds.

It's a rooftop lullaby falling from the sky sends us to sleep tonight. It's the apple in your eye keeps you as sweet as pie dreaming through the night.›

Kates Mann Owen hielt den Schirm für seine Frau.

‹Oh Father, now won't you tell me if you know where does half the moon go when it's not up in the sky it disappears before my eyes.›

Ben Walsh blickte schweigend in die Ferne. Er war nicht imstande, seine Augen auf den Sarg zu richten, in dem seine Frau lag.

‹Oh my son, why does morning break each day why do people pass away?›

Der Regen strömte weiter, die Beerdigungsgäste scharten sich um das Grab, und die Menschen außerhalb des Friedhofs gingen ihren Alltagsbeschäftigungen nach. Es regnete in den Städten und in den Vorstädten. Es regnete an der Küste und auf den Hügeln, und über einem einsamen Stück Land in den Dublin Mountains regnete es unter dem schwarzen Himmel so heftig auf das Laub des Vorjahres herab, dass der Boden aufweichte und auf einer Schräge die Erde wegrutschte und unter diesem schwarzen Himmel und diesem Laub, das dieses einsame Stück Land der Dublin Mountains bedeckte, ein schwarzer Absatzschuh zutage kam.

‹Oh it's the mystery in truth it's the innocence in youth or a roodtop lullaby falling from the sky sends us to sleep tonight, it's the apple in your eye keeps you as sweet as pie dreaming through the night.›

16
Crazy

Life's a little mystery waiting to be solved,
questions they come pouring down
with a little pinch of salt,
forever poised to conquer, forever poised to fall
but every time I close my eyes I hear these voices call.
Jack L., *Metropolis Blue*

Dezember 2008

Es war Leslie beinahe einen Monat lang gelungen, eine persönliche Begegnung mit Jim zu vermeiden, bevor sie schließlich vor seiner Hartnäckigkeit kapitulierte und sich zu einem Spaziergang mit ihm bereit erklärte. Sie unterhielten sich kaum, als sie durch den Park gingen, und als sie eine Bank beim Musikpavillon fanden, setzten sie sich und hörten einer Teenagerband zu, die vor ihren Freunden spielte. Dann erklärte Jim, dass sie ihn an dem Abend, an dem er Leslie den Brief Imeldas gegeben hatte, völlig missverstanden hatte. Er hatte Leslie keinesfalls das Gefühl geben wollen, dass er sich um sie kümmerte, weil seine verstorbene Frau ihn darum gebeten hatte. Jim war überhaupt nicht auf die Idee gekommen, dass Leslie es so sehen könnte, doch inzwischen war ihm klar geworden, wie sie darauf gekommen war. Er hatte Leslie nur zeigen wollen, wie stolz ihre Schwester auf sie gewesen wäre, wenn sie gewusst hätte, dass Leslie nicht nur einfach überlebte, sondern sich auch wieder dem Leben zuwandte. Leslie sollte wissen, wie glücklich auch er selbst darüber war, dass sie ihre Lebensfreude wiederentdeckt hatte. Und er wollte, dass sie wusste, wie sehr er sie mochte.

«Aber du liebst mich nicht», sagte Leslie leise.

«Doch, ich glaube schon.»

«Aber», sagte Leslie, weil sie zu wissen glaubte, dass er dieses Wort gleich sagen würde.

«Aber du hast gerade eine Operation hinter dir, die dein Leben vollkommen verändert hat.»

«Das ist schon über vier Monate her.»

«Vier Monate sind gar nichts.»

«Du glaubst, ich nutze dich aus.»

«Nein», sagte er, «so etwas würde ich nie denken.»

«Du glaubst, wir können keine Beziehung haben, weil du zu Imelda gehörst.»

«Nein.» Er schüttelte den Kopf. «Ich habe Imelda schon vor langer Zeit gehen lassen.»

«Aber du hast nicht wieder geheiratet.»

«Weil die Beziehungen, die ich hatte, aus ganz unterschiedlichen Gründen nicht funktioniert haben. Das alles hatte mit Imelda überhaupt nichts zu tun.»

«Glaubst du, du liebst mich wirklich?», fragte Leslie.

«Ja.»

«Und?»

«Und das macht mich unsicher. Bist du selbst denn tatsächlich bereit, jemanden zu lieben?»

«Ja, das bin ich.»

«Sag das nicht einfach so. Denk richtig darüber nach.»

«Das habe ich schon getan.»

«Bitte, dann denk noch einmal darüber nach.»

«Warum?»

«Weil ich den Verlust einer Sheehan überstanden habe. Ich glaube nicht, dass ich das ein zweites Mal verkraften könnte.»

«Ich bin bereit. Ich bin bereit für dich. Willst du mich haben?» Er lächelte, und in seinen Wangen bildeten sich die altvertrauten Grübchen, und dann küsste er sie auf dieser Parkbank vor zehn Teenagern, die mit den Köpfen im Takt zur Musik der schlechtesten Rockband der freien Welt nickten.

Die Weihnachtswoche war gekommen. Das war Elles liebste Zeit im Jahr. Sie ließ sich gern inmitten der vielen Passanten durch die bunt beleuchteten Straßen treiben, um sich die aufwendigen und schönen Schaufensterdekorationen anzusehen. Sie mochte die blinkenden Lichter und den Kunstschnee und die eiskalte Luft, von der man rote Wangen bekam.

Seit sie nach Bredas Beerdigung mit Jane gesprochen hatte, war ihr merkwürdig froh zumute. Sie war mit Jane nach Hause gefahren, und als sich ihre Mutter auf ein Schläfchen hinlegte, nachdem sie sich praktisch sämtliche Alkoholvorräte der Walshes einverleibt hatte, war Jane zu Elle ins Cottage gekommen, und sie hatten sich zum Reden zusammengesetzt. Jane hatte Elle von ihrem Vater erzählt, und davon, was er getan hatte, und Elle war, ganz anders als Jane erwartet hatte, ruhig geblieben, denn für sie war das Verhalten ihres Vaters vollkommen nachvollziehbar.

Dann sprach Jane Elles eigene Verfassung an.

«Glaubst du, mit mir stimmt was nicht?», fragte Elle und lachte.

«Ich weiß nicht», gab Jane zu. «Aber wenn ich an manche von deinen Aktionen denke, mache ich mir Sorgen.»

«Zum Beispiel?»

«Du verschwindest wochenlang ohne ein Wort.»

«Ich bin Ende zwanzig, ich wohne im Garten meiner Schwester, ich bin eine Künstlerin, die Inspirationen braucht, und manchmal muss ich eben einfach weggehen.»

«Du schläfst mit allen möglichen Kerlen – das ist riskant.»

«Das macht mich vielleicht zum Flittchen, aber nicht zur Geisteskranken.»

«Du bist beinahe in der Badewanne erfroren.»

«Weil ich total stoned war.»

«Du hast Vincents Auto verbrannt.»

«Damals hast du aber gesagt, das hätte dir genauso einfallen können.»

«Ja, aber ich habe es nicht ernst gemeint. Was ist mit all den Hunden, die du aus den Tierheimen geholt hast, obwohl du nicht in der Lage warst, für sie zu sorgen?»

«Okay, da habe ich ziemlich übertrieben, aber geh du mal in eins von diesen Tierheimen. Ich bin sicher, dann wolltest du auch sämtliche Hunde retten.»

«Du gibst zu viel Geld aus.»

«Weil ich es habe und es nicht brauche.»

«So viel Geld hast du nicht. Und falls es dir nicht aufgefallen ist: Die Welt hat sich im letzten Jahr verändert. Das Geld liegt nicht mehr einfach so auf der Straße.»

«Gut», sagte Elle. «Ich reiße mich zusammen.»

«Und du hast diese wundervollen Bilder verbrannt.»

«Die waren nicht gut. Ich konnte sie einfach nicht mehr sehen.»

«Und was ist mit China?»

«O Jane, das war ein Unfall.»

«Vincent schwört, dass es kein Unfall war.»

«Vincent ist ein Lügner.»

«Er sagt, du hättest dieses Auto überhaupt nicht übersehen können.»

«Jane, ich war völlig aufgelöst, ich habe geweint, es hat geregnet, und ich habe das Auto nicht gesehen. Ich brauche vielleicht eine Brille, aber keinen Psychiater.»

Jane überdachte schweigend, was ihre Schwester gesagt hatte.

«Ich bin einfach eine Idiotin. Ich werde mich ändern. Ich werde endlich erwachsen», versprach Elle.

«Bist du sicher, dass es nichts gibt, was du mir nicht sagst? Weil, Elle … manchmal siehst du so unendlich traurig aus.»

«Wir sind alle ab und zu traurig.»

«Ich weiß, aber …»

«Mir geht's gut.»

«Und kommst du zu mir, falls sich das mal ändert?»

«Ganz bestimmt», sagte Elle.

«Na gut.»

Seit diesem Gespräch verstanden sich Jane und Elle wieder richtig gut. Die Affäre mit Dominic war vergessen, und Elle fühlte sich merkwürdig leicht. Wie eine müde Touristin, die weiß, dass ihre Reise bald zu Ende ist.

Elle ging durch die Stadt und kaufte die schönsten und kostspieligsten Geschenke, die ihr nur einfielen. Bei Brown Thomas besorgte sie eine Stereoanlage für Kurt, für die sie über dreitausend Euro hinblätterte. Dann ging sie zu Weirs und erstand für ihre Schwester ein paar

Diamantohrringe für viertausend Euro. Leslie sollte ein wundervolles Seidenkleid bekommen, das sie einpacken ließ und das Leslie am Weihnachtstag zugestellt werden sollte. Für Tom kaufte sie einen antiquarischen Schreibtisch, weil sie glaubte, er würde ihm gefallen. Und auch wenn weder ihre Schwester noch Tom wussten, ob sie ein richtiges Paar waren – eines Tages würden sie es bestimmt sein. Sie kaufte sogar ein Geschenk für Dominic. Ein Set Golfschläger mit Tasche. Die Schläger waren viel besser als die, mit denen der seit Ewigkeiten spielte, und sie stellte sich vor, dass Dominic, da auch seine Bank vom Staat übernommen wurde, demnächst reichlich freie Zeit zum Golfspielen haben würde.

Sie hatte sich mit Leslie in einem Restaurant verabredet. Leslie war schon da, als sie ankam, und sie umarmten sich zur Begrüßung. Nachdem sie bestellt hatten, erzählte Leslie von den neuesten Entwicklungen ihres Liebeslebens.

«Das habe ich ja gleich gesagt», sagte Elle.

«Niemand auf der Welt kann diese Das-hab-ich-dir-ja-gleich-gesagt-Menschen leiden.»

«Und wann zieht er bei dir ein?», fragte Elle, um Leslie zu provozieren.

«Am Sankt-Nimmerleins-Tag!», sagte Leslie. «Zusammen wohnen? Kommt nicht in Frage.» Sie rutschte ein bisschen auf ihrem Stuhl herum. «Wir haben ja noch nicht einmal miteinander geschlafen.»

«Soll das ein Witz sein?»

«Wir wollen es langsam angehen.»

«Ja, aber, Leslie, es langsam angehen lassen und einen Rückzieher machen, sind zwei unterschiedliche Dinge.»

«Es ist eine große Sache für mich.»

«Ich weiß.»

Leslie seufzte. «Ich fühle mich immer noch … ‹hässlich› ist nicht das richtige Wort …»

«Verstümmelt?»

«Nein?»

«Zerfleischt?»

«Nein. Aber danke für die Ideen.»

«Unweiblich?»

«Ja», sagte Leslie, «unweiblich.»

«Na ja», sagte Elle, «du sitzt hier vor mir, bist schön geschminkt, deine Kupferkoboldfrisur sitzt perfekt, deine Fingernägel sind frisch manikürt und lackiert, du trägst ein hinreißendes Jerseykleid und lässt deine tollen Beine bis zu den Füßen sehen, die in einem Paar umwerfender schwarzer Pumps stecken. Als ich dich vor einem Jahr kennengelernt habe, warst du ein menschliches Kondom mit grässlichen Schuhen. Du kannst mir glauben, wenn ich dir sage, dass du jetzt tausendmal weiblicher bist als damals.»

Leslie lächelte, denn Elle hatte recht. Sie waren beim Hauptgang, als Leslie sagte, dass Jim und sie vielleicht über Weihnachten nach Florida fahren würden.

«Was meinst du dazu?», fragte sie.

«Ich meine, dass du alles tun solltest, was dich glücklich macht.»

«Dann sollte ich die Reise vermutlich machen.»

«Was für eine schöne Idee», sagte Elle. «Ich freue mich so mit dir, Leslie. Und ich bin stolz auf dich. Du bist eine Kämpferin, das kann nicht jeder von sich behaupten.»

Leslie verabschiedete sich eine Stunde später. Flüchtig ging ihr durch den Kopf, dass sich Elle anders als sonst verhalten hatte – ruhiger, nachdenklicher, glücklicher, aber auch irgendwie resigniert –, doch als ihr Jim von der anderen Straßenseite zuwinkte, war Elle vollkommen vergessen.

Elle fuhr nach Hause und packte die Geschenke ein. Sie gab sich viel Mühe mit den Verpackungen und nahm sich lange Zeit, um Karten dazu zu schreiben, denn sie wollte alle, die sie liebte, wissen lassen, wie groß diese Liebe war.

Dann legte sie die Geschenke unter den Baum, den Jane gekauft und den Kurt vom Auto ins Haus getragen hatte. Elle hatte ihre Schachtel mit der Weihnachtsdekoration herausgeholt und sah sie mit Jane durch. Jane zog den Engel aus Pappmaché hervor, den sie mit zehn Jahren gebastelt hatte.

«Ich fasse es nicht, dass du den noch hast», sagte sie und betrachtete den Engel.

«Ich liebe diesen Engel», sagte Elle und nahm ihn Jane ab.

«Der ist doch furchtbar.»

«Nein, er ist wunderschön. Nur ist er inzwischen zu bröckelig – der würde bloß vom Baum fallen.»

«Dann wirf ihn doch weg», sagte Kurt.

«Nein», sagte Elle und legte den Engel sanft in die Schachtel zurück.

Rose hatte angeklopft, und noch bevor Elle «Komm rein!» rufen konnte, saß sie schon in einem Sessel und erteilte Kurt Instruktionen dazu, wohin er die Josephsfigur stellen sollte, die Elle immer an den Baum hängen wollte.

«Kurt, ein bisschen weiter oben – schließlich hat der Arme viel hinter sich.»

Kurt freute sich nicht besonders auf Weihnachten. Er

war wieder mit Irene zusammen, und sie wollte unbedingt bei ihrer Mutter feiern. Kurt hatte Irene während ihrer Beziehungskrise versprochen, sich mehr Zeit für sie zu nehmen, und deshalb konnte er kaum ablehnen, als Marthas Einladung für den Weihnachtsabend kam.

«Versetz sie doch einfach», riet Rose taktvoll wie immer.

«Ich liebe sie, Gran. Ich möchte sie nicht verlieren.» Dann ließ er in ironischem Ton folgen: «Jedenfalls nicht, bevor wir zwei Jahre durchgehalten haben.»

Jane lachte. «Das ist also deine Vorstellung von Liebe?»

«Du weißt genau, was ich damit meine», sagte er und hängte eine Kugel an den Baum.

«Nein», sagte Jane. «Das weiß ich nicht.»

«Na ja, Mum, wenn es um die Liebe geht, sollte man sich an dir vielleicht lieber kein Beispiel nehmen.»

«Danke, mein Sohn, auch dir schöne Weihnachten.»

Elle ließ ihren Blick von einem zum anderen wandern. Ihre Mutter saß im Sessel und nippte an einer Tasse, die vorgeblich Tee enthielt. Ihre Schwester und ihr Neffe kabbelten sich gut gelaunt. Ihr kleines Cottage war erfüllt von weihnachtlicher Vorfreude, und Elle war glücklich. Als die anderen gingen, legte sie sich für ein paar Minuten hin, und als sie die Augen schloss, sah sie ihren Vater an einem Springseil vom Deckenbalken seines Arbeitszimmers im Haus hängen, und unter ihm sah sie sich selbst auf dem Boden sitzen und mit ihren Puppen spielen. Sie sah empor, wo er sich ganz leicht über ihr im Luftzug drehte, und als sie aufstand, schubste sie ihn an, damit er noch ein bisschen mehr schaukelte. Sie hatte diese Szene vor sich, seit Jane ihr von ihrem Dad erzählt hatte. Immer, wenn sie allein war, ihre Augen konnten offen oder geschlossen sein, sah sie diese Szene vor sich. Im Kopf hörte sie ihn weinen und keuchen und kämpfen und röcheln und sterben.

Es tut mir leid, Dad, ich hätte es wissen sollen, aber wenigstens weiß ich jetzt, was ich tun muss. Jetzt wirst du nicht mehr allein sein. Es tut mir so leid, dass du so lange warten musstest. Bald sehen wir uns wieder.

Dann schlief sie ein.

Seit sie miteinander geschlafen hatten, war das Verhältnis zwischen Tom und Jane ungeklärt, und sie hatten es beide nicht eilig damit, ihre Beziehung genauer zu definieren. Sie redeten nicht darüber, dass sie miteinander Sex gehabt hatten, sondern verdrängten diese Tatsache, damit sie weiterhin auch einfach Freunde sein konnten. Sie benahmen sich einfach, als wäre es nie passiert. Es war Frankie, die Tom eines Tages auf das Thema ansprach, als sie ihn zufällig in der Obstabteilung eines Supermarktes traf.

«Es war nett von Jane, zu Bredas Beerdigung zu kommen», sagte sie.

«Sie hat Breda sehr gemocht.»

«Aber dich mag sie noch mehr.»

«O Frankie, bitte fang nicht davon an.»

«Ihr mögt euch doch», sagte Frankie, «und das ist eine gute Sache.»

«Und was ist mit Alexandra?»

«Lass uns einen Kaffee trinken gehen», sagte sie.

Sie gingen in das Café nebenan. Als sie ihren Kaffee vor sich hatten, sagte Frankie ihrem Schwager, was sie ihm schon seit langem hatte sagen wollen.

«Du musst mit deinem Leben weitermachen.»

«Das ist leicht gesagt.»

«Das ist überhaupt nicht leicht gesagt. Wir alle haben Alexandra geliebt, aber sie wird jetzt schon anderthalb Jahre lang vermisst. Du weißt, was die Statistiken sagen, und du weißt, was die Polizei immer wieder gesagt hat.»

«Manche der Vermissten tauchen aber auch wieder auf», gab Tom zurück, doch seine Stimme klang nicht mehr so überzeugt wie früher einmal.

«Das ist doch Unsinn. Wach auf und tu etwas. Du vergeudest dein Leben. Mach mit deiner Firma weiter oder gründe eine neue oder geh nochmal an die Uni oder kauf dir ein Fischgeschäft oder tritt ins Kloster ein – aber tu endlich was, Tom, etwas anderes, als einem Geist nachzujagen.»

«Ich mag Jane wirklich», sagte Tom.

«Gut.»

«Nein», sagte er. «Das ist nicht gut.»

«Und warum nicht?»

«Weil ich nicht weiß, ob ich sie jemals lieben könnte.»

«Das ist doch ganz normal. In meinen ersten paar Jahren mit Eamonn wusste ich nicht einmal, ob ich ihn mag, von Liebe ganz zu schweigen.»

«Aber ich werde immer im Hinterkopf haben, dass ich Alexandra wiederfinden will.»

«Im Hinterkopf ist okay, aber du kannst nicht ausschließlich dafür leben.»

«Wenn ich nur wüsste, was passiert ist.»

«Das werden wir vielleicht niemals erfahren.»

«Wie geht es Ben?», fragte er, um das Thema zu wechseln.

«Er hat gute und schlechte Tage», sagte sie. «Er wohnt zurzeit bei Kate. Du solltest ihn einmal besuchen.»

«Ich möchte mich nicht aufdrängen.»

«Du gehörst zur Familie.»

«Nicht mehr», sagte er, und sie widersprach ihm nicht, denn seit Bredas Tod war kaum mehr zu leugnen, dass Toms letzte Verbindung zur Familie Walsh gekappt war.

Als er nach Hause kam, hatte er eine Nachricht von Jane auf dem Anrufbeantworter.

«Hallo, Tom, hier ist Jane, ich wollte dich an Weihnachten zum Essen einladen. Ich habe einen riesigen Truthahn gekauft. Rose und Elle werden auch da sein, Kurt geht zu Irene, also gibt es reichlich zu essen, und wir würden uns sehr freuen, wenn du kommst.»

Tom setzte sich aufs Sofa und dachte darüber nach, was er aus seinem Leben machen sollte, was er wollte und was er nicht wollte, welchen Weg er gehen würde und was er für berufliche Perspektiven hatte. Er fand auf keine einzige diese Fragen eine Antwort. Die einzige Frage, die er problemlos beantworten konnte, war die, ob er an Weihnachten zum Essen bei den Moores gehen wollte. *Wohin sollte ich denn sonst gehen?*

Leslie und Jim fuhren schließlich doch nicht nach Florida. Leslie hatte sich eine böse Erkältung eingefangen, sodass sie das Bett hüten musste. Weil sie an dem Morgen mit der Erkältung aufwachte, an dem sie eigentlich hatten abfliegen wollen, machte sie sich nicht die Mühe, jemanden darüber zu informieren, dass sie nun doch nicht über die Feiertage verreisten. Jim zog bei ihr ein, um sie zu pflegen, und die ersten beiden Tagen tat Leslie praktisch nichts anderes, als zu schlafen. Sie war gerade lange genug wach, um ein bisschen in dem Festtagsmahl herumzustochern, das er gekocht hatte, aber es ging ihr überhaupt nicht gut. Sie hatte Schüttelfrost, und gleich darauf bekam sie Schweißausbrüche, sodass sie sich wieder ins Bett legte und sofort eingeschlafen war. Jim verbrachte den Tag mit Leslies Katze, aß Weihnachtsplätzchen, trank Bier und sah sich die Wiederholungen alter Spielfilme im Fernsehen an.

Elle und Rose saßen schon am Tisch, als Tom ankam. Er brachte ein paar Flaschen Wein und einen Weihnachtspudding mit. Jane und er küssten sich an der Tür auf die Wange, dann folgte er ihr in die Küche.

«Rose», sagte er und beugte sich vor, um sie zur Begrüßung ebenfalls auf die Wange zu küssen.

«Tom.»

«Ich habe etwas für Sie», sagte er und reichte ihr eine Flasche sehr teuren Wein.

Sie erkannte die hohe Qualität sofort am Etikett.

«Das war doch nicht nötig, Tom», sagte Rose und hielt die Flasche fest, als wollte jemand sie ihr wegnehmen.

«Das war das Wenigste, was ich tun konnte. Elle, das ist für dich.» Er gab ihr ein Handbuch über Meditation. «Anscheinend ist das der neueste Trend.»

«Danke.»

«Und das ist für dich, Jane.» Er übergab ihr eine Schachtel, die mit einer Schleife verziert war.

«Aber du hast doch schon den Wein und den Pudding mitgebracht!»

«Mach es auf», sagte er.

Sie öffnete die Schachtel und zog den Flugplan für eine Weltreise heraus.

«Was ist das?», fragte sie.

«Ich dachte, es ist an der Zeit, dass ich mal ein bisschen was von der Welt sehe, und ich habe mich gefragt, ob du vielleicht gerne mitkommen würdest.»

Elle und Rose schwiegen, während Jane den Reiseplan anstarrte.

«Ich kann nicht», sagte sie. «Ich würde sehr gerne, aber ich kann nicht.»

«Warum nicht?», fragte Elle.

«Ich habe hier Verpflichtungen.»

«Ich finde, du solltest mitfahren», sagte Elle.

Rose schwieg weiterhin.

«Es ist ja nicht heute oder morgen», sagte Tom. «Ich weiß selbst nicht, wann ich losfahren will, aber ich wollte dich einfach wissen lassen, wie gerne ich dich dabeihätte.»

Jane lächelte, und Elle stieß Rose, die immer noch keine Miene verzog, in die Seite.

«Das ist ein sehr schönes Angebot», sagte Jane. Als sie Tom zum Dank auf die Wange küsste, klingelte es an der Haustür.

Während sie zur Tür ging, fragte sich Jane, wer wohl am Weihnachtsabend unangemeldet vorbeikam. Dominic.

«Was willst du?»

«Ich wollte Kurt sehen», sagte er.

«Kurt ist bei Irene», sagte Jane und wollte die Tür zumachen.

«Janey», sagte er und hielt die Tür fest. «Bitte verzeih mir, heute ist Weihnachten.»

«Ach ja?»

«Ich weiß ja, wie furchtbar ich mich benommen

habe», sagte er. «Aber du fehlst mir, Kurt fehlt mir, Elle fehlt mir – ohne dass ich noch einmal mit ihr schlafen will, natürlich –, dieses Haus fehlt mir. Unsere ganze komische kleine Familie fehlt mir – meine Güte, ich werde vermutlich langsam verrückt: Sogar Rose fehlt mir!»

«Das habe ich gehört!», rief Rose aus der Küche.

«Komm rein», sagte Jane.

Dominic folgte Jane in die Küche, und sie stellte einen Teller für ihn auf den Tisch.

Tom stand auf und gab ihm die Hand.

«Schön, dich zu sehen, Tom.»

«Ebenso», sagte Dominic.

«Elle», sagte Dominic.

«Dominic», sagte Elle.

«Guten Abend, Rose», sagte Dominic.

«Guten Abend, Dominic», sagte Rose. «Heute passe ich lieber auf, dass ich nicht zu viel trinke, sonst versuchst du womöglich, mich auch noch ins Bett zu zerren.»

«Na ja, es wäre jedenfalls eine schöne Abwechslung, wenn du mal weniger trinkst.»

Dann brachte Jane das Essen, und alle langten ordentlich zu. Danach bestanden die Männer darauf, den Abwasch zu erledigen.

«Also», sagte Dominic, während er einen Topf spülte, «Jane und du.»

«Wir sind nur befreundet.»

«Bist du schwul?»

«Du weißt, dass ich es nicht bin.»

«Dann seid ihr nicht nur befreundet.»

«Wir wissen nicht genau, wie wir unser Verhältnis bezeichnen sollen.»

Darüber dachte Dominic eine Weile nach. «Wahrscheinlich ist das im Moment gar nicht mal so schlecht», sagte er dann.

Als sie später gemeinsam im Wohnzimmer über einer Partie Pictionary saßen, kam Kurt von Irene zurück und beschwerte sich über den schlechtesten Entenbraten, den man ihm je vorgesetzt hatte. Angeblich stand er kurz vorm Hungertod.

«Und sie war so trocken wie eine vertrocknete alte Hexe zwischen den …»

«Wie bitte?», sagte Rose.

«Entschuldige, Gran.»

«Das will ich auch hoffen, verdammt!» Sie deutete auf Dominic. «Hast du das gehört? Das stammt von dir. Das bist du!»

Dominic ging mit Kurt in die Küche, machte ihm einen Teller zurecht, den er zum Aufwärmen in die Mikrowelle stellte. Dann richtete er sich selbst auch noch einen Teller und aß noch einmal mit Kurt. Rose und Elle beschlossen inzwischen, dass sie aufbrechen wollten.

«Es war ein wundervoller Abend», sagte Elle zu Jane, und sie umarmten sich. Elle war seit ihrem Gespräch vollkommen verändert, und Jane war inzwischen fast überzeugt, dass sich ihre Mutter und der Arzt täuschten und Elle überhaupt nichts fehlte.

Als die beiden gegangen waren, ließen sich Tom und Jane auf dem Sofa nieder.

«Das ist ein ziemlicher Wink mit dem Zaunpfahl», sagte sie und deutete auf den Reiseplan.

«Inzwischen kommt es mir ziemlich dämlich vor.»

«Sag das nicht.»

«Tja, es ist ja schließlich nichts weiter als ein Stück

Papier, auf dem eine Menge Ländernamen stehen», sagte er und lachte.

«Du solltest es alleine machen», sagte sie.

«Darauf habe ich aber keine Lust.»

«Du solltest wegfahren, damit du dich selbst wiederfinden kannst.»

«Ich wusste noch gar nicht, dass ich mir abhandengekommen bin», sagte er.

«Doch, bist du, und es würde mir unheimlich gut gefallen, wenn ich dich auf dieser Reise zu dir selbst begleiten könnte. Aber dazu ist es noch zu früh.»

«Für dich oder für mich?»

«Vielleicht für uns alle beide.»

Er nickte und strich ihr übers Bein. «Ich glaube, eine bessere Freundin als dich kann man sich nicht vorstellen.»

«Schön, dass du so denkst», sagte sie.

Leslie wachte auf und ging immer noch verschlafen und benommen von den Grippemedikamenten ins Wohnzimmer. Jim schnarchte auf dem Sofa, und ihre Katze schnarchte auf ihm. Es war fünf nach zehn abends. Sie schenkte sich ein bisschen Wasser ein und schluckte damit ein paar Tabletten. Als sie auf dem Weg aus dem Zimmer am Sideboard vorbeikam, sah sie das Lämpchen am Anrufbeantworter blinken. Sie drückte die Taste. Es war Elle. Sie klang müde und zufrieden. Sie klang völlig mit sich und der Welt im Reinen.

«Hi, Leslie, ich weiß, dass du in Florida bist, und ich hoffe, ihr lasst es euch gutgehen. Jim ist ein Guter. Ich habe dir als Weihnachtsgeschenk ein Kleid liefern lassen. Ich hoffe, Deborah hat es für dich angenommen. Das Kleid ist

wunderschön und richtig weiblich. Ich hoffe, du denkst an mich, wenn du es trägst.»

Leslie warf einen Blick auf das schleifenverzierte Päckchen, das Jim für sie entgegengenommen hatte. Doch da war Leslie noch zu schwach und müde gewesen, um es zu öffnen. Sie lächelte über den schönen Einfall ihrer Freundin.

«Ich will, dass du weißt, wie gerne ich deine Freundin war und wie froh ich bin, dass ich dich ein Stück des Weges begleiten konnte. Es hat mir viel gegeben, dabei zu sein, als du dich wieder dem Leben zugewandt hast, und das war genau das Richtige für dich. Ich hoffe, du hasst mich nicht, weil ich das alles jetzt loslasse, aber das ist jetzt eben für mich genau das Richtige.»

Leslies Lächeln erlosch. *Was sagt sie da?*

«Richte Jane aus, dass ich sie liebe und immer geliebt habe, und genauso Kurt und meine Mutter. Sag ihnen, sie sollen sich mit mir freuen, und bitte, freu dich auch mit mir. Wenn ich den Teil in mir, der krank ist, herausschneiden könnte, würde ich es tun, aber ich weiß, dass das unmöglich ist. Ich halte es hier nicht mehr länger aus. Ich habe Jane, Mum und Kurt Briefe geschrieben und sie im Garten vergraben. Jane weiß, wo. Verzeih mir.»

«JIM!», schrie Leslie.

Jim fuhr mit einem Ruck hoch.

«Was ist los?», fragte er verwirrt.

«Steh auf! Los, steh schon auf!»

Er sprang auf und folgte Leslie ins Schlafzimmer.

«Was ist denn?», fragte er und hielt Leslie fest, die, das Nachthemd halb ausgezogen und die Hosen halb angezogen, aufgeregt umherhüpfte. «Beruhige dich», sagte er.

«Elle bringt sich um», sagte sie.

«Was?»

«Sie hat eine Nachricht auf dem Anrufbeantworter hinterlassen, mit der sie sich verabschiedet und um Entschuldigung bittet.»

Jim rannte zum Anrufbeantworter und überprüfte, wann die Nachricht eingegangen war. «Zwanzig nach neun», sagte er. «Wie viel Uhr ist es?» Er sah auf die Uhr. Zwanzig nach zehn.

Leslie war inzwischen angezogen und suchte nach ihren Schuhen.

«Warte mal, Leslie. Ruf Jane an», sagte Jim und gab ihr das Telefon.

Leslie blieb stehen und sah das Telefon an. «Ich kann ihre Nummer nicht auswendig. Ich habe sie nur in meinem Handy gespeichert.» Sie begann das Handy zu suchen, und als sie es schließlich in ihrer Jackentasche fand, war die Batterie leer. «Scheiße!», brüllte sie. Sie begann nach dem Ladekabel zu suchen. Es lag im Schlafzimmer. Sie steckte es ein und schaltete das Handy an. «Los, mach schon. Mach schon», sagte sie, während das Telefon eine Ewigkeit brauchte, um hochzufahren. Jim stand ruhig neben ihr. Das Telefon schaltete sich an. Sie wählte Janes Nummer. Es klingelte scheinbar endlos. «Nein, nein, nein!»

Leslie wählte erneut. Dieses Mal ging Jane an den Apparat.

«Hallo, Leslie, tut mir leid, das Handy hat irgendwo unten in meiner Handtasche gelegen», sagte Jane. «Oh! Wie ist es in Florida?»

«Geh sofort zum Cottage!»

«Bist du betrunken?», fragte Jane.

Tom hatte schon seinen Mantel an. «Jane, Elle hat mir eine Nachricht auf dem Anrufbeantworter hinterlassen, eine Abschiedsnachricht, sie sagt, sie hält es hier nicht mehr aus. Sie hat Briefe für euch im Garten vergraben. Sie bittet uns um Verzeihung. Jetzt geh sofort zum ...»

Leslie beendete den Satz nicht. Jane war schon aus dem Wohnzimmer durch den Flur in die Küche gerannt. Dominic und Kurt saßen bei Weihnachtsplätzchen und Kaffee am Tisch. Jane hastete an ihnen vorbei, riss die Tür auf, rannte die Treppe hinunter durch den Garten, vorbei am Zaubernussstrauch ihrer Mutter, ihren Rosen, den Gräbern von Jimmy, Jessica, Judy und Jeffrey, bis zur Tür von Elles Cottage. Es war abgeschlossen, und Jane hämmerte mit den Fäusten dagegen. «Elle, Elle, Elle, hier ist Jane! Elle, Elle, bitte mach auf!»

Völlig außer sich riss sie an der Klinke und trat gegen die Tür.

Dann waren Tom, Dominic und Kurt bei ihr.

«Was ist los?», sagte Dominic.

«Elle, sie bringt sich um!»

Tom schob sie zur Seite und begann mit voller Wucht an das Türschloss zu treten. Beim dritten Mal gab das Schloss nach, und die Tür schwang auf. Jane rannte ins Haus, Tom, Kurt und Dominic dicht auf den Fersen. Elles Namen rufend, eilte sie ins Wohnzimmer und dann ins Schlafzimmer. Elle war nicht da. Dann hastete Jane zum Bad. Die Tür war abgeschlossen.

«Elle, bitte, bitte mach die Tür auf!»

Tom und Dominic traten gegen die Tür. Kurt hatte sich beide Hände auf den Kopf gelegt. Die Tür brach auf, und Elle lag in der Badewanne, und ihre rechte Hand baumelte über den Rand heraus, und aus dem Handgelenk lief Blut. Sie war bei Bewusstsein und weinte, aber sie stand eindeutig unter irgendwelchen Drogen oder Medikamenten. Jane schnappte Elles linke Hand. Das Handgelenk war unverletzt. Die Blutung aus dem rechten Handgelenk war stark, aber Elle hatte offensichtlich noch nicht zu viel Blut verloren. Andererseits hatten sie alle keine Ahnung, wie viel Blut man verlieren und wie viele Drogen man sich reinziehen musste, um daran zu sterben. Kurt schlang ein sauberes Handtuch um Elles Handgelenk, und Tom rief den Krankenwagen. Dominic ließ das Wasser aus der Wanne ab, und dann wickelte er Elle mit Janes Hilfe in Badetücher ein.

Elle schluchzte. «Ich hatte so eine Angst, Jane», sagte sie. «Ich habe mich so darauf gefreut zu gehen, aber dann hab ich Angst davor bekommen, was mich auf der anderen Seite erwartet.»

«Schon gut, es ist alles gut», sagte Jane mit zitternder Stimme. «Was hast du genommen, Elle?»

«Alles Mögliche.»

«Sie muss sich bewegen, sie darf nicht einschlafen», sagte Kurt von der Tür aus.

«Bist du sicher, dass das gut ist?», sagte Jane. «Ich will nicht, dass die Wunde belastet wird.»

«Hör auf ihn, er studiert Medizin», sagte Dominic.

Jane und Dominic hoben Elle aus der Wanne und führten sie ins Wohnzimmer. Tom rannte hinaus, um vor dem Haus auf den Krankenwagen zu warten. Bei der zweiten Runde durchs Wohnzimmer wurde Elle ohnmächtig.

«Elle, Elle, bitte, wach auf, Elle!»

Währenddessen schlief Rose seelenruhig in ihrem Bett.

Jane fuhr mit Elle im Krankenwagen mit, und Dominic

und Kurt ließen sich von Tom mit ins Krankenhaus nehmen. Elle war auf dem gesamten Weg bewusstlos.

«Das wird schon wieder», sagte der Sanitäter. «Das war ein Hilferuf.»

Jane nickte wie betäubt.

Tom, Dominic und Kurt brachten die Fahrt in die Klinik in vollkommenem Schweigen zu. Nur Tom rief Leslie an, um ihr zu sagen, wohin sie kommen sollte.

Im Krankenhaus wurde Elle auf einer Rollbahre weggebracht, und Jane schloss sich wieder den anderen an.

«Ihr solltet alle nach Hause gehen», sagte sie.

«Nein, Mum, ich bleibe», sagte Kurt.

«Und ich gehe auch nirgendwohin», sagte Dominic.

«Ich auch nicht», sagte Tom.

«Sie wird es überstehen», sagte Jane. «Wirklich, ihr könnt beruhigt nach Hause fahren.»

Dann tauchte schniefend und hustend und zitternd Leslie auf, die wirkte, als könnte sie selbst ein Krankenhausbett brauchen. Jim war mit ihr gekommen und sah sie besorgt an.

«Wo ist sie?», fragte Leslie.

Jane brach in Tränen aus. «Stell dir vor, du wärst nicht zu Hause gewesen!»

«Lieber nicht», sagte Leslie und umarmte sie. «Ich war zu Hause – alles andere zählt nicht.»

Sie setzten sich in den Wartebereich und warteten darauf, dass man ihnen etwas zu Elles Zustand sagte. Nach einer Dreiviertelstunde kam ein Arzt zu ihnen, der berichtete, dass Elle versorgt war, bei ihrem Versuch, sich das Handgelenk aufzuschneiden, die Arterie verfehlt hatte und dass man ihr den Magen ausgepumpt hatte. Jane dankte ihm, und Kurt umarmte sie glücklich.

Es war nach Mitternacht, als alle zusammen das Krankenhaus verließen. Tom bestand darauf, Dominic, Jane und Kurt nach Hause zu fahren.

Als Dominic ausgestiegen war, drehte er sich um und beugte sich noch einmal zu Jane herunter. «Wenn das irgendetwas mit mir zu tun hat, Janey …»

«Es hat nicht das Geringste mit dir zu tun, Dominic.»

«Danke. Ich bin unheimlich froh, dass sie wieder in Ordnung kommt», sagte er und ging die Auffahrt zu seinem Haus hinauf.

Als Kurt ausstieg, sagte Jane, sie würde in einer Minute nachkommen. Als sie allein waren, dankte sie Tom für alles, küsste ihn und lächelte ihn an.

«Ich glaube wirklich, dass du ein bisschen wegfahren solltest», sagte sie. Dann stieg sie aus, und er sah ihr nach, bis sie im Haus verschwunden war.

Eine halbe Stunde später war Tom zu Hause. Er legte sich ins Bett, war augenblicklich eingeschlafen und wachte erst wieder auf, als es am nächsten Morgen an der Haustür klingelte. Er öffnete im Bademantel. Vor ihm stand Trish, die Beamtin von der Polizei.

«Trish?»

Sie nickte. Ihre Miene sagte alles.

«Wo?», fragte er.

«In den Dublin Mountains.»

«Und wann?»

«Gestern. Weihnachten. Ein Mann war mit seinem Hund unterwegs.»

«Und es gibt keinen Zweifel?»

«Das Zahnschema passt», sagte sie, und dann reichte sie Tom die Halskette, die Alexandra immer getragen hatte, die Kette, die sein Geschenk zum ersten Hochzeitstag gewesen war. In den Anhänger stand eingraviert: *Alex, ich liebe dich, Tom*.

«Wie ist sie …?» Er brachte es nicht über sich, den Satz zu beenden.

«Genaueres erfahren wir erst nach ein paar Untersuchungen», sagte sie sanft.

«Wer konnte ihr nur so etwas antun?», fragte er.

«Tom, ich verspreche Ihnen, dass wir alles tun werden, um den Verantwortlichen oder die Verantwortlichen zu finden.»

«Und wenn Ihre Ermittlungen erfolglos bleiben?», fragte er leise.

«Auch dann werden Sie Alexandra beerdigen, sie loslassen und mit Ihrem Leben weitermachen», sagte sie traurig.

«Es ist vorbei.»

«Es ist vorbei.»

«O Gott», schluchzte er mit einem Mal. «O Gott, meine arme Alexandra, meine Liebste!»

Trish nahm seine Hand. «Ihr kann jetzt nichts mehr passieren», sagte sie.

17
Apes & Angels

The heart runs on hope, my friend, let hope be your horse,
open the tattered maps once more and let's set a course,
gonna fight, gonna fight, gonna fight just to love again.
Jack L., *Broken Songs*

Januar 2009

Als sich Elle wieder besser fühlte, ließ sie sich vom Vincent's Hospital in die Psychiatrische Klinik St. Patrick's verlegen, wo sie sich einer dreiwöchigen Therapie unterziehen wollte. Es war nicht leicht für sie zu akzeptieren, dass sie krank war, aber irgendwie hatte sie schon lange so etwas geahnt. Die Ärzte waren freundlich und ermutigten sie, und zum ersten Mal seit langer Zeit fühlte sie sich sicher und gut aufgehoben. Sie würde den Rest ihres Lebens Medikamente nehmen müssen, und sie wusste nicht recht, wie sie das finden sollte. Eigentlich wusste Elle von allen möglichen Dingen nicht mehr, wie sie sie finden sollte. Der Arzt erklärte ihr, dass es eine Zeitlang dauern konnte, bis die Medikamente richtig eingestellt waren, aber er versprach ihr, dass sie sich danach besser fühlen würde. Elle fürchtete, dass sie nicht mehr würde malen können, denn sie war der festen Überzeugung, dass es ihre Dämonen gewesen waren, die sie zur Künstlerin gemacht hatten, die sie inspiriert hatten und mit deren Hilfe sie die Eintönigkeit und Stumpfheit der Alltagswelt überwunden hatte. Man sagte ihr, dass ihr Talent nicht von den Medikamenten beeinflusst würde, doch das konnte Elle kaum glauben. Was sie aber wusste, war, dass sie ihren neugefundenen Frieden sofort opfern würde, wenn ihre Malerei beeinträchtigt wäre. Aber für den Moment ging es ihr gut. Sie redete und hörte zu, sie nahm Ratschläge an, machte Übungen zur Stressbewältigung und steckte sich Ziele, was sie ja mit ihren Briefen ans Universum eigentlich schon lange tat, und sie schluckte, was man ihr gab, denn davon wurde sie leicht benommen, und damit fühlte sie sich im Augenblick sehr wohl.

Rose war außer sich gewesen, als sie am St. Stephanstag aufwachte und erfuhr, dass Elle versucht hatte, sich umzubringen. Sie weinte und zitterte und schien um Jahre zu altern, und auf einmal stellte Jane fest, dass sie Rose umarmte und sie ‹Mum› nannte.

«Wein doch nicht, Mum.»

«Ich dachte, es würde alles gutgehen.»

«Ich weiß. Ich auch.»

«Aber ich hätte es besser wissen müssen.»

«Wir können immer nur unser Bestes versuchen, Mum.»

«Aber ich habe nicht mein Bestes getan, Janey», schluchzte Rose. «Es tut mir so leid. Ich habe so viel falsch gemacht.»

«Schon gut.»

«Nein, nicht schon gut!», rief ihre Mutter. «Ich hätte das nicht jahrelang mitansehen dürfen, ich hätte dir nicht die Verantwortung für sie aufbürden dürfen, und ich hätte dir nicht sagen dürfen, dass du keine Ärzte einschalten sollst. Du siehst ja, dass das nichts gebracht hat! Sie hätte sterben können, Janey. Das ist meine Schuld. Wieder meine Schuld!» Rose bebte am ganzen Körper.

«Das mit Dad war nicht deine Schuld, Mum.»

«Doch. Ich habe ihn alleingelassen, und ich wusste, dass er verzweifelt war. Ich habe ihn alleingelassen, *weil* er verzweifelt war und weil ich das alles so verdammt satthatte!» Rose verschlang die Finger ineinander, um ihr Zittern unter Kontrolle zu bekommen.

Jane hatte keine Ahnung, was sie sagen oder was sie tun sollte. Sie hatte ihre Mutter noch nie so aufgelöst gesehen, sie hatte nicht für möglich gehalten, dass Rose so reagieren würde.

«Als dein Vater gestorben ist, war ich wütend und traurig und verbittert und so fertig, dass ich euch zwei Mädchen euch selbst überlassen habe. Ich weiß, dass ich das getan habe, und ich bin nicht stolz darauf. Aber, Janey, du hast die Verantwortung übernommen, du hast dich um mich und deine Schwester gekümmert, und du hast das sehr gut gemacht. Du bist die Starke, Janey, du warst immer die Starke – deshalb habe ich dich immer so unter Druck gesetzt; weil wir dich brauchen, weil wir dich immer gebraucht haben.»

«Ich dachte, du wärst enttäuscht von mir.»

«Ich bin von mir selbst enttäuscht – und du erinnerst mich daran, das ist alles», sagte Rose. «Es tut mir leid, Janey, es tut mir wirklich leid.»

Sie schniefte, und Jane empfand mit einem Mal eine solche Liebe für ihre Mutter, dass es beinahe schmerzte.

«Lass uns einfach ein bisschen netter zueinander sein», sagte sie, und Rose nickte.

Jane hielt ihre Mutter ganz fest, und als Rose sich wieder gefasst hatte, zog Jane ein Taschentuch heraus und wischte ihr die Tränen von den Wangen.

«Ich hoffe, da hast du dich noch nicht reingeschnäuzt», sagte Rose, und schon schmerzte Janes Liebe nicht mehr so sehr.

Elle wollte keinen Besuch während ihrer ersten Woche im St. Patrick's, doch danach kamen Jane und Rose beinahe täglich vorbei. Zur Besuchszeit saßen sie immer im Glasanbau und schauten in die wundervolle Gartenanlage hinaus, und wer noch zu Besuch kam, gesellte sich zu ihnen. Als Jane und Rose zum ersten Mal vorbeikamen, benahm sich Rose so merkwürdig, dass Elle sich beinahe Sorgen machte.

«Es ist reizend hier, oder, Janey? Ist es nicht reizend hier?», sagte Rose.

«Ja, es ist reizend.»

«Du siehst phantastisch aus, wirklich, du siehst toll aus», sagte Rose zu Elle.

«Ich sehe schrecklich aus», sagte Elle und sah Jane fragend an.

«Nein, du bist wunderhübsch», sagte Rose. «Oder, Jane?»

«Nein, sie hat recht, sie sieht schrecklich aus», sagte Jane.

«Was geht hier eigentlich vor?», fragte Elle.

«Rose befürchtet, dass du wieder einen Selbstmordversuch machst, wenn wir nicht nett zu dir sind», sagte Jane, und sie lachte nicht dabei.

Jane war wütend, das konnte Elle sehen. Rose errötete genauso, wie es ihrer älteren Tochter oft passierte.

«Du bist wütend, Jane. Das verstehe ich», sagte Elle.

«Das verstehst du?», sagte Jane und zeigte mit dem Finger auf Elle. «Dann ist es ja gut, wenn du das verstehst, denn ich verstehe es jetzt auch! Ich verstehe, dass du verzweifelt warst und Angst hattest und durcheinander warst – du kannst mir glauben, nach zwei Jahren mit Babykoliken verstehe ich das ganz genau, aber was ich nicht verstehe, ist, dass du mich angelogen hast! Ich bin zu dir gekommen, ich habe dich gefragt, ob du Hilfe brauchst, und dir gesagt, dass ich für dich da bin, und du hast gelogen und gelogen und gelogen – du hast es so weit gebracht, dass ich geglaubt habe, ich hätte mir deine Krankheit bloß eingebildet, und wenn du gestorben wärst, dann wäre ich mit schuld gewesen!»

«Das wollte ich doch alles nicht, das war keine Absicht, alles war so durcheinander und irreal, und ich wollte doch einfach nur normal und gesund sein. Ich wollte die ausgeflippte, angesagte Elmore, die geniale Malerin sein. Ich wollte es okay finden, für die Kunst zu leiden, aber dann war es nicht mehr okay – dann ist irgendwie die ganze Welt wie ein Boot auf hoher See umgekippt, und ich konnte mich kaum noch an die Reling klammern. Und ich hatte immer weniger Kraft, und irgendwann konnte ich mich nur noch darauf konzentrieren loszulassen.»

Rose war blass geworden.

Jane schüttelte den Kopf. «Wenn du nochmal versuchst, dich umzubringen, dann verfolge ich dich ins Jenseits und bringe dich dafür um. Ist das klar?» Jane strömten die Tränen übers Gesicht, und sie ließ Elle ihren ganzen Schmerz und ihre Verzweiflung spüren.

«Es tut mir so leid, Janey.»

«Das nützt mir überhaupt nichts. Tu es einfach nie wieder.»

Rose nahm Elles Hand, und Elle bemerkte, dass ihre Mutter zitterte.

«Wir lieben dich, Miss Elmore, ob du nun ausgeflippt oder verrückt oder ein bisschen was von beidem bist und ob du Künstlerin bist oder in der Schulkantine das Essen ausgibst, wir lieben dich. Aber Janey hat recht: Wenn du uns nochmal so etwas antust, dann wird dir die Hölle wie ein Kurhotel vorkommen.»

Elle lächelte. «Okay, Mum.»

«Dann ist es ja gut», sagte Rose. «Und jetzt machen wir, dass wir aus diesem grässlichen Schuppen rauskommen, Jane, bevor ich noch jemand anderem über den Weg laufe, den ich kenne.»

Kurt und Irene kamen einmal in der Woche zu Besuch.

«Wie geht's mit dem Medizinstudium?», fragte Elle eines Tages, als sie die Rindfleisch-Sandwiches aßen, die Jane Kurt in einem Picknickkorb mitgegeben hatte, in dem sich außerdem drei unterschiedliche Salatdressings und vier unterschiedliche Salate sowie eine große Tüte Obst und drei Törtchen befanden.

«Gut», sagte er. «Aber es ist ganz schön schwer.»

«Zu schwer», sagte Irene. «Ich bekomme ihn praktisch nie mehr zu sehen.»

«Du siehst mich doch jetzt», protestierte er.

«Na ja, super Umgebung für eine Verabredung hier, was? Ist nicht persönlich gemeint, Elle.»

«Schon okay», sagte Elle.

«Zum letzten Mal sind wir vor Weihnachten ausgegangen», beschwerte sich Irene bei Elle. «Wir sind an der Uni, verflixt, da sind wir ja sogar mehr ausgegangen, als wir noch in der Schule waren.»

«Meine Prüfungen waren nach Weihnachten, ich bin gerade erst damit durch, und ich habe dir gesagt, dass wir heute Abend hingehen können, wo du möchtest», sagte Kurt, dem deutlich anzuhören war, dass er diese Verteidigungsrede nicht zum ersten Mal abhielt.

«Ja, aber heute Abend bin ich nicht in der Stimmung.»

Kurt hob die Hände. «Siehst du?», sagte er zu Elle.

«Kein Mensch geht im Januar aus, Kurt», sagte Irene.

Elle beschloss, das Thema zu wechseln. «Und wie ist die Krankenschwester-Ausbildung so, Irene?»

«Grässlich», sagte sie und schüttelte den Kopf. «Ich überlege, ob ich die Ausbildung abbrechen und stattdessen lieber Model werden soll.»

Elle sah Kurt an, der die Augen zur Decke verdrehte.

«Model?», sagte Elle.

«Mum hat eine Freundin in London. Die sagt, ich hätte schöne Wangenknochen und eine gute Haltung.»

«Na dann», sagte Elle.

«Trotzdem», sagte Irene, «ich bin nicht sicher, dass mir ein Leben als Model gefällt. Vielleicht mache ich auch eine Ausbildung als Kosmetikerin oder so. Das weiß ich alles noch nicht so genau, also bleibe ich erst mal in der Krankenschwester-Ausbildung, aber als Krankenschwester arbeiten werde ich garantiert nie. Die Leute stinken.»

Leslie kam täglich zu Besuch, mit Ausnahme des Tages, an dem sie selbst einen Arzttermin hatte. Sie brachte meistens ein Buch oder Süßigkeiten oder beides mit.

«Man kann nie zu viel lesen oder essen», sagte sie.

«Du verwöhnst mich», sagte Elle.

«Das stimmt», sagte Leslie. «Und sobald es dir gut genug geht, erinnere mich daran, dass ich dir noch in den Hintern treten muss.»

«Schon verstanden. Aber sag mal, was meinst du, kann es sein, dass man deprimiert ist, weil man deprimiert ist?», fragte Elle.

«Ganz bestimmt. Ich bin sicher, dass ich deprimiert wäre, wenn ich deprimiert wäre.»

«Ich wünschte, dass man nur zum Himmel hinaufschauen müsste, um in den Wolken die Lösungen aller Probleme zu finden», sagte Elle.

«Die Lösungen für seine Probleme findet man nicht da oben am Himmel», sagte Leslie. «Sondern in den Songs von Jack Lukeman.»

Elle lächelte. «Wirklich?»

«Absolut. Ehrlich gesagt hat ‹I've Been Raining› mein ganzes Leben verändert – na ja, und davon abgesehen haben noch eine unverschämte Person namens Deborah, eine durchfallerkrankte Katze, ein steckengebliebener Lift und ein Chirurg etwas damit zu tun.»

«Und wie heißt der Song, der mein Leben verändern wird?»

«Hmmmm», Leslie dachte kurz nach.

«Zeit ist abgelaufen.»

«Nein», sagte Leslie. «Noch eine Sekunde.» Dann grinste sie. «‹Universe›.»

«‹Universe›», sagte Elle und zog die Augenbrauen hoch.

Leslie räusperte sich.

«Sag bloß, du willst das jetzt singen.»

«Ich kann sowieso viel besser singen als du», sagte Leslie. Sie räusperte sich erneut und begann zu singen. *«Oh nothing lasts forever …»*

«Dun, dun, dun, dun», sang Elle, um die Posaune zu imitieren.

Zwei männliche Patienten, die von draußen zurückgekommen waren, wo sie eine Zigarette geraucht hatten, blieben an der Tür stehen und gaben das Publikum.

«You can cry a million rivers ...», sang Leslie und deutete auf Elle, die nickte und sich auf ihren nächsten Posaunen-Imitationseinsatz vorbereitete.

«Dun, dun, dun, dun ...»

«You can rage it ain't no sin but it won't change a thing 'cos nothing lasts forever ...» Leslie streckte ihre Hände aus und zog Elle in eine Umarmung. «Sing mit mir, Elle.»

Zusammen sangen sie: *«There's a universe inside where the two of us can hide and there's nothing to be frightened of, a flash of light a raging star don't you know you're not alone, ah there's nothing to be frightened of.»*

Eine Krankenschwester blieb hinter den beiden männlichen Patienten stehen und betrachtete die beiden jungen Frauen, die sich die Arme auf die Schultern gelegt hatten, und lächelte, bevor sie weiterging. Die beiden Patienten klatschten Beifall.

«Danke, danke, danke, wir treten hier während der gesamten Woche auf!», sagte Leslie, und Elle lachte.

Dann setzten sie sich, und Leslie sah Elle in die Augen.

«Und? Hat es funktioniert?», fragte sie.

«Du hast recht – ich bin kuriert!», sagte Elle und lachte erneut.

«Ich sag's nicht gern: Aber ich hab's dir ja gleich gesagt.» Leslie lächelte ihre Freundin an. «Es wird alles gut, weißt du.»

Sobald sie Elle in guten Händen wusste, nutzte Jane die erste Gelegenheit, um bei den Rosenbüschen ihrer Mutter und den Gräbern der Rennmäuse Jessica, Jimmy, Judy und Jeffrey die genaue Stelle mit Fußlängen abzumessen, wo sie Elles Brief vermutete. Sie begann zu graben. Bald tauchten Rose und Kurt auf und sahen schweigend zu, wie Jane grub. Als die Schaufel über die Keksdose kratzte, hob Jane den Blick, und Rose nickte ihr zu. Jane nahm die Dose hoch, schüttelte Erdkrümel ab und wischte über den Deckel. Dann klappte sie die Dose auf, und drei zusammengefaltete Blätter wurden sichtbar. Sie stellte die Dose auf den Boden und zog ein Feuerzeug aus der Hosentasche. Noch einmal sah sie ihre Mutter an, und Rose nickte erneut. Jane beugte sich vor und zündete das Papier an. Es ging gleich wieder aus, also entzündete sie es erneut, und als es so wirkte, als würde die Flamme nicht hochbrennen, griff Rose in ihre Tasche, nahm einen Flachmann heraus und spritzte ein bisschen Alkohol auf die Flamme, sodass sie emporzüngelte und das Papier gleich darauf zu Asche verkohlte.

«Seid ihr denn überhaupt nicht neugierig?», fragte Kurt auf dem Rückweg ins Haus.

«Nein», sagten Rose und Jane gleichzeitig.

«Ich schon», gab er zu. «Ein bisschen.»

Rose legte ihrem Enkel den Arm um die Schultern. «Die Zeit für Elles Abschied war noch nicht gekommen, lass uns einfach dafür dankbar sein.»

Es fiel Jane sehr schwer, ihre Wut zu überwinden. Die Leute in der St.-Patrick's-Klinik erklärten ihr, das sei eine ganz normale Reaktion, und versuchten, ihr klarzumachen, was im Kopf ihrer Schwester vor sich ging. Aber es fiel Jane auch schwer zu akzeptieren, dass Elle krank war. Sie hatte Elle so gerne glauben wollen, als sie ihre Symptome als harmlos abgetan hatte, und jetzt fühlte sich Jane egoistisch und dumm.

Es war ihr Sohn, der ihr schließlich half, ihre Wut und Selbstvorwürfe hinter sich zu lassen.

«Mum, du hast dein Bestes getan, aber du bist eben nicht perfekt. Niemand ist perfekt – außer mir vielleicht.»

«Sie hätte sterben können», sagte Jane.

«Wir alle können jeden Tag sterben, und nicht einmal, weil wir es wollen. Elle ist genauso wie wir anderen auch.»

«Aha.»

«Sie ist genau wie wir alle voll von der Rolle», sagte Kurt, und Jane brach zum ersten Mal seit Elles Selbstmordversuch in lautes Lachen aus.

Alexandra wurde an einem Sonntagvormittag beerdigt. Die Kirche war brechend voll. Tom stand vorne, und an seiner Seite waren Alexandras Vater, ihr Bruder, dessen Frau, ihre Schwester und deren Mann. Der Pfarrer sprach in herzlichen Worten über Alexandra, ihre Mutter und die ganze Familie Walsh einschließlich Tom, der Alexandra unbedingt hatte wiederfinden wollen. Nun wünschte der Pfarrer ihnen allen, dass sie ihren Frieden mit Alexandras Tod machen konnten, und sagte, Alexandra selbst habe ihren Frieden längst gefunden.

Als Leslie dem Jack-Lukeman-Team erzählte, dass Alexandra gefunden worden war, bot Jack an, bei der Beerdigung zu singen. Die Familie war sprachlos angesichts dieser freundlichen Geste, und so sang Jack Bredas Lieblings-Kirchenlieder für die junge Frau, die gestorben war, als sie Karten für ein Konzert von ihm abholen wollte. Dann stand Tom auf und sprach über seine Frau, darüber, wie sie sich kennengelernt und ineinander verliebt hatten, warum er Alexandra geliebt hatte und warum er sie immer lieben würde. Er sprach über ihre Pläne und Hoffnungen und Enttäuschungen. Er sprach über ihren Sinn für Humor und endete damit, dass er die letzten Zeilen vorlas, die ihm Alexandra geschrieben hatte.

«Alexandra hatte bei uns immer das letzte Wort, also finde ich, dass sie auch heute das letzte Wort haben sollte.»

‹Tom,
wenn du einkaufen gehst, kannst du bitte mitbringen:

Brot

Milch 2 ×

Wasser 4 ×

Spaghetti

Hackfleisch (mager! Pass auf, dass es wirklich mager ist und nicht das Zeug, auf das sie mager schreiben und es zum halben Preis verkaufen, weil es nämlich überhaupt nicht mager ist. Ich will mageres Hackfleisch, das vor deinen Augen durch den Wolf gedreht wurde, ganz egal, was es kostet)›

Die Trauergäste lachten leise, und Tom las weiter.

‹Dosentomaten

Basilikum

Wein, falls du nicht noch ein oder zwei Kisten im Büro hast. Und achte darauf, dass es kein Shiraz ist. Ich kann echt keinen Shiraz mehr sehen.
Falls du Nachtisch willst, bring irgendwas mit.
Ich treffe mich um fünf kurz mit Sherri in Dalkey. Sie hat die Karten für das Jack-Lukeman-Konzert. Ich bezahle sie mit Geld aus der Haushaltskasse. Ich bringe dir auch eine Karte mit, wenn du nicht mitwillst, schreib mir eine

SMS. Ich bin ungefähr um halb acht wieder zu Hause. Übrigens hat deine Tante angerufen, sie denkt darüber nach, nächstes Wochenende nach Dublin zu kommen. Versuch ihr das auszureden, ja? Ich bin völlig fertig und schaffe es nicht, 48 Stunden pausenlos mit ihr durch die Gegend zu rennen. Deine Tante ist auf Kokain. Das ist kein Witz. Die muss zum Entzug.›

Erneut lachten die Leute über Alexandra, die selbst dann Witzchen riss, wenn sie nur eine Einkaufsliste verfasste.

‹Oh, und Spülmittel. Wir brauchen unbedingt Spülmittel, und könntest du bitte jemanden bestellen, der die Spülmaschine repariert?
O.k., bis später,
Ich liebe dich

Alexandra

PS: Wenn dein Nebenmann stirbt: einen Platz aufrücken. Echt, dieser Jimmy Carr ist unübertroffen.›

Jetzt wurde sogar geklatscht, und Tom sah zur Gemeinde hinunter, wo Jane neben Leslie saß. Sie nickte ihm lächelnd zu, denn sie wusste, dass ihre alte Freundin stolz auf Tom gewesen wäre.

Tom führte den Trauerzug zum Grab an, Jim hatte Leslie und Jane Elle untergehakt, die für die Beerdigung aus der Klinik gekommen war. Neben ihr stand Rose mit Kurt und Irene. Alexandras Familie war untröstlich und zugleich erleichtert darüber, dass sie nun Klarheit hatte. Was auch immer die polizeilichen Ermittlungen im Einzelnen noch ergeben würden, Alexandra konnte nichts mehr geschehen. Der Pfarrer weihte den Sarg und sprach die Gebete, und Jack sang, während Alexandra in die Erde hinabgelassen wurde. Als alle gegangen waren, stand Tom alleine am Grab und starrte den Hügel frischer Blumen an, der seine Frau bedeckte, die schon weit über ein Jahr tot war. Jane brachte die anderen zum Auto und kehrte dann zu Tom zurück. Sie ließ ihre Hand in seine gleiten, und er drückte sie.

«Die Ermittlungen werden noch mindestens ein Jahr andauern», sagte er. «Aber ich weiß nicht einmal, ob ich es ertragen kann, die Einzelheiten zu erfahren.»

«Sie hat jetzt ihren Frieden», sagte Jane. «Nur das zählt.»

«Ich hoffe es», sagte er. «Ich mache mich jetzt bald zu meiner Reise auf.»

«Gut.»

«Bist du sicher, dass du nicht mitkommen willst?», fragte er und wandte sich ihr zu, damit er sie direkt ansehen konnte.

«Es ist zu früh.»

«Es ist zu früh.»

Gemeinsam gingen sie zu den wartenden Autos. Tom blieb stehen und sah sich noch einmal zu dem Grab um.

Wenn dein Nebenmann stirbt: einen Platz aufrücken, hast du gesagt. Das werde ich tun. Ich liebe dich.

15. März 2009

Lieber Tom,
wie Sie wissen, hat die Obduktion ergeben, dass Alexandra erstickt ist. Inzwischen hat sich herausgestellt, dass sie sich stark gewehrt hat, aber das haben Sie bestimmt selbst schon angenommen. Unsere Gerichtsmediziner haben Hautzellen unter ihren Fingernägeln gefunden, und auch wenn die DNA nicht in unseren Datenbanken erfasst ist, glauben wir, dass es nur eine Frage der Zeit ist, bis wir die Person finden, die ihren Tod verschuldet hat, und mit den Spuren unter ihren Fingernägeln wird uns Alexandra dabei helfen, diesen Menschen verurteilen zu können.
Ich möchte Ihnen mein Mitgefühl für Ihren Verlust aussprechen. Ich habe das noch nicht getan und möchte es nicht versäumen. Auch wenn ich Ihre Frau nie kennengelernt habe, bin ich ihr durch Sie sehr nahe gekommen. Vertrauen Sie bitte darauf, dass wir – ganz gleich, wie lange es vielleicht dauern wird – den Täter suchen und dafür sorgen werden, dass Alexandra, Ihnen und Ihrer Familie eines Tages Gerechtigkeit widerfährt.
Und nun denken Sie an das, was ich Ihnen schon einmal gesagt habe: Leben Sie Ihr Leben – Sie haben schon genug verloren.
Mit aufrichtigem Beileid

Trish Lowe

Patricia Lowe,
Polizeistation Clontarf

An: tomtheroamer@gmail.com
Von: janemovingon@gmail.com
Betreff: Du glaubst nicht, was ich machen werde

30. Aug. (vor drei Tagen)
Tom,
es ist zwar erst 6 Monate her, aber mir kommt es vor, als hätte ich dich vor einer halben Ewigkeit zum Flughafen gebracht. Es ist toll, dass ich über all deine Erlebnisse in dem Blog lesen kann, den Leslie für dich eingerichtet hat. Die gute alte Leslie. Wie du weißt, haben Jim und sie sich verlobt, aber wusstest du auch, dass sie sich für eine Brustwiederherstellung entschieden hat? Vermutlich nicht, denn ich weiß es von Elle, und die hätte es eigentlich niemandem erzählen dürfen. Auf jeden Fall freue ich mich für Leslie. Wie ist Indien so? Als du das letzte Mal etwas im Blog gepostet hast, hattest du Dünnpfiff. Ich hoffe, dir geht es inzwischen ein bisschen besser und du bist kein Sklave gewisser Örtlichkeiten mehr. Warum ich dir aber vor allem schreibe: Ich habe mich für einen Medizinstudienplatz auf dem zweiten Bildungsweg beworben und den Platz bekommen!!!!! Ich weiß, dass es verrückt klingt, aber in der Galerie läuft zurzeit nicht viel, und so wie die Marktlage aussieht, müssen wir vermutlich sowieso in ein paar Monaten dichtmachen. Elle ist noch nicht wieder so weit, dass sie malen will, und wenn sie wieder damit anfängt, ist es bestimmt besser für sie, sich von jemand anderem vertreten zu lassen. Ich habe schon mit ihr darüber gesprochen, und sie ist derselben Meinung. Ich habe Ersparnisse, und abgesehen davon weiß ich, wie mich dieses Medizinstudium begeistern wird. Ich bin so aufgeregt! Ich fange im Ok-

tober im College of Surgeons an. Gut so – Kurt hätte bestimmt einen Anfall gekriegt, wenn ich mit ihm im Trinity studiert hätte.
Elle geht es gut. Sie nimmt eine Auszeit und liest viel über ihre Krankheit. Sie sucht nach alternativen Behandlungsmöglichkeiten und was weiß ich. Wenn sie irgendwo lesen würde, dass es hilft, sich den Hintern rot anzumalen und zu Konga-Musik rumzuhopsen, würde sie das machen. Aber gut. Sie kooperiert mit ihren Ärzten und wirkt sehr ausgeglichen. Ich weiß auch nicht. Ich muss einfach darauf vertrauen, dass sie ihren Weg findet. Vielleicht entdecke ich ja ein Heilverfahren für sie, wenn ich Ärztin bin. Jetzt würde ich gern eins von diesen Smileys einfügen, mit dem die Leute in ihren Mails zeigen, dass sie einen Witz gemacht haben, aber ich habe vergessen, wie das geht.
Na ja, ich wollte dir jedenfalls das Neueste erzählen.
Du fehlst mir, Jane X

An: janemovingon@gmail.com
Von: tomtheroamer@gmail.com
Betreff: Du glaubst nicht, was ich grade gemacht habe

21. Aug. (vor 2 Tagen)
Jane,
ich bin unheimlich stolz auf dich. Ich finde deine Pläne toll. Du bist so mutig, und ich weiß, dass du es schaffst, weil du schon alles Mögliche geschafft hast. Außerdem weiß ich, dass du eine großartige Ärztin werden wirst, weil du so mitfühlend und fürsorglich bist, und auch wenn dich die Leute bis aufs Blut reizen (wie geht es übrigens

Rose?), bewahrst du eine Engelsgeduld. Ich wünsche dir viel Glück, auch wenn ich weiß, dass du das gar nicht nötig hast.
Ich bin gestern aus Indien abgereist. Mein Kopf und mein Verdauungstrakt haben sich einen Streit geliefert, und mein Verdauungstrakt hatte die besseren Argumente. Ich wünschte, ich hätte länger bleiben können, aber das Wasser hat mich echt fertiggemacht. Jetzt bin ich auf dem Weg nach Kenia und schon unheimlich gespannt. Ein alter Freund von mir wohnt dort. Er baut Häuser, und wenn es geht, bleibe ich eine Weile da und arbeite mit ihm. Wird mir bestimmt guttun, wieder aktiv zu werden. Ich habe gehört, dass der Neil Mellon Township Trust für März noch Freiwillige sucht, die am Bau eines Siedlungsprojekts in Südafrika mitarbeiten können. Ich werde mich also von Kenia aus vermutlich Richtung Süden halten und das Siedlungsprojekt ein bisschen unterstützen, auch wenn ich selbst vermutlich irgendwann einen Sponsor nötig habe.
Ich vermisse dich und sehne mich nach dem Tag, an dem ich dich wiedersehe.
Tom X

Von: Leslie.Sheehan@yahoo.com
An: janemovingon@gmail.com
Betreff: Ich glaub's einfach nicht!

22. Aug. (vor 1 Tag)
Jane,
ich habe gerade eine E-Mail von Tom bekommen, in der er mir zu meinen neuen Titten gratuliert!!!!!

Ich glaub einfach nicht, dass du ihm das erzählt hast! Ich könnte vor Scham im Boden versinken!
Leslie

Von: janemovingon@gmail.com
An: elmore@gmail.com
Betreff: WG: Ich glaub's einfach nicht!

11:20 (vor 3 Stunden)
Ich leite dir Leslies Mail weiter. Ich schätze, ich hab dich verpetzt! Sorry
Jane

Von: elmore@gmail.com
An: janemovingon@gmail.com
cc: Leslie.Sheehan@yahoo.com
Betreff: RE: WG: Ich glaub's einfach nicht

13:20 (vor 1 Stunde)
Kein Problem. Ich schiebe zurzeit alles auf die Medikamente.
Elle

Von: Leslie.Sheehan@yahoo.com
An: elmore@gmail.com
Betreff: RE: RE: WG: Ich glaub's einfach nicht!

13:21
Elle,
du hast die Mail eben cc auch an mich geschickt. Jetzt weiß ich endlich über deine schmutzigen kleinen Tricks Bescheid!
Leslie

Von: elmore@gmail.com
An: Leslie.Sheehan@yahoo.com
Betreff: RE: RE: RE: WG: Ich glaub's einfach nicht

13:22
L,
da siehst du's ja. So etwas wäre mir nie passiert, wenn ich diese grässlichen Medikamente nicht schlucken müsste!
X, E

Dank

Als ich Jack Lukeman das erste Mal singen hörte, waren wir beide noch Teenager. Seine Stimme war damals schon so beeindruckend wie heute, und ich werde diesen Abend niemals vergessen. Er war fast noch ein Kind und trotzdem fähig, mit einem einzigen Takt aus «Summertime» einen Raum voller Erwachsener zum Schweigen zu bringen. Ich habe in den letzten zwanzig Jahren die Entwicklung seines Talents und seiner Karriere miterlebt, und zu meinen schönsten Erinnerungen gehören die Kneipenabende mit seinem Team. Ich war schon ganz am Anfang dabei, als Jack Bandleader der *Black Romantics* war und sie Nacht für Nacht im *Da Club* gespielt haben. Ich hatte meinen Auftritt in der Pause, da verkaufte ich nämlich ihr erstes Album *Wax*. Ein- oder zweimal habe ich mich breitschlagen lassen, das Equipment durch die Straßen von Dublin zur South Circular Street zu schaffen, wo in den Neunzigern Jacks Operationsbasis war. Dort wurden unzählig viele Demo-Tapes aufgenommen, und dort wohnten unzählige Leute für kürzere oder längere Zeit. Jack lebte in dem hinteren Apartment, David vorne, Martin oben, und immer war etwas los: Fußballspiele im Fernsehen, EU-Dosenfleisch, Sketch-Auftritte, mitternächtliche Telefonate aus und nach Amerika, Schlagzeug, Bass, Gesang, Trinken, Rauchen, Lachen. Wenn ich an die Neunziger denke, dann denke ich an die 38 SCR, und jedes Mal muss ich dann lächeln. Die ersten Ideen zu diesem Buch kamen mir, als ich mit Martin auf einem der oberen Ränge stand und wir auf einen ausverkauften Saal hinabsahen. Auf der Bühne sang Jack, doch das Publikum regte meine Phantasie an. Die Leute waren beinahe ehrfürchtig, wie gebannt, und im Zuschauerraum herrschte vollkommene Stille. Ich sagte im Scherz zu Martin, dass wir eine Kirche gründen sollten, die *Jack-Lukeman-Kirche*, weil wir damit garantiert steinreich würden. Das Bild blieb mir jahrelang im Kopf, und weil ich bei Jacks Auftritten oft dieselben Gesichter sah, ließ mich die Idee, dass Fans Freunde werden könnten, nicht mehr los. Trotzdem sprach ich mit Jack, Martin und David erst vor zwei Jahren über die Idee zu diesem Buch, und sie haben mich nicht nur ermutigt, sondern mir auch noch erlaubt, Jacks Texte zu verwenden. Ich bin ihnen zutiefst dankbar, dass sie mir vertraut haben und einfach davon ausgegangen sind, dass ich schon keinen Mist bauen werde. Wenn Sie dieses Buch lesen und Sie gern mehr über Jack Lukeman wissen möchten – seine Webadresse lautet: www.jacklukeman.com. Ich hoffe, seine Musik gefällt Ihnen genauso wie mir.

Also danke ich zuerst allen vom Jack-Lukeman-Team und natürlich Jack Lukeman selbst für die Songs und all den Spaß, den wir in den letzten zwanzig Jahren hatten. Martin Clancy, du bist und bleibst einer meiner besten Freunde, und ich werde dem Schicksal immer danken, dass du in meinem Leben aufgetaucht bist. David Constantine, ich liebe dich, mein Alter! Myra Clancy, du bist die Beste, und Patricia Clancy, ich kann ehrlich behaupten, dass du für uns alle irgendwann mal die Mama gespielt hast. Danke.

Ich möchte auch Ken Browne danken. Als uns mein Mann einander vor fünfzehn Jahren vorgestellt hat, war Ken Gitarrist einer Rockband. Wie hatten den Kontakt zu ihm verloren und ihn jahrelang nicht gesehen, und als wir wieder Verbindung miteinander aufnahmen, hatte er sich zu einem unglaublichen Künstler entwickelt. Er lässt sich genauso wie ich gern von Musik inspirieren. Er ist lebhaft wie niemand anderes, den ich kenne, und kann in einer Minute mehr sagen, als andere in ihrem ganzen Leben von sich geben. Er ist ein leidenschaftlicher Künstler, und ich muss jedes Mal, wenn ich ihn sehe, daran denken, wie glücklich wir uns schätzen können, weil wir die Möglichkeit haben, kreativ zu sein und die Dinge machen zu können, die wir machen möchten. (Wenn mein Freund Enda das liest, wird er gähnen und eine unanständige Geste mit seiner rechten Hand machen. Entschuldige, Enda, ich bin schon fertig.) Ich habe Ken gefragt, ob ich ihn für dieses Buch mit Fragen löchern und ihn in der Danksagung erwähnen darf, und er hat nicht nur meinen Bitten nachgegeben, sondern auch noch so getan, als wäre er begeistert darüber. Also noch einmal danke für deinen Einsatz, für deine Energie und für das wundervolle Gemälde, das jetzt an meiner Wohnzimmerwand hängt. Für diejenigen, die sich die Arbeiten ansehen möchten, die ich in diesem Buch erwähne, hier seine Webadresse: www.kenbrowneart.com.

Ich danke auch all meinen anderen Freunden, die ich in den drei anderen Büchern schon erwähnt habe, meiner Familie und allen bei Poolbeg, ganz besonders Paula Campbell und Gaye Shortland; Valerie Kerins danke ich dafür, dass sie meine Presse-Frau und Freundin ist, und meiner Agentin Faith O'Grady für ihre unendliche Geduld. Ich danke auch dem Rowohlt Verlag in Deutschland, Pocket Books in den USA und Penguin in Großbritannien für die Unterstützung und das Engagement für meine Bücher. Und ich danke meinem Mann für seine Liebe und dass er mich immer ermutigt, und schließlich möchte ich allen danken, die sich die Zeit genommen haben, um diese Danksagung zu lesen!

Jack Lukemans Texte wurden mit freundlicher Genehmigung von Lukeman, Constantine und Clancy abgedruckt. Veröffentlicht bei Bug Music.

Kapitel 1: Universe (Lukeman, Constantine).
Kapitel 2: Fear is the Key (Lukeman, Clancy) /
Don't Fall in Love (Lukeman, Constantine) /
Move on (Lukeman, Constantine) /
Bedsprings (Lukeman, Constantine, Clancy) und
Georgie Boy (Lukeman, Constantine, Clancy).
Kapitel 3: Can't get Bitter (Lukeman).
Kapitel 4: So Far Gone (Lukeman, Constantine, Clancy).
Kapitel 5: Authentic Fake (Lukeman).
Kapitel 6: Little Man (Lukeman, Constantine) und
Edge of Town (Lukeman, Constantine).
Kapitel 7: Chocolate Eyes (Lukeman).
Kapitel 8: Numero Uno (Lukeman, Constantine) und
Metropolis Blue (Lukeman, Constantine).
Kapitel 9: No Goodbyes (Lukeman, Constantine).
Kapitel 10: Lost in Limbo (Lukeman).
Kapitel 11: Simple and True (Lukeman, Constantine).
Kapitel 12: Open your Borders (Lukeman).
Kapitel 13: Everybody's Drunk (Lukeman, Constantine).
Kapitel 14: I've Been Raining (Lukeman).
Kapitel 15: Happy Death (Lukeman, Constantine) und
Rooftop Lullaby (Lukeman).

Kapitel 16: Ain't Craizy (Lukeman, Constantine).
Kapitel 17: Apes & Angels (Lukeman).

Informationen über Jack Lukeman finden sich unter www.jacklukeman.com. Mehr über Martin Clancy gibt es unter www.martinclancy.eu zu erfahren.

Jack Lukeman und sein Team haben es freundlicherweise ermöglicht, zwei Songs zum downloaden bereitzustellen. Wenn Sie also Jacks Musik nicht nur lesen, sondern auch hören wollen, schicken Sie eine E-Mail mit dem Inhalt «Finding Alexandra» an: download@jacklukeman.com.

Ein Interview mit Anna McPartlin

1) Wollten Sie schon immer schreiben, oder war das Schreiben eine Neuentdeckung für Sie? Schreiben Sie nur Romane oder auch andere Texte?
Ich habe schon immer geschrieben, aber ich habe mich bis Anfang zwanzig nicht getraut, daraus einen Beruf zu machen. Und danach hat es noch zehn Jahre gedauert, bis ich veröffentlicht wurde, also war mein mangelndes Vertrauen in diesen Beruf sehr wohl begründet!

Ich schreibe unheimlich gern Romane, aber ich schreibe auch gerne Drehbücher. Ich habe eines unter dem Titel *School Run* für einen irischen Fernsehsender geschrieben und arbeite gerade an einem weiteren: *The Football Five*.

2) Erzählen Sie uns doch ein bisschen darüber, wie Sie schreiben. Wo schreiben Sie? Und wann? Denken Sie sich die Handlung vorher genau aus, oder sind Sie eher eine spontane Autorin und stürzen sich einfach in den Text?
Zurzeit schreibe ich in meinem Büro, aber ich ziehe bald um, und ich glaube, dann richte ich mir einen Arbeitsplatz in der Küche ein. Ich habe früher in der Küche geschrieben, und das fehlt mir. Ich weiß eigentlich gar nicht, warum, vielleicht liegt es daran, dass ich dann immer in der Nähe all dieser schönen Essensvorräte bin.

Ich habe keine festgelegte Zeit zum Schreiben. Manchmal schreibe ich die Nacht durch, dann wieder arbeite ich vormittags oder während des Tages, und manchmal schreibe ich auch einen Tag lang gar nicht. Ich bin eher eine spontane Autorin, aber ich kenne meine Figuren in- und auswendig, bevor ich noch einen einzigen Buchstaben getippt habe, und ich weiß genau, in welcher Situation sie am Anfang und in welcher am Schluss des Romans sind.

3) Hat sich Ihr Leben verändert, seit Ihr erster Roman *Weil du bei mir bist* veröffentlicht wurde?

Ja, es hat sich komplett verändert. Als *Weil du bei mir bist* herauskam, hatte ich eine Vollzeitstelle bei einer Versicherung. Im Büro habe ich den ganzen Tag am Schreibtisch gesessen, und als ich nach Hause kam, habe ich bis spätnachts auch wieder am Schreibtisch gesessen. Ich habe mir nur selten mal ein freies Wochenende gegönnt, und nachdem ich jahrelang so gearbeitet hatte, ging das langsam auf Kosten meiner Gesundheit. Elf Monate nachdem *Weil du bei mir bist* auf dem Markt war, konnte ich meine Anstellung aufgeben und mich als Autorin finanzieren. Es war unglaublich, dass ich mich ganz auf die Sache konzentrieren konnte, die mir am meisten Spaß machte, und dass ich davon leben und sogar noch manchmal Urlaub machen konnte!

4) Haben Sie eine Lieblingsfigur in *Was aus Liebe geschieht*? Warum?

Ich mag alle meine Figuren. Ich weiß, dass die meisten Leser Rose mögen, weil sie so witzig ist, diejenige, die mit allem durchkommt, was sie an kleinen Gemeinheiten von sich gibt. Ich mag sie, weil sie, obwohl sie ein echtes Miststück ist und sich damit eher unbeliebt macht, doch zugleich sehr menschlich und mitfühlend und weise ist. Elle mag ich, weil sie ein kleines Mädchen ist, als wir ihr das erste Mal begegnen, und sie als Erwachsene immer noch viel von dieser kindlichen Offenheit hat. Sie ist liebenswert, aber sie ist auch haltlos, sie ist waghalsig, aber auch verunsichert, sie ist hilflos und hat doch so viele Begabungen. Jane ist das Zentrum des Romans. Sie ist diejenige, die alles in Ordnung bringt, was andere angerichtet haben, die stille Heldin, die den Alltag am Laufen hält, indem sie banale Pflichten erfüllt. Einst stand ihr die ganze Welt offen, aber jetzt trägt sie anscheinend die Last der ganzen Welt auf ihren Schultern. Trotzdem kommt die temperamentvolle Teenagerin, die sie früher war, noch ab und zu zum Vorschein: Sie ist ja immerhin Roses Tochter. Leslies Schicksal geht mir sehr nahe, weil sie so verloren wirkt. Trotzdem ist sie nicht das typische Opfer. Sie hat Kontrolle über ihr Leben. Sie entscheidet selbst, welchen Weg sie einschlägt. Als wir sie kennenlernen, ist sie gerade dabei, sich wieder anderen Menschen zuzuwenden, das ist wundervoll. Genauso gut gefällt mir an ihr, dass sie ein bisschen linkisch ist, manchmal wie eine pampige Jugendliche. Sie steht für die Hoffnung. Und Tom – er ist derjenige, der die wenigste Kontrolle über sein Schicksal hat. Seine Frau ist verschwunden, und er hat entsetzliche Angst, stellt sich das Schlimmste vor, und für ihn ist der Tod nicht das Schlimmste. Er kann nicht schlafen, er kann nicht arbeiten, und er kann an nichts anderes denken als daran, dass er Alexandra finden muss. Sein Leben ist die Hölle, bis er Jane, Elle und Leslie kennenlernt, und er klammert sich geradezu an sie. Er ist gebrochen und verletzlich, er ist bedürftig, und er leidet. Ich wünsche ihm das Beste. Und schließlich Alexandra. Wir treffen sie nur ein einziges Mal, und danach ist sie nur noch eine Geschichte, eine Erinnerung, die ein paar Menschen miteinander teilen, ein Foto an der Wand oder die Ursache eines Zusammenbruchs. Die abwesende Alexandra ist der Bezug für alle anderen Romanfiguren. Ohne sie gäbe es keine Story und kein Handlungsmotiv für die anderen Figuren. Sie sind alle so sensibel, so vom Leben gezeichnet, und sie sind trotzdem manchmal auch gut gelaunt. Und deswegen habe ich keine einzelne Lieblingsfigur.

5) Welche Figur und welche Szene war am schwierigsten zu entwickeln?
Ich weine oft beim Schreiben. Wahrscheinlich habe ich an irgendeiner Stelle bei jedem meiner Romane geweint. Dieses Mal habe ich für jede der Hauptfiguren Tränen vergossen, sogar für Rose. All diese Szenen, die den Verlust beschreiben, den die Figuren erleiden – das ist sehr schwer zu schreiben. Wer jemals so etwas erlebt hat, kann nachfühlen, was reale Menschen und was Romanfiguren empfinden.

6) Erzählen Sie uns von Ihrem nächsten Buch – haben Sie schon mit dem Schreiben angefangen?
Nach dem Abschluss dieses Romans habe ich mit einem Drehbuch begonnen, das mir schon lange im Kopf herumgeht. Für den nächsten Roman habe ich auch schon ein paar Ideen, aber ich lege nichts fest, bevor ich nicht den Kopf völlig frei habe – und so schnell gehen mir meine Freunde aus *Was aus Liebe geschieht* nicht aus dem Sinn.

7) Jack Lukeman spielt in *Was aus Liebe geschieht* eine bedeutende Rolle – durch ihn findet die Gruppe der Hauptfiguren überhaupt erst zusammen. Warum Jack Lukeman? Hat seine Musik in diesem Roman Ihren Schreibstil beeinflusst?

Jack und ich sind seit unserer Teenagerzeit befreundet. Er hat enormes Talent und eine unglaubliche Bühnen-Präsenz. Tatsächlich kam mir die erste Idee zu diesem Buch bei einem seiner Auftritte, bei dem ich mit Jacks Manager erhöht auf dem ersten Rang stand. Von dort aus haben wir das Publikum beobachtet, das seinerseits Jack im Auge behielt, und in diesen Momenten kam mir die erste Idee zu dem Roman.

8) Sie schreiben über wirklich herzergreifende und auch traurige Themen, aber der Humor spielt in Ihren Romanen dennoch eine wichtige Rolle. Woher kommt diese Verbindung?

Meine Mom hat mir beigebracht, dass es kein größeres Geschenk gibt als den Sinn für Humor. Wenn man über sich selbst und die Welt um einen herum lachen kann, dann wird man niemals zum Opfer werden, ganz gleich, was geschieht. Außerdem glaube ich, dass die meisten Iren sehr gut darin sind, mit Humor auch über schwierige Lebenssituationen hinwegzukommen, und ich glaube, dass dieser Sinn für Humor ein wesentlicher und zudem der großartigste Aspekt des Menschseins ist. Ich könnte niemals eine traurige Geschichte schreiben, die nicht auch Humor enthält, weil das Traurige und der Humor nach meiner Erfahrung immer zusammengehören.

9) Ihre Figuren sind so lebensecht und glaubwürdig, dass wir uns kaum von ihnen verabschieden wollen. Ist die Figurenentwicklung der erste Schritt Ihrer Arbeit an einem Roman, oder denken Sie zuerst über die Handlung nach?

Ich fange immer mit den Figuren an. Ich muss auch noch die kleinste Kleinigkeit über meine Figuren wissen. In meinem Kopf ist schon eine ganze Welt entstanden, lange bevor ich mich an den Computer setze. Sie könnten mich alles über jede der Figuren in meinen Büchern fragen, und ich könnte Ihnen augenblicklich antworten. Ich kenne sie alle genauso gut wie mich selbst. Ich bin dermaßen fixiert auf meine Figuren, dass es beinahe an Irrsinn grenzt. Die Situationen, in denen sie sich wiederfinden, entwickelt sich aus dem, was sie sind, aus ihrer Herkunft, ihren Persönlichkeiten, ihren Hoffnungen, ihren Ängsten, ihren Zielen und so weiter. Ich weiß immer, was für eine Geschichte ich erzählen will und wie sie zu Ende gehen soll, aber es sind immer die Figuren, die darüber entscheiden, welcher Weg uns zu diesem Ende führt.

Leseprobe

Anna McPartlin

Niemand kennt mich so wie du

Aus dem Englischen von Sabine Längsfeld

Veröffentlicht im Rowohlt Taschenbuch Verlag

1 *Darf ich vorstellen? Die einzigartige Eve Hayes!*

SONNTAG, 1. JULI 1990

Liebe Lily,

du bist gerade mal eine Woche weg, und mir kommt es vor wie ein Jahr! Also, was gibt's Neues an der Heimatfront? Eigentlich nicht viel. Kennst du den Spinner, der in der Bowlingbahn arbeitet? (Ich meine den, der aussieht wie Glenn Medeiros, nicht den Popelfresser.) Der ist mir von der Pommesbude bis zum Hafen nachgelaufen. Ich konnte ihn die ganze Zeit hinter mir spüren, aber ich habe mir nichts anmerken lassen. Doch dann wurde es langsam dunkel, und es war niemand sonst in der Nähe. Also habe ich mich zu ihm umgedreht und gefragt: Was willst du? Er zeigte auf sein Fahrrad, das direkt vor mir angekettet war, und sagte: Mein Fahrrad. ECHT PEINLICH! Wir haben uns dann über Musik unterhalten, er ist REM-Fan (Gähn! Wie alle), und auf einmal hat er gesagt, dass er mich mag! Einfach so. Ich habe ihm gesagt, er wäre mir zu klein. War das fies von mir? Du bist schließlich mein Filter, wenn es um soziale Kontakte zur Arbeiterklasse geht. Er sah gekränkt aus, aber mein Gott, ich bin nun mal eins achtzig. Und er? Eins fünfundsechzig, wenn's hochkommt? Wir würden dermaßen doof zusammen aussehen! Außerdem ist er schräg drauf. Und dann sagte er – und ich lüge jetzt nicht: Im Liegen wären wir gleich groß!!! Kannst du das glauben, Lily? Der redet von Sex! Frechheit! Also habe ich gesagt, ich fände, er wäre schräg drauf, und das hat er natürlich abgestritten. Er meinte, er wäre einfach anders, und anders zu sein wäre sexy. Glaubst du das? Schon klar, habe ich gesagt, aber nur, wenn anders bedeuten würde, in irgendwas megamäßig gut zu sein oder absolut originell und eine Vision zu haben, aber nicht, sich eine Dauerwelle legen zu lassen, in den Blusen seiner Schwester rumzulaufen und an irgendwelchen Straßenecken grottenschlechte Gedichte in die Welt rauszuposaunen. Das hat gesessen. Das mit der Dauerwelle und den Blusen schien ihn nicht zu tangieren, aber das mit den Gedichten hat ihn echt getroffen. Ich habe sofort ein schlechtes Gewissen bekommen, weil er aussah, als hätte ich ihn mit einer Nadel gepiekt. Ich habe mich entschuldigt, aber er sah trotzdem aus, als würde er gleich anfangen zu heulen. Er nannte mich eine eingebildete dumme Ziege und raste davon. Ich setzte mich auf eine Mauer und wollte meine Pommes essen, aber die waren inzwischen kalt geworden, sodass ich den Großteil an einen Hund verfüttert habe, der am Strand die Scheiße von anderen Hunden gefressen hat. Dann kamen Gar, Declan und Paul vorbei. Declan geht es echt schlecht ohne dich. Er wollte wissen, ob ich was von dir gehört habe. Ich sagte, nur den einen Anruf Mittwochabend aus der Telefonzelle, und er meinte, da hättest du ihn auch angerufen.

Und, wie läuft's da unten in Dingle so? Klappt es mit dem Kellnern schon besser? Verdienst du genug Kohle, um zu bleiben? Ich vermisse dich total. Ich bin hier so einsam ohne dich. Gar versucht die ganze Zeit, wieder mit mir zusammenzukommen. Ich habe zwar echt kein Interesse daran, aber – bitte schlag mich jetzt nicht – ich habe ihn gestern Abend trotzdem geküsst. Ich war ein bisschen be-

trunken, und er war so nett und sagte, meine Augen würden so grün leuchten wie Smaragde. Ich weiß schon – würg! –, aber wenn man blau ist, fühlt man sich bei solchen Sachen ganz toll. Na ja, wenigstens fühlte ich mich toll, bis wir uns geküsst haben und mir klarwurde, dass ich das echt nicht noch mal will. Ich mag Gar wirklich gern, als Freund und so, aber mehr auch nicht. Ich habe irgendeine Ausrede erfunden und gesagt, dass ich leider gehen müsste, und jetzt bleibt mir nichts anderes übrig, als ihm nüchtern unter die Augen zu treten und ernsthaft mit ihm zu sprechen!

Meinst du, du kannst im August nach Hause kommen – vorausgesetzt, das Trinkgeld stimmt und es gelingt dir bis dahin, genug auf die Seite zu schaffen? Ich kann einfach nicht glauben, dass das wirklich unser letzter gemeinsamer Sommer sein könnte, und du bist da unten und ich hier oben. Ohne dich ist alles so unglaublich langweilig. Ich weiß, dass deine Mutter pleite ist, aber könnte sie deinen Vater nicht um etwas Geld bitten? Es kann doch nicht so schwer sein, in Griechenland anzurufen und ihn daran zu erinnern, dass er in Irland eine Tochter hat, die aufs College gehen möchte und Unterstützung bei den Studiengebühren braucht? Es ist ja nicht gerade so, als wäre er jemals für dich da gewesen, und ich weiß, wie weh dir das tut, und es tut mir auch leid, dass ich davon anfange, aber es muss nun mal gesagt werden. Das ist er dir schuldig.

Ich nutze die Zeit, um zu recherchieren. Ich verbringe meine Tage oft in der Bücherei. Die Jungs glauben schon, ich wäre endgültig übergeschnappt, aber ich liebe die Bücherei. Ich habe viel über die Mode im Laufe der Jahrhunderte gelesen. Es ist echt interessant. Um mich darüber hinwegzutrösten, dass du weg bist, hat Dad mir eine neue Nähmaschine gekauft. Die ist viel besser als meine alte, und letzten Donnerstag habe ich mir bei der Wohlfahrt jede Menge viel zu große Klamotten gekauft. Die trenne ich auf und nähe sie neu. Bis jetzt würde ich die Sachen, die ich genäht habe, allerdings nicht mal tragen, wenn ich tot bin – dazu ist das Material viel zu geschmacklos, aber so habe ich wenigstens was zu tun.

Clooney ist so gut wie nie zu Hause, und falls ich ihn doch mal sehe, hat er jedes Mal ein anderes Mädchen dabei. Dad findet das offensichtlich lustig. Ich nicht. Er hat sich total verändert, und seit er bei diesem bescheuerten Collegesender angefangen hat, rennt er durch die Gegend, als wäre er Bono persönlich. Lächerlich! Die, die er gestern dabeihatte, war vielleicht drauf! Wilde schwarze Locken, als hätte Kate Bush in die Steckdose gefasst, eine Million Armreifen und ein T-Shirt, das seit mindestens einem Jahr nicht mehr gewaschen wurde. Sie haben zusammen in seinem Zimmer übernachtet, weil Dad nicht da war. Ich frage mich, ob Dad das auch noch so lustig fände. Das kommt mein Brüderchen teuer zu stehen! Das nächste Mal, wenn er mich nervt, verlange ich zwanzig Mäuse Schweigegeld. Und sie nennt ihn Puschelchen!!! Kannst du das fassen? Wirklich widerlich. Ich habe gestern Abend noch mal «Young Guns 2» gesehen (extra laut aufgedreht). Also, sag mir bitte, mit wem du gehen würdest, in absteigender Reihenfolge:

Emilio Estevez, Kiefer Sutherland, Lou Diamond Phillips, Christian Slater.

Meine Liste sieht so aus:

1. *Emilio Estevez (sehr süß, auf ernste Weise)*
2. *Lou Diamond Phillips (exotisch)*
3. *Kiefer Sutherland (In «Lost Boys» hat er mir gefallen, aber in «Young Guns 2» war er einfach nur so dabei.)*
4. *Christian Slater (Redet der echt so?)*

Also, ich muss Schluss machen, ich trenne gerade eine Latzhose in Größe 48 auf. Keine Ahnung, was ich daraus mache, aber ich hoffe auf mindestens drei neue Teile.

ICH VERMISSE DICH, ICH VERMISSE DICH, ICH HAB DICH LIEB.

Deine beste Freundin
Eve

PS: Paul hat mir erzählt, dass Glenn Medeiros aus der Bowlingbahn (sein echter Name ist Ben Logan) diese Gedichte über seine tote Schwester schreibt. Jetzt habe ich erst recht ein schlechtes Gewissen. Sie ist mit zehn Jahren gestorben. Darum geht es in diesem Gedicht (das er immer mit dieser komischen Stimme wiederholt) – zehn, zehn, alles dahin. Ich finde es immer noch schräg. Ich vermisse meine Mum auch, trotzdem schreibe ich keine Gedichte über ihren Tod.

Damals, ich war fünf, war meine Mutter noch am Leben, doch kaum wurde ich sieben, hat es sie nicht mehr gegeben!

PPS: Wie ist das Wetter da unten eigentlich? Hier regnet es seit drei Tagen durch. Ich habe die Nase voll von nassen Haaren. Denke ernsthaft über einen Sinéad-O'Connor-Look nach. So viel zum Sommer.

***

Am 1. Juli 2010 und zwanzig Jahre, nachdem die achtzehnjährige Eve Hayes an einem regnerischen Sonntagnachmittag an ihrem Schreibtisch gesessen und ihrer besten Freundin Lily Brennan einen Brief geschrieben hatte, saß eine sehr viel ältere und klügere Eve an genau demselben Tisch. Es regnete, wie es in all den Jahren zuvor geregnet hatte. Eves Gedanken kehrten wie so oft, wenn sie traurig oder einsam war, zu jenem Sommer zurück. Damals kam einem eine Woche noch wie ein ganzes Jahr vor. Bei der Erinnerung an die übertriebene Verzweiflung in ihr musste sie lächeln. Sie hatte ihre beste Freundin dermaßen vermisst, dass ihr das Herz weh tat und sie wie ein Zombie durch die Gegend lief, weil sie wegen eingebildeter Zwiegespräche mit Lily nachts kaum zum Schlafen kam. In Gedanken sagte Eve zum Beispiel: *He, Lily, nächstes Jahr um diese Zeit sind wir …,* und die Lily in ihrem Kopf beendete ihren Satz mit: *Millionäre.* Sie waren beide große Fans der Fernsehserie *Only Fools & Horses* und kannten sämtliche Dialoge auswendig. Eve nannte Lily *Dusselchen,* woraufhin die Lily in ihrem Kopf Eve als *dreiste alte Schachtel* bezeichnete. Wenn es Eve zu langweilig wurde, sich im Grunde selbst zu beschimpfen, erzählte sie der Lily in ihrem Kopf sämtliche Kleinigkeiten und widrigen Ereignisse aus ihrem Alltag. Sie schilderte ihr zum Beispiel den Morgen, als sie dachte, ihr Bruder Clooney wäre auf dem Klo gestorben, weil er nicht antwortete, als sie unter wüsten Beschimpfungen gegen die Tür hämmerte. Mit überkreuzten Beinen stand sie vor dem Bad, hielt sich den Bauch und überlegte, ob sie lieber in die Spüle oder unter den Baum im Garten pinkeln sollte. Die Spüle siegte. *Kannst du das glauben, Lily? Ich habe in unsere Küchenspüle gepinkelt. Der Garten ging auf gar keinen Fall, weil man von den Noonans aus zu uns rüberschauen kann und wir schließlich alle wissen, dass Terry «der Tourist» ein perverser Spanner ist, der ständig sein Fernglas und die alte Polaroidkamera zur Hand hat. Ich wollte nicht riskieren, dass mein Hinterteil künftig seine Wände ziert!* Eve erinnerte sich daran, dass Clooney, zehn Minuten, nachdem sie in die Spüle gepinkelt hatte, mit einem Mädchen und selbstgefälligem Blick im Gesicht aus dem Bad kam, während sie bis zu den Ellbogen in Desinfektionsmittel und Seifenlauge steckte. Sie hätte ihm am liebsten eine gescheuert, doch diesen Wunsch hatte die achtzehnjährige Eve sehr häufig, was den zwanzigjährigen Clooney betraf. Stattdessen schrie sie nur, sie würde alles ihrem Vater erzählen, sobald der nach Hause käme. Clooney lachte sie aus, und als sie der Lily in ihrem Kopf davon erzählte, lachte die ebenfalls. Lily und Clooney hielten zusammen wie Pech und Schwefel.

Damals hatte Lily sich auf den Rat der Beratungslehrerin Mrs. Moriarty hin entschieden, an die medizinische Hochschule zu gehen und Medizin zu studieren. Ihr gefiel die Vorstellung, Ärztin zu sein, aber sie wollte niemanden aufschlitzen, und Gynäkologin zu werden kam erst recht nicht in Frage, weil sie und Eve der einhelligen Meinung waren, dass der weibliche Intimbereich ekelhaft war. Außerdem war die Arbeit als Allgemeinmedizinerin kinderfreundlicher. Solange Eve denken konnte, wollte Lily Mutter werden, und die beiden waren schon als Krabbelkinder Freundinnen. Lily spielte mit ihrer Puppe, bis sie zehn Jahre alt war. Ihre Puppe hieß Layla, und Lily behandelte sie wie einen echten Menschen. Als Lilys Lehrerin Mrs. Marsh anfing, sich Sorgen zu machen, Layla könnte Lily in ihrer psychologischen Entwicklung behindern, machte Lilys Mutter dem Unsinn ein Ende und gab die Puppe der Caritas. Lily weinte eine ganze Woche lang, und Eve versuchte, sie zu trösten, indem sie ihr ihren eigenen kostbaren Stoffaffen schenkte, doch schon während sie Lily das Äffchen in den Arm drückte, wurde ihr klar, dass Layla unersetzlich war. Also nahm Eve ihr Äffchen wieder mit nach Hause, drückte es die ganze Nacht lang an sich und versprach, es niemals wieder herzugeben.

Eve war schon immer fest entschlossen gewesen, Designerin zu werden. Sie nähte, seit sie zwölf war. Sie liebte es, sich Stoffe zu besorgen, zu zeichnen und zu nähen. Unnötig zu erwähnen, dass die kleine, zierliche Lily, die selbst aussah wie ein Puppe, das perfekte Modell war. Mochten Design oder Zusammenstellung auch noch so schrecklich sein, Lily trug Eves Kreationen immer. Eves Arbeit wurde über die Jahre immer besser. Nach fünf Jahren gewann sie ihren ersten Designpreis und durfte daraufhin vier Debütantinnenkleider entwerfen und im Auftrag einer Cousine zweiten Grades ihres Vaters ein Kommunionskleid. Noch ehe sie ihr Abschlusszeugnis in Händen hielt, hatte sie sich mit dem bequemen Polster eines ansehnlichen Wertpapierdepots im Rücken einen Studienplatz am St. Martin's College of Design in London gesichert. Lily war das klügste Mädchen der Klasse. Sie meisterte die Schule, ohne sich groß anzustrengen, und konnte daher neben dem Unterricht Kurse in Fotografie, Kunst und Klavier belegen. Sie war in allem, was sie tat, einfach gut, und das galt, sehr zu Eves Entrüstung, sogar fürs Nähen. Doch ihr fehlte Eves kreative Ader, und so kamen sie sich nie in die Quere.

«Du wirst mal den ganz großen Durchbruch schaffen», sagte Lily immer zu Eve.

«Ja», stimmte Eve ihr dann zu. «Coco Chanel hat jetzt schon die Hosen voll.»

Sie wussten beide, dass Lily, falls kein unvorhergesehener Hirnschaden dazwischenkam, den Medizinstudienplatz an der Universität ihrer Wahl bekommen würde. Sie machte ihre Präferenzen jedoch von der Entscheidung ihres Freundes Declan abhängig, was Eve wirklich auf die Nerven ging, weil Lily selbst nie auf die Idee gekommen wäre, Dublin zu verlassen, um aufs College zu gehen. Declan dagegen wollte unbedingt nach Cork. Eve hielt das für eine Ausrede, denn es war allgemein bekannt, dass es leichter war, an der UCC unterzukommen als an der UCD. Lily hätte die Aufnahme an der UCD oder am Trinity oder sogar am College of Surgeons mühelos geschafft, aber Declan würde schon alle Hebel der Welt in Bewegung setzen müssen, um auch nur in Cork aufgenommen zu werden. Sie hatten sich deswegen ernsthaft gestritten, doch Lily blieb stur und bestand darauf, sich am gleichen College zu bewerben wie Declan. Da Eve sowieso nach London gehen würde, so Lilys Argument, könne ihr schließlich völlig egal sein, wo Lily studierte, und so ließ Eve das Thema schließlich fallen. *Und doch …*

Es waren verheißungsvolle, aufregende Zeiten, und der einzige echte Unterschied zwischen den beiden Mädchen war die Tatsache, dass Lily verzweifelt erwachsen werden wollte, während Eve die Veränderungen nur widerwillig akzeptierte. Jener Sommer vor zwanzig Jahren hätte eigentlich ihr letzter gemeinsamer Sommer werden sollen, doch dann musste Lily Geld fürs College verdienen, und die einzige Möglichkeit dazu bestand darin, 366 Kilometer und eine ganze Welt weit entfernt im Süden des Landes im Restaurant ihres Onkels zu jobben. In den Jahren, die folgten, fragte Eve sich oft, was gewesen wäre, wenn sie Lily nachgereist wäre. *Wären wir dann Freundinnen geblieben?*

Eve musste lächeln, als ihr das kleine Mantra wieder einfiel, das sie sich jeden Abend vor dem Einschlafen vorgesagt hatte. *Gute Nacht, Lily. Ich vermisse dich, ich vermisse dich, ich hab dich lieb.* Und kam zu dem Schluss, dass Teenager nicht ganz dicht waren.

Von ihrem alten Schreibtisch ging der Blick hinaus auf den Garten hinter dem Haus, auf die großen alten Bäume und das Schaukelgestell, und weiter zum Fenster des leeren Zimmers von Terry dem Touristen im Nachbarhaus hinüber. Sie hatte ihn seit Jahren nicht gesehen. Seine Familie war nach dem Schulabschluss umgezogen, und Gar hatte ihr erzählt, dass Terry inzwischen in England als Pressefotograf arbeitete, was ziemlich naheliegend war. Wozu in Kriegsgebieten Tote fotografieren, wenn man genauso gut das Kleid von irgendeinem Star vor dem Ivy ablichten kann?

Gedankenverloren fuhr Eve mit dem Finger die verblassten Buchstaben nach, die sie einst in mühevoller Kleinarbeit in die hölzerne Tischplatte geritzt hatte: BGML. Ben «Glenn Medeiros» Logan war im gleichen Moment in Eves Leben getreten, als Lily daraus verschwunden war. In jenem Sommer vor zwanzig Jahren hatte Eve sich verliebt, einen großen Fehler begangen, die Wahrheit gesagt, ihre beste Freundin verloren und war erwachsen geworden.

Das Haus war leer geräumt und der alte Schreibtisch das letzte Möbelstück, das die Umzugsleute aus dem Haus tragen würden. Sie machten gerade Pause, saßen auf der Ladefläche ihres Lastwagens und aßen Wurstbrötchen, während Eve ein letztes Mal das Haus durchstreifte, in dem sie aufgewachsen war. Sie verließ ihr altes Zimmer und ging die Treppe hinunter. Der rote Anstrich war verblasst, und dort, wo die Familienfotos gehangen hatten, waren unterschiedlich große, leuchtend rote Flecken an der Wand. Die Bilder hingen nicht mehr dort, doch Eve hatte sie trotzdem ganz deutlich vor Augen. Es gab ein ovales von ihrer Mutter, ihrem Vater, Clooney, Eve und Lily. Sie war zwei Jahre alt und saß auf den Schultern ihres Vaters. Eves Mutter hatte die Arme um den vierjährigen Clooney geschlungen, und Lily hielt Clooneys Hand. Es war ein Sommer in den Siebzigern, sie standen sommersprossig unter einem riesigen blauen Himmel, und bis auf Eve lächelten die Anwesenden breit wie die Grinsekatze aus Alice im Wunderland. Über dem ovalen Fleck hatte früher ein Foto von Clooney und Eve gehangen, Arm in Arm in ihren Schuluniformen, aufgenommen an Eves erstem Tag an seiner Grundschule. Clooney sah aus, als würde er sich furchtbar freuen, und hielt Eve fest gedrückt, nur dass er dadurch wirkte wie ein Grizzlybär mit seiner Beute. Eve war unglücklich und versuchte, sich zu befreien. Den Platz des größten roten Rechtecks hatte früher das Familienporträt eingenommen, das Eves Vater in Auftrag gegeben hatte, als ihre Mutter krank geworden war. Die Familie saß im Sonntagsstaat aufgereiht auf dem Sofa. Mum saß am einen Ende, Dad am anderen, und Clooney und Eve dazwischen. Clooney hielt seine Schwester an der Hand, und die ganze Familie lächelte; nur Eve machte ein mürrisches Gesicht. Sie war sechs gewesen und Clooney acht, und sie erinnerte sich noch genau daran, wie entnervt der Fotograf gewesen war, weil sie sich weigerte zu lächeln, wenn er *«Cheese»* sagte.

«Wenn man *Cheese* sagt, muss man einfach lächeln», sagte er.

«Das ergibt doch keinen Sinn», antwortete Eve.

«Warum möchtest du denn nicht lächeln?»

«Weil mir nicht danach ist.»

«Wenn du nicht lächelst, kann ich aber kein Bild von dir machen.»

«Können Sie wohl. Sie müssen nur den Knopf drücken.»

«Es ist doch nur für eine Sekunde. Davon fällt dir nicht gleich das Gesicht auseinander. Versprochen.»

«Mum? Wieso kann er nicht einfach seine Arbeit machen und wieder verschwinden?»

Ihre Mutter erklärte dem Mann, dass Eve es hasste, fotografiert zu werden.

«Wir haben alle unsere kleinen Macken», sagte sie, um Eves Launenhaftigkeit zu entschuldigen.

«Hören Sie, meine Liebe, ich verlange von dem Kind schließlich weder, ein Flugzeug zu fliegen, noch, in den Liffey zu springen. Ich möchte lediglich, dass sie ihre Mundwinkel in Richtung Augen hebt.»

Ihr Vater befahl Eve mit einem Tonfall zu lächeln, den er immer anschlug, wenn er es ernst meinte. Der Fotograf verharrte hinter der Kamera, und in dem Augenblick, als es «Klick!» machte, streckte Eve die Zunge heraus. Er blieb unbeeindruckt. Clooney fand es lustig. Ihr Vater ermahnte sie drohend, sich augenblicklich zu benehmen, aber Eve dachte nicht daran, und ihre Mutter war erschöpft, also wurde der Fotograf angewiesen, ein letztes Bild zu schießen, ob Eve lächelte oder nicht. Er tat, was von ihm verlangt wurde: Drei strahlten, als hätten sie gerade im Lotto gewonnen, und Eve machte ein Gesicht, als wäre eben jemand gestorben. So sah sie auf den meisten Fotos aus, und würde man nach diesen Aufnahmen urteilen, könnte man meinen, Eve wäre eine übellaunige kleine Heulsuse gewesen, doch das Gegenteil stimmte. Die meiste Zeit war sie vom Leben, von sich selbst und der Welt, die sie umgab, entzückt. Dieses Entzücken verschwand nur, wenn eine

Kamera auf sie gerichtet war. Doch nach dem Tod ihrer Mutter wurden diese Gelegenheiten selten, denn wie sich herausstellte, hasste Eves Vater Fotoapparate ebenso sehr, wie seine Tochter es tat, und so hatte selbst dieses Unglück sein Gutes gehabt.

Eve ging von Zimmer zu Zimmer, schritt über den alten Holzfußboden und ließ ihren Erinnerungen freien Lauf. Obwohl die Küche inzwischen renoviert worden war, glitt Eve mühelos in der Zeit zurück, als sie die Augen schloss und ganz still in der Mitte des Raumes verharrte – dort, wo früher der große Esstisch gestanden hatte. Sie hatte den Geruch der angebrannten Chilitomatensoße in der Nase, an der ihr Vater sich versucht hatte. Sie sah ihn, wie er sich in seiner mit Marienkäfern bedruckten Schürze über den Topf beugte und hektisch rührte. Er war voller Soßenspritzer und warf Nudeln an die Wand, weil er darauf beharrte, dass sie fertig waren, wenn sie kleben blieben.

«Kinder! Gleich fliegt hier alles an die Decke!»

Dann sah sie Clooney, Eve und Lily am Esstisch sitzen. Ihr Vater nahm ein altes Radio auseinander, das er in einer Mülltonne gefunden hatte, und aß gleichzeitig mit einer Hand. Sie konnte sogar das Radio hören, das er auf wunderbare Weise repariert hatte, während er gleichzeitig einen Teller klebrige Nudeln mit angebrannter Soße vertilgte. Eves Vater hatte immer sein Bestes gegeben, und seine Kinder hatten im Grunde nicht sonderlich unter seiner mangelnden Kochkunst gelitten, denn sie kannten es nicht anders, weil auch ihre Mutter keine große Köchin gewesen war. Eve hatte einmal mitbekommen, wie ihre Tante zu ihrem Onkel Rory sagte: «Du lieber Gott, diese Kinder würden sogar gebratenen Mist essen, wenn ihr Vater ihn lächelnd serviert.» Sie hatte recht, und die arme Lily, tja, für sie strahlte Eves Vater sowieso wie Sonne, Mond und Sterne zugleich. Er war lieb zu ihr und machte sie stillschweigend zu einem Mitglied seiner Familie. Sie nannte ihn nicht nur Danny, weil er Danny hieß, sondern auch, weil Danny fast wie Daddy klang. Und weil Eve ihrer Freundin, so lange sie denken konnte, schon immer alles nachgemacht hatte, wurde ihr Vater auch für sie schon früh zu Danny. In diesem Haus gab es keine einzige Erinnerung, die Lily nicht auf irgendeine Weise mit einschloss.

Eve trat an die Glastüren, die auf die gepflasterte Terrasse hinausführten, und fing auf einmal an, die Melodie von Paul Youngs und Zuccheros *Senza Una Donna* vor sich hin zu summen. Sie musste daran denken, wie Clooney stattdessen immer «Scent of Madonna», also Geruch von Madonna, gesungen hatte, um Lily zum Lachen zu bringen und Eve zu nerven. Eve war als Teenager leicht zu nerven gewesen.

«Scent of Madonna, gives me pain and some sorrow, scent of Madonna, she'll still smell bad tomorrow.»

«Arsch!»

«Evey, du sollst nicht Arsch zu deinem Bruder sagen!»

«Dann sag ihm, er soll aufhören, sich wie einer zu benehmen.»

«Clooney, hör auf, deine Schwester zu nerven!»

«Ich singe doch nur!»

«Nein, du gehst mir auf die Nerven!», sagte Eve.

«Davon geht doch die Welt nicht unter, Evey.»